Jasmin Darznik
Aus Liebe zu ihr

Buch

Nach dem Tod ihres deutschen Vaters kehrt Jasmin in ihr Elternhaus in Kalifornien zurück. Beim Aufräumen findet sie ein Hochzeitsfoto, auf dem ihre noch sehr junge Mutter Lili mit einem fremden Mann abgebildet ist. Erst sechs Monate später spricht sie die ältere Frau darauf an, doch diese antwortet nur vage und ausweichend. Umso überraschter ist Jasmin, als sie einige Zeit später zehn Kassetten zugeschickt bekommt, auf denen die Mutter ihre eigene Lebensgeschichte und die ihrer Familie erzählt. *Aus Liebe zu ihr* beschreibt das Streben dreier Frauengenerationen einer iranisch-amerikanischen Familie um die Anerkennung, den Respekt und die Liebe ihrer Angehörigen.

Autorin

Jasmin Darznik wurde in Teheran, Iran, geboren. Nachdem sie einige Zeit als Anwältin gearbeitet hatte, machte sie den Ph.D. in Literatur an der Princeton University. Texte von Jasmin Darznik sind u. a. in der *New York Times*, der *Washington Post*, der *Los Angeles Times* und im *San Francisco Chronicle* erschienen. Sie hat iranische Literatur an der University of Virginia unterrichtet und ist derzeit Dozentin für Englisch und Creative Writing an der Washington and Lee University. Jasmin Darznik lebt in Charlottesville, Virginia.

Jasmin Darznik

Aus Liebe zu ihr

Aus dem Amerikanischen
von Anja Brandstetter

blanvalet

Die amerikanische Originalausgabe erschien 2011 unter dem Titel »The Good Daughter. A Memoir of My Mother's Hidden Life« bei Grand Central Publishing, New York.

MIX
Papier aus verantwortungsvollen Quellen
FSC
www.fsc.org
FSC® C014496

Verlagsgruppe Random House FSC-DEU-0100
Das für dieses Buch verwendete FSC®-zertifizierte Papier
Holmen Book Cream liefert Holmen Paper, Hallstavik, Schweden.

1. Auflage
Deutsche Erstveröffentlichung Januar 2012 bei Blanvalet,
einem Unternehmen der Verlagsgruppe Random House GmbH, München.

Umschlagmotiv: bürosüd°, München, unter Verwendung von Motiven von Getty Images / Flickr / Sarka Babicka und Shutterstock / Alaettin Yildirim
Redaktion: Sabine Thiele
ED · Herstellung: sam
Satz: Vornehm Mediengestaltung GmbH, München
Druck und Einband: GGP Media GmbH, Pößneck
Printed in Germany
ISBN 978-3-442-37717-6

www.blanvalet.de

Für meine Mutter
und für meine Großmutter

Prolog

Auf den ersten Blick unterschied sich die Fotografie kein bisschen von den übrigen zerknitterten Schwarz-Weiß-Fotos mit weißem Büttenrand, die wir aus dem Iran mitgebracht hatten, und ich hätte beinahe nicht bemerkt, dass sie ganz anders war als all die anderen alten Bilder.

Das Mädchen auf dem Bild war meine Mutter Lili, und obwohl sie höchstens vierzehn sein konnte, hatte jemand ihre Augen dick mit Kajal umrandet und so viel Lippenstift auf ihren Mund aufgetragen, dass er auf dem Foto schwarz aussah. Das blassblaue Satinkleid saß eng und spannte am Bauch, und unter dem langen, weiten Brautschleier hielt sie sich seltsam ungelenk. Der Mann an ihrer Seite war nicht mein Vater. Ich hatte ihn noch nie im Leben gesehen. Er trug einen grauen Fedora zum Smoking, und seine rechte Hand, die er meiner Mutter um die Taille gelegt hatte, sah erstaunlich zierlich aus.

Das ist eine Braut, fuhr es mir durch den Kopf, sie war einmal die Braut dieses Fremden.

Beinahe genauso erstaunlich wie diese Entdeckung war der Gesichtsausdruck meiner Mutter auf dem Bild. Sie starrte ins Leere und biss sich auf die Lippen, als würde sie gleich in Tränen ausbrechen. Nie hätte ich gedacht, dass meine stolze iranische Mutter so aussehen konnte.

Benommen hielt ich das Foto in der Hand, unfähig, den Blick davon zu wenden. Ich saß bei meiner Mutter, obwohl ich mir nicht hatte träumen lassen, dass ich noch einmal in dieses Haus zurückkehren würde. Es war an einem Nachmittag, fünf Wochen nach der Beerdigung meines Vaters. Ich half ihr, seine Sachen durchzusehen, und das Foto war aus einem Stapel Briefe herausgefallen, deren persische Schrift ich nicht mehr lesen konnte. Eine versteckte, vergessene und nun auf einmal wiederentdeckte Fotografie.

Ein Iraner würde angesichts einer solchen Entdeckung vermutlich mit den Schultern zucken, den Blick gen Himmel wenden und ihre Bedeutung unter dem Begriff *qesmat* oder Schicksal abhaken. Das war ein Wort, das ich in den Tagen nach dem Tod meines Vaters oft zu hören bekam. *Qesmat* hätte mich nach Kalifornien zurückgeholt, erklärte mir meine Mutter. Ich hatte sie beinahe ein Jahr nicht mehr gesehen, als sie anrief, um mir zu sagen, dass mein Vater im Krankenhaus sei und ich auf der Stelle nach Hause kommen müsse. Ich nahm nicht einmal einen Koffer aus meiner Wohnung an der Ostküste mit. Er starb, ehe mein Flugzeug in San Francisco gelandet war, aber als ich in mein Elternhaus zurückkehrte, konnte ich noch immer nicht weinen.

Meine Mutter und ich trauerten jede für sich, jede auf ihre Art. Ihre Freundinnen waren ständig bei ihr, trösteten sie und weinten und beteten tagelang mit ihr. Ich wollte lieber allein sein. Ich weinte nicht. Drei Tage nach der Trauerfeier fuhr ich meine Mutter zum Flughafen. Gemeinsam sahen wir zu, wie der Körper meines Vaters in einem Sarg mit schwarzem Trauerflor in das Flugzeug gehievt wurde, das ihn über den Ozean nach Deutschland bringen sollte, seine Heimat, die er in den Sechzigerjahren aufgegeben hatte, als er in den Iran ging, um meine Mutter zu heiraten. Für einen Dezembertag war der Himmel an diesem Morgen ungewöhnlich blau und nahezu wolkenlos. *Qesmat*, sagte sie leise, als das Flugzeug unseren Blicken entschwand, und da konnte ich endlich weinen.

Meine Mutter Lili und ich hatten in unserer eigenen Welt gelebt, einer fortwährenden, vertrauten Zweisamkeit, und ich hatte mir nicht vorstellen können, dass es außerhalb dieser Welt noch etwas anderes gab, am allerwenigsten mich selbst. Dann kamen wir nach Amerika, und ich verwandelte mich nach und nach in ein amerikanisches Mädchen. Damals begann sie mir von der guten Tochter zu erzählen. Die gute Tochter lebte im Iran. Sie gab nie solche frechen Antworten, wie ich sie mir in diesem kaputten Land, diesem *kharab shodeh*, zwangsläufig angewöhnt hatte. Sie sagte eigentlich überhaupt nicht viel. Die gute Tochter hörte lieber zu. Und sie wusste stets, wie man sich anständig und bescheiden zu verhalten hatte. Sie streunte nicht allein zum Spielen durch die Straßen. Die gute Tochter saß neben ihrer Mutter und lauschte ihren Worten. Sah sie ein Mann an, senkte sie sofort den Blick. Dabei war sie sehr, sehr hübsch, mit einem reizenden Gesicht und langem, glänzend schwarzem Haar wie die jungen Schönheiten in den persischen Miniaturen.

Mit den Jahren entwickelte sich die gute Tochter für mich zu einer Drohung, einem bösen Omen. Benutzte ich unanständige Ausdrücke, trug ich meine Röcke zu kurz oder ließ ich die Jungen mit mir flirten, war ich nicht mehr meiner Mutter echte Tochter, ihre gute Tochter. »Wenn du so wirst wie die amerikanischen Mädchen, gehe ich in den Iran zurück zu meiner guten Tochter«, sagte sie dann.

Damals glaubte ich, sie hätte sich dieses Mädchen nur ausgedacht, um mir Angst einzujagen und aus mir auch eine brave Tochter zu machen. Es passte zu meiner Mutter, sich solche Geschichten auszudenken, um mich an sie zu binden und vor dem Bösen zu bewahren. Ich wollte jedoch absolut nichts mit der guten Tochter aus der iranischen Welt meiner Mutter zu tun haben. Je weniger ich ihr glich, umso lieber war es mir. Und als ich das Foto meiner Mutter als junge Braut entdeckte, war ich wie alle Mädchen in diesem Land längst von zu Hause ausgezogen – was eine gute iranische Tochter nie tun würde.

Dennoch blieb ich nach dem Tod meines Vaters vierzig Tage lang in meinem Elternhaus und lächelte und nickte wie die gute Tochter aus den Geschichten meiner Mutter, wenn die Freundinnen mit ihren Spitzenschleiern und sorgfältig geschminkten Augen ihr nachmittags einen Besuch abstatteten. »Was soll nur aus ihr werden?«, flüsterten sie sich zu, während ich ihnen vierzig Tage lang Tee servierte und schweigend zusah, wie sie sie besorgt musterten.

Als ich das Foto fand, war das Haus endlich leer, das Begräbnisritual beendet und der letzte Besucher gegangen. Die Platten voller Datteln, Gebäck und Obst waren weggeräumt, und in jedem Zimmer standen Umzugskartons. Bis in den späten Nachmittag war ich damit beschäftigt, die Kleider meiner Mutter, ihre Kontoauszüge, Rechnungen, Briefe und in Leder gebundenen Fotoalben einzupacken. In einem der Gästeschlafzimmer stieß ich auf die Bücher meines Vaters – Rilke, Kant und Khayyām; außerdem fand ich den Gebetsschal meiner Großmutter Kobra, ihre Gebetskette und ihren Koran mit Goldschnitt. Im Schrank in meinem ehemaligen Kinderzimmer entdeckte ich die Zigeunerpuppen, die mir Großmutter vor vielen Jahren im Iran genäht hatte, und ein altes persisches Malbuch, das ich mit Kinderkritzeleien verziert hatte.

Meine Mutter und ich waren allein in dem Haus, das sie sich nicht länger leisten konnte, und als das Foto aus einem Bündel Briefe herausrutschte, war sie oben und schlief mit einer geöffneten Flasche Valium auf dem Tisch neben ihrem Bett.

Ich nahm das Bild mit ins Wohnzimmer, saß dort lange mit überkreuzten Beinen auf dem Boden und starrte das große Schwarz-Weiß-Porträt an der Wand an, das meine Eltern an ihrem Hochzeitstag 1962 in Teheran zeigte. Sie, mit rabenschwarzem Haar und Augen wie Kleopatra, ist Elizabeth Taylor, mein Vater der blonde, etwas betreten dreinschauende Richard Burton. Ich bin mit diesem Porträt und den vielen Geschichten, die meine Mutter über die Hochzeit mit meinem Vater immer wieder gern zum Besten gab, groß geworden. Aller Augen waren auf sie gerichtet, erzählte sie mir, an dem Tag, als sie ihren *damad farangi*, ihren Bräutigam aus dem fernen Europa heiratete. Wie zum Beweis dafür, wer sie einmal gewesen war, was unser Heimatland einmal dargestellt hatte, hängte sie das Bild in jede unserer Wohnungen in Amerika, in das Reihenhaus in Terra Linda, das große Fünf-Zimmer-Haus auf den Tiburon Hills, in die Villa über der Richardson Bay. Wenn mich jemand bat, vom Iran zu erzählen, deutete ich lange Jahre zuallererst auf diese Fotografie meiner Eltern, als hätte jede Geschichte dort und in genau diesem Augenblick ihren Anfang genommen.

Und nun hatte ich ein Bild gefunden, das die Revolution, den Krieg und das Exil überstanden hatte – und noch etwas anderes: den Wunsch meiner Mutter, die Vergangenheit zu vergessen. Obwohl ich mir noch nicht vorstellen konnte, welche Geschichten das Bild zu erzählen hatte, schob ich es zwischen die Seiten eines Buchs und brachte es dreitausend Meilen weit weg.

Sechs Monate später war ich wieder in Kalifornien und saß in der Einliegerwohnung, die sich meine Mutter in ihrer Villa im Kolonialstil eingerichtet hatte. Der Rest des Hauses war nun vermietet, und sie lebte in zwei kleinen Zimmern, die vollgestopft waren mit den ganzen Sachen, die sie nach dem Tod meines Vaters gerettet hatte. Sie wollte ihre Freunde nicht mehr zu sich bitten, weil sie sagte, sie hätte nicht einmal mehr genug Platz, um Tee zu servieren, weshalb sollte sie dann überhaupt noch jemanden einladen.

Mittlerweile hatte ich das Foto so oft angeschaut, dass ich jede Einzelheit aus dem Gedächtnis hätte zeichnen können. Wer war der Mann an ihrer Seite?, fragte ich mich wieder und wieder. Was war aus ihm geworden? Und warum hatte mir meine Mutter nie von dieser Heirat erzählt?

Sehr lange schien es mir wegen ihrer – und meiner eigenen – Trauer über den Tod meines Vaters unmöglich, diese Fragen zu stellen. Sechs Monate waren seither vergangen, und noch immer wusste ich nicht, wie ich es anfangen sollte; aber das Foto spukte ständig in meinem Kopf herum. Ich wusste nur, dass ich die Wahrheit erfahren wollte, egal wie schmerzhaft es für mich sein würde, danach zu fragen, oder für sie, meine Fragen zu beantworten.

Endlich räusperte ich mich, sagte »*Maman?*« und hielt ihr die Fotografie hin.

Sie warf einen Blick darauf, musterte mich dann prüfend, um herauszufinden, was ich, wenn überhaupt, begriffen haben mochte und was sie mir noch vorenthalten könnte, schüttelte den Kopf und nahm wieder einen Schluck Tee. »Nein«, murmelte sie schließlich und wandte den Blick von mir ab. »Das hat rein gar nichts mit dir zu tun.« Sie stellte ihre Tasse ab, riss mir das Foto aus der Hand und verließ das Zimmer.

Ich habe das Bild nicht wieder erwähnt. Aber die folgenden Tage verliefen sehr unerfreulich, weil wir beide darauf bedacht waren, uns aus dem Weg zu gehen, und ich war sehr froh, als ich wieder zurück an die Ostküste konnte. Wir redeten auch noch einige Wochen danach kein Wort miteinander. Ein paar Tage nach Beginn des neuen Semesters rief sie mich dann aber an und beschuldigte mich, ich hätte in ihren Sachen herumgeschnüffelt. Sie behauptete, ich hätte ihr das Foto gestohlen – mehr gebe es dazu nicht zu sagen.

Dann begann sie mir die Kassetten zu schicken. Die erste kam im Frühling, wenige Wochen nach *No Rooz*, dem iranischen Neujahr. Insgesamt sollten es zehn werden. Das ganze Jahr saß meine Mutter allein in ihrem Haus in Kalifornien und sprach ihre Lebensgeschichte für mich in einen Kassettenrekorder. Beschriftet waren die Kassetten immer auf Persisch, und ich konnte kaum mehr als meinen Namen entziffern, als ich die erste aus ihrem Umschlag holte. Mit dem Finger fuhr ich die Schrift meiner Mutter nach, als mir plötzlich einfiel, dass ich gar keinen Kassettenrekorder besaß. Am nächsten Morgen fuhr ich in die Stadt, um mir einen zu kaufen, und so begann sich ihre Geschichte wie ein geheimes Leben zwischen uns beiden zu entfalten.

1. Kapitel

Avenue Moniriyeh

»Wenn du meine Lebensgeschichte hören willst«, begann meine Mutter Lili, »musst du erst einmal alles über die Avenue Moniriyeh, deine Großmutter Kobra, deinen Großvater Sohrab und wie es damals im Iran zuging erfahren. Wir konnten nämlich nicht einfach machen, was wir wollten, so wie du hier – unsere Familie und die Tradition vergessen, der wir angehörten. Unser Leben war nicht so wie deins – nein.«

Bei ihrem neunten Kind konnte sich Pargol Amini endlich durchsetzen. »Sie soll Kobra heißen«, erklärte sie der Hebamme und lächelte sie aus den blutigen Laken an. »Kobra, ›die Große‹.«

Als Pargol mutig ihren Namenswunsch verkündet hatte, musterte die Hebamme sie mit strengem Blick.

Pargol Amini hatte schwarze Augen, und ihre glatten Wangen waren leicht gerötet wie Blutstropfen im Schnee, so nannte man das damals. In dem Zimmer, in dem es von den Strapazen der Geburt warm und stickig geworden war, hielt sie dem Blick der Hebamme stand.

»Kobra«, wiederholte sie, und ihre Stimme klang nicht mehr ganz so unnachgiebig, aber nach wie vor bestimmt.

Sogar das Neugeborene, ein winziges, zorniges Bündel mit einem schwarzen Haarschopf, war in dem Augenblick still. Der Duft nach Zimt und Kardamom drang aus der Küche bis zu ihnen. Die Hebamme atmete scharf ein, biss sich auf die Lippen und machte sich dann wieder daran, die geplagten Lenden meiner Urgroßmutter mit Asche zu bestäuben.

Pargols Familie hatte ihr Dorf im Süden verlassen, als sie ein kleines Mädchen war, und sie waren Hunderte von Meilen über Irans staubige, rot geäderte Hochebene gewandert, um sich in der damals noch von Mauern umgebenen Hauptstadt Teheran niederzulassen. Obwohl Pargol nicht lesen gelernt hatte und nie zur Schule gegangen war, konnte sie den Koran – und größtenteils auch die Hadithen – von Anfang bis Ende auswendig aufsagen, und zwar auf Arabisch, der Sprache Gottes.

Bei den Namen für Pargols andere acht Kinder hatte ihr Schwiegervater ein gewichtiges Wort mitzureden gehabt, sodass sie es zu einer eher langweiligen Aufzählung muslimischer Namen brachten: Ali-Reza, Qasem, Fatemeh, Abolfazl, Mohammad, Ali-Ahmad, Khadijeh und Zahra. Bei der Geburt ihres neunten Kindes war ihr Schwiegervater aber bereits tot, und sie galt, obwohl gerade mal dreißig, schon als alte Frau. Und so konnte sie an diesem Tag im Jahr 1921 die Liste mit den Namen ihrer Kinder endlich mit einem Namen beschließen, der ihrer eigenen Fantasie entsprungen war: Kobra.

Man munkelte damals, Pargol hätte den Verstand verloren, und alle fürchteten um das Kind. Aber Kobra wuchs und gedieh und wurde zum schönsten kleinen Mädchen der Familie und dem einzigen mit Augen in der Farbe von Honig. Und weil sich zu ihrer Schönheit auch noch ein sanftes Wesen gesellte, wurden alle Gerüchte über den Starrsinn ihrer Mutter und ihre eigene Tugendhaftigkeit zerstreut.

Um den Hals trug Kobra ein schwarzes Band mit einem winzigen blauen Auge, das sich in die kleine Mulde unterhalb ihrer Kehle schmiegte. Das Amulett sollte sie vor dem bösen Blick beschützen, der Pargol am Tag von Kobras Geburt verhext hatte – so sehr fürchtete sie, missgünstige Blicke könnten ihr liebstes Kind treffen.

Im Iran heißt es, solche Kinder sind die Perlen im Schatz ihrer Mütter.

Das Haus der Familie Amini stand in einem engen Gässchen, in dem gerade mal zwei Leute nebeneinander hergehen konnten, und mittendurch floss ein *joob*. So hießen die offenen Kanäle, die Teheran früher von Norden nach Süden durchzogen. Kalt und klar entsprang das Wasser dieser Kanäle am Fuß des Damavand, einem Vulkan mit schneebedecktem Gipfel im Norden der Hauptstadt. Wenn es aber schließlich Pargols Haus in der Nähe des alten Stadttors im Süden der Stadt erreicht hatte, floss es nur noch zäh vor lauter Schmutz und Unrat dahin. Es verging kaum ein Tag, ohne dass einer der Jungen, die sich in der Stadt herumtrieben, in einen dieser Bäche fiel und mit nassen, schmutzigen Kleidern nach Hause kam – wofür er sich zweifellos Prügel einhandelte, weil jeder wusste, dass es in den *joob* nur so von Typhus-, Diphtherie- und anderen Krankheitserregern wimmelte und man ihnen oft genug verboten hatte, dort zu spielen.

Falls sich eine Frau damals überhaupt auf die Straße wagte, tat sie das immer in der Angst, ihre Schleier könnten mit dem Wasser der Kanäle in Berührung kommen und dadurch *najes*, also unrein werden. Die fliegenden Händler jedoch bahnten sich tagaus, tagein mit ihren hölzernen Karren, auf denen sich Zwiebeln, Kräuter, Obst und Gemüse türmten, unverdrossen einen Weg durch die engen Gassen. Wenn ihre Räder in einem *joob*, einer tiefen Wagenspur oder einem Loch stecken blieben, von denen es damals in Teheran mehr als genug gab, verstummte das Geklapper der Töpfe und Tiegel kurz, bis der Hausierer seinen Karren wieder aus dem Dreck gezogen hatte. An allen Ecken und Enden der Stadt traf man auch auf langhaarige, in Mäntel gehüllte Derwische, die einem auf Schritt und Tritt Gedichte und einen Blick in die Zukunft feilboten oder Heilwässerchen anpriesen. Die Straßen gehörten den fliegenden Händlern und den Derwischen – und auch den Bettlern, die überall in den armen Stadtvierteln vor den Häusern hockten.

Das Haus unserer Familie war aus handbehauenen Ziegeln gebaut, und an den hohen Mauern rundherum rankten Geißblatt und Jasmin. Die Frauen, die in dem Haus wohnten, die Schwestern und Tanten und Mütter und Großmütter, verließen es höchstens für eine Hochzeit oder eine Beerdigung in der Nähe oder um zu einem Märtyrerschrein zu pilgern. Und diese seltenen Ausflüge unternahmen sie natürlich immer und ausschließlich in Begleitung ihrer Männer.

Einmal in der Woche hörte Pargol über die Mauern um ihr Haus den klagenden Ruf des *namaki*, des buckligen, zahnlosen Salzverkäufers, der mit seinem alten Esel, auf dessen Rücken er das Salz geladen hatte, durch die Stadt zog. Alle paar Straßen blieb er stehen, formte mit den Händen einen Trichter um den Mund, legte den Kopf in den Nacken und schrie: »*Namaki! Namaki!*« Sobald Pargol ihn rufen hörte, warf sie sich ihren Tschador über und steckte den Kopf aus der Tür, um ihren allwöchentlichen Salzklumpen zu kaufen.

Pargol hatte einen Teppichhändler namens Qoli Amini

geheiratet, besser bekannt als Qoli Khan oder auch Sir Qoli. Er war einen ganzen Kopf kleiner als seine Frau, ein Dilemma, das er seinem Charakter und seiner Weltanschauung gemäß mit einer Mischung aus Missachtung und Amüsement annahm. Jeden Tag begab sich Qoli Khan auf den großen überdachten Basar mitten in der Stadt. Dort angekommen, setzte er sich an seinen Platz neben den Obsthändlern mit ihren Bergen von Melonen, Granatäpfeln und Orangen, den Minze- und Petersiliebüscheln und den Steigen mit getrockneten Feigen und Maulbeeren. Er hockte sich auf einen riesengroßen Sack mit Salzmandeln, breitete seine Teppiche neben sich aus, damit die Leute seine Ware begutachten konnten, und verbrachte den ganzen Tag auf dem Basar, um auf Kundschaft zu warten. Mit dem bisschen Geld, das er heimbrachte, musste Pargol irgendwie auskommen.

Kobra wuchs heran, und Pargol bevorzugte sie heimlich auf tausendundeine Weise, doch ganz besonders augenfällig wurde ihre Liebe zu ihrer jüngsten Tochter, wenn der Ruf der Aderlasserin ertönte, was zweimal im Jahr geschah, einmal am Ende des Sommers, einmal am Ende des Winters. Aderlassen galt als sehr gesund und kräftigend für den Körper. Der rosige Teint, den auch noch die blassesten Menschen davon bekamen, war schließlich der beste Beweis. Doch egal wie oft man die Kinder belehrte, wie segensreich diese Behandlung war, sie flüchteten doch jedes Mal beim Anblick der Aderlasserin mit ihren Schröpfköpfen und dem Topf voller glitschiger schwarzer Blutegel, die sie auf dem Land an Flussufern sammelte.

Pargol duldete keinen Ungehorsam. Die Fäuste in die Hüften gestemmt scheuchte sie die Kinder aus ihren Verstecken überall im Haus. Ihre Söhne mussten zuerst dran glauben, dann steckte sie den Mädchen der Reihe nach ihre Zöpfe hoch. War die Aderlasserin mit den Jungen fertig, ritzte sie die Haut der Mädchen mit einem Rasiermesser am Rücken ein und drückte ihre Schröpfköpfe auf die blutenden Schnitte oder setzte ihnen ihre Blutegel auf die bloße Haut. Kobras Geschwister brüllten oder wimmerten, je nachdem wie viel sie aushielten und wie grob sie behandelt wurden, und Pargol ertrug ihre Qualen stets scheinbar ungerührt. Doch sie hätte es nicht ausgehalten, ihre jüngste Tochter weinen zu sehen. Also blieb Kobra Jahr für Jahr unbehelligt in ihrem Versteck hinter der Wasserzisterne im Keller, wohin sie sich immer verkroch.

Als Pargol dann auch noch beschloss, die elfjährige Kobra aus dem Haus zu schicken und einen Beruf erlernen zu lassen, konnte nicht einmal mehr die lange Geschichte ständiger Bevorzugungen verhindern, dass die Leute sich das Maul zerrissen. Ein Mädchen hatte im Haus seines Vaters zu bleiben, bis es verheiratet wurde, und auch die weniger frommen unter den Verwandten fanden, dass ein Beruf für Frauen reine Verschwendung sei. Doch bald nach Kobras elftem Geburtstag erklärte Pargol es für äußerst unwahrscheinlich, dass das Mädchen als letzte ihrer vielen Töchter einen Mann finden würde. Aus diesem Grund, so sagte sie, sei es unumgänglich, die kleine Kobra auf eine Schule für Schneiderinnen zu schicken.

Hinter vorgehaltener Hand wurde behauptet, Pargol wolle dieses Kind für sich behalten und dass deshalb von all ihren Töchtern ausgerechnet Kobra zum Lernen und Arbeiten aus dem Haus geschickt wurde. Fortan konnte man also Kobra jeden Morgen sehen, wie sie sich auf den Weg in die Stadt machte, das Kopftuch unter dem Kinn verknotet, den Korb mit Stoffen und Nadeln in der einen und einen kleinen

Blechtopf mit Reis und einer dicken Soße in der anderen Hand.

Dreizehn Schülerinnen waren in ihrer Klasse, und die anderen zwölf kamen alle aus Familien, die ärmer waren als ihre eigene. Trotzdem fand sie unter diesen Mädchen, mit denen sie auf dem Boden hockte und lernte, ihre ersten Freundinnen. Ihre Lehrerin, Malekeh Khanoom oder »Mrs. Queen«, war eine rundgesichtige Witwe mit langem, hennarotem Haar und zahllosen goldenen Armreifen, die an ihren Handgelenken klimperten. Sie lachte gern und viel mit den Mädchen. Vormittags brachte sie ihnen Nähen bei, am Nachmittag Sticken. Weil sie lauter feine Stoffe in die Hand bekamen – Samt und Seide, Crêpe de Chine, Voile und Georgette –, vermutete Kobra, dass sie die Kleider für die vornehmen Damen aus der Stadt nähten. Fasziniert strich sie mit den Fingern über die prächtigen Stoffe, die in großen Ballen an einer Wand in Malekeh Khanooms Keller gestapelt waren, und versuchte sich vorzustellen, wie diese Kostbarkeiten den Körper umschmeichelten.

Malekeh Khanoom zeigte den Mädchen, wie man mit den Händen Maß nimmt, indem man seine Finger wie einen Fächer öffnet und von der Daumenspitze bis zur Kuppe des kleinen Fingers rechnet. Eins, zwei, drei ... Üppige Formen sollten noch einige Jahre in Mode sein, und eine Taille, die drei ausgestreckte Handbreit maß, galt zu der Zeit, als Kobra in Malekeh Khanooms Keller das Schneidern lernte, als ideal. Die Mädchen passten genau auf, wie ihre Lehrerin es ihnen vormachte, um dann zunächst noch sehr schüchtern mit den eigenen Händen an den Stoffen Maß zu nehmen, die Malekeh Khanoom vor ihnen ausgebreitet hatte. Eins, zwei, drei ... Sie sahen ihre Meisterin fragend an, um sich zu vergewissern, ob sie es richtig gemacht hatten, und erst wenn die Lehrerin zufrieden nickte und jede von ihnen anlächelte, schnitten sie eine nach der anderen ihren Stoff mit Malekeh Khanooms einziger Schere zu.

Die Mädchen trugen baumwollene Pluderhosen und darüber *sheleeteh*, diese kurzen Volantröcke, die auf äußerst sonderbare Weise ins Land gekommen waren. Einer alten Geschichte zufolge bekam ein Kadscharen-König irgendwann im neunzehnten Jahrhundert die Fotografie einiger französischer Ballerinas in die Hände und war von deren Anblick so begeistert, dass er umgehend nach Frankreich aufbrach. Während dieser Reise wurde er zu einem eifrigen Förderer des Balletts und brachte es nebenbei zu enormen Rechnungen in den Pariser Bordellen, die er beglich, indem er der französischen Regierung das Anrecht auf archäologische Expeditionen nach Persien verkaufte und den Franzosen außerdem noch gestattete, sämtliche Artefakte zu behalten, die sie ausgraben sollten. Nach seiner Rückkehr in die Heimat ordnete der Kadscharen-König an, dass alle Frauen in seinem Hofstaat in Zukunft Tutus tragen mussten. Aus Gründen der Sittsamkeit zogen die iranischen Prinzessinnen zu den Seidenröckchen lange Tuniken und weite Hosen an oder weiße Strumpfhosen darunter. Der persische Name für die Röcke, *sheleeteh*, versucht das Rascheln wiederzugeben, das zu hören war, wenn sie die Damen in den Palästen der Kadscharen zum Tanz trugen.

Seit die Kadscharen von der Pahlavi-Dynastie abgelöst wurden und westliche Kleidung nicht nur in Mode kam, sondern gewissermaßen vom König verordnet wurde, trugen nur noch arme Frauen *sheleeteh*, die aber aus grober Baumwolle, nicht aus Seide waren und deshalb auch nicht mehr bei jeder Bewegung so schön raschelten. Der einzige *sheleeteh* meiner Großmutter war apricotfarben, und sie hatte ihn von ihrer Mutter Pargol bekommen, die in dem Röckchen viele Jahre zuvor die Wüste durchquert hatte.

Manchmal schenkte Malekeh Khanoom ihren Schülerinnen Stoffreste von den Kleidern, die sie genäht hatten. In ihrem ersten Monat an der Schule hatte sich Kobra zwei Stücke Voile ausgesucht und daraus zwei Schals genäht. Der eine war blau wie das Ei eines Rotkehlchens, der andere dunkelrot wie ein Granatapfelkern. Weil sie keine echten Perlen oder Goldmünzen zum Verzieren hatte, bestickte sie die Schals mit winzigen türkisfarbenen Glasperlen und schenkte sie beide Pargol, die sie von da an mit großem Vergnügen und nicht wenig Stolz trug – einen Tag den blauen Schal, am andern den roten.

Im ersten Jahr ging Kobra als Lehrling in Malekeh Khanooms Schule, aber sie stellte sich so geschickt an und war so fleißig, dass sie schon im zweiten Jahr die Gehilfin der Meisterin und im dritten Jahr selbst Lehrerin wurde.

Eines Nachts machte Kobras Bruder Ali-Ahmad, ein Spieler, einen Vorschlag, der das Leben meiner Großmutter für immer verändern sollte. Als er wieder einmal sehr viel Geld verloren hatte – es war wohl der größte Verlust in seiner langen, unrühmlichen Karriere –, wandte sich Ali-Ahmad an den Gewinner und sagte: »Du kannst dafür meine Schwester zur Frau haben.« Er ließ sich nicht dazu herab, ihren Namen zu erwähnen, sondern fügte nur noch »die jüngste« hinzu.

Ali-Ahmad wusste sehr gut, dass sein Freund Sohrab mehr als einen Grund hatte, sein Angebot anzunehmen; vermutlich haben sie aber weder in dieser noch in irgendeiner anderen Nacht darüber gesprochen. Ob Ali-Ahmad es bereut hatte, konnte später kein Familienmitglied mehr sagen. Sie erinnerten sich nur daran, dass große Freude herrschte, als er damals nach Hause kam und erklärte, er habe einen Bräutigam für Kobra gefunden.

Kobras Schwestern, die alle seit Kurzem verheiratet waren, kicherten und glucksten vergnügt, ihre Tanten schnalzten mit der Zunge und lächelten zufrieden. Sohrab war nämlich sehr ansehnlich und machte so eine gute Figur, dass selbst Pargol Ali-Ahmads Neuigkeit für einen unglaublichen Glücksfall hielt. Gleich am nächsten Morgen machten sich Kobras Schwestern und Tanten an die Arbeit und nähten und bestickten eine karmesinrote Tunika und einen schön gebauschten Hochzeitsrock. Am Ende der Woche kratzten sie ihr Erspartes zusammen und kauften auf dem Basar ein Paar hölzerne Plateauschuhe für Kobra. Ihre Lehrerin Malekeh Khanoom lieh ihr eine Kette mit winzigen blinkenden Lichtern (ein Schatz aus *farang*, Europa, hieß es), die Pargol in einem Anfall von Kreativität in Kobras Brautschleier flocht. So ausstaffiert wurde meine vierzehn Jahre alte Großmutter eine *aroos*, und Ali-Ahmads Schulden waren mehr als ausgeglichen durch den Brautpreis, den sich der Freund sparte.

Junge Bräute hatten damals keinen Namen, man nannte sie einfach *aroos* oder »die Braut«, weil sie erst nach dem Tod ihrer Schwiegermutter den Namen ihres Mannes annehmen durften. Als Kobra eine *aroos* wurde, hatte sie zwei dicke, lange schwarze Zöpfe. Sie war schüchtern, ordentlich und bescheiden, lauter Eigenschaften, von denen Sohrab wusste, dass sie seine Mutter, die nur unter dem Namen Khanoom oder »Missus« bekannt war, sehr schätzen würde. Aber so schön Kobras Augen und ihre schwarzen Locken auch waren, blieb sie doch einfach und provinziell und passte genauso wenig zu dem eleganten Auftreten meines Großvaters wie zu ihrem märchenhaften Namen.

Sohrab war Khanooms erster Sohn nach zwei Töchtern und so gesehen auch ihr *cheshmeh cheraq*, ihr Augenstern. Als Sohrab zwei Jahre alt wurde, hatte sein Vater bereits das Haus in der Avenue Moniriyeh verlassen und sich drei neue Ehefrauen genommen. Er hatte auch schon längst aufgehört, seiner ersten Frau Geld zu schicken. Khanoom musste also von ihrer eigenen Hände Arbeit leben. Sie schneiderte und strickte und zog Sohrab und die beiden Mädchen allein groß. Als dann nach und nach die drei anderen Frauen ihres Mannes bei ihr erschienen, weil er sie genau wie einst Khanoom abgeschoben hatte, nahm sie die Frauen auf, und sie lebten zusammen wie Schwestern in ihrem Haus und halfen ihr bei der Arbeit.

Sohrab war von frühester Kindheit an durch die übertriebene Zuwendung der vielen Frauen im Haus seiner Mutter verdorben worden. Schon als kleiner Junge war er ziemlich eitel, und als er drei oder vier Jahre alt war, nähten sie die schönsten Kleider für ihn und bügelten sie ihm auch, während sie das für sich nicht einmal bei ihren Festtagsgewändern taten. Zwischen all dem Nähen und Stricken und Kochen und Putzen pulten sie auch noch die Kerne aus Granatäpfeln und fütterten ihn damit aus einer Schüssel. Die süßesten Feigen aus ihrem Garten waren nur für ihn bestimmt und wurden ihm in den Mund gestopft, sobald er zu ihnen in die Küche kam. Sohrab genoss ihre Aufmerksamkeit mit der gleichen Selbstverständlichkeit, mit der er früher seine Muttermilch getrunken hatte.

Doch die Frauen sollten ihn nicht lange für sich haben. Mit sieben war Sohrab bereits unangefochtener Anführer der Jungenbande seines Viertels, die sich jeden Nachmittag mit Fahrrädern und selbstgemachten Steinschleudern auf der Straße herumtrieb. Mit elf Jahren hatte er die Jungen der ganzen Stadt hinter sich und lungerte oft draußen oder in einem *qaveh khaneh*, einem Kaffeehaus, herum, wo Männer sich gegenseitig Verse aus dem Schāhnāme, dem großen Epos des persischen Dichters Abū 'l-Qasim Firdausī aus dem 10. Jahrhundert, vortrugen. Meist trieb er sich nach der Schule noch lange in der Stadt herum, weshalb seine arme Mutter immer wieder ihr Schicksal verfluchte, während sie stundenlang für seine sichere Heimkehr betete.

Mit nur zwanzig Jahren hatte sich Sohrab irgendwie einen wichtigen Posten in Irans oberster Textilbehörde organisiert. Keiner wusste damals, wie ihm das gelungen war. Er hatte weder Geld noch Beziehungen und für die Arbeit keine anderen Qualifikationen als seinen Charme und seine Liebe zu schönen Dingen. Doch das hatte scheinbar gereicht. Die prächtigsten Perserteppiche wurden seiner strengen Kontrolle unterzogen und durften nur mit seiner Zustimmung nach Europa oder Asien exportiert werden. Für damalige Verhältnisse bekam er ein großzügiges Gehalt, was aber nicht ausreichte, seinen luxuriösen Lebenswandel zu finanzieren, weshalb er es mit Glücksspielen aufbesserte, was schon seit Jahren zu seinem liebsten Zeitvertreib gehörte. Er war noch nicht lange mit Kobra verheiratet, als er sich bereits hochelegante westliche Maßanzüge leisten konnte, die damals im Iran noch sehr selten waren, und sogar einen schwarzen Chrysler fuhr, auf den er genauso stolz war wie auf sein vor Brillantine glänzendes schwarzes Haar.

Es war ein offenes Geheimnis, dass mein Großvater nach seiner Heirat mit Kobra weiterhin ein Auge auf die elegant gekleideten Damen hatte, die seit einiger Zeit in Teheran zu sehen waren. Viele wussten auch, dass Sohrab Jahre vor seiner Heirat einer Dame den Hof gemacht hatte, die so schick und hübsch war, dass sie gut und gern als *aroos faranghi*, als

Ehefrau eines Europäers, durchgegangen wäre. Diese Simin war aber zweimal geschieden und konnte keine Kinder bekommen, und Sohrab wusste, dass er sie auf keinen Fall heiraten konnte, ehe er seiner Familie Erben geschenkt hatte. Als dann Ali-Ahmad seinem Freund Sohrab seine Schwester anbot, die er einmal in ihrem Elternhaus gesehen und als nettes, etwas dickliches Mädchen in Erinnerung hatte, musste er nicht lange überlegen. Sohrab sagte ja und brachte Kobra in Khanooms Haus an der Avenue Moniriyeh.

Sohrabs Schwestern und die drei Stiefmütter nahmen Kobra freundlich auf und machten ihr Komplimente. »Was für hübsche Hände sie hat!«, schwärmte eine. »Und was für schöne Augen erst!«, meinte eine andere. Sie bekam ihr eigenes kleines Zimmer in Khanooms Haus, und während ihrer ersten Monate dort nähte sie sich einen Bettüberwurf und bestickte eine Decke, auf die sie ihren Gebetsschal und die Gebetskette, ihren Handspiegel und die Haarbürste legte. Sie arbeitete den ganzen Tag in Khanooms Küche, putzte und hackte die Kräuter für *ghorme sabzi*, ein Eintopf mit roten Bohnen und Gemüse, suchte die Steinchen aus dem Reis und kochte ihn auf einem Holzkohlefeuer. Abends ging sie in ihr Zimmer, um auf Sohrab zu warten. In den ersten Jahren ihrer Ehe kam er mehrmals in der Woche zu ihr, und es dauerte nicht lange, bis ein Säugling in einem Korb zu ihren Füßen in der Küche schlief. Ihre Brüste waren noch prall vom Stillen, als sie zwei Monate später erneut guter Hoffnung war.

Die Kinder waren ihr ganzer Stolz. Nader wurde von der Familie besonders umschwärmt, weil er ein Junge war, aber Lili war ein außerordentlich hübsches Kind, pummelig, mit rosa Bäckchen, funkelnd schwarzen Augen, Grübchen und einer niedlichen kleinen Nase. Alle Frauen aus der Nachbarschaft gurrten bei ihrem Anblick und stürzten sich auf sie, wann immer sie dem Haus an der Avenue Moniriyeh einen Besuch abstatteten. Selbst Sohrab, der sonst nicht viel mit kleinen Kindern anfangen konnte, schien entzückt von ihr.

Kobra liebte den Innenhof von Khanooms Haus und die dunkelblauen Fliesen, mit denen der *hoz*, das flache Wasserbecken im Schatten eines weit ausladenden Dattelpflaumbaums, gekachelt war. Dieser Baum war auch der Liebling der Vögel aus der Nachbarschaft, die sich in Scharen über die heruntergefallenen süßen Früchte hermachten. Während die Kinder ihren Nachmittagsschlaf hielten, stahl sich Kobra von ihrer Arbeit davon, setzte sich auf den Beckenrand des *hoz* und sah den Vögeln zu, wie sie gierig die Kerne aus dem überreifen Fruchtfleisch pickten.

In den Jahren vor 1941, als die Alliierten in den Iran einmarschiert waren und sowjetische Soldaten die nördlichen Provinzen befehligten, während britische Soldaten die Hauptstadt und die Ölfelder im Süden kontrollierten, war das Brot in Khanooms Haus von Steinen und Holzstückchen durchsetzt, und Fleisch gab es selten. Als Kobra eines Nachmittags wieder unter dem Dattelpflaumbaum saß und mit den Zähnen Sonnenblumenkerne knackte, kam ihr plötzlich eine Idee. Sie schüttelte die Schalen von ihrem Rock und ging ins Haus zurück. Etwas später kam sie mit einem großen Korb zurück, den sie unter den Dattelpflaumbaum stellte. Schließlich streute sie eine Handvoll Sonnenblumenkerne aus, hielt den Atem an und wartete.

Am ersten Tag fing sie gleich fünf kleine braune Vögel, und Khanoom klatschte vor Überraschung in die Hände, strahlte begeistert und lobte die schlaue Kobra.

Kobras Tochter Lili (meine Mutter) war damals drei Jahre alt und kam manchmal dazu, wenn ihre Mutter im Hof Jagd auf Vögel machte. Ein listiges Lächeln umspielte Kobras Lippen, wenn die kleinen Wesen in ihren Händen ängstlich mit den Flügeln schlugen. Zum Abendessen setzte sich Lili an ihren Platz auf dem Boden in Khanooms Wohnzimmer, und wenn sie im Essen die Knochen entdeckte, die so klein und dünn waren, dass man sie einfach mit dem Fleisch mitaß, dann weinte sie und weigerte sich, auch nur einen einzigen Bissen davon zu nehmen, obwohl sie wusste, dass es nichts anderes gab.

Sohrab ging fast jeden Abend mit Freunden auf Partys mit zierlichen, europäisch gekleideten Frauen, die viel hübscher als Kobra waren. Als sie ihn bat, sie doch mitzunehmen, entgegnete er, sie sehe alt aus und schlampig mit ihrem *chador,* und dass er sich für sie schämen müsste. Da versprach sie ihm, sie würde ohne Schleier und sogar ohne einfaches Kopftuch aus dem Haus gehen, obwohl es ihr kaum weniger peinlich gewesen wäre, nackt in der Stadt herumzulaufen. Trotzdem nahm er sie nicht ein einziges Mal mit.

Wenn sie ihre Kinder ins Bett gebracht hatte, setzte sie sich jeden Abend im Schneidersitz in ihrem Zimmer auf den Boden, lehnte ihren kleinen Spiegel an die Wand und stellte eine brennende Kerze daneben. Sie zog ihre Augenränder außen und innen mit *sormeh* nach und schwärzte ihr Muttermal mit der Spitze des Kajalstifts. Dann öffnete sie den einzigen Lippenstift, den sie besaß, malte sich die Lippen rot und verteilte schließlich etwas von dem Lippenrot mit den Fingern anstelle von Rouge auf ihren Wangen. Sie tupfte sich ein wenig Rosenwasser hinter die Ohren und in den Spalt zwischen ihren Brüsten. So blieb sie sitzen und starrte sich im Spiegel an, bis sie irgendwann hörte, wie der Türklopfer aus Messing gegen die Haustür knallte.

Sohrab kam immer weit nach Mitternacht nach Hause, und seine tadellosen Anzüge und Seidenkrawatten rochen dann nach Schnaps, Zigaretten und dem Parfum anderer Frauen. Kobra fragte jedes Mal, warum er so spät kam, das Abendessen wäre längst kalt, und sie hätte sich solche Sorgen gemacht. Falls er sich überhaupt zu einer Antwort herabließ, erklärte er ihr nur, dass sie das nichts anginge und warum sie auf ihn wartete, wenn sie ihn doch nur mit ihren dummen Fragen ärgerte. Schlief sie aber tatsächlich einmal vor seiner Heimkehr ein und konnte ihm deshalb erst nach dem zweiten oder dritten ungeduldigen Klopfen die Tür öffnen, stürmte er ins Haus, schlug sie und wollte wissen, wo sie so lange gesteckt und warum sie ihm nicht sofort geöffnet hätte, wie es sich für ein anständiges Eheweib gehörte. Lili und ihr Bruder Nader wachten oft von seinem Geschrei und dem Weinen ihrer Mutter auf. Wenn sie sich dann aus ihren Zimmern wagten, wurden auch sie oft geschlagen. Manchmal allerdings erhob er auch nur die Hand gegen sie und hielt rechtzeitig inne.

Besooz-o-besaz, Kobra wäre rechtlos geworden, wenn sie bei irgendjemandem Hilfe gesucht hätte. Leide still, und begehre nicht auf, beiß in den sauren Apfel. Aber Kobra suchte ohnehin keine Hilfe. Sie schämte sich viel zu sehr, als dass sie sich ihrer Familie anvertraut hätte, und war viel zu stolz, um sich bei den Schwiegermüttern zu beklagen. Stattdessen blickte sie mit hilflos ausgebreiteten Händen zum Himmel und vertraute allein auf Gott.

Im Frühling und Sommer verschwand Sohrab monatelang in die kühleren Provinzen. In Karadsch oder Hamadan ruhten er und seine Freunde auf Teppichen an Flussufern, reichten goldverzierte *qalyoons,* Wasserpfeifen, herum und tranken bis tief in die Nacht *araq*. Einmal hatte er ein kleines

Landhaus an den Ausläufern des Elburs-Gebirges gemietet und ließ gegen Ende des Sommers Lili holen, damit sie dort eine Woche mit ihm verbrachte. Sie war noch nie so lange am Stück mit ihrem Vater zusammen gewesen und fand es sehr schwierig, den gut gelaunten, unbekümmerten Mann auf dem Land mit dem zornigen, unnahbaren Mann zu vereinen, den sie von zu Hause kannte und der sich sogar ganz anders kleidete. Er trug bequeme cremefarbene Hosen, und zur heißesten Tageszeit krempelte er die Ärmel hoch und öffnete die obersten Hemdknöpfe, was in der Stadt undenkbar gewesen wäre. Viele hübsche Frauen gingen in dem Landhaus ein und aus, aber keine fand Lili so bezaubernd wie die Dame mit den schönen blauen Augen, die sich gern bei ihrem Vater einhakte und ihm etwas ins Ohr flüsterte, wenn sie zusammen durch den Garten spazierten.

Weil Lili das einzige Kind im Haus war, verbrachte sie ihre Zeit allein im Freien. Am liebsten pflückte sie Obst von den Bäumen – Maulbeeren, Sauerkirschen und Pflaumen – und stopfte sich damit die Taschen voll. Nahm ihr Vater sie dann auf den Schoß und strich ihr übers Haar, schenkte sie ihm die Früchte wie kostbare Schätze. Morgens, wenn der Vater und seine Gäste noch schliefen, half sie den Dienstboten, Honig- und Wassermelonen in die Krümmung des Baches zu legen, der hinter dem Haus vorbeifloss.

Die Melonen wurden dort den ganzen Tag im Wasser gekühlt, und wenn Lili sie in der Abenddämmerung holen wollte, traf sie die Frauen, die ein gemeinsames Bad im Bach nahmen. An den Ufern standen Buchen, und ihre Blätter glänzten wie Silber, wenn der Wind in den letzten Strahlen der untergehenden Sonne mit ihnen spielte. Der Bach war nicht tief und die Steine im Bachbett flach und glatt, weshalb Lili allein bis zur Mitte waten konnte. Manchmal wand ihr die Strömung jedoch den Rock um die Beine und brachte sie aus dem Gleichgewicht. Auch die Frau mit den blauen Augen badete im Fluss, aber sie hatte immer eine Dienerin mit einem großen Krug bei sich, mit dem sie ihr Wasser über ihre hübschen Schultern und ihr langes schwarzes Haar goss. Es schien sie weder zu wundern noch zu stören, dass Lili sie mit großen Augen bestaunte.

Im darauffolgenden Frühjahr reisten Sohrab und seine Begleiter über die Grenze in den Irak, wo er sich seinen Gastgebern zu Gefallen mit einer arabischen Kopfbedeckung porträtieren ließ. Lili hatte sich nichts mehr gewünscht, als dass er sie wieder mitnehmen würde, aber er dachte gar nicht daran. Dafür versprach er ihr ein Geschenk, und als er auf dem Rückweg in Ahvaz umsteigen musste, ging er in einen Blumenladen und kaufte ihr einen Strauß Narzissen, deren Blüten noch nicht geöffnet waren und die noch kaum dufteten, und schenkte Lili die Blumen bei seiner Rückkehr nach Teheran.

Kobra hatte während des Sommers, in dem Sohrab in den Irak gefahren war, still gelitten, ohne aufzubegehren. Eines Tages ging sie in den Keller von Khanooms Haus, wo die Säcke mit Getreide und Mehl aufbewahrt wurden. Als sie sich bückte, um nach einem Sack Reis zu greifen, stellte ein großer schwarzer Skorpion seinen Stachel auf und bohrte ihn ihr in die Hand. Sie schrie sofort laut um Hilfe, doch ehe eine von Sohrabs Schwestern zu ihr kommen konnte, hatte sich das Gift bereits in ihrem Blut verteilt und brannte wie Feuer. Erst prickelte ihr Arm, dann wurde er taub, und Kobra war überzeugt, dass sie sterben musste.

Aber Khanoom, die in der siebten Generation in Teheran lebte und die unzähligen Gefahren der Stadt in und auswendig kannte, wusste Rat. Sie machte im Keller Jagd auf den

Skorpion und erlegte ihn mit einem Schlag ihrer Gartenschaufel. Kobra wurde mit der kranken Hand zur Decke ins Bett gelegt und der tote Skorpion an die Stelle gebunden, wo er zugestochen hatte. Die steifen Beine des Tieres baumelten an ihrem Handgelenk.

»Ein Skorpion sticht nicht, weil er dir etwas Böses will, sondern weil es in seiner Natur liegt«, erklärte ihr Khanoom, um sie ein wenig zu beruhigen.

Kobra machte die ganze Nacht kein Auge zu, nicht eine Sekunde. Stunde um Stunde saß sie stocksteif und schweißgebadet in ihrem Bett, weinte nach ihrer Mutter und konnte doch nicht den Blick von ihrer Hand wenden. Gegen Morgen ging das Fieber allmählich zurück, und sie spürte, dass sie überleben würde.

Obwohl es meine Großmutter Kobra war, die fünfmal am Tag ihre Gebete sprach und danach stets ihren Gebetsteppich und den Schleier sorgfältig zusammenlegte, wurde am Ende doch nicht sie erhört, sondern es war Sohrab, der sich von seinen ehelichen Nöten zu befreien wusste. Im täglichen Leben hielt Sohrab wenig von religiösen Ritualen, aber der Glaube erlaubte den Männern damals einige wichtige Privilegien, von denen sich eines als besonders nützlich erweisen sollte: Er konnte sich ohne irgendwelche Dokumente oder Zeugen von seiner Frau scheiden lassen. Wenn er Kobra loswerden wollte, musste er lediglich diesen Wunsch aussprechen.

Der Streit begann wie alle vorhergegangenen, als er wieder spät von einer Party zurückgekommen war. In den Kreisen, in denen er sich damals bewegte, war es seit einiger Zeit schick, eine Schnaps-Opium-Mischung zu rauchen, dank derer er noch betäubter und schwankender nach Hause kam als sonst. Wie immer warfen sie sich gegenseitig Flüche und Anschuldigungen an den Kopf, aber in dieser Nacht schlug Sohrab sie nicht mit der flachen Hand, sondern mit der Faust. Er schlug nur ein einziges Mal zu, doch trotz seines Rausches traf er so gut, dass sie ohnmächtig wurde und zu Boden stürzte. Als Kobra wieder zu sich kam, hatte sie so viel Blut verloren, dass sich bereits eine große Blutlache um sie herum auf den Fliesen gebildet hatte.

In dieser Nacht verließ sie das Haus an der Avenue Moniriyeh im Morgenmantel, ohne irgendetwas mitzunehmen. Ihr blutverschmiertes, geschwollenes Gesicht hatte sie unter einem Tuch verborgen. Als sie am nächsten Morgen im Schlafzimmer ihrer Mutter aufwachte, musste sie entsetzt feststellen, dass ihre Nase zertrümmert war und ihr das Fleisch in Fetzen herunterhing. Der Knochensetzer aus der Nachbarschaft schnitt ihr die zertrümmerten Knochen aus dem Gesicht und verband ihre Nase mit Gaze, um das Blut zu stillen. Mehr konnte er nicht für sie tun. Es schien (und viele haben das auch gesagt), als wäre von da an der honigfarbene Glanz aus ihren Augen verschwunden.

»Gottes Wege sind unergründlich«, bemerkte Kobras Tante kühl. »Es ist nun einmal ihr Schicksal, *qesmat*.«

Kobras Mutter Pargol war empört über so viel Herzlosigkeit. »Halt den Mund!«, zischte sie ihr zu.

Sechs Jahre zuvor, am Abend vor Kobras Hochzeitsnacht, hatte sie ihre Tochter auf beide Wangen geküsst und ihr den alten mahnenden Spruch ins Ohr geflüstert, mit dem alle persischen Mütter ihre Töchter in die Ehe entlassen: »Du gehst in einem weißen Kleid – komm auch in einem weißen Kleid zurück.« Was so viel hieß wie, komm erst wieder nach Hause, wenn du unter einem weißen Leichentuch liegst. Alles andere stand für das schrecklichste Schicksal, das einer

Frau widerfahren konnte, nämlich dass sie geschieden wurde, mit allen Konsequenzen, die es für eine Frau bedeutete, ohne den Schutz eines Mannes zu leben. Als Kobra in jener Nacht mit einem blutverschmierten Schleier bei ihr auftauchte, dachte Pargol keinen Augenblick daran, sie wegzuschicken, aber wenn sie ehrlich war, wusste nicht einmal sie, was nun aus Kobra werden sollte.

Eins war jedenfalls klar: Die Kinder gehörten zu ihrem Vater, das war im Iran schon immer so. Keines ihrer Kinder würde Kobra je wieder *maman* oder Mutter nennen. Sohrab hatte Kobra aus seinem Haus geworfen, aber Lili und Nader blieben dort und wurden von Khanoom und Sohrabs Schwestern und Stiefmüttern großgezogen. Kobra durfte sie nicht sehen. Sie vermisste sie unsagbar und wagte sich manchmal nachmittags verschleiert vor das Schultor, um einen Blick auf sie zu erhaschen. Sie rief ihre Namen, steckte ihnen ein Taschentuch mit kleinen Süßigkeiten durch das Gitter zu und flehte sie an, sie nicht zu vergessen.

Weil Kobra nicht mehr da war, übernahm Khanoom jetzt die Mutterrolle für Sohrabs Kinder und hatte noch mehr Arbeit, weshalb sie immer die Erste war, die morgens in dem Haus an der Avenue Moniriyeh aufstand. Sie wachte auf, wenn es noch dunkel war und die Straßen still und menschenleer. Unten im Hof wusch sie ihr Gesicht dreimal vom Haaransatz bis zum Kinn, dann ihre knochigen, weißen Arme der Länge nach, schrubbte ihre Füße von den Zehenspitzen bis zu den Fersen und ließ schließlich etwas Wasser über ihren Scheitel laufen. Khanoom nahm es mit allem sehr genau – bestimmt hatte sie noch kein einziges Gebet, *namaz*, versäumt – und hielt sich so streng an die rituellen Waschungen, dass ihre Handflächen ständig wund gescheuert waren. Wenn sie mit ihren Waschungen fertig war und ins Haus zurückging, um ihre Morgengebete zu verrichten, huschten die ersten dunklen Gestalten draußen vor dem Haus durch die Straßen, Männer und Frauen auf dem Weg zum Hamam, wo sie sich von den ehelichen Vergnügungen der vergangenen Nacht reinigen wollten, ehe der Ruf des Muezzin in der Morgendämmerung ertönte.

Nach dem Morgengebet bereitete Khanoom als Erstes den mächtigen, aus Messing getriebenen Samowar vor, der in der Mitte von Khanooms Wohnzimmer thronte und von morgens bis abends geheizt wurde, damit man Gästen jederzeit eine Tasse frisch gebrühten Tee anbieten konnte. Mit einem Streichholz zündete Khanoom die Kohlen an, und während sie darauf wartete, dass das Wasser kochte, rollte sie zum Frühstück ein paar Salatblätter in ein Fladenbrot und angelte nach einer der handgedrehten Zigaretten, von denen sie immer ein Dutzend in der Tasche hatte. Sie hielt sie in die Kohlen, bis sie brannte, und ließ dann, die Zigarette zwischen den Lippen, die erste Handvoll Teeblätter in ihrer kleinen chinesischen Teekanne ziehen.

Hatte Khanoom ihren ersten Tee getrunken, den sie in winzigen Schlucken aus einer kleinen Tasse aus Kristallglas schlürfte, legte sie sich den Schal um und machte ihre morgendliche Runde durch den uneinsehbaren Garten hinter ihrem Haus. Khanooms Vater, Mirza Benevees, war Schreiber gewesen, und obwohl sie weder lesen noch schreiben konnte, bewegte sie sich selbst in solch privaten Momenten so stolz und würdevoll wie ihr gelehrter Vorfahr.

Von Mirza hatte sie auch ihre große Leidenschaft für Blumen geerbt. Überall im Haus standen kleine Vasen mit Prunkwinden oder Geißblatt oder was sonst gerade blühte, am meisten liebte sie jedoch die sternförmigen Blüten des

Jasmins. Jeden Morgen stellte sie eine Schale mit Jasminblüten neben ihren Samowar und schob sich auch noch ein paar Jasminzweiglein unter die Brust. Und während Khanoom im Laufe des Tages ihre Zigaretten rauchte, eine Tasse Tee nach der anderen einschenkte, ihre Gebete sprach und sich dann wieder an die Arbeit machte, duftete sie immer süßer nach Jasmin.

Im ersten Monat fragte Lili jeden Morgen nach Kobra, wenn sie sich zu ihrer ersten Tasse Tee an den Samowar setzte. »Sie wollte ihre Mutter besuchen«, beruhigte sie Khanoom. »Hab keine Angst, *madar-joon*. Sie kommt schon wieder.« Dann schenkte sie Lili stark verdünnten Tee ein, gab ein Stück Würfelzucker in die Tasse und rührte so lange mit einem winzigen silbernen Löffel um, bis der Zucker vollständig aufgelöst war. War der Tee zu heiß für das kleine Mädchen, goss Khanoom etwas davon in eine Untertasse und ließ sie daraus trinken.

Schon mit vier Jahren trank Lili nicht selten fünf kleine Tassen süßen Tee aus Khanooms Samowar hintereinander. Sie liebte alles, was süß war, aber am allermeisten die *khageeneh*, die dünnen Pfannkuchen, die Khanoom mit Honig, Safran und Rosenöl tränkte und jeden Tag mit dicken Brocken Schafskäse und frischem Sesambrot aus der Bäckerei zum Frühstück servierte.

Während Lilis Appetit eher zunahm, seit Kobra sie verlassen hatte, war ihr Bruder Nader sehr unruhig und schmal geworden, und sein Blick irrte ständig durch die Zimmer in Khanooms Haus, als würde er nach seiner Mutter suchen. Wenn er nachts weinte, holte ihn Lili zu sich ins Bett und wickelte ihn in ihre Decke. Sein Gesicht war so weiß wie der Mond, und die Wimpern um seine schwarzen Augen waren sogar länger und dichter als Lilis. Seit Kobra verschwunden war, wurde Lili nicht mehr so oft geschlagen, doch Nader hatte eher mehr unter der Gewalttätigkeit des Vaters zu leiden. Weil Lili wusste, dass ihr Vater Nader schlug, wenn er ihn nachts weinen hörte, entwickelte sie das aufmerksame Gehör einer Mutter, sodass ihr nicht einmal das leiseste Schluchzen von ihm entging.

Als sie eines Tages aus der Schule kam, trug ihr Bruder auf einmal lange weiße Baumwollhosen und eine leuchtend rote Schärpe um den Bauch, und im Wohnzimmer hatte sich eine Schar festlich gekleideter Frauen versammelt. Berge von Geschenken türmten sich, aber als sie eins in die Hand nehmen wollte, erklärte ihr eine Tante, sie dürfe nichts anfassen, weil die Geschenke alle Nader gehörten. Als er in der merkwürdigen Hose und mit nacktem Oberkörper weinend die Treppe herunterkam, rätselte Lili, was sie ihm wohl angetan haben mochten, dass er so unglücklich war, und warum sie ihm so viele Geschenke gekauft hatten, um es wiedergutzumachen.

Nader war an dem Tag beschnitten worden, und die weiten weißen Hosen waren extra dafür geschneidert, dass er nicht mehr Schmerzen als nötig erleiden musste. Kobra wohnte damals seit zwei Monaten nicht mehr bei ihnen, und Khanoom bedauerte es sehr, dass sie dieses glückliche Ereignis nicht miterleben konnte. Aber die Feier war bereits lange geplant gewesen. Ihr kleiner Bruder saß den ganzen Nachmittag mit einem Stapel neuer Spielsachen in der Mitte des Zimmers, und in seinen Augen sah Lili, was er alles erfahren – und was er verloren hatte.

Doch bevor dreieinhalb Monate vergangen waren, stand Kobra plötzlich in ihrem alten schwarzen *chador* und mit einem abgewetzten Koffer in der Hand vor der hölzernen

Haustür an der Avenue Moniriyeh und wirkte eher erschöpft als erleichtert.

Sohrab hatte sich aus einer Laune heraus und ohne irgendwelche Formalitäten von ihr scheiden lassen, doch genau so wie es die Ehe nach islamischer Tradition in unterschiedlichen Formen gibt – von der befristeten, vorübergehenden bis hin zur offiziellen und endgültigen –, verhält es sich auch mit der Scheidung. Zu der Zeit, als Sohrab und Kobra geheiratet hatten, konnte eine Frau, die nicht im Haus ihres Gatten lebte, innerhalb von dreieinhalb Monaten zur Rückkehr aufgefordert werden, wodurch die Scheidung aufgehoben war. Ursprünglich sollte damit verhindert werden, dass die Frau mit einem ungeborenen Kind von ihrem Mann ging, was einem Diebstahl gleichkam, in Kobras Fall diente die Anwendung dieser Regel allerdings einem anderen Zweck.

In den folgenden Jahren setzte Sohrab Kobra noch einige Male vor die Tür, auch wenn es ihr von Zeit zu Zeit so schlecht ging, dass sie das Haus freiwillig verließ. Und jedes Mal fand Kobra Zuflucht im Haus ihrer Mutter. Dann weinte sie nach ihren Kindern, weinte um sich selbst, und niemand, nicht einmal Pargol, konnte sie über ihr trauriges Schicksal hinwegtrösten.

Kobras Exil blieb jedoch immer nur vorübergehend. In den ersten paar Wochen ohne Kobra war Khanoom froh, dass die mitternächtlichen Streitereien in ihrem Haus ein Ende hatten, doch es dauerte nie lange, bis sie und Sohrabs Schwestern es müde wurden, sich um Kobras Kinder zu kümmern, sodass sie sich schließlich gemeinsam auf den Weg zu Pargols Haus machten, um Kobra wieder in die Avenue Moniriyeh zu holen.

Sohrab sagte kein Wort, wenn Kobra wieder auftauchte, doch er kam fast nie mehr in ihr Zimmer, und seine Schwestern waren nicht mehr so nett zu ihr wie früher. Nachdem Sohrab Kobra zum ersten Mal des Hauses verwiesen hatte, fanden sie ihre Fleischsoßen plötzlich zu salzig, ihre Reiskörner zu kurz und ihre Nachspeisen zu geschmacklos. So vergingen einige Wochen oder Monate, bis Sohrab sie wieder wegschickte, und ehe dreieinhalb Monate verstrichen waren und die Scheidung endgültig gewesen wäre, hüllte sich Khanoom wieder in ihren Schleier und holte Kobra in ihr Haus zurück.

Kobras ständiges Kommen und Gehen sorgte in der Nachbarschaft für Gerede, wofür sich Khanoom derart schämte, dass sie ihre Schwiegertochter so schnell wie möglich aus Pargols Haus zurückholte. Im Laufe der Jahre fanden dann aber so viele unverheiratete Cousinen und verwitwete Schwestern Unterschlupf bei ihr, dass alle Zimmer von dem lautstarken Schwatzen der Frauen erfüllt waren, die den lieben langen Tag klatschten und zankten und sich kleine Geheimnisse anvertrauten. Außer während der zwei Stunden am Nachmittag, wenn alle im kühlen Untergeschoss ein Nickerchen machten, ließ es sich nun unmöglich mehr feststellen, wer kam und wer ging und was zu alledem gesagt wurde, und Kobras ständiges Verschwinden und Wiederauftauchen verlor sich mit der Zeit in all den anderen Geschichten des Hauses an der Avenue Moniriyeh.

Sohrabs Zimmer hatte fünf Holztüren, die mit geschnitzten Weinranken und Blüten verziert waren. Es war der größte Raum in Khanooms Haus – er nahm beinahe den gesamten zweiten Stock ein – und der einzige mit einem WC.

Um ihm zu zeigen, wie sehr sie ihn verehrte, begann Lili jeden Tag damit, ihrem Vater die Hände zu waschen. Sie schlich sich in sein Zimmer, um den Krug zu holen, der neben seinem Bett stand, und ging in den Hof, um Wasser aus der Zisterne neben dem *hoz* zu schöpfen. Zurück in seinem Zimmer versuchte sie ruhig zu atmen, damit sie ihren Vater im Schlaf betrachten konnte. Seine Wimpern waren so lang, dass sie auf den Wangen ruhten, wenn er die Augen geschlossen hatte. Wie gern hätte sie vorsichtig mit den Fingern darüber gestrichen, aber aus Angst, ihn zu wecken, unterließ sie es.

Sie tauchte ein sauberes Tuch ins Wasser und wusch behutsam die Hände ihres Vaters, die schmal und weich und weiß waren, außer den braunen Flecken an zwei Fingern seiner rechten Hand, die von den vielen Zigaretten stammten. Manchmal schreckte er aus dem Schlaf, doch meist schlief er während der Pflege einfach weiter. Weil dieses Ritual die einzige Gelegenheit war, bei der Lili ihrem Vater nahe sein konnte, zog sie diesen Augenblick jeden Morgen in die Länge und wusch und spülte seine Hände ein ums andere Mal, ehe sie sich schließlich leise aus dem Zimmer stahl.

Es gab Zeiten, da schien das Geld in ihrem Haus nicht auszugehen, und Khanoom fragte sich besorgt nach seiner Herkunft, war dann aber doch sehr glücklich darüber und kaufte ständig schöne neue Vasen, Leuchter, Kissen und Teppiche für ihr Wohnzimmer. Als Lili eines Tages aus der Schule kam, stand ein Koffer voller Geldscheine in ihrem Zimmer. »Willst du das Geld haben?«, hatte Sohrab sie gefragt. Sie warf einen Blick auf den Koffer und meinte nur, dass sie es ganz bestimmt nicht brauchen würde. Da nickte er zufrieden und lächelte sie freundlich an. »Manch einer würde viel für dieses Geld tun. Du hast eine gute Antwort gegeben. Du bist ein gutes Mädchen.« Und ehe er den Koffer schloss und absperrte, nahm er eine einzelne druckfrische Note heraus und gab sie ihr in die Hand. Lili bewahrte sie zusammen mit ihren Ohrringen und Armreifen in einer kleinen Schachtel auf und rührte nie daran.

Keine Familie, die es sich leisten konnte, hätte es einer Tochter erlaubt, auch nur drei Schritte allein auf die Straße zu gehen. Und als Lili mit sechs Jahren in die Schule kam, befahl Sohrab deshalb seinem jungen Diener Mamm'ali, sie jeden Tag hinzubringen und wieder abzuholen. Der magere, pickelige und x-beinige Mamm'ali sprach auf dem ganzen Weg kein einziges Wort mit ihr, sondern starrte mit ihren Büchern und Heften unter dem Arm vor sich hin. Deshalb war Lili alles andere als traurig, als Mamm'ali irgendwann verschwand und sie jeden Morgen um halb acht von einem Chauffeur mit dem schwarzen Chrysler ihres Vaters zur Schule gebracht wurde. Saeed war dreiundzwanzig, hatte schöne braune Locken und Grübchen und schenkte ihr sogar hin und wieder ein freundliches Lächeln.

Doch es gab auch andere Zeiten, Monate, in denen Sohrab beim Spielen alles verlor und sich das Leben in dem Haus an der Avenue Moniriyeh vollkommen änderte. Khanooms schöner Zierrat verschwand nach und nach aus dem Wohnzimmer, und beim Abendessen hatte jeder nur eine Schüssel Reis ohne Butter vor sich stehen. Wenn es überhaupt Fleisch gab, landete es sofort auf Sohrabs Teller, der allerdings manchmal mit Lili und Nader teilte. Der Chauffeur Saeed verschwand, und nicht einmal der pickelige, dürre Mamm'ali erschien, um Lili von der Schule abzuholen. Stattdessen wartete ihr elegant gekleideter Vater mit seinem Spazierstock mit dem silbernen Knauf und seinem schwarzen Fedora vor der »Schule der Tugend«. War er wieder bis an den Hals verschuldet, ging Sohrab nicht mehr so häufig aus und war mürrischer denn je. Lili war das egal. Sie freute sich, dass er sie zur Schule begleitete und wieder abholte, auch wenn seine Laune noch viel schlechter war als die von Mamm'ali. Zu Hause brachte sie ihm ständig Tee und Süßigkeiten, wusch ihm jeden Morgen die Hände und massierte ihm jeden Abend die Stirn, wenn er es ihr erlaubte.

In diesen Phasen vorübergehender Armut kam dann immer Kobras Einfallsreichtum zum Einsatz. Aus einer Handvoll Mehl, einer Tasse Wasser und einem Löffelchen Zucker zauberte sie einen Stapel hauchdünne Pfannkuchen, damit ihren Kindern in der Schule nicht den ganzen Tag der Magen knurrte. Aus einem alten Hauskleid schneiderte sie einen Faltenrock für Lili und drei Paar kurze Hosen für Nader. Aus Haaren, die beim Haarschneiden abfielen, machte sie eine Perücke für eine handgenähte Puppe oder die Mähne für einen Stofflöwen. Und wenn es so schlecht um sie stand, konnten Sohrabs Gäste selten das Haus verlassen, ohne dass ihnen Kobra Nader hinterherschickte, der sie um ein paar *toman* anbettelte. Die meisten Herren taten ihm den Gefallen, einer von ihnen warf Nader allerdings immer eine Handvoll Münzen zu, weil er sich einen Spaß daraus machte zuzusehen, wie sie der Junge aus der schmutzigen Gosse fischte. Immer wenn dieser spezielle Gentleman im Haus vorsprach, kam Nader heulend von seiner Mission zurück, und seine Lederschuhe waren schwarz und schwer von dem *joob*-Wasser und seine Hosen bis zu den Knien durchweicht.

Doch es dauerte nie lange, und Sohrabs Kassen waren nach einer Nacht mit Glück im Spiel wieder gut gefüllt. Dann kam er lächelnd aus seinem Zimmer, sang manchmal sogar ein Lied und schnippte mit den Fingern dazu, wenn er die Treppe hinunterstürmte – und war erneut bis tief in die Nacht unterwegs. Dann tauchte auch wieder Saeed der Chauffeur auf, dessen Lächeln mit jeder Wiederkehr ein wenig frecher wurde.

Selbst wenn Sohrab all seine Ersparnisse (und manchmal auch die seiner Mutter) verspielt hatte, gelang es ihm immer noch, genug Geld aufzutreiben, damit Lili jeden Morgen ihren dunkelgrauen Schulkittel überziehen und sich an ihren Platz neben den anderen Mädchen in der Schule der Tugend setzen konnte. Die Schule war nach dem Vorbild eines französischen Lyzeums aufgebaut und so streng, wie es ihr Name und die Miene der beiden Direktorinnen verhießen, zwei Schwestern mittleren Alters, die von den Mädchen nur »die Ältere« und »die Andere« genannt wurden.

Morgens versammelten sich die zweihundert Schüler – ausnahmslos Mädchen – vor dem Schulgebäude an der Avenue Pahlavi. Die Mädchen mit den Kaschmirmänteln stellten sich ganz vorn in die erste Reihe, die mit schäbigen Mänteln oder ganz ohne Mantel warteten hinten. Lilis war aus weichem grauem Lammfell, und sie hielt sich immer in der Mitte, den Blick nach vorn gerichtet. Wenn die Ältere und die Andere einen guten Morgen wünschten, stellten sich die Mädchen sofort in Reih und Glied auf und stimmten auf das Zeichen der beiden Lehrerinnen Irans neue Hymne an. »O Iran, diamantenbesetztes Land!«, sangen sie aus voller Kehle, und dann erst durften sie das Schultor passieren.

An der Schule der Tugend wurde fast nur auswendig gelernt, und auf Fragen aller Art erhielt man mürrische Blicke oder einen kleinen Schlag auf die Finger zur Antwort. Lange bevor sie die Grundkenntnisse im Lesen und Schreiben beherrschten, wurde von den Mädchen verlangt, dass sie klassische Gedichte auswendig aufsagten. Mit dem Federhalter in der Hand und dem Tintenfass in Reichweite mussten sie seitenlange persische Diktate schreiben. Mathematik, Geografie und Geschichte lernten die Kinder durch ähnliche Gedächtnisleistungen und verordnetes Desinteresse.

Lili mochte fast alle Fächer, nur Arabisch bedeutete für sie eine ständige Quälerei. Bevor sie in die Schule gekommen war, hatte sie es als die Sprache kennen gelernt, in der ihre Großmutter betete, und wenn sie die Buchstaben las, hörte sie unweigerlich den schönen Klang und den Tonfall von Khanooms Stimme. Auf der Schule der Tugend wurde jedoch nicht ihre Erinnerung an diese Gebete benotet, sondern das Wissen um ihre Bedeutung. Hierin und in der Kunst der arabischen Schrift galten Lilis Leistungen als mangelhaft. Sobald die Arabischlehrerin in ihre Nähe kam, bildeten sich zwei strenge Falten auf ihrer Stirn. Sie beugte sich so weit über Lilis Schulter, dass ihre Nähe dem Mädchen unangenehm war, und zerquetschte ihr beinahe die Hand, wenn sie sie mit festem Griff übers Papier führte.

Alle Mädchen trugen graue Schulkittel und weiße Blusen mit rundem Ausschnitt. Zweimal in der Woche zogen sie ihre Uniformen aus und knielange schwarze Hosen an und marschierten in Gruppen auf den Schulhof zur Freiluftgymnastik, die das Erziehungsministerium für gesund erklärt hatte. Die Übungen machten sie zu Marschmusik, die aus einem Grammophon dröhnte – ein Wunder, das die Turnlehrerin mittels energischen Kurbelns an dem dafür vorgesehenen Griff der Maschine erzeugte. Die Mädchen mit den Kaschmirmänteln besaßen spezielle Sportschuhe, alle anderen trugen ihre normalen Schuhe zum Turnen.

Fast noch mehr als um ihre Kaschmirmäntel beneidete Lili die reichen Mitschülerinnen um ihre Lackschuhe. Lilis eigene hatte immer Khanoom gekauft und meistens braune Exemplare ausgesucht, die ziemlich genauso wie ihre eigenen aussahen. Einmal im Jahr, an *No Rooz*, dem persischen Neujahr, bekam Lili das neue Schuhwerk zusammen mit einem Festtagskleid und neuer, bestickter Unterwäsche. Lili hatte nie bemerkt, wie hässlich ihre Schuhe waren, bis ihr Blick zum ersten Mal auf die hübschen glänzenden Schuhe fiel, die manche Mädchen an der Schule der Tugend trugen. Da bat und bettelte Lili so lange, bis sie Khanoom endlich überredet hatte, mit ihr auf dem Basar nach einem Paar Lackschuhe für sie Ausschau zu halten.

»Hühnermilch und Menschenleben« – auf dem Basar gab es angeblich alles zu kaufen. Der Markt wurde nur von Gaslampen und Kerzen beleuchtet und lag sogar mitten am Tag im Dämmerlicht. Lili griff nach der Hand ihrer Großmutter und folgte ihr durch den Eingang, vorbei an den türkisen Kuppeln der Schah-Moschee und weiter bis zum pulsierenden Herzen des Basars. Gemeinsam bahnten sie sich einen Weg durch die engen Gassen mit ihren zahllosen kleinen Läden, den Gold- und Silberschmieden und Teppichverkäufern, den Vieh- und Eselhändlern, den Bettlern und Streunern, den Gaunern und den Taschendieben, die sich im Gewühl des Marktes zu Hause fühlten.

Sie gingen so lange weiter, bis Lili endlich die Schuhe erspähte, nach denen sie Ausschau gehalten hatte. Sie waren auf Hochglanz poliert, mit winzigen Schleifen verziert und die Sohlen so gut wie neu. Am besten gefiel ihr aber die Farbe – rot, ein helles Tomatenrot. Solche Schuhe hatte kein Mädchen an ihrer Schule. Die Lackschuhe waren ihr zwar mindestens eine Nummer zu klein, aber sie wollte sie unbedingt und trug sie dann auch ständig, trotz der Blasen an den Zehen und der Hornhaut, die sie davon bekam.

Mittlerweile war es Mittag, und Khanoom beschloss, den Kauf der roten Schuhe mit einem Besuch im *Shamshiri*, dem besten Kabob-Restaurant auf dem Basar, zu feiern. Sie suchten sich einen Platz hinten in der Ecke, weit weg von den Passanten, damit Khanoom ihr Essen genießen konnte, ohne sich allzu große Sorgen zu machen, wenn ihr der Tschador gelegentlich aus dem Gesicht rutschte. Mit knurrendem Magen warteten sie auf den Ober, den sie insgeheim Monsieur Kabobi getauft hatten. Monsieur Kabobi maß stattliche zwei Meter, trug einen prächtigen Schnauzbart, der an den Enden aufgezwirbelt war, und konnte mit seinen dicken Fingern das Fleisch für drei Kebabs gleichzeitig aufspießen. An diesem Tag kam Monsieur Kabobi, wie immer, in einem blutverschmierten Kittel an ihren Tisch, und Khanoom bestellte vier extralange Kebabs, für jeden zwei. Sogar in der dunklen Ecke glänzte das Fleisch noch von der vielen Butter, und der Reis mit den orangen und gelben Safranwirbeln sah herrlich aus. Es war das beste Kebab in der ganzen Stadt, und Lili in ihren neuen roten Schuhen verspeiste es mit dem größten Appetit.

Eigentlich durfte sie nachmittags nicht auf der Straße vor dem Haus spielen, aber am nächsten Tag trödelte sie doch ein wenig herum, um mit ihren schönen neuen Schuhen anzugeben. Da kam plötzlich ein Junge angerannt und rief ihr zu, dass er gerade ihren Vater zwei Ecken weiter gesehen habe. Sie lief so schnell sie konnte nach Hause und versteckte sich hinter einem Stapel Matratzen im Untergeschoss. Aber eines der Kinder hatte sie verpetzt, und als Sohrab sie endlich gefunden hatte, verprügelte er sie so, dass sie mit Fieber das Bett hüten musste und nicht einmal zehn Tassen des süßen Tees ihrer Großmutter sie kurieren konnten.

Fieber hin oder her, Kobra oder keine Kobra – den Besuch im Hamam ließ sich Lili nie entgehen. Einmal in der Woche wickelten die Frauen aus Khanooms Haus Handtücher, Kupferschüsseln, Süßigkeiten und saubere Kleider in große bestickte Tücher und machten sich gemeinsam auf den Weg zu dem niedrigen Kalksteingebäude, in dem das öffentliche Bad ihres Viertels untergebracht war. Sie bespritzten sich zwar jeden Tag vor dem Morgengebet mit kaltem Wasser aus dem Brunnen, aber im Hamam nahmen sie ihr wöchentliches Vollbad, was einem Festtag gleichkam.

Khanoom holte Granatäpfel aus ihrem Bündel, die vor lauter Saft schwer wie Steine waren. »Pass auf, dass du die Kerne nicht verstreust«, flüsterte sie und drückte Lili einen in die Hand.

Dann verschwand sie mit den anderen in dem süßlich duftenden Dampf. Im Badehaus machten es sich die Frauen auf niedrigen Bänken bequem, schöpften Wasser aus dem Brunnen und schwatzten, bis ihre Finger und Zehen von der feuchten Hitze runzelig wurden. Geräuschvoll schrubbten sie sich mit groben Lappen, bis ihre Haut rosa leuchtete – nasse Schenkel klatschten gegen Fliesen, Krüge und Schüsseln klapperten laut. Abwechselnd tauchten sie in das warme Wasser des Badebeckens, kämmten und glätteten sich gegenseitig die Haare. Schließlich legten sich alle außer den ganz alten Frauen auf Tische und ließen sich mit der warmen, klebrigen Paste einschmieren, mit der man die Haare an den Beinen und in der Leistengegend ausreißt.

Lili saß währenddessen auf der Treppe am Eingang zum Hamam, balancierte ihren Granatapfel auf den Knien und sah dem Kommen und Gehen der Frauen zu. Erst wenn es schon dämmerte, holte eine ihrer älteren Cousinen sie herein, und sie wurde eilig im hinteren Bereich des Hamam abgeschrubbt. Während ihr Haar gewaschen, gekämmt und zu Zöpfen geflochten wurde, versuchte sie einen Blick auf die älteren Frauen zu erhaschen.

»Tststs!«, schimpften ihre Tanten, »sei nicht so neugierig, *dokhtar*, kleines Mädchen!«

Als Khanoom ihr einmal im Hamam die Haare flocht, rief eine Fremde: »Das ist aber ein schönes Mädchen! Ihre Haut ist weiß wie Alabaster!«

Khanoom zwickte Lili kurz in den Po, um den bösen Blick abzuwenden, und antwortete dann vergnügt: »*Merci, khanoom*!«

»Wirst du sie verheiraten?«

»Sie ist gerade erst neun …«

»Und wenn schon, dann wird sie eben mit ihrem Mann erwachsen.« Darauf lachte Khanoom nur und betrachtete Lili erst mit einem verwunderten und dann sehr zärtlichen Blick.

Es wurde immer spät, bis endlich alle fertig waren – Sohrab wartete zu Hause ungeduldig auf sein Abendessen, und während die Frauen hastig ihre Sachen einsammelten und sich eilig auf den Heimweg machten, rannte Lili hinter ihnen her, ihr kleines Stoffbündel mit den roten Flecken an die Brust gedrückt.

Im Sommer schliefen alle unter dem klaren Sternenhimmel auf dem Hausdach. Wenn Khanoom nach Sonnenuntergang die Fliesen abgespritzt hatte, wurden stapelweise Matratzen aus dem Untergeschoss heraufgeschleppt und riesengroße weiße Netze aufgespannt, um die Fliegen und Moskitos in der Nacht abzuhalten. Diwans, Kissen und Teppiche brachte man in den Garten, wo Sohrab mit seinen Freunden bis tief in die Nacht palaverte. Lili durfte nicht in ihre Nähe, nicht einmal einen Blick auf sie erhaschen, doch von ihrem Schlafplatz auf dem Dach aus konnte sie sehen, wie der Zigarettenrauch der Männer in den Nachthimmel stieg, und ihre Stimmen hören, wenn sie sich Geschichten oder Witze erzählten.

Oft war Lili schon vor dem Abendessen eingeschlafen, das

es im Sommer nicht selten erst um zehn oder elf Uhr nachts gab, und Khanoom musste sie behutsam wecken. »Wach auf, Kind.« Wenn sie endlich die Augen öffnen konnte, hockte ihre Großmutter mit einer Schale in der Hand neben ihr unter dem Moskitonetz. »Iss das, dann kannst du weiterschlafen«, flüsterte Khanoom und fütterte sie Löffel für Löffel mit Reis und würziger, dickflüssiger Fleischsoße. In manchen Nächten konnte Lili, während sie verschlafen im Dunkeln vor sich hin kaute, hören, wie die Männer auf der Straße Gedichte trällerten, wenn sie aus der *meykhaneh*, der Weintaverne, nach Hause stolperten.

Khanoom nähte einen mit hellrosa Rosenknospen verzierten Gebetsschleier für Lili, und an Khanooms Seite lernte sie ihre Gebete zu flüstern, die Stirn auf den *mohr*, den Gebetsstein, zu pressen und sich im richtigen Rhythmus zu verbeugen und wieder aufzurichten. Während des Ramadan standen alle außer Sohrab vor Sonnenaufgang auf, um nahrhafte Speisen zu essen, Datteln, Haferbrei oder dickflüssige Fleischsoßen, damit sie das Fasten bis zum Abend durchhielten. Für die Kinder gab es aber auch zwischendurch immer eine Kleinigkeit, wenn der Hunger zu groß wurde: ein Stückchen Halva mit Brot, eine Handvoll eingeweichte Walnüsse oder ein paar gelbe Sultaninen.

Alle paar Monate kam ein Prediger, ein *rowzeh-khan*, in das Haus an der Avenue Moniriyeh und rezitierte Verse aus dem Koran. Lili staunte, wie die Gesichter der Frauen, die eben noch fröhlich geschwatzt und getratscht hatten, bei den ersten Worten des *rowzeh-khan* starr und traurig wurden. Sie schaukelten mit dem Oberkörper vor und zurück, erst langsam, dann immer schneller, hoben die Hände zum Himmel und begannen zu wehklagen, zu weinen und sich mit den Fäusten an die Brust zu schlagen. Während sie den Geschichten vom menschlichen Elend lauschten, die der *rowzeh-khan* mit ungerührter Stimme vortrug, übertönten sie ihn beinahe mit der Inbrunst ihrer Gefühle, schienen aber am Schluss jedes Mal glücklich und zufrieden, weil ihre Sorgen für diesen Tag wie weggewischt waren.

Ein- oder zweimal im Jahr kletterten die Frauen aus Khanooms Haus in den *masheen doodi*, die »Rauchmaschine« oder den Zug, der Teheran mit der alten Stadt Rey verband, um zu dem Schrein von Schah Abdol Azim zu pilgern. Weil sie dort als Frauen nirgendwo Unterkunft fänden, verbrachten sie die Nacht im Inneren der Moschee, weshalb sie immer ihr Bettzeug unter dem Arm zusammengerollt auf die Reise mitnahmen.

In ihrem Zugabteil machten sie ein Nickerchen, schwatzten und knabberten Unmengen Melonenkerne, getrocknete Maulbeeren und Pistazien. Langsam verschwand die Stadt mit ihrem Häusermeer unter dem rauchgrauen Himmel außer Sichtweite und gab den Blick frei auf karge Ebenen, Obstgärten, Dörfer und weites, wolkenloses Blau. Der Frühling verwandelte die Wüste in einen blühenden Teppich, und mit etwas Glück konnte man eine Karawane sehen, wie sie sich über die sandfarbenen Hügel schlängelte. Die bunten Kopftücher, die Tuniken und die langen Röcke der Frauen waren noch aus einer Entfernung von mehreren Meilen zu erkennen.

In Rey stiegen sie aus dem Zug und gingen den Rest des Weges, noch einmal eine gute halbe Stunde, auf einer staubigen Straße in großem Gedränge zu Fuß weiter, bis sie die goldenen Kuppeln der Schah-Abdol-Azim-Moschee erblickten. Ganz in der Nähe des Friedhofs gab es einen *bazaarcheh*, einen kleinen überdachten Markt, der Pilger und Begräbnisgesellschaften mit allem Notwendigen versorgte. Hier suchte Khanoom in den Falten ihres Tschadors, bis sie genug Münzen gefunden hatte, um mehrere Kebab-Spieße, Brot und frische Kräuter zu kaufen, die sie in ein Tuch wickelten und zusammen mit ihrem Bettzeug und anderem Proviant mit in die Moschee nahmen.

Die Moschee bestand aus einem einzigen großen Raum mit Marmorböden und gefliesten Wänden, und selbst an den heißesten Tagen im Sommer war es dort so kühl, dass es einen fröstelte. Mit den anderen Frauen im Schlepptau riss Khanoom ein Streichholz an der Wand an und begann alle Kerzen anzuzünden. Erst flackerten sie nur, dann wurde ihr Licht orange, und wenn es den ganzen Raum erhellte, blinzelte Lili und versuchte die Porträts zu erkennen, die oben an den Wänden der Moschee hingen. Auf den Ölgemälden waren männliche Vorfahren der Schah-Familie abgebildet – alte Männer mit buschigen Augenbrauen, Kadscharen-Mänteln, Kappen und Lanzen und einige schöne junge Männer in ähnlicher Tracht. Weil kein Bild das Porträt einer Frau zierte, breitete Lili ihre Decke unter einem der ansehnlicheren jungen Männer aus, nicht ahnend, dass unter ihrem Nachtlager der Leichnam des Mannes ruhte, dessen Platz sie für sich beanspruchte.

Und wie bei den Besuchen des *rowzeh-khan* begannen Khanoom und die anderen Frauen plötzlich zu klagen, zuerst noch leise, dann so laut, dass es durch alle Säle des Mausoleums schallte. Als Lili ein kleines Mädchen war, verstand sie nicht, warum die Frauen das taten, ungläubig starrte sie ihre Großmutter und die Tanten an und wunderte sich, dass die fröhlichen Streitereien von der Reise mit einem Mal verschwunden waren, sobald sie diesen fremden, dunklen Raum betraten. Doch irgendwann waren sie genauso unvermittelt mit ihrer Trauer fertig, breiteten ihre Decken aus und richteten die Kebabs an.

Khanoom beklagte sich nicht darüber, dass man ihr Lili anvertraute, und brachte ihr alles bei, was man in dem Haus an der Avenue Moniriyeh wissen musste, aber manchmal wurde ihr diese Aufgabe doch zu anstrengend. Wenn Kobras Abwesenheit mit den Schulferien zusammenfiel, schickte sie Lili deshalb öfter zu Zaynab, ihrer ältesten und als einzige verheirateten Tochter. Zaynabs Mann, Ismail Khan, war bald nach dem Sturz der Kadscharen-Dynastie in das Kabinett von Reza Shah berufen worden, und sein Haus befand sich in der Nähe des Parlaments an der *Sar Cheshmeh*, der Straße der Frühlingsquelle. Lili kam es wie ein Palast vor. Besucher wurden zuerst in ein sehr schön eingerichtetes Foyer geführt. Weiche Kissen waren um einen Marmorbrunnen verteilt, auf dessen Rand stets verschiedene Wasserpfeifen bereitstanden. Wenn Freunde aus Diplomatenkreisen oder Kameraden vom Militär vor Ismail Khans eisenbeschlagenem Holztor erschienen, geleitete sie ein Diener zunächst ins Foyer, wo dann alsbald ein zweiter Diener mit einer Schale frischen Tabaks erschien. Die Besucher setzten sich an den Brunnen und nahmen erst einmal ein paar Züge aus der Wasserpfeife, ehe sie sich durch den Rosengarten auf den Weg ins Haupthaus machten.

Lilis Tante Zaynab erzählte ihr Leben lang leidenschaftlich gern die Geschichte, wie sie einmal dem Schah vorgestellt wurde. Als das schicksalhafte Treffen stattfand, hatte Reza Shah bereits die Stadtmauern eingerissen und alte Paläste und Lehmhütten gleichermaßen dem Erdboden gleichgemacht, um Platz zu schaffen für breite Boulevards mit modernen Häusern, Schulen, Krankenhäusern, Regierungsgebäuden, Hotels und etlichen Palästen für sich selbst. Als krönenden Abschluss ließ er Scharen von uniformierten Soldaten mit Setzlingen und Gießkannen in den Straßen ausschwärmen.

»Wenn die Bäume sterben, sterbt ihr auch«, verkündete er den Menschen, und fast alle nahmen diese Drohung ernst.

Als der König 1936 das Gesetz aufhob, das Frauen das Tragen eines Schleiers vorschrieb, ordnete er an, dass alle Frauen und Töchter seiner Minister zur Feier des Tages unverschleiert vor ihm zu erscheinen hatten. Zaynab begleitete Ismail Khan in einem brandneuen Kostüm mit einem großen Federhut zu der Zeremonie. Es geschah nicht selten, dass Frauen vor lauter Angst in der Gegenwart seiner Majestät in Ohnmacht fielen, und an dem Tag, der als der Tag der Emanzipation der Frauen bekannt werden sollte, lagen sich viele der geladenen Damen schluchzend in den Armen oder zogen sich in Ecken zurück. Zaynab jedoch hatte sich zu ihrer vollen Größe aufgerichtet, Reza Shahs Blick erwidert und ihm die weiß behandschuhte Hand geschüttelt.

Zaynab war Ismail Khans zweite Frau, seine erste war angeblich alt und kränklich und hatte sich längst auf einen eigenen Wohnsitz am Stadtrand zurückgezogen. Doch kaum hatte Ismail Khan morgens das Haus verlassen, ließ sich Zaynab in einen Sessel fallen und begann zu grübeln. Ob er wohl abends wieder nach Hause kam oder sich entschied, zu seiner ersten Frau zu gehen? Liebte er seine erste Frau mehr als sie, oder war sie sein Liebling? Und vor allem grübelte sie über die größte ihrer Sorgen, nämlich ob sich Ismail Khan eine neue Frau suchen würde, weil nach einigen Ehejahren erwiesen war, dass sie keine Kinder bekommen konnte?

Hatte sie sich besonders schlimm in diese quälenden Gedanken hineingesteigert, ließ Zaynab ihre Nachbarin Touran Khanoom holen, die aus Shiraz stammte. Touran Khanoom hatte verführerische Kurven und schöne, volle Lippen, und wenn sie lächelte, sah man ihre niedliche Zahnlücke. Sie war mit siebzehn nach Teheran gekommen, um einen wohlhabenden, gutmütigen Mann zu heiraten, einen entfernten Verwandten ihres Vaters.

Zaynab verehrte Touran Khanoom nicht zuletzt dafür, dass sie einige der wenigen Frauen aus der Nachbarschaft war, die lesen und so auch die Prophezeiungen des Hāfez vortragen konnte. In Ismail Khans gut sortierter Bibliothek befand sich auch eine sehr schöne in Leder gebundene Ausgabe des *Divan-eh Hāfez*, der gesammelten Gedichte des Poeten Hāfez aus dem vierzehnten Jahrhundert. Es hieß, das Buch enthalte Weissagungen für jeden, der es vollständig las, und Lili war entzückt von seinen Seiten mit Goldschnitt und den verschwenderischen Illustrationen. Wenn ihre Tante in dem Buch zu blättern begann, setzte sie sich dicht neben sie, doch die Kalligraphie war so stilisiert, dass Lili nur einzelne Wörter entziffern konnte. Zaynab blätterte und hielt inne, runzelte die Stirn, blätterte das Buch noch einmal durch, holte tief Luft und entschied sich schließlich für ein Gedicht. Dann nahm Touran Khanoom das Buch, legte es sich auf den Schoß und las die Seite vor, die Zaynab ausgewählt hatte.

»Kommt er heute nach Hause?«, fragte Zaynab atemlos und beugte sich zu Touran Khanoom. »Sag schon, wird er heute Abend nach Hause kommen?«

»Geduld, meine Schwester, Geduld!«

Die Auslegung von Hāfez' Weissagungen galt als eine äußerst anspruchsvolle Kunst, die sowohl die kreativen als auch die kritischen Fähigkeiten des Lesers auf die Probe stellte. Auch wenn Touran Khanoom das (böse) Omen des Gedichtes schnell entdeckt hatte, ließ sie sich doch immer Zeit, ehe sie ihre Prophezeiung verkündete.

Eines Nachmittags, Lili war zehn, und Zaynab hatte Touran Khanoom wieder einmal zu sich gerufen, bat Lili, dass man für sie aus den Weissagungen des Hāfez lesen solle.

»Warum nicht?«, meinte Zaynab gnädig. Sie hatte an dem Tag vielversprechende Prophezeiungen vorgelesen bekommen und war bester Laune.

Touran Khanoom setzte ihre Brille wieder auf und ließ Lili eine Seite aus dem Buch aussuchen.

»Eines Tages«, begann sie, nachdem sie den Text einige Minuten studiert hatte, »eines Tages, und der Tag wird genauso schön sein wie der heutige, wirst du in einem Garten sitzen, und ein Vogel wird kommen und sich auf deinen Schoß setzen. Der Vogel wird dich in die Lüfte erheben und mit dir übers Meer in einen anderen Garten fliegen, und in diesem anderen Garten wird ein Prinz zu dir kommen und dich heiraten.«

Touran Khanoom lehnte sich in ihren Sessel zurück und lächelte Lili an. »So sieht dein Schicksal aus, mein Kind«, meinte sie schließlich und zwinkerte Zaynab verschwörerisch zu. Lili war so beschäftigt damit, sich den schönen Vogel und ihren Prinzen vorzustellen, dass sie gar nicht auf die Idee kam, Touran Khanoom hatte ihr vielleicht nicht aus dem Buch vorgelesen, sondern sich einfach eine Geschichte für sie ausgedacht. In den Jahren darauf dachte Lili immer wieder an diese verheißungsvolle Prophezeiung und verglich sie mit ihrem bei Weitem nicht so schönen wirklichen Leben.

2. Kapitel

Aroos

»Ich war erst elf, als er mich ausgesucht hat.«
Bis hierher hatte die Stimme meiner Mutter auf dem Tonband ruhig geklungen, aber diese Geschichte begann wie mit einem Schrei. Auch jetzt noch, nach fünfzig Jahren, war ihre Stimme, wenn sie von Kazem sprach, so anders als sonst, erstickt und fast tonlos, sie schien gar nicht ihr zu gehören.

Die kleine Lili in ihrer dunkelgrauen Schuluniform mit dem Pferdeschwanz, der von einem weißen Satinband zusammengehalten wurde, war viel zu sehr in die Unterhaltung mit ihren Freundinnen vertieft, als dass sie den Mann bemerkt hätte, der jeden Morgen vor der Schule auftauchte und sie von der anderen Straßenseite aus beobachtete. Dabei kam er einige Wochen lang jeden Tag, und zwar immer genau dann, wenn sich die Mädchen vor dem Schultor aufreihten. Er trug einen taubengrauen Fedora mit schwarzem Hutband, rauchte ein, zwei Zigaretten, und ließ Lili nicht aus den Augen, bis sie im Schulhof verschwand.

Dieses Mädchen soll meine Braut werden, beschloss er eines Tages und machte sich auf den Weg nach Hause und zu der Frau, die dafür sorgen würde.

Das war im Jahr 1949, und Kazem Khorrami, der älteste Sohn eines Geschäftsmanns der oberen Mittelklasse und einer Schulleiterin, war sechsundzwanzig. Wie mein Großvater Sohrab standen die Mitglieder der Familie Khorrami dem westlichen Lebensstil positiv gegenüber und kleideten sich dementsprechend. Die Frauen der Familie trugen schon seit vielen Jahren keinen Schleier mehr, und die Männer hatten längst ihre Tuniken und Turbane gegen europäische Sakkos, Krawatten und Hüte eingetauscht. Oberhaupt der Sippe war Kazems Großmutter mütterlicherseits, die alle »Ma Mère« nannten, obwohl keiner von ihnen – einschließlich »Ma Mère« – mehr als zehn Wörter Französisch sprach.

Doch selbst in der schicken, modernen Gegend, in der Kazems Großmutter herrschte, blieben die alten Traditionen spürbar. Schon seit Jahren drängte sie, dass Kazem sich endlich eine Frau suchen und eine eigene Familie gründen solle. Zahlreiche mehr oder weniger geeignete Kandidatinnen präsentierten sich den Khorramis, wobei ihre Röcke mit jedem Jahr etwas kürzer wurden. Und Kazem hatte sich schnell für die Mädchen erwärmt. Einige von Ma Mères Bewerberinnen, von denen manche sehr hübsch waren und aus guten Familien stammten, wurden sogar seine Auserwählten. Am Ende wollte er dann aber doch keine von ihnen und bestand darauf, sich selbst eine Frau zu suchen – und zwar dann, wenn er wollte.

Als er seine Großmutter schließlich nicht länger hinhalten konnte, ließ er die dauergewellten und parfümierten Damen aus seinen eigenen Kreisen links liegen und bat seine Großmutter, ihm ein elfjähriges Mädchen aus einer *chadori*-Sippe zu holen.

Lange bevor Kazem Lili zum ersten Mal sah, hatte auch Reza Shah sein Augenmerk auf die iranischen Mädchen gerichtet. Kaum hatten ihn die Engländer und Russen in den frühen Zwanzigerjahren an die Macht gebracht, erließ der Schah eine Reihe von Gesetzen, die den Iran in das moderne Zeitalter katapultieren und ihn zugleich vor fremden Einflüssen abriegeln sollten. In den folgenden zwanzig Jahren ging Reza Shah sogar so weit, das Fotografieren von Kamelen zu verbieten, diesen abgenutzten Symbolen orientalischer Rückständigkeit, und es hätte nicht viel gefehlt, und er hätte die iranischen Mullahs abgeschafft. Seine am meisten umstrittenen Gesetze und Erlasse betrafen jedoch die Frauen und Mädchen des Reichs.

Reza Shah sollte nicht der letzte Herrscher des Irans sein, für den die Zukunft des Landes untrennbar mit der Neuerfindung seiner Frauen verbunden war, aber er war auch nicht der letzte, der dabei auf heftigen Widerstand stieß. Jedenfalls hatte er den Streit entfacht, als er 1936 das Tragen eines Schleiers verbot. In diesem Jahr wurden verschleierte Frauen rigoros aus Schulen, Kinos und öffentlichen Badeanstalten verbannt. Busfahrer und Taxifahrer wurden angewiesen, ihnen die Beförderung zu verweigern. Als dann im selben Jahr Soldaten damit begannen, Frauen ihre Schleier vom Körper zu reißen und sogar ältere Matronen beschimpften und schlugen, die nicht ohne ihren *chador* das Haus verlassen wollten, behaupteten viele, Reza Shah wolle wohl alle Straßen des Landes mit Huren bevölkern. Bis einige Jahre später unter König Rezas Sohn und Nachfolger Mohammad Reza Pahlavi die Gesetze gelockert wurden, die das Schleiertragen grundsätzlich verboten hatten, beantworteten dieselben Leute den königlichen Erlass damit, dass sie ihre Frauen und Töchter zu Hause einschlossen, und in bestimmten Stadtvierteln mussten sich unverschleierte Frauen auf Beschimpfungen, Drohungen oder sogar Steinhagel gefasst machen.

Khanoom und Lilis Tanten waren überaus religiös und blieben nach dem Schleierverbot freiwillig zu Hause, Lili aber erfüllte bis zu ihrem elften Lebensjahr dank ihrer Erziehung die königliche Vision vom Aufbruch der iranischen Mädchen in die Moderne. Das lag daran, dass sich Sohrab eine westliche Erziehung für seine beiden Kinder wünschte – für seine Tochter genauso wie für seinen Sohn. Er ignorierte Khanooms Warnungen und Einwände einfach, und so war Lili das erste Mädchen in der Familie, das mit zehn Jahren kein Kopftuch tragen musste und zur Schule gehen durfte.

Außer Lili selbst freute sich darüber keiner mehr als ihre Mutter Kobra. Weil ihre eigene Schulbildung sehr dürftig war, fühlte sie sich nach wie vor von den Frauen ihrer Kreise ausgeschlossen und war immer ganz besonders stolz auf die Ausbildung ihrer Tochter.

Als dann aber Lilis erster Verehrer auf der Bildfläche erschien, war Sohrabs gesamte Aufmerksamkeit auf Simin gerichtet, seine Mätresse mit den schönen blauen Augen, mit der er sich gerade in einer neuen Wohnung in einem eleganten Vorstadtviertel eingerichtet hatte. Sohrab schickte Khanoom einigermaßen zuverlässig einmal im Monat Geld, und er kam auch regelmäßig zu Besuch in die Avenue Moniriyeh, um nach Nader und Lili zu sehen, doch seine neuen Lebensumstände hatten Mutter, Stiefmütter und Tanten nicht nur traurig, sondern auch zutiefst bestürzt zurückgelassen. Reza Shah hatte zwar die bürgerliche Heirat eingeführt, trotzdem verstieß es nach wie vor gegen das Gesetz, wenn ein Mann mit einer Frau zusammenlebte, ohne wenigstens eine *siqeh*, eine provisorische muslimische Hochzeit zu feiern. Khanoom und die anderen Frauen vermuteten, Sohrab sehe wohl keinen Sinn in solchen Bräuchen, und sie waren deshalb krank vor Sorge. Lilis Tante Zaynab war Simin einmal begegnet, als sie Sohrab in seiner neuen Wohnung besuchen wollte, und sie hatte es kaum erwarten können, Khanoom und den anderen von Simins hellblauen Augen, ihren hohen Wangenknochen und ihrer großartigen Figur zu erzählen. Es war dieselbe Frau, die Lili kennen gelernt hatte, als sie mit ihrem Vater den Sommer auf dem Land verbracht hatte, was sie jedoch für sich zu behalten beschloss. Die Frau hatte ihn verhext, beschlossen Khanoom und Lilis Tanten, und dagegen war kein Kraut gewachsen.

Als Sohrab erfuhr, dass Lili einen Verehrer hatte, erteilte er jedenfalls in der Sache keine Anweisungen. Khanoom verstand sein Schweigen als Entschluss, Lilis Schicksal seinen Lauf zu lassen, was bedeutete, dass Lilis Zukunft in den Händen der Großmutter und der altjüngferlichen Tanten lag. Und die kamen überein, es wäre immer noch besser, Lili zu verheiraten und sie so vor den Auseinandersetzungen ihrer Eltern zu bewahren, als dass ihr Mädchen noch ein Jahr lang unbedeckten Hauptes all dem Ungewissen entgegenging, das sie auf der Straße erwartete.

»Wir bekommen heute Besuch«, verkündete Khanoom eines Morgens, während sie *nooneh sagak* (Fladenbrot) und Feigenkonfitüre auf den Frühstückstisch stellte und Lilis Zopfschleifen neu band.

Ein paar Tage zuvor hatte ein Bote die Nachricht überbracht, die Khorramis würden gern am Mittwochnachmittag vorsprechen, die junge Dame des Hauses solle anwesend sein. Khanoom hatte den Zweck dieses Besuchs sofort durchschaut und war die verbleibenden Tage damit beschäftigt, im vorderen Wohnzimmer ihre Teetassen und ihre schönsten

Messingtabletts und Dessertschälchen für den Besuch der Khorramis zu polieren.

Je länger sie darüber nachdachte, wie sie ihrer Enkelin die Geschichte am besten erklären sollte, desto weniger hielt sic es für notwendig, ihr den Grund des Besuchs zu nennen. Wozu sollte sie das Mädchen beunruhigen? Was wusste sie schon von Heirat und solchen Dingen? Deshalb beschloss Khanoom, Lili nur zu sagen, dass sie nach der Schule sofort nach Hause kommen solle, um den Nachmittagstee zu servieren.

Sie schickten nur ihre Frauen, fünf oder sechs. Die Älteste, Kazems Ma Mère, erschien in einem wallenden weißen Kleid, das sie mit einem Gürtel um den dicken Bauch trug. Ihr schlohweißes Haar war hochgesteckt, und den weißen Schal um ihren Hals zierte eine große Strassbrosche. Der jüngste Gast an diesem Tag war ein etwa sechzehnjähriges Mädchen, das in seinem karierten Kleid zu schüchtern und unbeholfen für eine verheiratete Frau wirkte, wurde aber als eine *aroos* vorgestellt, die neue Braut eines Cousins.

»*Masha Allah!* Allah hat es so gewollt!«, rief Ma Mère entzückt, als Lili mit einem Tablett mit Tee und Süßigkeiten das Wohnzimmer betrat. »Wie schön du bist! Komm, setz dich zu mir, mein Kind.«

Lili sah sich suchend nach Khanoom um. Als ihr die Großmutter mit einem Lächeln zunickte, nahm sie neben der Besucherin Platz.

»Flichtst du dir deine Zöpfe selbst?«, fragte Ma Mère und spielte mit Lilis Zopfenden.

»Ja, außer wenn die Haare frisch gewaschen sind«, antwortete Lili. »Dann machen es Khanoom-*joon* oder meine Cousine Soudabeh.«

Ma Mère nickte zufrieden und betrachtete Lilis Haar

noch ein Weilchen. Am anderen Ende des Wohnzimmers räusperte sich Khanoom und wagte sich vor: »Sie kann noch nicht kochen.«

»Aber, meine Liebe!«, protestierte Ma Mère. »Dafür haben wir ein Heer von Köchinnen und Dienstboten!«

»Ihr Vater …«, begann Zaynab.

»Ja, bitte?«

»Ihr Vater will bestimmt, dass sie die Schule beendet.«

»Das soll sie natürlich auch«, meinte Ma Mère mit einem freundlichen Lächeln. »Wir hätten es nicht anders gewollt.« Sie wandte sich wieder an Lili und bedeutete ihr, etwas näher zu kommen. »Jetzt muss ich mir mal deine Zähne anschauen, liebes Kind.«

Lili öffnete den Mund einen Spalt, und sofort schob die Frau zwei Finger hinein, um ihn genauer zu inspizieren.

Als sie mit der Besichtigung fertig war, stemmte sie die Hände wieder in die Hüften und sagte: »Und jetzt deine Füße.«

Ach so, das ist ein Spiel, dachte Lili und schlüpfte aus ihren Hausschuhen. Stirnrunzelnd musterte die alte Frau ihre Füße. Obwohl sie erst elf war, hatte sie bereits die Schuhgröße einer erwachsenen Frau, was gar nicht dem damaligen Schönheitsideal entsprach.

»Wir melden uns wieder«, erklärte Ma Mère den Besuch für beendet und warf Lili einen letzten prüfenden Blick zu.

»Wer waren diese Leute?«, fragte Lili, als sie gegangen waren.

»Bekannte deines Vaters«, antwortete Khanoom nur. Mehr sagte sie nicht, aber als sie ihr Abendgebet sprach, beugte sie sich über ihren Koran, presste ihre Stirn auf den kühlen, grauen heiligen Stein und betete darum, dass die Khorramis zu dem Schluss kamen, Lili sei eine gute Partie für ihren Sohn.

Ein Tag verging, dann ein zweiter und ein dritter, ohne dass etwas geschah. Khanoom wusste, dass solche Entscheidungen wohlüberlegt sein wollten, und hatte auch am vierten Tag noch nicht die Hoffnung aufgegeben oder ihre gute Laune eingebüßt, aber Lili machte sich plötzlich große Sorgen. Hatten sie die Besucher nicht hübsch gefunden? Denn darum musste es doch wohl bei dem seltsamen Spiel von vor ein paar Tagen gegangen sein.

Sobald Khanoom in der Küche zu tun hatte, stahl sich Lili in Kobras Schlafzimmer und betrachtete sich prüfend in dem kleinen Handspiegel ihrer Mutter. Sie war Sohrab wie aus dem Gesicht geschnitten, worum schon immer viel Aufhebens gemacht worden war. Sie hatte die gleichen mandelförmigen schwarzen Augen wie ihr Vater, genauso volle Lippen und seine schöne helle Haut, außerdem zwei niedliche Grübchen und kastanienbraunes Haar, eine Farbe, die im Iran liebe- oder auch fantasievoll *talayee*, golden, genannt wurde. Lili wusste, dass sie außergewöhnlich hübsch war.

Immer wieder betrachtete sie ihr Spiegelbild und kam zu dem Schluss, ihre großen Füße, von denen die Tanten immer sagten, sie hätte sie von Kobras Familie geerbt, wären wohl das Problem.

Zehn Tage später traf endlich die Antwort ein. Die Khorramis hatten sich für sie entschieden. Sie wurde eine Braut, eine *aroos*.

»*Che shansi*!«, rief eine der Tanten, »was für ein Glück! Sie hat einen Verehrer!« Eine andere Tante holte eine *tonbak* (eine kelchförmige Handtrommel) hervor und begann ein Hochzeitslied zu singen, und die *mobarak*, die Glückwünsche, schallten durch das Haus.

»Jetzt brauchen wir etwas Süßes!«, rief Khanoom.

Als ihr ein Keks aus Kichererbsenmehl in die Hand

gedrückt wurde, fielen Lili die schönen Bräute ein, die sie schon oft mit einem Schlepptau von Musikern und Sängern auf der Straße gesehen hatte. Sie schob den Keks in den Mund, sah sich auf einmal selbst als *aroos* mit hübschen Kleidern in ihrem eigenen schönen Haus, und lächelte unwillkürlich.

Kobra war außer sich vor Zorn. Sie schürzte die Lippen und dachte voller Wut an Sohrab und seine Hure mit ihren blauen Augen am anderen Ende der Stadt. Es war Sohrabs Schuld, dass Lili ohne Schleier aus dem Haus gegangen war und sich nicht einmal mit einem geblümten Kopftuch das Haar bedeckt hatte. Kobra war überzeugt, ihre Tochter wäre noch einige Jahre vor Verehrern verschont geblieben, wenn sie einen Schleier tragen müsste. Außerdem war es eine armselige Partie, da war sich Kobra ganz sicher. Auch wenn die Familie Khorrami als wohlhabend galt – Kazem selbst verdiente nicht gut und besaß nicht einmal ein eigenes Haus. Welche Sicherheit konnte dieser Ehemann ihrer Lili bieten? Doch bei der wichtigen Entscheidung, wann und wen Lili heiraten solle, fragten Khanoom und Lilis Tanten Kobra genauso wenig nach ihrer Meinung wie ihre Dienstboten. Kobra blieb nichts anderes übrig, als ihr eigenes Schicksal zu verfluchen und das ihrer Tochter irgendwie zu akzeptieren.

In den darauf folgenden Wochen stürzte sich die Hausgemeinschaft in die Vorbereitungen für den *khastegari*, den Tag, an dem Kazems Familie kommen und in aller Form um Lilis Hand anhalten würde. Ob das Mädchen sich überhaupt dem Besuch zeigen sollte, und wenn ja, ob mit oder ohne Kopfbedeckung, wurde heftig diskutiert. Am Ende wurde beschlossen, dass sie kurz erscheinen und mit einem rosa

Schleier auf dem Haar den ersten Nachmittagstee servieren sollte. Solch ein Hauch von Chiffon schien nicht nur dem feierlichen Anlass angemessen, sondern hatte noch den Vorteil, dass er Lilis hübsche rosige Wangen besonders gut zur Geltung brachte.

Diesmal waren Männer unter den Gästen, weshalb Lili nicht von dem Tablett aufblickte, das sie vor sich hertrug. Khanoom ließ den Tee mit Rosenessenz und Kardamom ziehen und türmte prall glänzende Datteln auf ihre schönste Porzellanplatte. Als Lili mit den Köstlichkeiten ins *mehmoon khooneh*, das Besucherzimmer, kam, zitterten ihre Hände, doch irgendwie gelang es ihr, die Gäste vorschriftsmäßig zu bedienen: zuerst die ältesten Männer, die Großväter des Khorrami-Clans, als Nächstes die Väter und Onkel, dann den jungen Mann mit dem grauen Fedora, der ganz allein am anderen Ende des Wohnzimmers saß, und zum Schluss die Frauen der Familie. Sie hatte den vagen Verdacht, der junge Mann mit dem Hut müsse ihr Verehrer sein, wagte aber nicht, ihn genauer anzusehen.

Nie zuvor hatte sie so im Mittelpunkt gestanden. Ihre Wangen glühten, und sie hielt den Blick auf den Teppich geheftet, fand es aber seltsamerweise bald gar nicht mehr so unangenehm, von so vielen Menschen auf einmal angesehen zu werden.

Doch kaum hatte Lili sich einigermaßen beruhigt und fühlte sich schon beinahe wohl mit der Aufmerksamkeit, die ihr alle schenkten, als sie plötzlich aus dem *mehmoon khooneh* gerufen wurde. Sie war höchstens zehn Minuten mit den Gästen zusammen gewesen und musste den Rest der Stunde hinter einer Wohnzimmertür verbringen, von wo aus sie abwechselnd mit ihrer Cousine Soudabeh durchs Schlüsselloch spähte. Aus diesem Blickwinkel konnte sie nur die eleganten schwarzen Schuhe und die braunen Hosenaufschläge ihres Verehrers sehen.

Trotzdem war sie keine Woche später bis über beide Ohren verliebt, allerdings nicht in ihren Verehrer Kazem, sondern in einen Ring mit einem gewaltigen Smaragd inmitten zweier diamantbesetzter Schleifen. Kazems Großmutter Ma Mère hatte ihr den Ring am Tag nach dem *khastegari* nach Hause gebracht.

»Jetzt bist du wie eine Tochter für mich«, sagte sie, als sie Lili den Ring auf den Finger schob. »Und ich werde dich wie eine eigene Tochter lieben.«

So etwas Schönes wie den Smaragdring mit den Diamantschleifen hatte sie im ganzen Leben noch nicht gesehen, fand Lili, umarmte Ma Mère und überhäufte sie mit Küsschen.

Manchmal schmuggelte sie ihn sogar morgens in den Schulranzen, holte ihn dann in der Pause hervor und zeigte ihn den anderen Mädchen, die sie mit staunenden Blicken umringten. Zwar gab es an der Schule einige Mädchen mit einem *namzad*, einem Verlobten, aber sie waren alle älter und standen kurz vor ihrem Schulabschluss. Auf jeden Fall durfte keine ihren Verlobungsring in der Schule tragen.

Lili war in dem Jahr die Jüngste von allen, die einen Verlobten hatten, was ihre Freundinnen natürlich sehr beeindruckte – vor allem wenn sie ihnen das kostbare Juwel zeigte, das man ihr geschenkt hatte.

»Sieht er gut aus?«, fragte sie eine Freundin einmal mit träumerischem Blick.

Die Frage traf Lili gänzlich unvorbereitet, und ihr wurde mit einem Mal bewusst, dass sie noch nicht einmal das Gesicht ihres Verlobten gesehen hatte.

»Ja, natürlich!«, log sie. »Er sieht aus wie ein Filmstar.«

Kazem musste noch ein zweites Mal vor der *aqd* in Khanooms Haus kommen. Die Frage ihrer Schulfreundin hatte Lili so irritiert, dass sie darauf bestand, ihn vor der Hochzeit noch einmal zu sehen. Man kam überein, dass sie und ihre Tante sich am verabredeten Abend unter einem Fenster von Khanooms Wohnzimmer einfinden sollten. Kazem würde sich dann allein in dem Zimmer aufhalten, und Lili könnte ihn vom Hof aus diskret begutachten.

Als er kam, war es aber bereits sieben Uhr abends und schon fast dunkel, und in dem Zimmer, in dem Lili einen Blick von ihrem Verlobten erhaschen wollte, brannte nur eine einzige schwache Petroleumlampe.

»Und, kannst du ihn sehen?«, fragte die Tante ungeduldig.

Lili kniff die Augen zusammen, spähte wieder durch das Fenster und sagte, sie meine einen Mann mit Hut und Mantel erkennen zu können.

»Warum hat er denn immer einen Hut auf, *ammeh* (Tantchen)?«

»Was bist du nur für ein dummes Ding!«, gab die Tante zurück. »Das ist die neue Mode. Dein Verlobter ist eben ein moderner junger Mann.«

Damit hatte sie Lili aber keineswegs überzeugt. Noch am gleichen Abend bat sie ihre Großmutter, den Khorramis einen Besuch abzustatten und sich Kazem für sie noch einmal genau anzusehen.

»Bitte, bitte, Khanoom«, bettelte sie. »Du musst mir unbedingt sagen, wie er ohne Hut aussieht!«

Khanoom lachte.

»Das interessiert dich also am Heiraten, *bacheh-joon* (mein liebes Kind)? Du willst wissen, was sich unter dem Hut eines Mannes befindet?«

Obwohl die Stimme ihrer Großmutter nicht missbilligend, sondern eher amüsiert klang, begannen Lilis Lippen zu zittern, und sie weinte zum ersten Mal wegen etwas, das sie sich noch gar nicht vorstellen konnte.

Jetzt hieß es nur noch warten.

Einige Jahre zuvor hatte Reza Shah die Altersgrenze, ab der ein Mädchen verheiratet werden durfte, von neun auf sechzehn Jahre angehoben. Natürlich gab es aber eine Bestimmung, mit der ihre Familien dieses Gesetz problemlos umgehen konnten. Wenn ein Arzt oder eine Hebamme per Untersuchung feststellte, dass das Mädchen bereits »reif« war, konnte es mit dreizehn verheiratet werden, also drei Jahre früher als eigentlich erlaubt. Bei der Untersuchung konnte auch gleich ihre Jungfräulichkeit überprüft werden. War sie keine Jungfrau mehr, wurden die Hochzeitsvorbereitungen ohnehin abgebrochen.

Lili musste schon einmal untersucht werden. Sie war noch keine zehn, als sie einen Blutfleck in ihrem Höschen entdeckte und erschrocken zu Kobra lief. »Bin ich krank? Muss ich jetzt sterben?«, fragte sie mit zitternder Stimme. Kobra warf einen Blick auf das Blut und verpasste Lili zwei heftige Ohrfeigen, auf jede Wange eine. »Warum machst du das?«, wimmerte Lili. »Das musste ich tun, *azizam* (Liebes)«, antwortete Kobra mit Tränen in den Augen. »Es ist so Brauch, damit deine Wangen bis zur Hochzeit schön rosig bleiben.«

Eine von Lilis Tanten hatte das frühe Einsetzen der Menstruation aber so irritiert, dass sie das Mädchen zu einer Hebamme schleppte, die überprüfen sollte, ob das ach so wichtige Jungfernhäutchen noch intakt war. Als die Hebamme versicherte, Lili sei unversehrt (und somit auch noch heiratsfähig), machten sie sich schleunigst auf den Heimweg. Zu Hause versammelten sich alle Tanten und Stiefmütter um

Lili und gönnten sich etwas Süßes. »Jetzt bist du eine Frau!«, riefen sie freudestrahlend.

Für die Hochzeit musste die Untersuchung wiederholt werden, allerdings mit einem wesentlichen Unterschied: Weil sich die Familie des Bräutigams nicht mit dem Wort einer Verwandten zufriedengeben würde, sollten auch noch Zaynab und zwei andere Tanten Lilis Jungfräulichkeit bezeugen.

Großmutter und Tanten hatten Lili verboten, Kazem vor der *aqd konoon*, der ersten Hochzeitsfeierlichkeit, zu sehen, aber er ließ ihr häufig Süßigkeiten oder kleine Geschenke durch einen Boten zukommen. Zum ersten *No Rooz* während ihrer Verlobungszeit schickte er ihr einen riesengroßen Strauß Tuberosen.

Doch am meisten Glück verheißend schien ihr nach wie vor der Smaragdring. Abgesehen von den seltenen Gelegenheiten, bei denen es ihr gelang, den Ring in ihre Schultasche zu schmuggeln, war er zu Hause in einer Kommode eingesperrt. Sobald Lili aber nach Kazem fragte oder etwas wegen ihrer Hochzeit wissen wollte, durfte sie ihn aus seinem Versteck holen und ein paar Stunden tragen.

Für den Ring sollte sie jedoch teuer bezahlen. Sohrab hatte unter einer einzigen Bedingung in die Hochzeit seiner Tochter eingewilligt: Die Khorramis mussten ihr erlauben, weiter die Schule der Tugend zu besuchen. Wenige Monate vor der Hochzeitszeremonie wurde aber bekannt, dass Lili ihren Smaragdring in der Schule den anderen Mädchen gezeigt hatte, und dieser Verstoß machte Sohrabs Anordnung auf einen Schlag zunichte.

Sie hatte von ihren Freundinnen umringt in einer Ecke des Schulhofs gesessen, als die Andere zu der Gruppe trat, ihr den Verlobungsring wegnahm und ihr obendrein noch ein paar Ohrfeigen verpasste.

»Das hier ist eine richtige Schule!«, kreischte sie. »Wir sind eine moderne Schule!«

Mit deutlich mehr Selbstbeherrschung erklärte die Ältere Sohrab wenig später, sie wünschten keine Kinderbräute unter ihren Schützlingen. Das vertrage sich nicht mit dem Auftrag der Schule, und Lili dürfe nicht mehr kommen. Sohrab war außer sich vor Wut. Er sprang auf, knallte seinen Spazierstock auf den Boden und ließ eine Flut von Verwünschungen über die Dame los, die sie aber nicht im Geringsten aus der Ruhe bringen konnten.

Gleich am nächsten Tag machte sich Sohrab auf die Suche nach einer anderen Schule, musste aber schnell feststellen, dass alle anderen Privatschulen in Teheran die Haltung der Schule der Tugend in Bezug auf die besondere Situation seiner Tochter teilten.

Doch dann wurde Lilis bevorstehende Hochzeit eine Zeit lang von der Neuigkeit in den Schatten gestellt, dass es Kobra irgendwie gelungen war, zum dritten Mal schwanger zu werden – was Sohrabs Familie in etwa so unglaublich vorkam wie die unbefleckte Empfängnis.

Familien mit fünf oder sechs Kindern galten als normal, und auch zwölf Kinder oder mehr sorgten nicht für Aufsehen, aber eine Familie mit nur zwei Kindern war irgendwie sonderbar. Kobra war damals Mitte zwanzig und konnte natürlich noch Kinder bekommen; dass sie trotzdem so lange nicht schwanger wurde, schrieb man dem mangelnden Interesse ihres Ehemanns zu.

Im Laufe der Zeit hatte aber gerade Sohrabs Gleichgültigkeit ihr gegenüber dazu geführt, dass ihn Kobra mehr denn je liebte. Mit jedem Jahr ohne ein neues Kind schwanden ihre Lebensgeister, und ihr Ansehen in der Familie sank. Deshalb dachte sich Kobra verschiedene Strategien aus, wie sie Sohrab von der *jinn* mit den blauen Augen zurückerobern konnte, die ihren Mann verführt hatte. Stets sorgte sie dafür, dass er die besten Stücke vom Fleisch und die dicksten Brocken vom knusprig gebratenen Reis bekam. Am Tag wusch sie seine Anzüge und bügelte sie, in der Nacht schminkte sie sich, zupfte sich die Augenbrauen und lackierte ihre Nägel für ihn.

Zusätzlich zu den üblichen Möglichkeiten und Pflichten einer Ehefrau griff sie noch zu verschiedenen übernatürlichen Mitteln. Regelmäßig suchte sie Hinterhofhexer auf, sogenannte *jadoo-jambal*, die viel Geld dafür nahmen, dass sie durchschnittliche Rivalinnen aus dem Feld schlugen, und noch viel mehr Geld dafür, die wirklich schönen Frauen zu vertreiben. Kobra zahlte immer die Höchstgebühr und ging voller Hoffnung und mit ausgeklügelten Zaubersprüchen nach Hause. Sie rührte sonderbare Gebräue aus Katzenurin, Dillsamen und Rosenblüten an, murmelte die Beschwörungsformeln, die ihr die *jadoo-jambal* verraten hatten und wurde nicht müde, Khanooms Türschwellen und Fensterbretter mit ihren Liebestränken zu benetzen.

Einmal suchte Kobra am *Chahar Shanbeh Soori*, dem ersten Fest zur Feier des neuen Jahrs, eine Handvoll Goldmünzen zusammen, hüllte sich in ihren Schleier und lief an den Freudenfeuern vorbei durch die Stadt zum jüdischen Bad. Dort zog sie sich aus und gesellte sich zu den Unverheirateten, Unfruchtbaren oder anderweitig Verfluchten, die sich in dieser besonderen Nacht für die berühmten jüdischen Kuren versammelt hatten. Während sie im Badehaus von einer Ecke in die nächste geführt und mit reinigenden Wassern übergossen wurde, betete Kobra zu Jochebed, der Mutter von Moses, und zog ihre Kleider wieder an, ohne die kostbare Flüssigkeit abzutrocknen. Während sie über die Türschwelle des Hauses an der Avenue Moniriyeh trat, murmelte sie ein ums andere Mal den Namen von Moses' Vater vor sich hin, so wie man es ihr beigebracht hatte: »Amram, Amram, Amram ...«

Nichts von alledem beeindruckte Sohrab in irgendeiner Weise.

Wahrscheinlich wäre er ohne das ständige Auf und Ab in seinen Vermögensverhältnissen nie wieder zu ihr gekommen. Kobras drittes Kind entstammte einer »Versöhnung« mit Sohrab, einem regelmäßig wiederkehrenden Intermezzo, bei dem Sohrab wegen akuten Geldmangels keine andere Wahl hatte, als in das Haus seiner Mutter – und in Kobras Bett – zurückzukehren. In diesen misslichen Lagen erwies sich Kobra für Sohrab als unerwartete, aber zuverlässige finanzielle Stütze. Er wusste, dass es ihr immer irgendwie gelang, ein paar *toman* von dem Haushaltsgeld, das er ihr gab, auf die Seite zu schaffen, und wenn sie so auch keine großen Summen sparen konnte, hatte er damit immerhin mehr als einmal seine dringendsten Schulden begleichen können.

Er war zwar nicht direkt nett zu ihr, wenn er ihr Geld nahm, aber vermutlich nicht ganz so mürrisch wie sonst. Und spätestens als sich Kobra ein langes Faltenkleid nähte und damit strahlend vor Zufriedenheit, den Bauch stolz vor sich hertragend, durchs Haus rauschte, war allen klar, dass sie nicht nur Sohrabs Schulden beglichen hatte. Kobra hängte eine *nanoo*, eine Hängematte aus Moleskin, in ihrem Schlafzimmer auf, rollte für sich selbst eine Matratze auf dem Boden aus und erwartete die Ankunft ihres Babys. Der Junge kam im Frühling zur Welt, und sie nannte ihn Omid, »Hoffnung«.

Kobra glaubte lange, Omids Geburt würde Sohrab für immer in die Avenue Moniriyeh zurückholen, und als sie diese Hoffnung aufgeben musste, überschüttete sie stattdessen den kleinen Jungen mit ihrer ganzen Liebe. Lili war damals zwölf, und ihre Hochzeit rückte immer näher. Nader war elf Jahre alt, und Kobra kümmerte sich von morgens bis abends ausschließlich um Omid. Wenn sie sich über seine *nanoo* beugte und ihn in den Schlaf wiegte und sang, war sie so glücklich wie nie zuvor. Kobra hätte ihn nicht weniger geliebt, wenn er hässlich wie die Nacht gewesen wäre, aber Omid war ein ausgesprochen hübsches Baby mit rosiger, weicher Haut, langen Wimpern um die schwarzen Augen und niedlichen Grübchen. Sie zog ihm marineblaue Matrosenanzüge an, die sie für ihn genäht hatte. Alle paar Monate hockte sie ihn auf den Küchenfußboden, setzte ihm eine kleine Schüssel auf den Kopf und sang ihm etwas vor, während sie ihm die Haare schnitt. Als Omid zum Kleinkind heranwuchs, lenkte er Kobra mit seinen Kapriolen so erfolgreich von ihren Sorgen ab, dass es eine Zeit lang so schien, als hätte sie gar keine Sorgen mehr.

Eines Nachmittags kam eine korpulente alte Frau namens Touba Khanoom ins Haus, um Lili zum ersten Mal die Augenbrauen zu zupfen. »Sie hat ein gutes Händchen dafür«, erklärte Khanoom und drückte ihr eine Goldmünze in die Hand, die Glück bringen sollte. Lili musste sich mit dem Gesicht nach Osten, Richtung Mekka, auf einen Stuhl setzen, die Haare mit einem weißen Tuch zusammengebunden. Während Ma Mère und ein paar von Lilis zukünftigen Schwägerinnen mit Münzen in der Hand bereitstanden, biss Touba Khanoom ein Stück Faden mit den Zähnen ab, tauchte ihn in eine Schale mit Rosenwasser, rief theatralisch »Im Namen Gottes, des Barmherzigen, des Allwissenden!« und machte sich ans Werk. Kaum hatte sie die ersten Härchen ausgezupft, begannen Lilis Tanten das traditionelle

Hochzeitstrillern – ein lautes, schier endloses »Lilililililili«, wie das Echo ihres Namens.

»Möge es in diesem Haus immer wieder Hochzeiten geben!«, rief Touba, während ihr die Frauen mehr Goldmünzen in die Taschen steckten. »Möge sie ihm zehn Söhne schenken!«

Am nächsten Tag kamen in der Morgendämmerung zwei Träger und nahmen die beiden *khoncheh* mit, die zwei zeremoniellen Hochzeitsgaben. Auf dem einen Silbertablett ruhten Tausende Samen von Wilder Raute, die gefärbt und zu langen verschlungenen Arabesken geformt worden waren. Auf dem anderen Tablett stapelten sich große, mit Safran gewürzte Brotfladen. Jeder Träger hob ein Tablett hoch und setzte es sich auf den Kopf, wobei sie sichtlich mit dem Gewicht zu kämpfen hatten.

Die erste Hochzeitszeremonie, *aqd konoon*, sollte genau sechs Monate vor Lilis dreizehntem Geburtstag stattfinden. Khanoom bestand darauf, dass sie auf traditionelle Weise begangen wurde, also dass es für Männer und Frauen getrennte Hochzeitsfeiern gab. Am ersten Abend der *aqd* sollten nur die Männer zusammenkommen, Musiker und eine Tanztruppe sollten sie im Garten unterhalten. Der zweite Abend für die Frauen der beiden Familien war, mit Ausnahme der Essensvorbereitungen, wesentlich bescheidener geplant. Die Khorramis fanden das Arrangement entsetzlich rückständig, willigten aber schließlich missmutig ein.

Mittlerweile hatte Sohrab seine Zustimmung zu der Heirat gegeben, Khanoom aber gleichzeitig mitgeteilt, dass er an den Hochzeitsfeierlichkeiten nicht teilzunehmen gedachte. Das hatte man mit Sicherheit der *jinn* mit den blauen Augen zu verdanken, da waren sich alle einig. Simin war nicht zu

Lilis Hochzeit eingeladen und wollte Sohrab offensichtlich nicht zu einem Fest gehen lassen, von dem sie ausgeschlossen wurde. »Bitte sagt ihm, dass er kommen soll«, bat Lili Khanoom und ihre Tanten, die sich zwar zuversichtlich gaben, ihm aber alle nicht ins Gewissen zu reden wagten.

Am Abend der *aqd konoon* suchte Lili ihren Vater unter den Gästen und gab die Hoffnung nicht auf, dass er doch noch kommen würde. Gegen Ende des Festes wurde sie in ein Zimmer mit einer mit Seide gepolsterten Sitzbank geführt und musste sich dort allein vor die *sofreh*, die Hochzeitsdecke, setzen. Der Spiegel zu ihren Füßen blinkte wunderbar, und es duftete köstlich nach brennenden Rautesamen. Sie konnte kaum verstehen, was die *agha*, die Ältesten, im Raum nebenan sagten, in dem sich die Männer versammelt hatten, aber als irgendwann Kazem erschien und neben ihr Platz nahm, wusste sie, dass die Feier nun zu Ende und ihr Vater doch nicht gekommen war.

Obwohl es nach der a*qd konoon* noch Monate dauerte, bis die offizielle Heirat stattfand, wurde das Paar *mahram*, das hieß, Lili durfte sich Kazem von nun an ohne Kopftuch zeigen. Als sich Kazem an dem Abend neben sie auf die Bank setzte, blickte sie in den Spiegel, der genau in der Mitte des Hochzeitstuchs aufgestellt war. Darin sah sie dann, wie Kazem ihr den Schleier abnahm, und sie sah ihn auch zum allerersten Mal ohne seinen Hut.

Da wurde ihr mit einem Mal bewusst, dass sie sich zu Recht gesorgt hatte, und sie kämpfte mit den Tränen, als sie ihre kindlichen Wunschträume zerstört sah. Kazem sah zwar nicht schlecht aus, aber sein Kopf war fast kahl, wie sie nun feststellen musste. Nur über die Stirn waren zwei dünne, lange Haarsträhnen gelegt, die er dort, wie sie erst später erfahren sollte, mit einer klebrigen Paste aus Quittensamen fixierte, die er nachts in einer Porzellandose neben seinem Bett aufbewahrte.

Von nun an kam Kazem einmal die Woche in Khanooms Haus. Und Lili wusste bald, wann mit seinem Besuch zu rechnen war, je nachdem, welches Fleisch und welche frischen Kräuter die Diener auf dem Basar gekauft hatten. Brachten sie Lamm mit, kam Kazem an dem Tag bestimmt, weil er das besonders gern aß.

»Kazem Khan ist da!«, rief ein Diener, und sofort griffen alle Frauen des Hauses nach ihrem Schleier. Dann erst durfte Kazem ins Haus, in Anzug und Krawatte und nie ohne seinen grauen Filzfedora.

Lili nahm ihm gegenüber am Tisch Platz und ließ seinen Teller nicht aus den Augen – sobald er leer war, servierte sie ihm eine neue reichhaltige Portion Reis mit Fleischsoße. War er endlich satt, stand sie auf, räumte seinen Teller ab und servierte ihm Tee und Süßigkeiten.

Nach dem Essen geleitete sie die Großmutter in ein Wohnzimmer im Obergeschoß, wo die beiden eine halbe Stunde allein sein durften. »Damit ihr euch besser kennen lernt«, erklärte ihr Khanoom beim ersten Mal und schob Lili mit einem aufmunternden Lächeln in das Zimmer.

Zur Vorbereitung auf diesen Teil von Kazems Besuch musste ihr Cousine Soudabeh jedes Mal wieder eine ganze Litanei von Regeln einschärfen. »Press beim Sitzen die Knie aneinander.« »Erlaube ihm auf keinen Fall, dir deine Unterwäsche auszuziehen.« »Er darf nicht in deine Bluse fassen und deine Brüste berühren.« Zu diesen Regeln gab es noch eine Reihe weiterer Anweisungen, die alles in allem besagten: »Sei lieb und zärtlich zu ihm, immerhin ist er bald dein Mann.«

Kazem schien diese Regeln ebenfalls zu kennen und zu beherzigen; jedenfalls begnügte er sich damit, sie zwischen seine Beine zu klemmen und sich heftig an ihren Schenkeln zu reiben, während sie die Knie zusammenpresste, wie man es ihr gesagt hatte. Lili musste dabei oft an ein Bild denken, auf dem eine Schlange gerade ein Kaninchen erbeutet hat, das man nur an der dicken Beule in ihrem Leib erahnen konnte. Kazem immerhin schien mit dem Arrangement zufrieden und hielt sich strikt an die Grenzen, die sie ihm mit ihrer steifen Haltung zeigte. Bis zu ihrer Hochzeit besuchte er sie mit schöner Regelmäßigkeit.

Einmal stattete Lili Kazem einen Besuch in dem großen Gebäude ab, das seine Großmutter, seine Mutter und seine Tanten mit ihren Familien bewohnten. Ma Mère überhäufte sie zur Begrüßung mit Küssen, und diesmal war es Lili, die bedient wurde und als Erste Reis, geschmortes Fleisch, *tahdig*, die knusprige Reiskruste, Joghurt und reichlich frische Kräuter auf ihren Teller gehäuft bekam.

Nach dem Essen wandte sich Ma Mère mit einem freundlichen Lächeln an Kazem und fragte: »Möchtest du nicht vielleicht deiner hübschen kleinen *aroos* dein Haus zeigen?«

Kazem führte sie auf die Straße und zu seiner eigenen Wohnung auf der Rückseite. Im Gegensatz zum Hauptgebäude des Khorrami-Clans, das mit französischen Möbeln und Perserteppichen geradezu überladen wirkte, waren die zwei Zimmer, die Kazem gehörten, so gut wie leer. In seinem Schlafzimmer gab es nur ein Bett und einen goldgerahmten Spiegel, der eine ganze Wand für sich beanspruchte.

Lili fühlte sich von dem Spiegel magisch angezogen. Bis dahin hatte sie sich nur in Kobras altem Handspiegel betrachten können, in dem immer nur ein kleiner Teil von ihr zu sehen war. Hier konnte sie sich nun zum ersten Mal von Kopf bis Fuß sehen und starrte wie verzaubert auf einen Körper, den sie nicht als ihren eigenen erkannte.

»Schaust du dich gern an?«, fragte sie Kazem. Seine Stimme klang sanft und zärtlich, und sie sah, dass er ihr Spiegelbild anlächelte. Sie blickte ihn an, als er langsam zu ihr trat, dann wandte sie sich wieder ihrem Spiegelbild zu und nickte.

Kazem legte ihr die Hände auf die Schultern. Ihre Blicke trafen sich im Spiegel, und er lächelte sie wieder an.

Plötzlich zog er ihr mit einem Ruck das Kleid über den Kopf. Nur mehr mit ihrem Höschen bekleidet, starrte sie sich einen Moment an, ehe sie den Blick senkte und zu weinen begann.

»Lass das, sei still!«, zischte Kazem und zog ihr das Kleid wieder über, ehe sie die Wohnung verließen.

Eines Tages wurde Lili mit einer *droshky*, einer Pferdekutsche abgeholt, weil Ma Mère den Stoff für ihr Hochzeitskleid kaufen wollte. Es war Donnerstag, der wichtigste Einkaufstag der Woche, am späten Nachmittag. Viele verhüllte Hausfrauen hasteten auf dem Heimweg vom Basar durch die Avenue Moniriyeh, wobei sie den *chador* mit den Zähnen festhielten, damit sie die Hände frei hatten für ihre Körbe, Bündel und kleinen Kinder. Gegenüber von Khanooms Haus hatte ein fliegender Händler seine zwei Karren abgestellt. Auf dem einen türmten sich gebackene Rüben, auf dem anderen gab es eisgekühlte Kirschlimonade.

Lili setzte sich neben Ma Mère und spähte durch den Vorhangschlitz aus dem Fenster. Die Kutsche bog in immer neue Straßen, und bald sah sie Stadtviertel, in denen sie noch nie gewesen war. Beim Anblick der Straßenlaternen, die in der Abenddämmerung schwach orange glühten, hielt Lili den Atem an. Die Kutsche bog wieder ab, und es ging weiter Richtung Norden. In der Avenue Lalehzar, die besonders breit und schön gepflastert war, tauchte ein gewaltiges Gebäude vor ihren Augen auf, das ganz aus Licht zu sein schien. Auf der leuchtend roten Markise stand in großen Buchstaben »Cinéma Lalehzar«, Tulpenfeld-Kino. Saeed, der Chauffeur ihres Vaters, hatte ihr einmal erzählt, dass er sich in ein Filmhaus in der Stadtmitte geschlichen hatte. »Bilder, die sich bewegen!«, hatte er fasziniert gerufen, »und die Menschen sind größer als Bäume!« Sie hatte ihm kein Wort davon geglaubt, aber hier war nun der Beweis. Wäre sie nicht so gespannt auf den bevorstehenden Einkauf gewesen, wäre sie am liebsten aus der Kutsche gehüpft.

Als sie endlich die Straßen um den Exekutionsplatz erreichten, in denen sich Läden und Cafés abwechselten, durfte Lili aussteigen und stellte verblüfft fest, dass keine einzige verschleierte Frau auf der Straße zu sehen war. Erst seit das Schleierverbot aufgehoben worden war, gingen ihre Großmutter und ihre Tanten überhaupt wieder in die Stadt, und in der Avenue Moniriyeh brauchte man als Frau wenigstens ein Kopftuch, wenn man zum Bäcker drei Türen weiter wollte. Hier aber liefen die Frauen ohne Schleier herum und waren auch noch sehr elegant frisiert, so wie Ma Mère und die anderen Frauen aus Kazems Familie.

Hin und wieder klapperten sogar einige blonde Frauen auf hohen Absätzen an ihr vorbei. Die einzigen Fremden, die sie bisher gesehen hatte, waren Soldaten gewesen, und denen gingen selbst erwachsene Männer aus dem Weg. Aber diese fremden Frauen waren sehr schön, und Lili konnte sich gar nicht an ihren roten Lippen und nackten Waden sattsehen.

Ma Mère ertappte sie dabei, wie sie hinter ihnen herstarrte, und lächelte. »Na, sieht unsere kleine Braut zum ersten Mal die große weite Welt?«, meinte sie lachend.

In dem Laden holte man einen Stoff für sie und gab ihn ihr in die Hand. Der Stoff war nicht weiß, sondern blassblau und leicht glänzend. Behutsam strich sie darüber, und das Schimmern tanzte unter ihren Fingern. Ob er ihr gefiele? Ja, stammelte sie, er gefiele ihr sehr, sehr gut. Man brachte sie in ein Hinterzimmer, wo sie sich ausziehen musste. Doch kaum wurde der Stoff um ihren Körper gelegt, bedeckte sie ihre Schultern mit den Händen und begann vor Angst zu zittern. Das Kleid sollte ärmellos sein! Was würde Khanoom dazu sagen? Noch nie hatte sie auch nur ein kurzärmliges Kleid tragen dürfen oder eines, in dem ihre Unterarme zu sehen waren. Und nun sollte sie in einem ärmellosen Kleid heiraten? Doch dann schienen sich plötzlich zehn Paar Hände an ihr zu schaffen zu machen, wickelten den Stoff enger, hoben den Saum an und glätteten das Mieder. Und während die Frauen sie bewundernd ansahen, lächelten und kicherten und geschäftig taten, ließ Lili langsam die Hände sinken und vergaß ihre Sorgen.

Auch wenn die Khorramis wohlhabend waren und sicher in Zukunft für Lili sorgen würden, hätte sich Khanoom geschämt, wenn sie ihre Enkelin ohne *jahaz*, also ohne eine anständige Aussteuer in die Ehe geschickt hätte. In den Monaten vor der Hochzeit holte sie die schönsten Sachen hervor, die sie im Laufe der Jahre für Lili zur Seite gelegt hatte, und kaufte noch einige neue dazu. In einen großen ledernen Schrankkoffer packte sie bestickte Bettwäsche, einen feinen Seidenteppich aus Kashan, eine schöne chinesische Teekanne und einen funkelnagelneuen Samowar. Der bis obenhin gefüllte Schrankkoffer und handgeschnitzte Esszimmermöbel, verschiedene Matratzen und eine komplette Küchenausstattung, die ihr Vater bezahlt hatte, wurden dann eine Woche vor der Hochzeit in das Haus der Familie Khorrami geschickt.

Kurz vor der Hochzeitsnacht brachte man Lili schließlich in das Zimmer im Haus, das am weitesten von der Straße entfernt war, und alle Frauen umringten sie. Zuerst bestäubten sie sie von Kopf bis Fuß mit kostbarem Gesichtspuder aus Amerika, dessen Duft sie so in der Nase kitzelte, dass sie lachen musste, was ihr einen Tadel einbrachte, sie solle so still wie möglich liegen. Aus den Augenwinkeln beobachtete Lili, wie eine der Tanten einen Faden entwirrte und ihn mit den Fingern aufdrehte. Damit hatte ihr Touba Khanoom vor der ersten Hochzeitszeremonie die Augenbrauen gezupft. Das würde sie auch bei dieser Gelegenheit wieder tun, aber erst später, erst danach.

Und mit einem Mal begriff Lili, warum so viele von ihren Tanten und Cousinen extra gekommen waren: Sie wurden gebraucht, um sie festzuhalten, bis auch das allerletzte Haar auf ihrem Körper mit dem Faden ausgerissen war, den die Tante jetzt zwischen ihren Fingern drehte und spannte. Man hatte sie in das rückwärtige Zimmer gebracht, damit die Nachbarn sie nicht schreien hörten, und für den unwahrscheinlichen Fall, dass sie einen Fluchtversuch wagen sollte, versperrte eine ihrer Cousinen die Tür.

Da begann sie zu schreien.

»Nicht doch, ganz ruhig!«, riefen die Frauen, und eine begann die *tonbak* zu trommeln. »Was für ein Glückspilz ihr Mann ist! Was für eine schöne Braut sie sein wird!«

Lili wand sich und wimmerte bei jedem schmerzhaften Ruck des Fadens, aber als es endlich vorbei war, küssten sie alle und salbten ihre geschundene Haut mit einer kühlenden Creme, und Khanoom hatte sie mit süßer Milch getröstet und in der letzten Nacht sogar neben ihr geschlafen.

Am Tag vor der Hochzeit hatten die Khorramis das ganze Badehaus gemietet, und Tanten und Cousinen putzten Lili von Kopf bis Fuß heraus. Erst wuschen sie ihren Körper mit einer Mischung aus Milch und Honig, seiften ihr Haar mit Joghurt ein und spülten es mit Rosenwasser. Dann machten sie es sich bequem und verspeisten einige Dutzend Spinatpfannkuchen, zum Nachtisch gab es ein Quitten-Limonen-Sorbet und Tee aus dem Samowar, der extra zu diesem Anlass in den Hamam gebracht worden war.

Nach ein paar tiefen Zügen aus der *qalyoon* ging es wieder an die Arbeit. Mit *kiseh*, groben Wollhandschuhen, rieben sie Lili kräftig ab, bis ihre Haut makellos rein war. Zu viert bearbeiteten sie sie, zwei auf jeder Seite. Als sie fertig waren, wuschen sie Lili noch einmal, trockneten sie ab und cremten sie mit einer Mischung aus Vaseline und Rosenessenz ein.

Zum Mittagessen gab es geschmortes Fleisch mit Granatapfel und Walnüssen, und dann klapperten sie mit ihren Kupferschüsseln auf den Fliesen herum und tanzten sich zu dieser Musik abwechselnd etwas vor. Sie machten einen solchen Lärm, dass ein paar Frauen aus der Nachbarschaft auf das Dach des Hamam kletterten und durch die Dachluken spähten, um einen Blick auf das fröhliche Treiben zu erhaschen. Nach einer letzten Runde Tee und Süßigkeiten parfümierten sie Lilis Haar, drehten es zu vielen winzigen Knoten und legten ihr einen Schleier über den Kopf, um sie auf dem Heimweg vor neugierigen Blicken zu schützen.

In der Abenddämmerung kamen zwei Träger und holten die letzten Teile der Aussteuer ab. Um die Hochzeitsnacht anzukündigen, trugen die Männer die Sachen den ganzen Weg von Khanooms Haus zu den Khorramis deutlich sichtbar auf dem Kopf. Und wieder putzten die Tanten und Cousinen Lili heraus. Sie umrandeten ihre Augen mit *sormeh*,

Kajal, und frisierten ihr Haar, dann bemalten sie ihre Wangen und Lippen mit Rouge. Khanoom hatte heimlich hauchdünne Gazeärmel an das Brautkleid genäht, und nachdem sie ihr das Kleid angezogen hatten, traten sie alle einen Schritt zurück und bewunderten ihr Werk. »*Masha Allah!* Allah hat es so gewollt!«, rief Khanoom mit Tränen in den Augen. Bei diesen Worten huschte eine von Lilis Tanten in die Küche, um einen letzten Topf Wilde Raute zu verbrennen, damit Lili gegen den bösen Blick geschützt war.

Kurz bevor es vollständig dunkel wurde, erschienen die beiden Träger wieder, diesmal in einer weiß schimmernden Limousine.

Lili war überzeugt, ihre Großmutter, die Stiefmütter und die Tanten würden sie vermissen, aber ihr Glaube wurde schwer erschüttert, als sie erfuhr, dass keine von ihnen sie zu ihrer Hochzeitsfeier begleiten wollte. Khanoom hielt viel von der Familie Khorrami und bemühte sich, ihren modernen Lebenswandel zu tolerieren, aber nun stürzte sie in eine tiefe Krise. Für die *aqd* hatten die Khorramis sich zu getrennten Feiern überreden lassen. Doch als es um die richtige Hochzeit ging, die am Abend von Lilis dreizehntem Geburtstag stattfinden sollte, waren sie zu keinem Kompromiss mehr bereit. Entweder feierten Männer und Frauen gemeinsam oder gar nicht.

»Diese Khorrami-Frauen haben nichts anderes im Sinn, als sich fremden Männern zu zeigen«, sagte Khanoom empört und schüttelte verächtlich den Kopf.

Tagelang wurde geredet und verhandelt, aber auch noch eine Woche vor der Hochzeitsfeier war kein Kompromiss in Sicht.

»Wir gehen nicht hin«, erklärte Khanoom schließlich.

»Was soll das heißen, Khanoom-*joon*?«, fragte Lili.

»Das soll heißen, dass wir, auch wenn sie schon bald deine Familie sind, nicht zur Hochzeitsfeier gehen können, weil sie darauf bestehen, dass dort Frauen mit fremden Männern in einem Raum zusammengepfercht werden. Das schickt sich nicht. Ich bin mir sicher, dass ein paar von deinen Verwandten kommen. Aber es tut mir wirklich leid, *madar-joon*, deine Tanten und ich, wir können nicht zu so einer Veranstaltung gehen.«

Als dann der Wagen kam, um Lili abzuholen, umringten sie alle und umarmten und küssten sie zum Abschied. Unter Tränen versicherten sie ihr, dass sie sich keine Sorgen machen müsse, dass ihre Hochzeit bestimmt sehr schön und sie bald sehr glücklich sein würde. Als sie auf der Türschwelle stand, reichten sie den Koran dreimal über ihrem Kopf hin und her, und als sie sich zum Gehen wandte, spritzten sie Wasser auf ihre Füße. Khanoom schenkte ihr noch eine Halskette, die schon ihre Mutter getragen hatte, und im letzten Moment streiften die Tanten ihre schweren goldenen Armreife ab und schoben sie einen nach dem anderen über Lilis Handgelenke.

»Gott möge dich begleiten!«, rief Khanoom, als die weiße Limousine anfuhr und in die Avenue Pahlavi bog.

In Lilis Fall machten die ungehörigen Veranstaltungen eine Teilnahme ihrer Großmutter und ihrer Tanten an der Hochzeit unmöglich, doch eigentlich war die Anwesenheit der Eltern bei diesem Fest ohnehin nicht vorgesehen – im Grunde mussten sie nur auf das blutbefleckte weiße Tuch warten, das die Jungfräulichkeit ihrer Tochter bewies. Sohrab würde diese Aufgabe nicht übernehmen, war aber bei der Verabschiedung seiner Tochter in der Avenue Moniriyeh dabei. Er schenkte ihr eine kostbare, mit wilden Vögeln und blühendem Wein bemalte Keramikschale, die er bis an den Rand mit Mandarinen, Trauben und Granatäpfeln gefüllt hatte. »Sie ist extra für dich aus dem fernen China gekommen«, scherzte er mit einem matten Lächeln. Zum ersten Mal seit Jahren nahm er sie in die Arme, und Lili lächelte in seine Brust, als er sie fest an sich drückte. »Auf Wiedersehen, *dokhtar-joon*«, sagte er leise und küsste sie zärtlich aufs Haar, und ehe er sich abwandte, konnte Lili sehen, dass er Tränen in den Augen hatte.

Allen traditionellen Vorschriften zum Trotz gelangte Kobra schließlich zu der Überzeugung, dass sie Lili unmöglich allein zu der Hochzeitsfeier schicken konnte. Im allerletzten Augenblick schlüpfte sie in ein Kleid und schminkte sich, zog Nader seinen Anzug an, den sie ihm genäht hatte, und kämmte ihm das Haar aus dem Gesicht. Und als Khanoom Lili ihre letzten Glückwünsche nachrief, drückte Kobra Zaynab einen laut schreienden Omid in die Arme und stieg mit Nader in eines der vielen Autos, die vor Khanooms Haus vorgefahren waren.

Damit die Passanten einen Blick auf die Braut erhaschen konnten, bewegte sich der Brautzug so langsam vorwärts, dass er zu stehen schien. Einige Bedienstete begleiteten die Kolonne und warfen immer wieder Zuckermandeln und kleine Goldmünzen auf die Straße. Abwechselnd drückten die Fahrer auf die Hupe. Alle paar Straßen rief jemand vom Bürgersteig aus: »Da kommt eine Braut!«, und auf dem ganzen Weg traten die Menschen aus ihren Häusern, um Braut und Bräutigam zu sehen. Lili trug ihr ärmelloses blassblaues Hochzeitskleid, das jedoch unter einem elfenbeinfarbenen Spitzenschleier verborgen war, den ihr Khanoom genäht hatte, um sie vor den lüsternen und neiderfüllten Blicken der fremden Männer und Frauen zu schützen.

Später sollte Lili von ihrem Fest fast nur den einen verhängnisvollen Tanz in Erinnerung behalten, obwohl es natürlich genug gab, woran sie sich besser – oder lieber – hätte erinnern sollen. An die elektrischen Lämpchen, die draußen in den Ästen der Orangenbäume hingen, die weißen Lilien, die extra aus einem Dorf fünf Stunden südlich von Teheran geholt worden waren, an die riesigen Platten, auf denen sich dampfender Reis mit orangefarbener Kruste türmte, die Tabletts mit köstlich duftendem gegrilltem Lamm, an den Safranpudding in Kristallschüsseln, die mehrstöckige Hochzeitstorte, die schöner war als alles, was sie bisher gesehen hatte. Im Garten hatte man einen großen rechteckigen Pool mit Holzplanken abgedeckt und in eine Tanzfläche mit einem Orchester nach europäischem Vorbild verwandelt. Und dass es solche Kleider gab, wie sie die weiblichen Gäste hier trugen, hätte sich Lili nie vorstellen können. Aus Chiffon, Samt und Seide und in allen Farben, eine schöner als die andere. Manche waren nicht mehr als ein Unterrock, jedenfalls kam es Lili so vor, und auch Ma Mères pistaziengrünes Abendkleid gewährte tiefe Einblicke in das üppige Dekolleté der Matrone. Einige Frauen hielten, als wären sie Männer, ganz lässig Schnapsgläser in der Hand, manche rauchten sogar aus langen silbernen Zigarettenspitzen.

Kobra saß fast den ganzen Abend allein in einer Ecke, und Lili und sie wechselten kein Wort miteinander. Wenn sich ihre Blicke begegneten, war Lili aber doch dankbar, dass sich ihre Mutter in letzter Sekunde entschieden hatte zu kommen. Hin und wieder sah sie Nader in seinem schlecht sitzenden, abgetragenen Anzug unter den Gästen, wie er sich mit Süßigkeiten vollstopfte und ihr spitzbübische Blicke zuwarf. Doch was sie von ihrer Hochzeitsnacht am allerwenigsten vergessen konnte, war der Tango.

Es kam nur sehr selten vor, aber manchmal tanzten ihre Tanten und Stiefmütter in Khanooms Haus. Dazu setzten sie sich im Wohnzimmer im Kreis auf den Boden, und es dauerte nie lange, bis eine der Frauen vom Rhythmus einer *tonbak* angesteckt aufstand, in die Mitte des Kreises trat und anfing, sich in den Hüften zu wiegen. Die anderen klatschten dazu und lachten wie kleine Mädchen. Oft waren die Schüchternsten die sinnlichsten Tänzerinnen, die man allerdings meist auch am längsten überreden musste, ehe sie einen Tanz wagten.

Lili hatte noch nie in der Mitte gestanden und getanzt, aber als sie noch klein war, hatte Kobra sie manchmal auf einen Stuhl gestellt und ihr vorgemacht, wie sie die Hände an ihrem Gesicht bewegen musste, während sie sich in den Hüften wiegte.

Das war es jedenfalls, was Lili bislang unter tanzen verstand. Auf ihrer Hochzeitsfeier hatte Kazem sie jedoch von ihrem Platz geholt und auf die Tanzfläche gezogen, ehe sie sich wehren konnte. Im Nu waren sie von Dutzenden eleganten Tanzpaaren umringt, alle Blicke plötzlich auf sie gerichtet. Ihre Ahnungslosigkeit war ihr schrecklich peinlich, aber was sollte sie tun? Das Tempo war ihr viel zu schnell, und sie kannte die Tanzbewegungen nicht. Kazem hatte gerade mal zwei Schritte gemacht, da trat sie ihm zum ersten Mal auf die Füße. Ihr hoher Absatz bohrte sich schmerzhaft in seine Zehen. Er zuckte zusammen und biss die Zähne aufeinander. Lili schwankte und stolperte, sodass sie einmal beinahe gestürzt wären. Vor lauter Verlegenheit wurde sie rot. Aber Kazem packte sie bei jedem neuen Fehler nur fester an den Handgelenken und zog sie noch näher an sich heran.

Kurz nach Mitternacht, als endlich alle Gäste verabschiedet waren, gingen sie nach oben, gefolgt von Ma Mère und den ältesten Frauen der Familie Khorrami. Kazem öffnete die Tür, und Lili betrat mit ihm das Zimmer. Tuberosen, Lilien und weiße Spitzkerzen schmückten das Brautgemach. Ihr Blick blieb an einem pfirsichfarbenen Brokattäschchen hängen, das wie zufällig auf einem Kopfkissen in dem Himmelbett lag. Sie hatte zugesehen, als ihre Großmutter es in tagelanger Arbeit mit aufwendigen Goldborten verziert hatte, und sie wusste, dass an diesem Abend ein einziges, makellos gebügeltes weißes Taschentuch darin steckte.

Kazem zog sein Jackett aus und sah Lili an. Ein schwaches Lächeln umspielte seine Lippen. Er fingerte an seinem Krawattenknoten, und sie dachte, gleich würde er sie umarmen, aber er drehte sich um und verließ den Raum.

Sobald sie Wasser in die Badewanne laufen hörte, holte sie das weiße Taschentuch aus seinem Brokattäschchen. Dann legte sie es, genau wie man es ihr aufgetragen hatte, auf das Kopfkissen, strich ihr Kleid glatt und wartete.

Als Kazem aus dem Badezimmer kam, war sein Gesicht vollkommen ausdruckslos. Sie hatte Angst, er könnte ihr noch wegen ihrer erbärmlichen Tanzkünste böse sein und wollte sich gerade für ihre Ungeschicklichkeit entschuldigen, da begann er sich auszuziehen. Schnell wandte sie den Blick von ihm ab und schaute zur Wand, und plötzlich fühlten sich ihre Arme und Beine hart und kalt wie Marmor an. »Es ist nichts dabei!«, hatten die Cousinen sie zu beruhigen versucht, aber die Älteren grinsten hinter vorgehaltener Hand und kicherten.

Kazem benahm sich so unfreundlich und schroff, dass sie Angst bekam.

Kazem legte sich auf sie, hob ihr Kleid hoch und fummelte an ihr herum. Dann richtete er sich plötzlich wieder auf. Irgendetwas stimmte nicht.

»Leg dich auf den Boden«, befahl er.

Sie griff nach dem Taschentuch. Hinter der Tür konnte sie die Frauen hören, die geräuschvoll flüsterten. Sie glitt vom Bett, ohne das seidene Tuch aus der Hand zu legen. Der Teppich kratzte, aber sie wagte sich nicht zu bewegen. Kazem legte sich wieder auf sie, und als sie der Schmerz zu zerreißen schien und sie schreien wollte, griff er nach dem Tuch und drückte es ihr auf den Mund. Es kam ihr vor, als würde die Zeit stehen bleiben, immer langsamer werden und sich auflösen, aber als er endlich den Stoff zwischen ihre Beine warf und aufstand, wusste sie, dass es vorbei war.

Ungerührt musterte er das Blut, das bald durch das weiße Taschentuch sickerte. Dann öffnete er die Tür einen Spalt und reichte den wartenden Frauen das Beweisstück.

»Möge euch Gott viele Söhne schenken!«, hörte sie eine Frau noch rufen, während die anderen bereits ihr Freudengeheul anstimmten.

Lili blieb auf dem Boden liegen und wusste nicht, was sie jetzt tun sollte. Schließlich richtete sie sich ein wenig auf und sah sich im Zimmer um. Kazem hatte sich wieder ins Bett gelegt. Musste sie etwa auf dem Boden schlafen? Wie sollte das ohne Decken und Kissen gehen? Sie würde Blutflecken auf dem Teppich hinterlassen, und dann?

»Jetzt komm schon zurück ins Bett!«, unterbrach er ihre Gedanken.

Sie lag noch lange zusammengerollt wach am Bettrand, ihr Hals wie zugeschnürt. Hinter der Tür war nichts mehr zu hören. Die Frauen waren alle gegangen. Kazem schlief mit dem Rücken zu ihr, und abgesehen von seinen Atemzügen war es vollkommen still im Zimmer.

Als Lili am nächsten Morgen erwachte, fühlte sie nichts als einen dumpfen Schmerz zwischen den Beinen, aber als sie sich im Hamam reinigte, entdeckte sie an beiden Handgelenken rote Blutergüsse, so grob hatte er sie bei dem Tango angefasst. Es war der erste Tag ihrer Ehe, und schon hatte sie gelernt wegzuschauen und jeden Schrei zu ersticken.

3. Kapitel

Der Opiumtraum

»Diese Frau war eine jinn, *eine Hexe, ein Dämon, aber sie hatte die schönsten blauen Augen der Welt.« Meine Mutter machte eine kleine Pause, ehe sie ihre Geschichte weitererzählte. »Aus irgendeinem Grund haben sie mich nie gefragt, ob Simin mir das Opium gegeben hatte, und ich habe es ihnen auch nicht gesagt. Selbst als sie mir das Baby wegnahmen, habe ich geschwiegen.«*

Für Lili bedeutete die Heirat in erster Linie den Verlust ihrer Freundinnen und der hübschen grauen Schuluniform, und dieser Verlust schmerzte sie sehr. Da die Hochzeit im Winter während der Schulferien stattgefunden hatte, riet ihr Ma Mère, sich vorzustellen, sie hätte einfach länger Ferien. Und so freute sich Lili einstweilen auf die neue Schule, die sie laut Ma Mère im Frühjahr besuchen durfte, und versuchte sich inzwischen an ihre neue Familie zu gewöhnen.

Wie damals fast alle Familien aus der Mittel- und Oberschicht besaßen die Khorramis ein weitläufiges, verschachteltes Gebäude mit fünf Stockwerken, das von hohen Steinmauern umgeben war. Im Untergeschoss befanden sich Küche und Vorratskeller, im Erdgeschoss das Besucherzimmer oder *mehmoon khooneh*, in den beiden Stockwerken darüber die privaten Wohnräume. In der zweiten Etage wohnten Kazems Tante und ihr Mann, in der dritten seine Eltern und Ma Mère. Das Dachgeschoss hatte lange als Lagerraum für die ganze Familie gedient. Als Kazems Heirat bevorstand, wurde dort aufgeräumt, und Lili und Kazem zogen ins Dachgeschoss. Das Bett und den Spiegel hatte Kazem aus seiner Junggesellenwohnung mitgebracht, und dort oben packte Lili nun auch ihre Aussteuer aus.

Tagsüber gingen Kazem und die anderen Familienmitglieder aus dem Haus; nur Lili, die Dienstboten und Ma Mère waren daheim. In den ersten Wochen nach der Hochzeit blieb sie die meiste Zeit allein in ihrem Zimmer, machte Ordnung, dekorierte ihre Habseligkeiten immer wieder neu und schaute durch die hölzernen Fenstergitter auf die Straße hinunter. Eines Morgens rief sie dann Ma Mère nach dem Frühstück zu sich.

»Komm mit«, sagte sie und erhob sich vom Sofa, um Lili ins Untergeschoss zu führen, das sie noch nicht gesehen hatte. Lili wusste nur, dass die Dienstboten mit dem Essen immer von dort kamen. Als sich ihre Augen langsam an die Dunkelheit gewöhnt hatten, sah sie sich neugierig um. Die Wände waren aus grauem Lehm. Auf einem großen Holztisch lagen frisch gehäutete Auberginen neben gehackten Kräutern und gesalzenen Walnüssen. Durch das einzige kleine Fenster konnte sie den Garten hinter der Küche sehen und darüber ein Fleckchen blauen Himmels.

»Wie du weißt, haben wir Dienstboten, Allah sei Dank«, begann Ma Mère. »Aber gleichgültig wie köstlich ihr Essen schmeckt – dein Mann wünscht, dass du immer für ihn kochst, verstehst du?«

Ma Mère deutete auf einen Holzkohlerost, der in einer Ecke auf dem Boden stand. »Das ist jetzt dein Herd«, erklärte sie, »darauf kannst du alles kochen.« Sie schlurfte zu einem Schrank und nahm einen großen Sack mit Reis und einen Ölkrug heraus. »Der Reis und das Öl sind auch für dich. Aber bewahre sie oben in deiner Wohnung auf, damit hier unten nichts verwechselt wird.«

Lili nahm Ma Mère die Sachen aus der Hand und nickte gehorsam. »Ja, *khanoom*«, zwitscherte sie. Dabei hatte sie in Wahrheit noch keinen einzigen Topf Reis gekocht und deshalb keine Ahnung, wie sie ganze Mahlzeiten selbst zubereiten sollte. Aber Ma Mère war kaum nach oben verschwunden, da erbarmten sich die Dienstboten und brachten ihr die Grundkenntnisse des Kochens bei. In den Wochen darauf zeigten sie ihr abwechselnd, wie man Reis wäscht und quellen lässt, wie man Zwiebeln fein schneidet und glasig dünstet und wie sie das Lammfleisch für Kazems Essen braten musste. »*Khanoom kuchak*«, nannten sie Lili liebevoll – kleine Frau – und beobachteten ihre Erfolge mit wachsender Zuneigung.

Wenn sie gerade nicht kochen musste, brachte Lili einen Großteil ihrer Zeit als Jungvermählte mit dem Wäschewaschen zu, einem einsamen und mühsamen Geschäft, für das sie jede Woche fast zwei ganze Tage brauchte. Im Iran gab es damals noch keine Waschmaschinen, und die gesamte Wäsche wurde draußen im *hoz* gewaschen, dem rechteckigen Wasserbecken mitten im Hof. Die meisten Familien, die es sich leisten konnten, ließen diese Arbeit von ihren Dienstboten machen. Aber mit dem Waschen war es wie mit dem Kochen: Ma Mère versicherte Lili, sie würde Kazem eine große Freude machen, wenn sie diese Hausarbeiten selbst erledigte.

Im Winter war der *hoz* oft von einer dicken Eisschicht bedeckt. Wenn Lili die Kleider, die Handtücher und die Bettwäsche waschen wollte, musste sie erst unten in der

Küche Wasser kochen, dann den schweren Kessel in den Hof schleppen und das heiße Wasser auf das Eis schütten, um es zu schmelzen. Diese Prozedur wiederholte sie zwei- oder dreimal, manchmal sogar viermal. Ein Dienstmädchen hatte ihr geraten, immer ein langes Messer in das Bündel schmutziger Wäsche zu stecken, damit sie an den kältesten Tagen Löcher ins Eis bohren konnte. Wenn sie sich umdrehte, weil sie noch einen Kessel heißes Wasser aus der Küche holen musste, ertappte sie häufig Ma Mère, wie sie sie von ihrem Fenster im oberen Stock bei der Arbeit beobachtete.

Sie stand am Rand des Beckens, und der eisige Wind fegte ihr um die Beine, während sie das heiße Wasser aus dem Messingkessel in den *hoz* goss. Dampf stieg auf, und das Eis begann knackend zu bersten. Schnell lief sie zurück in die Küche, und selbst wenn dort schon seit dem frühen Morgen Gerichte in den Töpfen schmorten, wurde sie doch immer zuerst von dem feuchten, süßlichen Lehmgeruch begrüßt. Während sie darauf wartete, dass das Wasser kochte, erkundete sie jede Wölbung und jede Kerbe in den Lehmwänden, bis ihr Blick an den zickzackförmigen Rissen hängen blieb, die vom Boden bis zur Decke führten.

Wenn sie in den Hof zurückkam, war die Wäsche bereits an den Rändern steif gefroren, als hätte sich während ihrer Abwesenheit die Kälte in den Stoff geschlichen. Anfangs verzweifelte sie schier an der gierigen Winterkälte, lernte aber irgendwann doch, sie mit der gleichen Gewissheit zu erwarten, mit der sie den schwarzen Augen und der starren Miene von Ma Mère begegnete, wenn sie sich umdrehte und zu ihrem Fenster blickte.

Einmal war sie nach dem Waschen so müde, dass sie in ihr Zimmer ging und sich zu einem Nickerchen aufs Bett legte. Sie war gerade eingeschlafen, als jemand die Tür aufriss und mit einem lauten Knall gegen die Wand schlug. Ehe sie die Augen öffnen konnte, spürte sie Kazem über sich und seinen heißen, feuchten Atem an ihrer Wange.

»Wegen dir bin ich bei meiner Großmutter in Ungnade gefallen!«, brüllte er ihr ins Ohr und begann auf sie einzuprügeln. »*Gendeh*! Du Hure!«

»Warum, was habe ich denn getan?«, schluchzte sie unter der Decke. »Was denn?«

Kazem hörte auf sie zu schlagen, fuhr sich mit dem Handrücken über die Stirn und sagte ihr, was seine Großmutter am Morgen beobachtet hatte.

Wenn Kazem nach Hause kam, ging er jeden Tag zuerst in Ma Mères Wohnung, kniete sich vor sie, küsste ihre Hände und ließ sich von ihr auf den Kopf küssen. Als er sie an diesem Tag wie üblich begrüßen wollte, hatte sie sich geweigert. Sie hatte Lili beobachtet und gesehen, dass diese vergessen hatte, sich die Seife von den Händen zu waschen, weshalb sie beim Spülen die ganze Wäsche schmutzig gemacht hatte. Die Dummheit und Ungeschicklichkeit seiner Frau wäre ohnegleichen, schimpfte Ma Mère.

Als sich Kazem räusperte und die Ärmel hochkrempelte, verkroch sich Lili noch tiefer im Bettzeug und hielt sich schützend die Arme über den Kopf. Er schlug sie, bis Ma Mère von unten rief: »*Baseh*! Es reicht! Jetzt hast du sie erstmal genug bestraft.«

Da sprang Kazem vom Bett und lief aus dem Zimmer. Als er spät nachts zurückkam, roch er nach Alkohol und dem süßlich scharfen Geruch nach Erbrochenem, den sie damals noch nicht kannte.

Es war noch nicht Frühling, als ihr zum ersten Mal übel wurde, die Hochzeitsnacht war kaum zwei Monate her.

Sobald sie morgens die Augen aufschlug, war das Unwohlsein da. Erst fühlte es sich wie ein Hustenreiz an, aber dann spürte sie plötzlich, wie es schnell und warm vom Magen nach oben drückte, und sie musste ins Badezimmer laufen, den Kopf über das Waschbecken halten und sich erleichtern.

Anfangs dachte sie, die Übelkeit käme vielleicht von den Schlägen, aber eines Tages musterte Ma Mère Lili beim Abendessen prüfend, hob ihr Kinn und befand, dass Lili schwanger sein musste, was bedeutet hätte, dass sie dieses Jahr nicht wieder zur Schule gehen konnte.

»Wie konnte dir das passieren?«, fragte Kobra sie einige Tage später entsetzt, nachdem die Hebamme aus der Nachbarschaft die Schwangerschaft bestätigt hatte. »Hat denn niemand mit dir geredet?«

Derart Intimes wie Verhütung wurde damals nur sehr selten von Müttern mit ihren Töchtern besprochen; meistens waren die selbst frisch verheirateten jüngsten Cousinen der Braut dafür zuständig. Lilis Cousine Soudabeh hatte ihr aber eigentlich nur kichernd von den Vergnügungen im Ehebett berichtet. Verhütung kannte sie deshalb genauso wenig wie das versprochene Vergnügen. Lili war in dieser Hinsicht so ahnungslos, dass Kobras Frage sie völlig überraschte und sie nur unter Tränen fragte, was sie denn hätte tun können, damit sie kein Baby bekam. Da ohrfeigte sich Kobra und schüttelte traurig den Kopf, was so viel hieß wie, jetzt wäre es ohnehin zu spät.

»Du musst sie wegbringen«, hörte sie etwas später Ma Mère zu Kazem sagen. »Ich ertrage es nicht, ständig ihren dicken Bauch zu sehen. Und dann noch das ganze Kindergeschrei! Das ist mein Tod!«

Innerhalb einer Woche zog Kazem mit ihr in eine Wohnung in der Nähe des Bahnhofs im Süden Teherans. Das

Viertel hieß Tayeh Shar oder der Arsch der Stadt. Die Zweizimmerwohnung befand sich in einem großen ehemaligen Familienanwesen, das schon lange in ein halbes Dutzend eigenständiger Wohnungen aufgeteilt worden war. In dem größeren Raum gab es weder Fenster noch Licht, weshalb sie dort den größten Teil ihrer Aussteuer und die meisten Möbel verstaute. Sie aßen und schliefen in dem anderen Zimmer mit einem Waschbecken und einem provisorischen Herd und mussten die Toilette mit dem Hausbesitzer, seiner Familie und den anderen Mietern teilen. Zum Baden gingen sie sieben Blöcke weit in den nächsten Hamam.

Am Monatsersten legte Kazem dreihundert *toman* auf den Esstisch – das war sein ganzer Monatslohn –, und Lili musste mit dem Geld auskommen. Zweihundert *toman* kostete die Miete, und mit dem Rest sollte sie dafür sorgen, dass sie den ganzen Monat genug zum Leben hatten. Wie sie mit dem bisschen Geld nicht nur Kazem und sich selbst, sondern auch noch ein Kind durchbringen sollte, war eine Sorge mehr, die sie bedrückte. Bald wurde das Elend der ersten Schwangerschaftsmonate noch durch eine schreckliche Schlaflosigkeit und die traurige Ahnung verschlimmert, dass sie vermutlich nie mehr zur Schule gehen durfte, weil sie ein Kind bekam.

Eigentlich hätte Lili zu ihrer Mutter gehen und ihr das Herz ausschütten können, doch Kobra hatte gerade den größten Verlust ihres Lebens erlitten: Omid, ihr jüngstes Kind war gestorben.

An dem Tag, an dem das Unglück geschah, war Kobra in der Küche und kochte Reispudding, den Omid über alles liebte. Rührte man diese Köstlichkeit auf dem Herd nicht oft genug um, verwandelte sie sich schnell zu schwarzen Klumpen, und während Kobra sich auf den Pudding konzentrierte, ging Omid zum Spielen nach draußen.

Lili erfuhr nie, was genau passiert war. Eine Cousine meinte einmal, das Kind hätte vielleicht einen Brocken Opium mit Schokolade verwechselt, genauso gut hätte es aber auch ein Spinnenbiss gewesen sein können. Wie jeden Herbst waren Hunderte kleine Taranteln in den Garten gekommen, was keinen weiter kümmerte, obwohl alle wussten, dass sie giftig waren. Für den zweijährigen Omid aber waren die Taranteln neu, und vielleicht fand er sie sogar schön, hatte eine in seiner kleinen Hand gefangen und sich von ihr stechen lassen. Wie auch immer – als Kobra schließlich noch Zimt über ihren Reispudding gestäubt hatte, ging sie in den Garten und fand ihn. Er lag zusammengerollt neben dem *hoz*, als würde er schlafen, doch seine Lider und seine Lippen waren blau.

Seitdem war Kobras Blick getrübt, und die tiefen Ringe unter ihren Augen zeugten von ihrer Schlaflosigkeit. Als Omid starb, war Lili schon einige Zeit schwanger, und keiner wollte mit ihr mehr als nötig über den Tod ihres kleinen Bruders reden, damit ihr die Trauer nicht ins Blut fuhr und ihr ungeborenes Kind gefährdete. Aber Lili spürte auch so, dass Kobras Kummer sich verschlimmerte und dass sie sie jetzt nicht auch noch mit ihren eigenen Sorgen belasten konnte. Also zwang sie sich stets zu einem Lächeln, wenn Kobra sie nach Kazem oder ihrer Schwangerschaft fragte, und tat ihr zuliebe so, als wäre sie glücklich.

Nach den ersten Malen weinte er noch stundenlang. Er fiel auf die Knie und flehte sie an, ihm zu verzeihen. Schwor Stein und Bein, dass sie ihm mehr bedeute als sein Leben. Und dass er nie wieder die Hand gegen sie erheben würde. So verzweifelt und aufrichtig wirkten Kazems Reue und seine Versprechungen zu Anfang, so augenscheinlich verstört war er von seinem Verhalten, dass sie ihm zärtlich über den Kopf strich und ihn wie ein weinendes kleines Kind beruhigte.

Doch bald verging kaum eine Woche, ohne dass er sie schlug, und mit jedem Mal weinte er hinterher weniger, bis er ganz damit aufhörte und sie auch nicht mehr um Verzeihung bat.

Beim Einschlafen rätselte sie, ob er am nächsten Morgen gut oder schlecht gelaunt aufwachen würde. Kaum war er zur Arbeit gegangen, versuchte sie herauszufinden, ob er zum Mittagessen oder erst abends heimkommen würde. Wie konnte sie ihn erfreuen, wenn er nach Hause kam? Sollte sie ihn mit einem Lächeln begrüßen oder ihn lieber erst ansehen, wenn er das Wort an sie richtete? Freute es ihn, wenn sie ihr Haar kämmte und ein sauberes Kleid anzog, wenn sie sich für ihn hübsch machte? Oder warf er ihr dann nur wieder vor, sie hätte sich herausgeputzt und sei allein ausgegangen?

Am schlimmsten waren die Nächte.

Als er eines Tages nicht zum Abendessen nach Hause kam, legte sie eine Decke auf den Boden und wollte dort auf ihn warten. Irgendwann nach Mitternacht schlief sie dann doch erschöpft vom vielen Grübeln ein. Es war schon fast Morgen, als er ins Zimmer stolperte und sie mit Füßen trat. Mit den Händen versuchte sie ihren Bauch zu schützen und schloss die Augen, als er sich auf sie warf. Vorher konnte sie gerade noch die zwei Haarsträhnen sehen, die rechts und links von seinem kahlen Schädel hingen. In den ersten Wochen ihrer Ehe hatte er sich sorgfältig zurechtgemacht, ehe er zu ihr kam, aber mit der Zeit sparte er sich auch diese Aufmerksamkeit. Sie öffnete die Augen erst wieder, als er endlich und unausweichlich ans Ziel gekommen war.

Von Donnerstagnachmittag bis Sonntag spät abends

musste sie mit ihm reihum die Verwandtschaft besuchen, um sich begutachten, beraten und feiern zu lassen, bis ihr irgendwann von dem vielen gezwungenen Lächeln die Wangen brannten. Bei diesen Familientreffen erfuhr sie schließlich, wie viel man ihr über Kazem verschwiegen hatte, als er ihr noch den Hof machte. Beim geringsten Anlass geriet er außer sich und verspottete und beleidigte jeden, der ihm in die Quere kam. Lili beobachtete, wie vorsichtig seine Familie sich in seiner Gegenwart verhielt und jedes Wort, das sie an ihn richtete, abwog. Mit der Zeit stellte sie fest, dass manche Verwandte ihm nicht einmal vom anderen Ende eines Zimmers ins Gesicht zu sehen wagten. Ma Mère war die Einzige, die ihm gelegentlich ein Lächeln oder ein freundliches Wort entlocken konnte.

Dann wurde sie noch zufällig Zeuge eines Gesprächs, bei dem Lili klar wurde, wie wenig es ihr selbst gelungen war, ihr Leben mit Kazem vor den anderen zu verbergen.

Bei einem ihrer Besuche in der Khorrami-Großfamilie war Lili nach dem Mittagessen aufgestanden, um Ma Mère eine Tasse Tee zu holen, als eine der Frauen Kazems Tante fragte: »Ist das eure *aroos*?«

»Ja«, antwortete sie, »das arme Ding.«

Das arme Ding? Lili warf einen verstohlenen Blick auf die beiden Frauen und begriff, dass sie von ihr sprachen. Sie stahl sich davon und belauschte hinter einem Treppengeländer versteckt den Rest des Gesprächs.

»Er ist ein *Sadist*«, hörte sie Kazems Tante sagen. »Weißt du noch, wie schrecklich er als Kind war?« Sie machte eine Pause und schüttelte betrübt den Kopf. »Seine Eltern haben ihn deshalb immer aufs Land geschickt«, fuhr sie fort. »Wir haben alle gehofft, mit der Heirat wird es besser, aber …« Dann konnte Lili nichts mehr verstehen.

Sadist. Lili formte das fremde Wort lautlos mit den Lippen. Was bedeutete das? So wie Kazems Tante es ausgesprochen hatte, musste es etwas Schreckliches sein, vielleicht eine Krankheit. Sie murmelte das Wort noch ein paarmal vor sich hin. Wenn sie nur wüsste, was es bedeutete, würde sie gewiss auch ein Mittel dagegen finden.

Inzwischen machte sie eine kleinere, aber doch sehr nützliche Entdeckung: Ein gut gewürztes Essen mit viel Kräutern und Reis konnte ihren Ehemann mit etwas Glück gnädig stimmen. Sofort machte sie sich daran, ihre Kochkünste zu vervollkommnen. Jeden Freitag ging sie morgens zu dem *bazaarcheh*, dem kleinen Basar am Ende der Straße und holte körbeweise Koriander, Schnittlauch, Minze und Petersilie. Die frischesten Kräuter waren immer die mit Stängeln und Wurzeln, an denen noch jede Menge Erde klebte. Zu Hause wusch sie die Kräuter mehrmals, nahm ihren größten Kupfertopf und legte sie eine Stunde in Salzwasser, ehe sie mit dem Reiskochen begann.

Als sie wieder einmal Kräuter putzte und hackte, entdeckte sie eines Tages, dass sie sich wegträumen konnte. Wenn sie sich voll und ganz auf diese Tätigkeit konzentrierte, konnte sie sich vorübergehend in einen Gefühlszustand versetzen, in dem sie von allen Sorgen, vom Raum, von ihrem Körper wie losgelöst war. Diese Kunst übte sie wieder und wieder, bis es ihr gelang, eine Stunde oder länger in diesem friedlichen Zustand zu verharren.

Als sie im fünften Monat schwanger und ihre Hände und Füße dick geschwollen waren, hatte sie sich gerade weggeträumt, als sie plötzlich laute Stimmen aus dem Treppenhaus hörte. Wie so oft stritt Kazem mit dem Hausbesitzer und dessen Frau. Sie schloss die Augen und hackte weiter ihre Kräuter. Die Stimmen kamen immer näher und verstummten plötzlich. Kazem riss die Wohnungstür auf, doch ehe er sie hinter sich zuschlagen konnte, waren ihm der Vermieter und seine Frau ins Zimmer gefolgt. Lili verspürte plötzlich einen heftigen Schmerz, aber erst als sie die Augen öffnete und Kazem ansah, blickte sie auf ihre Hände und bemerkte das Blut.

Wie in Zeitlupe und scheinbar gleichgültig folgte ihr Blick den kleinen roten Bächen, die sich einen Weg durch die Kräuter bahnten, und entdeckte schließlich die Quelle. Die Spitze ihres Zeigefingers hing herab. Sie blinzelte ein paarmal, dann ließ sie das Messer fallen, das um Haaresbreite ihren Fuß verpasste.

»Du ungeschicktes Ding!«, rief Kazem. Er taumelte auf sie zu, und sie schrie entsetzt auf.

»Es wird nicht mehr geschlagen!«, fuhr der Vermieter dazwischen. »Ich habe gesagt, ich will nicht, dass sie noch mal geschlagen wird …«

»Das geht Sie gar nichts an«, gab Kazem zurück, aber die beiden hatten Lilis schwer verletzten Finger gesehen und wie ihre Beine unter ihr nachgaben. »Das Mädchen muss zu einem Arzt!«, rief der Hausbesitzer, half ihr auf und brachte sie nach draußen.

Die Frau des Hausbesitzers war mit ins Krankenhaus gegangen und sehr nett zu ihr gewesen und hatte ihr gesagt, sie könne jederzeit zu ihr kommen, wenn sie wieder Schwierigkeiten hätte. So hatte sie es genannt – Schwierigkeiten – und war so taktvoll gewesen, sich über Lili zu beugen und es ihr ins Ohr zu flüstern, damit niemand im Krankenhaus sie hören konnte. Lili hatte genickt und versprochen, sie würde kommen, aber von dem Tag an war Kazem sorgsam darauf bedacht, sie nur noch da zu schlagen, wo keiner die Blutergüsse sehen konnte, und sie schämte und ängstigte sich viel zu sehr, als dass sie irgendjemandem gestanden hätte, dass sie wieder in »Schwierigkeiten« war.

Auch die Tatsache, dass der Missbrauch, dem sie ausgesetzt war, genau genommen keine Ausnahme darstellte, machte es ihren Angehörigen nicht leichter, darüber zu sprechen. Khanoom und die Tanten ahnten von Anfang an, in welcher Lage sie sich befand, sagten aber trotzdem kein Wort dazu. Sie glaubten, jede Einmischung ihrerseits würde Kazem nur noch mehr aufbringen und Lili damit höchstens weitere Schwierigkeiten bereiten. Deshalb schwiegen sie, und Lili verstand irgendwie, dass ihr Schweigen gut gemeint war.

Zum Trost oder vielleicht als Ausgleich für ihre Zurückhaltung drängte Khanoom sie häufig, ihre Familie zu besuchen, aber mit fortschreitender Schwangerschaft hatte Lili immer weniger Lust, ihre Wohnung zu verlassen. Zum Teil lag das an den erstaunlichen Veränderungen ihres Körpers. Erst kam es ihr so vor, als würde ihr Bauch von Tag zu Tag dicker, schließlich von einer Stunde auf die andere. Und während ihre Beine und Füße gewaltig anschwollen, wurde sie immer hohlwangiger und blasser. Für welche Symptome ihre Schwangerschaft zuständig war und für welche Kazems Schläge, konnte sie nicht beurteilen. In ihren Gedanken waren beide Phänomene untrennbar miteinander verbunden. Tatsächlich waren die wenigen angenehmen Tagträume an das Kind überschattet von ihrer großen Angst. Und je hässlicher sie sich vorkam, umso weniger kümmerte sie sich um ihr Haar und ihre Kleidung und warf immer öfter einfach einen Tschador über ihr Hauskleid, wenn sie auf den Markt oder in den Hamam ging.

In diesem Zustand machte Sohrab seinen ersten und einzigen Besuch bei ihr als verheirateter Frau. Sie hatte sich verschleiert und mit einem großen Blechkanister das Haus verlassen, um auf einem Markt in der Nähe etwas Petroleum zu kaufen. Nach wenigen Schritten fiel ihr ein gut gekleideter Herr auf, der von der anderen Straßenseite auf sie zukam. Mit der einen Hand hielt sie den Kanister fest, mit der anderen ihren Tschador und wollte den Blick von ihm abwenden.

Doch dann erkannte sie, dass der Mann, der da auf sie zukam, ihr Vater war.

»*Baba-joon*«, stammelte sie. »Wollen Sie zu mir?«

»Ja, natürlich«, antwortete Sohrab ungeduldig. »Aber was hast du da in der Hand?«

»Was ich da habe?« Es dauerte einen Moment, bis sie begriff, dass er den Kanister meinte. »Ach so, das meinen Sie! Der ist für Petroleum.«

Er runzelte missbilligend die Stirn und nahm ihr den Kanister aus der Hand. »Geh jetzt nach Hause«, sagte er.

Lili hatte noch nie gesehen, dass ihr Vater auch nur etwas annähernd so Banales wie diesen rostigen alten Behälter in der Hand hielt, und hätte ihn ihm zu gern wieder entrissen. »Aber wir haben kein Petroleum mehr, und nachts ist es in der Wohnung so kalt«, protestierte sie zaghaft.

»Du gehst jetzt nach Hause, habe ich gesagt.«

Wieder in der Wohnung zog sie den Tschador aus und sah zu, wie er die abgeblätterte Farbe an den Wänden, die Rohre über dem Waschbecken und die vorhanglosen Fenster musterte. Hatten ihm die Tanten etwas über Kazem gesagt? Was könnten sie ihm erzählt haben? Bei der Vorstellung wurde sie vor Scham hochrot. Schnell kochte sie ihm eine Kanne Tee. Weil sie nichts Süßes fand, türmte sie mit zitternden Händen Zuckerstückchen in einem Schälchen für ihn auf.

Er verabschiedete sich, noch ehe er eine Tasse Tee geleert

hatte, aber vorher drückte er ihr ein paar hundert *toman* in die Hand und versicherte ihr, sie könne ihn jederzeit um mehr Geld bitten. Am nächsten Morgen erschien ihre Tante Zaynab, um Kazem zu sagen, dass Sohrab Lili eine Hilfe für den Haushalt und die Besorgungen schicken wolle. Er hätte bereits ein Zimmer im Haus für das Dienstmädchen gemietet und würde auch ihren Lohn bezahlen.

»Sohrab Khan verwechselt das hier wohl mit seiner fürstlichen Wohnung in Shemiran?«, empörte sich Kazem, als Zaynab das Angebot überbrachte. »Wie jede anständige Frau macht sie ihre Arbeit selbst.« Also kam keine Dienerin, aber von da an stand jeden Freitagmittag ein Korb voller Lebensmittel – ein frisches Huhn, ein Topf voll Reis, Melonen und Äpfel und zwei Krüge Milch – und daneben ein voller Kanister Petroleum vor ihrer Tür, und sie konnte sich denken, wer ihr die Sachen geschickt hatte.

So gingen die Wochen dahin, bis Lili schließlich aus Angst vor der bevorstehenden Entbindung für die Zeit der Niederkunft zu Khanoom zurückkehrte.

Sie lagen alle ineinander verschlungen unter einem Berg von Decken um den *korsi* (ein niedriger Tisch mit einem Ofen darunter), als Lili plötzlich fühlte, wie eine warme Flüssigkeit an ihren Beinen hinunterlief. Sie befreite sich von den Decken und rief nach Khanoom. »Sch«, versuchte sie die Großmutter zu beruhigen, »ist nicht schlimm, *bacheh-joon*. Das heißt nur, es ist so weit.«

Daraufhin schälten sich auch die anderen Frauen aus den Decken, warfen sich ihren Schleier über, hoben Lili gemeinsam vom *korsi* und brachten sie in ein Taxi.

»Du bist aber jung!«, rief die Hebamme bei Lilis Anblick, als diese schluchzend ins Krankenhaus kam und sich an die

Hand ihrer Großmutter klammerte. Sehr junge Mütter wurden immer seltener, jedenfalls in der Hauptstadt, und die Hebamme schien ganz entzückt, als sie erfuhr, dass Lili erst dreizehn war. Als das Baby dann nach nur einer Dreiviertelstunde zur Welt kam und Lili noch ganz feucht und blutverschmiert auf den Bauch gelegt wurde, meinte die Hebamme, das sei der Segen der Jugend und ein gutes Omen für die frischgebackene Mutter.

Lili hob den Kopf, um das Neugeborene anzusehen. Da war es endlich, dachte sie, ihr Baby! Kazems Familie hatte schon einen Namen ausgesucht – das Kind sollte Sara heißen. Jetzt sah sie zum ersten Mal ihre Sara, und eine Woge der Zärtlichkeit spülte den Schmerz in den Hintergrund. Nachdem sie erleichtert festgestellt hatte, dass dem Kind nichts fehlte, dass alle Finger und Zehen an ihrem Platz waren, sank sie erschöpft aufs Kissen zurück. Jemand hielt ihr einen Wattebausch mit Chloroform unter die Nase, und sie schlief augenblicklich tief und fest ein.

»Wach auf und sieh dir an, wer da zu dir will!«

Lili rieb sich die Augen und stützte sich auf die Ellenbogen. Ihr ganzer Körper war ein einziger Schmerz. Draußen war es dunkel. Wie lange mochte sie hier schon liegen? Irgendwo in dem Zimmer stöhnte eine Frau, und aus einer anderen Ecke hörte sie das schrille Weinen eines Neugeborenen.

Die Hebamme trug ein Baby im Arm – *ihr* Baby, dachte sie plötzlich. Sara war in eine weiße Wolldecke gewickelt, ihr Gesicht rot und faltig, und sie sah erschöpft aus.

Lili streckte die Arme nach ihr aus.

»Sie will jetzt ihre Milch«, sagte die Hebamme und lächelte freundlich, als sie ihr Sara in die Arme legte.

Sie zeigte ihr, wie sie mit einer Hand den Kopf des Säuglings und mit der anderen Hand die Brust halten musste. Lili legte sich Sara an die Brust und stupste ihren kleinen Mund an ihre Brustwarze, aber das Baby machte keinerlei Anstalten zu saugen. »Warum will sie denn nicht trinken, *khanoom*?«, fragte sie die Hebamme verstört. »Nur keine Sorge, das wird schon noch«, sagte die erfahrene Frau und tätschelte ihr beruhigend die Hand. »Leg dich einmal auf die Seite und das Baby daneben, mit dem Gesicht zu dir.« Aber sosehr sich die Hebamme und Lili auch den ganzen Tag anstrengten, Saras winzige rosa Lippen blieben fest verschlossen.

Warum nur wollte Sara ihre Milch nicht trinken, fragte sich Lili verzweifelt. Hatten die Frauen recht, wenn sie sagten, ein ungeborenes Kind lebt von den Gefühlen seiner Mutter? War ihr Baby mit ihrem ganzen Kummer zur Welt gekommen? Bei diesen Gedanken kamen Lili die Tränen, aber die Hebamme tröstete sie und sagte, sie solle sich keine Sorgen machen. Noch hätte jedes Neugeborene an seiner Mutter Brust getrunken, wenn es nur erst hungrig genug war.

Als Lili vier Tage später das Krankenhaus verließ und wieder zu Khanoom gebracht wurde, hatte Sara noch immer keinen einzigen Tropfen von Lilis Milch getrunken. Am fünften Tag wachte Lili morgens schweißgebadet auf, mittags war ihre Bettwäsche durchnässt. Das Haar klebte ihr in feuchten Strähnen am Kopf, ihre Brüste wurden immer schwerer und schließlich steinhart. Sie bekam Fieber, die Temperatur stieg und fiel, kletterte auf über vierzig Grad und sank während der nächsten drei Tage kaum.

Khanoom vertraute auf alte Hausmittel. Mehrmals am Tag legte sie gekochte Kohlblätter auf Lilis Brüste und knetete sie anschließend mit ihren schwieligen Fingern. Um das Fieber zu senken, legte sie Lili kalte Kompressen auf die Stirn und flößte ihr löffelweise Eiswasser mit einem Schuss *limoo-*

shirin, süßer Limone, ein. Als Lilis Milch endlich abfloss, dankte Khanoom Gott und versprach, zwei Lämmer für seine unendliche Gnade zu opfern. Die nächsten Tage erschien Khanoom frühmorgens übernächtigt an Lilis Bett und hielt ihr eine Schüssel hin, in die Lili ihre Milch pumpte. Wie versprochen hatte Khanoom zwei Lämmer geschlachtet, zubereitet und den Armen als Almosen gegeben.

Doch es reichte nicht, das Fieber zu senken. Lili zitterte unkontrolliert am ganzen Körper, und schließlich delirierte sie so stark, dass sie nicht einmal mehr auf ihren Namen reagierte. Der Milchstau hatte sich zu einer schweren Infektion entwickelt. Als ihr Zustand bedrohlich wurde, brachte man sie spät nachts noch ins Krankenhaus, wo ihr die Milchgänge operativ geöffnet wurden. Noch Tage später sickerte verdorbene Milch aus ihren Brüsten.

Eines Morgens wachte sie auf und fühlte sich wie ausgehöhlt, aber ihre Stirn war nicht mehr so heiß. Sie setzte sich auf und aß ein komplettes Frühstück, die erste Mahlzeit, seit sie eine Woche zuvor das Krankenhaus verlassen hatte. Khanoom saß neben ihr, sah ihr beim Essen zu und sang mit ihrer schönen tiefen Stimme Dankgebete.

Mittags kam sie mit drei hellbraunen Hundebabys in einem Korb wieder, und als Lili erwachte, blickte sie in drei Paar dunkelbraune Augen.

»Ist das ein Geschenk?«, fragte sie. »Ja, das ist ein Geschenk«, nickte Khanoom.

Lili setzte sich auf und klatschte vor Freude in die Hände. Die drei Hündchen kletterten aus ihrem Korb und begannen auf dem Bett herumzuturnen. Der Kleinste leckte ihr die Finger, und Lili musste kichern.

»Wenn du willst, kannst du den da behalten«, sagte Khanoom und gab dem jungen Hund einen Stups. »Aber wenn du gesund werden willst, musst du ihn saugen lassen, *bacheh-joon.*«

»Ich soll ihn bei mir saugen lassen?«

»Ja.«

»Das mache ich nicht!«, sagte Lili empört.

»Du musst aber!«

Lili drehte sich daraufhin mit dem Gesicht zur Wand, verschränkte die Hände vor der Brust und würdigte die Hundebabys keines Blickes mehr, weshalb Khanoom mit einem Schulterzucken aufgab. Seufzend sammelte sie die jungen Hunde wieder ein, setzte sie zurück in den Korb und brachte sie weg.

Aber am nächsten Tag kam sie mit einem neuen Korb, diesmal mit den sechs Monate alten Zwillingen einer entfernten Cousine. Die Zwillinge saugten erfahren an, und sofort besserte sich Lilis Zustand. Ihre Mutter war offenbar dankbar für diese Unterstützung und schickte sie Lili eine Woche lang einmal morgens und einmal abends. In der zweiten Woche wurden ihr die Zwillinge an drei Tagen, in der dritten Woche nur noch zweimal gebracht. Sara bekam während dieser Zeit Ziegenmilch aus einer Glasflasche mit einem Gummisauger, aber nachdem Lilis Milchstau dank der Zwillinge kuriert war, konnte endlich auch Sara ohne Schwierigkeiten an ihrer Brust trinken.

Lilis Schmerzen ließen allmählich nach, und ihre kleine Tochter gewöhnte sich daran, gestillt zu werden. Doch Lili dachte noch lange an die drei kleinen Hunde, die Khanoom ihr ans Bett gebracht hatte. Sie schloss die Augen und träumte von ihrem seidenweichen Fell und ihren glänzend braunen Augen. Immer wieder dachte sie an den Kleinsten, der ihr mit seiner rauen Zunge die Finger geleckt und den Kopf zurückgelegt hatte, damit sie ihn am Kinn streicheln konnte. Wo mochte Khanoom die Hundebabys hergehabt haben, und wo waren sie geblieben, nachdem sie sich geweigert hatte, sie zu säugen?

Während dieser ganzen Zeit konnte Kobra an nichts anderes denken als an ihr eigenes kleines Kind, wie es tot im Garten gelegen hatte. Sie sprach kaum noch ein Wort und war schrecklich abgemagert. Oft verkroch sie sich tagelang im Bett, um dann nachts wie getrieben durchs Haus zu wandern. Im Krankenhaus hatte sie Lili kein einziges Mal besucht, und als ihre Tochter mit Sara in die Avenue Moniriyeh zurückkam, konnte sie keinen Blick auf das Neugeborene werfen, ohne sich verzweifelt den Tod zu wünschen.

Um Kobras Qualen zu lindern, brachten Khanoom und die anderen Frauen sie in einem Teil des Hauses unter, in dem sie Lili und Sara nicht begegnete. Sie schirmten Lili so erfolgreich vor Kobras Kummer ab, dass Lili diese Wochen als mit die glücklichsten in ihrem Leben in Erinnerung blieben. Obwohl sie vor mehr als einem Jahr ausgezogen war, passte sie sich sofort wieder an den vertrauten Rhythmus in Khanooms Haus an. Genüsslich lauschte sie dem Schwatzen der Frauen und kannte bald jedes ihrer Wehwehchen. Vor allem aber ließ sie sich verwöhnen. Sie musste nichts tun, alles wurde ihr von erfahrener und ergebener Hand abgenommen. Da war immer jemand, der Sara auf den Arm nehmen oder schaukeln wollte, und solange sie in Khanooms Haus lebte, musste sie Sara nicht ein einziges Mal die Windeln wechseln oder sich selbst das Nachthemd an- oder ausziehen.

Lili verbrachte ganze Tage neben dem *korsi*, auf dicke Decken und Kissen gebettet. Jeden Morgen schickte Khanoom ihren Diener zum Bäcker, der immer mit zwei langen, schweren Fladenbroten zurückkam, die er sich über die

Schultern warf. Das Brot war noch warm, wenn Khanoom es für sie in dicke Sahne tauchte und ihr ein Glas Milch mit Kardamom und Safran nach dem anderen einschenkte. Mittags und abends fanden sich alle zum Essen um den *korsi* ein und ließen sich *ash* (Suppe) mit Nudeln, Rinderhackfleisch, frischem Schnittlauch und einem dicken Klecks cremigen *kashk* (fermentierte Molke) schmecken. Oder sie verspeisten große Fleischbällchen mit Kräutern und Kichererbsen, eine andere Spezialität von Khanoom für kalte Tage. »Du musst viel essen, damit du wieder zu Kräften kommst«, sagte ihr Khanoom bei jeder Mahlzeit, und Lili hielt sich an den Ratschlag.

»Sie ist da! Sohrabs Weib ist gekommen!«

Einige Zeit vor Saras Geburt hatte Khanoom, die um Sohrabs Seelenheil fürchtete, ihn gebeten, seine zweimal geschiedene Geliebte Simin mit den schönen blauen Augen entweder offiziell zu heiraten oder das Verhältnis zu beenden. Daraufhin brach Sohrab den Kontakt zu seiner Familie völlig ab. Die anschließende Trennung hatte ein Jahr gedauert, in dem Khanoom jedoch um zehn Jahre gealtert zu sein schien.

Alle waren sich einig, dass Khanoom diesen Zustand nicht mehr lange überleben würde, aber dann war es Simin selbst, die eine Annäherung an Sohrabs Familie betrieb. Alle paar Wochen lud sie Khanoom und Sohrabs Schwestern zu einem verschwenderischen Essen ein. Wieder zu Hause schwärmten alle von Simins Pilaw mit dicken Bohnen und ihren würzigen Fleischsoßen mit Granatäpfeln und Walnüssen, sie lobten ihre schön eingerichtete Wohnung und die interessanten Gespräche. Und als Simin ihnen dann auch noch erklärte, sie würde ihnen jederzeit aushelfen, falls sie einmal finanziell in Verlegenheit sein sollten, war der Clan restlos von ihr begeistert.

Dennoch wucherten die Spekulationen weiter. Hatte Sohrab Simin offiziell geheiratet? Oder war er wenigstens eine *siqeh*, eine provisorische Ehe eingegangen? Ohne irgendwelche Zeremonien oder Formalitäten? Als Simin Lili in Khanooms Haus besuchte, um sie und das neue Baby kennen zu lernen, warf ihr Besuch neue Fragen in dieser endlosen Debatte auf. Hatte Sohrab Simin zum Zeichen seiner Achtung geschickt, oder war ihr Besuch eher dazu gedacht, seine Frau als tadelloses Mitglied der Familie einzuführen?

Sie war nicht hübsch und auch nicht schön. Sohrabs Weib, wie sie von allen heimlich genannt wurde, war einfach hinreißend. Ihr langes schwarzglänzendes Haar fiel ihr offen über den Rücken, sie hatte eine Haut wie ein Pfirsich, und ihre Augen waren von einem überirdischen Hellblau. Bei ihrem ersten Besuch trug sie ein lavendelfarbenes Kleid mit winzigen Perlmuttknöpfen vom Hals bis zur Taille. Ansonsten war das Kleid so schlicht, dass es vielleicht sogar Khanoom getragen hätte; nur der raffinierte Schnitt sprach dagegen, der Simins schmale Taille und ihren wohlgeformten Po zur Geltung brachte.

Als Simin sich zu den Frauen gesellte, hatte man Lili auf einen Berg von Kissen am anderen Ende des Raums gesetzt. Sie hatte sich an dem Morgen sorgfältiger als sonst zurechtgemacht, ihre schönste, pfirsichfarbene Seidenbluse angezogen, ihren Zopf geöffnet und sogar etwas Kajal um die Augen aufgetragen. Als ihre Tante Simin ankündigte, war sie plötzlich schrecklich verlegen.

Schnell ließ sie ihre nackten Füße unter einer Decke verschwinden und fuhr mit der Hand über die widerspenstigen Haarsträhnen. Und dann war sie auch schon da, die Frau mit den blauen Augen, die in einem Sommer vor vielen Jahren Arm in Arm mit ihrem Vater durch einen Garten spaziert war und mit Lili im Schatten von Buchen in einem Fluss gebadet hatte. Lili hatte sie seither nicht mehr gesehen, aber nun war die Dame extra gekommen, um ihr einen Besuch abzustatten.

Eigentlich hätte sie jetzt aufstehen müssen, aber sie konnte nicht. Vier Wochen nach der Geburt ihres Babys war ihr Bauch noch immer so fest in einen Gürtel gewickelt, den ihr Khanoom aus langen Musselinbahnen genäht hatte, dass sie kaum Luft bekam. Und mit Sara auf den Beinen, deren kleiner Kopf auf ihren Knien ruhte, konnte sie sich wirklich nicht rühren.

»*Salaam khanoom*«, begrüßte sie Simin also vom Fußboden aus.

»*Salaam dokhtar-joon*«, antwortete Simin, beugte sich zu ihr und hauchte ihr zwei Küsse auf die Wangen.

Es war sicher aus Angst vor Sohrab, dass sich der Clan bei diesem Besuch so entgegenkommend verhielt, aber die aufmerksame Höflichkeit kam auch einer Kapitulation gleich. Es ließ sich einfach nicht leugnen, dass diese Frau schön, anmutig und – auch wenn sie dieses Wort höchstens in Zusammenhang mit Fremden oder Prostituierten gedacht oder auch nur geflüstert hätten – *lavandee*, sexy, war. Simin war sexy. Sie spürten es, konnten es nicht bestreiten, und es weckte in ihnen die Lust, das zu tun, was sie am besten konnten: sie zu bedienen.

Dicke, von Honig triefende Stücke Baklava waren die erste Delikatesse, die Simin an diesem Nachmittag vorgesetzt wurde, gefolgt von mit Mandeln gefüllten Datteln und Blätterteiggebäck mit frischer Sahne. Alle beobachteten sie erwartungsvoll, aber Simin würdigte die Köstlichkeiten keines Blickes. »Bitte, *khanoom*, Sie müssen wenigstens ein Stückchen von der Baklava kosten«, jammerten sie gekränkt. Aber Simin lächelte nur höflich und nahm wieder einen Schluck Tee. Gläser mit Kirschlimonade, Teller mit Feigenkompott und Schüsseln mit Safranpudding wurden aus der Küche herbeigezaubert. Doch was sie ihr auch vorsetzten, Simins Lippen berührten ausschließlich den Rand ihres geschliffenen Teeglases.

Als der Vorrat an süßen Gaben schließlich erschöpft war, ließ der Clan Lili und Simin allein und versammelte sich im Hof, um den nächsten Schritt zu planen. Warum weigerte sich Sohrabs Frau wohl, etwas zu essen? Man äußerte verschiedene Vermutungen, als aber eine Frau meinte, sie könne schon verstehen, dass Simin Wert auf ihre gute Figur lege, nickten alle zustimmend und versprachen, ihren Appetit ebenfalls zu zügeln – wenn auch vielleicht nicht an diesem, aber gewiss vom nächsten Tag an.

»Meinen herzlichen Glückwunsch«, sagte Simin zu Lili, als die Frauen ihre Unterredung beendeten und sich wieder auf den Weg zurück in die Wohnung machten. »Jetzt bist du eine Mutter.«

Bei dem Wort Mutter zuckte Lili zusammen. Es war immer eben diese Mutterschaft gewesen, die ihre Großmutter und ihre Tanten zwischen Kobra und Simin unterscheiden hatten lassen. Kobra war die Mutter von Sohrabs Kindern, nicht Simin. Egal wie sehr Sohrab Simin bevorzugte, egal wie sehr sie selbst sie schließlich auch für überlegen hielten – ihre Unfruchtbarkeit war ein Manko, das sich nicht abtun ließ. Kobra war die Mutter von Sohrabs Kindern, und nicht Simin.

Als Lili die Szene wenige Monate später wieder und wieder Revue passieren ließ, erinnerte sie sich vor allem daran, wie unmissverständlich kühl Simins Glückwunsch geklungen hatte. Aber dass Simin womöglich nicht nur die augenscheinlich beendete Rolle missfiel, die Kobra in Sohrabs Leben spielte, sondern auch die von Lili und Nader – darüber hatte sich Lili bisher keine Gedanken gemacht und tat das auch nicht an diesem Tag. Damals empfand sie eigentlich nichts als grenzenlose Dankbarkeit für Simins Besuch.

»*Merci*«, stammelte Lili, »danke, *khanoom-joon.*«

Lili vergoss bittere Tränen, als sie mit Sara in die eigene Wohnung in Tayeh Shar zurückkehren musste, aber ihr Kummer wurde bald von der Nachricht von Ma Mères Tod überschattet. Der Tradition gemäß wurde sie vierzig Tage und vierzig Nächte betrauert. Im Besucherzimmer des Khorrami-Hauses wurde ein riesiges gerahmtes Porträt von ihr aufgestellt, flankiert von zwei mannshohen Kandelabern. Das Bild zeigte Ma Mère mit einem freundlichen Lächeln, weshalb Lili sie darauf kaum wiedererkannte, eine Beobachtung, die sie während der Trauerrituale lieber für sich behielt.

Sie war erst vor Kurzem aus Khanooms Haus in ihre eigene schäbige Wohnung zurückgekehrt und somit zum ersten Mal allein mit Sara und für sie verantwortlich, weshalb die Mutterpflichten sie sehr anstrengten. Außerdem wurde von ihr erwartet, dass sie jeden Tag die Trauergäste der Khorramis empfing und bewirtete, und es blieb ihr gar nichts anderes übrig, als sich das Baby auf den Rücken zu binden und mitzunehmen.

Zu ihrer Überraschung trauerten Kazems Verwandte, die eben noch die traditionellen Hochzeitsbräuche ihrer Familie verspottet hatten, getrennt nach Geschlecht, und die Frauen wehklagten verschleiert und mit der ganzen rituellen Hingabe, die Lili von solchen Anlässen kannte. Mit seidenen Fächern verschafften sie sich Abkühlung, damit sie nicht ohnmächtig wurden. Manche warfen sich auf den Boden, andere bekamen einen Kreislaufzusammenbruch und konnten nur mit in Baldrian oder Rosenwasser getauchten Tüchern wiederbelebt werden.

Jeder neue Trauergast veranlasste die Anwesenden, ein weiteres Mal haarklein zu erzählen, wie Ma Mère ins Jenseits gegangen war. Obwohl sie überraschend an einem Herzanfall ohne ersichtliches Leiden gestorben war, animierte die Geschichte ihres Todes die Trauernden, sich an die Brust zu schlagen und die Haare zu raufen. Eine Frau kratzte sich sogar das Gesicht blutig, und über allem ertönte immer wieder die gleiche Klage, mal von einzelnen Frauen, mal von allen zusammen gesungen: »Warum bist du gegangen? Warum bist du gegangen? Warum bist du gegangen?«

Die anstrengende Trauerarbeit ließ sich nur mit ständigen Erfrischungen überstehen. Datteln, Mandeln und Halva galten als besonders stärkend, und anstatt des üblichen Tees tranken sie dicken, bitteren türkischen Kaffee. Nachmittags strömten die Nachbarn zu Dutzenden ins Haus und brachten Verwandte, Freunde und Bekannte mit. Nacht für Nacht mussten die Dienstboten zwölf Töpfe Reis und zwölf Töpfe Fleischsoße kochen. Und falls das nicht reichen sollte, um den Appetit der trauernden Menge zu stillen, wurde noch ein dreizehnter Topf Reis gekocht, eine Tasse Tomatenmark hineingerührt und den letzten Besuchern angeboten, die kamen, um den Tod der Matriarchin zu betrauern.

Als Lili nach Saras Geburt in ihre Wohnung zurückgekehrt war, behandelte Kazem sie keinen Deut anders, machte ihr lautstark wegen irgendwelcher Kleinigkeiten Vorwürfe – weil der Reis nicht ordentlich gekocht oder ein Regal nicht abgestaubt war. Und wenn Sara weinte, schrie er auch sie an. Lili wusste nicht, wie sie verhindern sollte, dass Sara weinte, und oft weinte sie einfach mit. Aber Ma Mères Tod stürzte Kazem in eine derart tiefe Depression, dass er Lili und das Kind überhaupt nicht mehr wahrzunehmen schien. Ganze Tage saß er schweigend und in sich zusammengesunken auf einem Stuhl in einer Ecke ihrer Wohnung, die Hände vors Gesicht geschlagen. Diese Zeit sollte die ruhigste Phase ihrer Ehe werden, auch wenn sie alles andere als ruhig endete.

Das Ende kam im Sommer, an einem der vielen Tage, von denen es heißt, die Sonne könne mittags eine Knospe zum Erblühen bringen und ihre Blütenblätter bis zum Sonnenuntergang in ihrer Hitze welken lassen. Lili hatte eine Tasche mit frischen Kleidern und Handtüchern gepackt und sich mit Sara auf den Weg zum Hamam gemacht. Ihr Oberkörper, die Arme und Beine waren von Blutergüssen übersät, die zwar etwas verblasst, aber noch deutlich sichtbar waren. Sie hätte zwar versuchen können, sich zum Baden in ein paar Tücher zu wickeln, damit in den Gemeinschaftsbecken niemand ihre Verletzungen sah. Weil das aber sehr mühsam war und ihr eines der wenigen Vergnügen verdarb, die ihr geblieben waren, hatte sie damit begonnen, hin und wieder ein paar *toman* beiseitezuschaffen, mit denen sie sich ein- bis zweimal im Monat eine Badekabine leisten konnte. Und genau das hatte sie an dem Tag vor.

Der Bademeister gab ihr eine Nummer, dann wartete sie im Hof, bis sie an die Reihe kam. In der Kabine drückte sie ihr Kind an ihre Brust, schloss die Augen und genoss das warme Wasser aus der Brause. Zuerst wusch sie Sara von Kopf bis Fuß, ihren runden Bauch, hinter den Ohren und in den Speckfalten. Als Neugeborene hatte Lili sie neben sich auf ein Handtuch gelegt, damit sie sich selbst waschen konnte. Als Sara aber mit fünf Monaten zu krabbeln begann, musste sie sich eine neue Taktik überlegen. Sie klemmte sich das Kind unter einen Arm und seifte und schrubbte ihre andere Körperhälfte mit der freien Hand, um das Kind anschließend umzulagern und ihre zweite Körperhälfte zu waschen. Während dieser Prozedur blickte sie immer wieder in die schwarzen Augen ihrer Tochter, die sie durch einen Vorhang aus Dampf anlächelten.

Bei Sonnenuntergang wollte sie wieder zu Hause sein, wenn die Hitze endlich nicht mehr die Straßen und Dächer aufwarf und die Stadt zum lauten Klappern Tausender Fensterläden, die geöffnet wurden, zu neuem Leben erwachte. Die Straßen seien Ursprung und Antrieb allen Übels dieser Welt, hatte man sie immer gewarnt, aber auf ihrem regelmäßigen Heimweg vom wöchentlichen Bad fühlte sie sich dort verloren und geborgen zugleich, und diesen Zustand begann sie mit der Zeit zu lieben.

Wenige Schritte vom Badehaus entfernt kaufte sie einen frisch gegrillten Maiskolben, pulte die Körner heraus und fütterte Sara damit. Dann schob sie sich durch die immer dichter werdende Menschenmenge weiter. Nach ein paar Minuten war Sara eingeschlafen. Lili hatte Appetit auf eine Limonade mit Kirsch- oder Melonengeschmack oder am liebsten beides, wenn ihr Geld reichte. Sie drückte sich in einen schattigen Hauseingang, und während sie in kleinen Schlucken die süße Limonade trank, nahm Lili die Menschen, die Gerüche und den Rhythmus ihrer Stadt in sich auf. Weiter unten in der Straße spielte jemand auf einem Grammophon ein altes Volkslied. Sie machte ein paar Tanzschritte und sang die Melodie im Kopf mit. Als sie die Limonade ausgetrunken hatte, kaufte sie sich noch eine und machte sich auf den Heimweg.

Vor dem Haus blieb sie stehen und richtete ihren Schleier. Die Treppe war uneben und an manchen Stellen eingetreten, und Lili musste sich alle paar Stufen an der Wand abstützen, um nicht das Gleichgewicht zu verlieren. Auf dem Treppenabsatz angekommen suchte sie nach ihrem Schlüssel, bis sie sah, dass die Tür zu ihrer Wohnung weit offen stand. Einen Moment blieb sie zögernd stehen, dann zog sie den Schleier noch fester um sich und ging hinein.

Kazems Stirn war blutüberströmt, Blut lief ihm über das Hemd und tropfte auf den Boden, aber er machte keine Anstalten, es wegzuwischen. Ein Einbrecher hat ihn überfallen, war ihr erster Gedanke, aber dann sah sie das Messer in seiner Hand. Er hatte es selbst getan, begriff sie, er hatte sich Stirn und Backen mit einem Küchenmesser zerschnitten. Vor lauter Angst fiel ihr die Tasche aus der Hand, und ihr Inhalt ergoss sich auf den Boden. Am ganzen Körper zitternd bückte sie sich und versuchte die Sachen wieder einzusammeln.

»Wo warst du so lange?«, schrie er sie an. Beim Klang seiner Stimme riss Sara die Augen auf und begann zu weinen.

»Im Badehaus«, stammelte sie. »Du weißt doch, dass ich immer Freitag nachmittags …«

»Ich will wissen, warum du so spät kommst! Wo bist du nach dem Baden hingegangen? Hast du jemand getroffen?«

Sie wollte ihm erklären, dass es im Hamam sehr voll gewesen sei, es war doch Freitag, und dass sie hätte warten müssen, und dass Sara auf dem Heimweg Hunger bekommen hätte, weshalb sie einen Maiskolben gekauft hatte und stehen geblieben war, um sie zu füttern, und dann Durst bekommen hatte. Aber mit jedem ihrer Worte wurde er nur noch wütender. Seine Augen flackerten, und er wollte nach ihr greifen, doch sie wich ihm aus und floh mit Sara im Arm die Treppe hinunter.

Inzwischen schrie das Kind laut. Lili begann es zu wiegen, was das Baby nur noch lauter weinen ließ. Eine Passantin warf ihr einen eindeutigen Blick zu: Sie sollte sich besser um ihr Kind kümmern. Lili nahm Sara auf die andere Seite und merkte, dass sie das Kind so fest umklammert hielt, dass ihre Finger ganz weiß waren. Sie lockerte ihren Griff und strich Sara beruhigend über den Kopf. Das Herz schlug ihr bis zum Hals. Wo sollte sie nur hin? Ihre Handtasche hatte sie oben in der Wohnung gelassen. Jetzt blieb ihr nichts anderes übrig, als den ganzen Weg zu Khanooms Haus zu Fuß zu laufen, dabei war sie von dem weiten Weg durch die Stadt schon erschöpft und zitterte so, dass sie sich kaum auf den Beinen halten konnte.

Sie biss sich auf die Lippen und verfluchte sich dafür, dass sie ihr Kleingeld auf dem Rückweg vom Hamam ausgegeben hatte, dass sie nicht früher nach Hause gegangen war, dass sie ihre Tasche in der Wohnung gelassen hatte. Da rief er nach ihr, und seine Stimme klang so sanft, so reumütig und sehnsüchtig, dass ihn jeder für einen Märchenprinzen gehalten hätte, der vor Liebeskummer vergeht. »Ich bin wieder in Ordnung«, rief er ihr aus dem Fenster zu. »Komm zurück«, rief er, »es ist alles wieder in Ordnung.«

Als sie in der Nacht sein Gesicht gewaschen und die Schnitte verbunden hatte, vergrub er seinen Kopf an ihrer Brust und weinte zum ersten Mal seit vielen Monaten wieder. Da wurde ihr plötzlich bewusst, dass weder sie noch ihre Tochter je wieder sicher sein konnten, nachdem er dazu fähig war, sich solche Verletzungen zuzufügen. Und diese Erkenntnis machte ihr mehr Angst als alles andere, was sie in ihrer Ehe bisher erlebt hatte.

Als sie morgens die Avenue Pahlavi hinunter zum Zahnarzt ging und mit dem Finger besorgt ihren wackelnden Zahn befühlte, löste ein Windhauch an ihrem seit Kurzem bloßen Nacken einen ihrer immer häufiger werdenden Anfälle aus.

Sie hatte sich ihr Haar zu einem Bob schneiden lassen, weil sie wie eine Schauspielerin aussehen wollte, deren Bild sie in einer Illustrierten bei ihrer Schwiegerfamilie bewundert hatte. Die Frisur stand ihr gut, das fand sogar Khanoom. Manchmal aber, wenn Kazem in der Arbeit und sie allein mit Sara zu Hause war, vergaß sie vor lauter Grübeln, dass sie kurze Haare hatte. Gedankenverloren wollte sie mit ihren Zöpfen spielen und geriet so in Panik, weil sie nicht mehr da waren, dass sie vor Schreck laut aufschrie.

So etwas kam jetzt immer öfter vor. Einige Sinne und Fähigkeiten versagten plötzlich, während andere besser denn je funktionierten. Dauernd vergaß sie etwas – manches war belanglos, wie etwa, dass sie ihre Haare abgeschnitten hatte, aber auch, ob sie Sara schon gefüttert hatte oder die Woche bereits auf dem Markt gewesen war. Sie hörte kaum noch, wenn Sara schrie, und konnte stundenlang an ein und derselben Stelle sitzen und vollkommen geistesabwesend eine Wand oder den Boden anstarren. Dann wieder versetzte sie das leiseste Geräusch aus der Wohnung über ihr in Panik, ihr Herz raste, und ihre Hände zitterten.

Außerdem wollte sie eigentlich nicht zum Zahnarzt. Wochenlang, nachdem Kazem sie die Treppe hinuntergestoßen hatte und sie mit dem Gesicht unten aufgeschlagen war, hatte sie verzweifelt versucht, den losen Zahn mit den Fingern auszureißen. Vergeblich. Die Schmerzen wurden immer schlimmer und waren schließlich so unerträglich, dass ihr nichts anderes übrig blieb, als sich Geld von ihrer Tante Zaynab zu leihen und sich den Zahn ziehen zu lassen.

»Das haben wir gleich, junge Dame«, beruhigte sie der Zahnarzt und lächelte sie freundlich an. Beim Anblick seines sauberen weißen Kittels hatte sie sich sofort wohlgefühlt, sie hatte sich zurückgelehnt, tief Luft geholt und die Augen geschlossen.

Lili hatte die Hälfte der Prozedur überstanden, als ihr plötzlich etwas einfiel. *Sadist.* Seit Monaten hatte sie nicht mehr daran gedacht, aber hier bei dem Arzt konnte sie vielleicht endlich herausfinden, was das Wort bedeutete.

Sie zupfte am Ärmel seines Kittels. »Tut es zu sehr weh?«, fragte er und nahm die Zange aus ihrem Mund. Lili setzte sich auf und schüttelte den Kopf. »Nein, Herr Doktor. Was ist ein Sadist?«, fragte sie und bemühte sich das Wort genau so auszusprechen, wie sie es in Erinnerung hatte. »Ist das eine Krankheit?«

»Ich denke schon.« Er tippte sich mit dem Finger an die Stirn. »Eine Art Krankheit hier drin.«

Sie überlegte. »Und geht die auch wieder weg?«

»Ich fürchte nein«, gab er zur Antwort. Dann kniff er die Augen zusammen und sah sie genauer an. »Jetzt frage ich mich aber schon, wo Sie das aufgeschnappt haben könnten?«

»Es ging um meinen Mann …«, sagte sie zerstreut. Sie hatte ihm nichts davon erzählen wollen, aber an seinem Blick erkannte sie nun, dass er alles begriffen hatte, alles – wie es dazu gekommen war, dass ihr Zahn wackelte und viele andere schreckliche Dinge mehr.

»Haben Sie es Ihren Eltern erzählt?«, fragte er leise.

Sie schüttelte panisch den Kopf. »Nein!«, schrie sie und setzte sich kerzengerade auf. Plötzlich kam ihr der Gedanke, er könnte sich vielleicht selbst die Mühe machen und Kazem aufsuchen oder noch schlimmer, ihre Familie. Die Vorstellung war so entsetzlich, dass sie sich den Latz herunterriss, nach Geldbörse und Jacke griff und aus dem Zimmer stürzte.

»Wir sind noch nicht fertig, junge Dame!«, rief der Zahnarzt hinter ihr her. »Ihr Zahn sitzt noch im Kiefer!«

Bis sie zu Hause war, war der Zahn lose genug, um ihn selbst ausreißen zu können, aber die Schmerzen hatten sich verzehnfacht.

»So kommst du vom Arzt zurück!«, schimpfte Kazem mit einem Blick auf ihr zerzaustes Haar und ihre vom Weinen geschwollenen Augen. Diesmal presste er sie gegen die Wand, stieß sein Knie zwischen ihre Beine und packte mit der einen Hand ihre Kehle, mit der anderen ihr Handgelenk. Erst verstärkte er den Griff, dann lockerte er ihn, wieder und wieder, ihre Beine gaben nach, alles verschwamm vor ihren Augen in einem dicken weißen Nebel, da ließ er plötzlich wortlos von ihr ab, und sie sackte in sich zusammen.

Mitten in der Nacht griff er nach ihrer Schulter und rüttelte sie wach. »Ich weiß, dass du mich nicht liebst«, fuhr er sie an. »Gib es doch zu, du liebst mich nicht.«

»Bitte, Kazem, lass mich einfach schlafen …«

»Du verlässt mich«, fuhr er fort. In der Dunkelheit klang seine Stimme ruhig und beinahe heiter. »Du wirst einen reichen Mann heiraten. Einen schönen, reichen Mann.« Er schwieg eine Weile, dann befahl er ihr, die Augen zu schließen und von ihrem neuen Ehemann zu träumen, weil er sie töten würde, ehe sie ihn auch nur einmal gesehen hätte.

Den Rest der Nacht lag Lili wach und grübelte oder weinte, und als endlich der Morgen graute, fasste sie ihre Gedanken noch einmal zusammen: Sie wusste, dass Kazem krank war und nicht von dieser Krankheit geheilt werden konnte. Sie wusste, dass er sie töten konnte und das vielleicht auch früher oder später tun würde. Sie wusste zwar nicht genau, dass sie nicht sterben wollte, war sich aber ziemlich sicher. Sie wusste – und da war sie sich ziemlich sicher –, dass sie allein nicht überleben konnte. Sie wusste, dass Kobra nicht in der Lage war, ihr zu helfen, und dass ihre Großmutter und ihre Tanten, wenn sie sie um Hilfe bitten würde, nur sagen würden, das sei nun einmal das Schicksal einer Frau, ja, vielleicht noch etwas schlimmer, aber auch nicht so anders als das der meisten Frauen. Und Lili wusste auch, dass der einzige Mensch, den sie jetzt noch um Hilfe bitten konnte, auch der einzige war, den sie mehr fürchtete als ihren Mann.

Sohrab wollte ihr nicht helfen.

»Ein vierzehnjähriges Mädchen mit einem Baby will sich bei mir einnisten?«, sagte er stirnrunzelnd und schüttelte den Kopf. »Das kann ja wohl nicht wahr sein.«

Sohrab und Simin saßen zusammen im Garten, als Lili eintraf. Am frühen Nachmittag hatte sie Sara zu Kazems Schwester gebracht und ein Taxi zu Sohrabs Haus an der Avenue Pahlavi genommen. Zweimal verlor sie die Nerven und wollte unverrichteter Dinge nach Hause, kehrte aber sofort wieder um und lief auf dem Fußweg vor seinem Haus auf und ab. Als sie endlich den Mut aufbrachte, ihren Schleier abzunehmen und an der Tür zu klopfen, war es bereits Abend, und Sohrab und seine Frau saßen auf der Terrasse vor einem reich gedeckten Tisch mit goldverziertem englischen Porzellan und Rotwein in schönen Kelchen.

»Sie müssen wissen, *pedar-joon*, Kazem …«, sagte sie und versuchte nicht zu schluchzen. »Kazem, er hat …«

»Er hat was?«

»Er hat mich die Treppe hinuntergeworfen. Und hier …« Sie öffnete den Mund und zeigte ihm die Zahnlücke.

Sohrabs Miene verfinsterte sich. »Warum sagst du mir das erst jetzt?«

Es dauerte lange, bis sie in der Lage war zu antworten. Sie schloss die Augen und versuchte verzweifelt, nicht in Tränen auszubrechen. Als sie die Augen wieder öffnete, wanderte ihr Blick von Simins roten Lippen über die Granatbrosche an ihrer Jacke zu ihren rot lackierten Fingernägeln. Simin führte einen Löffel zum Mund, und Lilis Magen krampfte sich zusammen. Ihr fiel ein, dass sie den ganzen Tag noch nichts gegessen hatte.

»Ich kann nichts für dich tun«, sagte Sohrab. Er klang nicht unfreundlich, aber es war klar, dass er nicht länger zu debattieren gedachte.

»Wenn Sie nichts für mich tun können«, sagte Lili und platzte mit der schrecklichsten Drohung heraus, die sie sich vorstellen konnte, »dann will ich sterben!« Und nun weinte sie tatsächlich, hemmungslos und heftig schluchzend, und noch lange, nachdem ihr Vater gegangen war und sie immer noch weinend auf dem Boden lag, spürte sie Simins Blick auf sich ruhen.

Erst viel später, als die Nachtluft schwer war vom Duft des Geißblatts, rappelte sich Lili auf und sah, dass alle Fenster im Haus dunkel waren. Sie stand auf und zupfte einen blühenden Zweig von der Gartenmauer, und als sie mit den Fingern über die noch warmen Steine strich, beruhigte sie sich endlich. Sie wusste jetzt, was sie zu tun hatte. Sie musste auf ihren Vater warten, um noch einmal mit ihm zu reden, aber diesmal ohne die Fassung zu verlieren. Sie würde ihm alles sagen und ihn überzeugen, dass er ihr helfen musste.

Sie ging ins Haus und ließ ihren Schleier in der kleinen Wandnische neben der Haustür. Oben legte sie sich auf das

Bett im Gästezimmer neben Sohrabs Suite. Eigentlich wollte sie nur kurz die Augen schließen, war aber so erschöpft von dem Auf und Ab vor Sohrabs Haus und dem vielen Weinen, dass sie bald einschlief.

Irgendwann nach Mitternacht schreckte sie aus dem Schlaf, als jemand die Tür aufriss.

»Ich gehe jetzt«, rief ihr Simin zu. Lili rieb sich die Augen und richtete sich auf. Simin stand in der Tür. Sie hatte sich einen Mantel über die Schultern gelegt und hielt mit beiden Händen eine schmale Lederhandtasche fest. Lili sah, dass sie wieder Lippenstift aufgetragen hatte. »Ich mache mir Sorgen um deinen Vater«, sagte sie. »Er ist immer noch nicht zurück, und ich gehe ihn jetzt suchen.«

Schnell kämmte sich Lili mit den Fingern das Haar, strich ihren Rock glatt und folgte Simin nach unten. Im Gebäude war es vollkommen still. Die Dienstboten waren längst nach Hause gegangen, und sie und Simin waren jetzt allein im Haus ihres Vaters.

»Es ist ziemlich kühl so spät in der Nacht«, meinte Simin unten an der Treppe. Ja, unter Lilis nackten Füßen fühlten sich die Fliesen eiskalt an. Ehe Simin nach draußen ging, deutete sie auf Lilis Schleier und sagte: »Zieh dir lieber etwas über.«

Lili schloss hinter ihr die Tür und legte den Riegel vor. Ehe sie wieder nach oben ging, wollte sie ihren Schleier aus der Wandnische nehmen, da rutschte ein Zigarettenetui aus den Falten und fiel ihr vor die Füße. Sie bückte sich und hob es auf. Es war rot mit einer schwarzen Schrift. Englisch vielleicht oder Französisch, dachte sie. Als Kind hatte sie ihrem Vater bei seinen Partys öfter solche Etuis bringen müssen, aber dies hier fühlte sich irgendwie fremd an.

Als sie es öffnete, entdeckte sie zwei dicke Stücke *taryak*.

Opium kannte sie aus Khanooms Haus. Ihre Tanten hatten manchmal ein dünnes Scheibchen von solchen Klumpen abgeschabt und auf einen schmerzenden Zahn gelegt oder gegen Kopfschmerzen mit ihrem Tee getrunken. Aber diese beiden Opiumbrocken waren so dick wie ihr Daumen und zusammen auch beinahe so lang. Wie war das Etui in ihren Schleier gekommen? Hatte es einer der Dienstboten versehentlich dorthin gelegt, bevor er aus dem Haus ging? Verwirrt faltete sie ihren Tschador wieder zusammen und verstaute ihn mit dem Etui wieder in der Nische.

Eine halbe Stunde später wurde sie von der Türglocke geweckt.

»Ich wollte nach dir sehen«, sagte Simin gut gelaunt. »Geht es dir besser?« Ihr Blick fiel auf Lilis Schleier. »Du hast deinen Tschador ja doch nicht angezogen! Ist dir nicht kalt?«

Lili schüttelte den Kopf. Sie holte das Etui und zeigte Simin das Opium. »Das da habe ich in meinem Schleier gefunden, *khanoom.*«

»Hast du etwa davon gegessen?«, fragte Simin mit weit aufgerissenen Augen.

»Nein«, Lili schüttelte den Kopf, »das ist doch nicht zum Essen.«

»Du hast also nichts davon genommen?«

Wieder schüttelte Lili den Kopf.

»Pass auf, ich will dir etwas sagen«, begann Simin und nahm Lilis Hände, und ihre Stimme klang zärtlich. »Ich erzähle dir jetzt, was du tun kannst, damit du nicht mehr weinen musst. Eigentlich ist es ganz gut, dass du das gefunden hast«, sagte sie und tippte mit dem Finger auf das Opium in Lilis Hand. »Damit kannst du endlich schlafen. Und wenn du aufwachst, ist dein Vater zurück und hilft dir, das verspreche ich dir.«

»Reden Sie mit ihm?«

»Ja, natürlich, aber jetzt musst du schlafen. Du musst dich ausruhen.«

Sie holte ein Glas Wasser aus der Küche. Lili zögerte kurz, aber als Simin lächelte und ihr aufmunternd zunickte, nahm sie das Opium in den Mund.

»Aber es schmeckt so bitter!«

»Natürlich ist es bitter. Das ist ja auch Medizin, du dummes Ding!«

Da schluckte sie das Opium auf einmal und spülte den faulen Geschmack mit Wasser aus dem Glas weg, das Simin ihr hielt.

»Besser?«

»Ja, *khanoom-joon*«, nickte Lili.

Simins Nähe wurde ihr plötzlich überdeutlich bewusst – wie sich ihre Brust beim Atmen hob und senkte, ihr Fliederduft und darunter der Geruch nach Moschus. Ihre hellblauen Augen waren in der Dunkelheit kaum zu sehen. Eine wohlige Wärme durchströmte Lili, sie lächelte Simin an und wollte sie umarmen, aber die entzog sich ihr und wandte sich zur Tür.

»Bleiben Sie nicht hier, *khanoom*?«

»Nein, ich muss deinen Vater finden. Ich habe dir doch versprochen, dass ich mit ihm reden will.«

Als Simin das Haus zum zweiten Mal in dieser Nacht verlassen hatte, dachte Lili, dass sie so gar nicht der Frau ähnelte, die Kobra all die Jahre verflucht hatte. Sie war ein guter Mensch, freundlich und großzügig. Die wohlige Wärme breitete sich allmählich in ihrem ganzen Körper aus, als Lili plötzlich ein vertrautes Stechen in der Brust spürte. Sie hatte Kazems Schwester versprochen, Sara rechtzeitig wieder abzuholen. Bestimmt hatte sie jetzt schrecklichen

Hunger, dachte Lili verzweifelt, während sie durch die Halle zum Telefon stolperte.

»Tante Zaynab, ich habe das Baby bei Kazems Schwester gelassen …«, lallte sie mehr, als dass sie sprach und musste sich an der Wand abstützen, um nicht zu fallen.

»Warum klingst du denn so seltsam, *bacheh*?«

»Ich habe Opium gegessen, sie hat gesagt …«

»Du hast Opium gegessen!?«

Ehe Lili antworten konnte, brach die Verbindung ab, und das war auch das Letzte, woran sie sich erinnern konnte.

Später wird es ihr vorkommen wie eine weite Reise über den Ozean zu einer fernen Küste und wieder zurück. Sie hört Kobra kreischen und sieht, wie sie sich die Haare rauft und mit den Fäusten an die Brust schlägt. Nader schaut mit seinen großen, nachdenklichen Augen auf sie hinab, und Khanoom hebt verzweifelt die Hände zum Himmel. Auf einmal schlägt sie eine Frau – oder sind es zwei oder drei – ins Gesicht, aber sie weiß nicht warum. Sie tragen weiße Uniformen und schreien: »Nicht einschlafen! Nicht einschlafen!« Sie ohrfeigen sie, bis ihre Wangen glühen und sich röten. Sie zwingen ihr Milch in den Mund, bis sie sich übergibt. Sie halten ihr eine Flasche Äther unter die Nase, packen ihre Arme und Beine und schieben ihr einen schwarzen Gummischlauch in die Kehle.

Als sie aufwacht, ist es so hell, dass sie vor Schmerz schreit. Das Licht tut ihren Augen weh. »Nicht schlafen!«, rufen die weißen Frauen und schlagen ihr wieder ins Gesicht. Manchmal sieht sie auch Sohrab, der sich das Kinn reibt und den Blick von ihr wendet, und sie will ihm etwas sagen, aber dann verschwindet er, und sie kann die Augen nicht länger offen halten.

Sie will nur schlafen. Verzweifelt hofft sie, dass man sie schlafen lässt.

Dann schlitzen sie ihr plötzlich die Haut mit einer schmalen Klinge mit blitzenden Zacken auf. Zwei Plastikschläuche werden ihr in die Venen des linken Arms geschoben. Mit schweren Lidern beobachtet sie zwei Ströme schwarzroten Blutes – der eine giftig, der andere gut.

Ihr Leben lang, in Europa, in Amerika, wann immer sie zum Arzt muss wegen einer Spritze oder um sich den Blutdruck messen zu lassen, bleibt der Blick der Schwestern an den Narben hängen – zwei langen, weißen Kerben auf ihrem Unterarm. Sie wissen dann, dass sie einmal eine Überdosis genommen hat, und sie wendet ihr Gesicht ab, um den Blicken und Fragen auszuweichen.

Als sie wieder zu sich kommt, geht es um Geld. Ein staatliches Krankenhaus hätte nur sehr begrenzte Mittel für solche Fälle zur Verfügung, sagt ein Mann, die erste Transfusion habe bereits zweitausend *toman* gekostet, sie bräuchten mindestens noch einmal fünftausend für eine zweite, und dann könnten sie auch nicht versprechen, dass … Es ist ihre Mutter, die den Arzt schließlich zum Schweigen bringt. »Ich bringe das Geld, Sie bekommen es bis auf den letzten *toman*!«, schreit ihn Kobra an, und Lili taucht wieder ein in diesen seltsamen Ozean.

Sie hatten an Lilis Krankenbett nicht einmal einen Blick gewechselt, aber Sohrab wusste auch so, dass Kobra kommen und ihn um Geld bitten würde. Abends schloss er alle Fächer und Schubladen seines geschnitzten Mahagonischreibtischs auf. Als Kobra dann kam, hatte er die Scheine und Goldmünzen feinsäuberlich für sie aufgestapelt. Sie stopfte sich das Geld in die Taschen, in ihren Gebetsschal und sogar in die Strümpfe, und weil sie so spät keinen Bus und kein Taxi mehr bekam, rannte sie den ganzen Weg zum Krankenhaus zurück; Sohrabs Münzen klingelten in ihren Taschen, und seine Scheine scheuerten an ihrer Haut.

Weitere Transfusionen waren notwendig, Lili fieberte, war sehr schwach und erholte sich nur sehr langsam. Als die Gefahr einige Wochen später endlich gebannt war, erlöste eine Schwester Lili von dem Geheul und Geschrei auf der Entzugsabteilung und rollte sie ins Freie, damit sie im Schatten einer Esche frische Luft schnappen und sich etwas erholen konnte. Es war Ende August, der Sommer war fast vorbei. Kobra war nach Hause gegangen, um Lili etwas Anständiges zu kochen, und obwohl keiner damit gerechnet hatte, begann es irgendwann am Nachmittag plötzlich zu regnen.

Erst fühlte es sich sanft und zart auf Lilis Gesicht und ihren bloßen Armen an, dann stieg ein süßer, erfrischender Duft aus dem Gras empor, und sie atmete die segensreiche, gnädige Luft in vollen Zügen ein. Am anderen Ende der Stadt sah Kobra aus ihrem Küchenfenster und entdeckte die ersten Regentropfen auf dem Straßenpflaster. Als sie zum Krankenhaus zurücklief, war der Himmel schwarz, und es regnete in Strömen. Nach panischer Suche fand sie Lili schließlich völlig durchnässt und zuckend auf einem Feldbett im Innenhof des Krankenhauses.

Eine Pflegerin eilte winkend auf sie zu und entschuldigte sich lautstark. Kobra schlug wie wahnsinnig mit den Armen um sich, kreischte und fluchte und heulte. Da öffnete Lili die Augen und lächelte. Kobra faltete ihren Tschador auseinander und breitete ihn wie ein Zelt über ihnen beiden aus. Dann legte sie ihre Arme wie Flügel um Lilis Körper, und so hielten sie sich im strömenden Regen fest und weinten.

Viele Tage lang wurde sie vom Duft der Wilden Raute und der zornigen Stimme ihres Vaters geweckt.

»Was soll ich jetzt mit dem Kind?«, bellte Sohrab unten im Wohnzimmer seines Hauses an der Avenue Pahlavi.

Schwere Vorhänge sperrten das Licht aus. Vom wochenlangen Liegen waren ihre Gliedmaßen geschwächt. Wenn sie etwas sagen wollte, brachte sie nur ein Krächzen hervor, und sie hatte schreckliche Kopfschmerzen. Immer wenn sie die Augen öffnete, sah Lili Kobra neben ihrem Bett sitzen; die Beine überkreuzt, schaukelte sie vor und zurück und ließ ihre Gebetsperlen endlos durch Daumen und Zeigefinger wandern. Kobra lächelte ihr zu, stand auf, hielt ihr ein Glas Wasser an die Lippen und legte ihr eine kühlende Kompresse auf die Stirn.

In dem Wohnzimmer drei Stockwerke unter dem abgedunkelten Raum, in dem Lili und Kobra nun ihre Tage verbrachten, mussten Lilis Tanten und Cousinen und Sohrabs Stiefmütter eine nach der anderen antreten und wurden nach ihrer Rolle in Lilis mutmaßlichem Selbstmordversuch befragt.

»Wie konntet ihr zulassen, dass sie diesen Mann heiratet?«

»Sie wollte unbedingt heiraten …«, versuchte es eine von Lilis Cousinen.

»Sie war so glücklich über ihre Hochzeit …«, meinte ihre Tante wenig überzeugend.

»Wir hatten keine Ahnung …«, behauptete eine andere.

Sohrab verfluchte sie für ihre Dummheit, ihre falsche Frömmigkeit und ihre Feigheit. Und eine nach der anderen senkte den Kopf, griff nach seinen Händen und bat ihn um Verzeihung. Er schüttelte sie ab und verwünschte sie erneut. Zwischen den Befragungen und Beschuldigungen lief Sohrab mit großen Schritten durchs Haus, stürmte von einem Zimmer ins andere und knallte dabei jede Tür laut zu. »Was soll ich jetzt mit dem Kind?«, brüllte er, und niemand, nicht einmal Khanoom, wagte ihm zu antworten.

Es ist, als wäre ich gestorben, dachte Lili in ihrem Bett.

Selbstmord, und das wusste Lili sehr wohl, war die denkbar größte Sünde vor Gott. Wer sich das Leben nahm, den erwarteten hundert Höllen, und es war alles andere als ungewöhnlich, dass Familien Verwandte verstießen, die einen Selbstmordversuch unternommen hatten. Aber Sohrab konnte sich denken, dass Lili, wenn er sie zu Kazem zurückschickte, sehr wahrscheinlich noch einmal versuchen würde, sich das Leben zu nehmen und dann vermutlich mit Erfolg.

Behielt er Lili bei sich, konnte er jedoch in ernsthafte Schwierigkeiten kommen. Solange sie verheiratet waren, hatte Kazem jederzeit das Recht zu verlangen, dass sie zu ihm zurückkehrte. Weil Lili selbst über keine gesetzlichen Rechte verfügte, konnte sie nur von Kazem geschieden werden, wenn Sohrab für sie die Scheidung verlangte. Doch selbst wenn er sich dazu entschließen sollte, würde er sie nur von ihrer Ehe erlösen, indem er sie zu einem Leben als Geschiedene verdammte. Und die meisten Leute fanden, eine geschiedene Frau verdiene genauso wenig Achtung wie eine Prostituierte. Eine wohlhabende Frau – wie seine eigene Frau Simin es war – mochte diese Vorurteile vielleicht überwinden und sich sogar wieder verheiraten. Aber auch wenn Sohrabs finanzielle Lage längst nicht mehr so prekär war wie in den Jahren zuvor, hatte er doch keinesfalls genug Geld, um den zweifachen Makel von versuchtem Selbstmord und Scheidung wettzumachen.

Während er noch überlegte, was er mit Lili anfangen sollte, machte Sohrab kurzen Prozess mit der gewohnten Ordnung in der Familie. Weil Kobra sich als Einzige gegen Lilis Heirat mit Kazem ausgesprochen hatte, war sie nun auch die Einzige, der Sohrab Lili anvertraute. Angesichts der Konsequenzen war der Clan sprachlos vor Staunen. Nachdem Kobra mehr als zehn Jahre zwischen dem Haus ihrer Mutter und dem ihrer Schwiegermutter hin und her gependelt war, zog sie jetzt in das Haus, in dem Simin eben noch Sohrabs ständiger Gast gewesen war.

Und wenn Kobra auch nicht zur Dame des Hauses wurde, war sie doch unbestritten die Mutter im Haus. Ihr kam es wie eine Art Wiedergutmachung vor, die sie augenblicklich von dem abgrundtiefen Kummer erlöste, in den sie nach Omids Tod versunken war. Jetzt bewegte sie sich mit strenger Miene um Lilis Krankenbett und erteilte ihrer Schwiegermutter und den Schwägerinnen Anweisungen. »Das war der böse Blick«, wiederholte Kobra. »Der böse Blick hat sie getroffen.« Nach wie vor verbrannte sie stündlich Wilde Raute. Fast immer, wenn Lili damals die Augen öffnete, war Kobra gerade dabei, einen kleinen eisernen Behälter mit knisternden, rauchenden Kernen über ihrem Kopf hin und her zu schwingen und zu singen:

Wilde Raute, wilde Raute, wilde Rautensamen,
ihr hundertunddreißig Kerne der Raute,
der allwissenden Raute,
vertreibt alle missgünstigen Blicke.

Eines Tages stellte Kobra ihr Räucherschälchen beiseite, setzte sich zu Lili auf die Bettkante und nahm das Band mit dem Amulett ab, das ihr ihre Mutter Pargol um den Hals gelegt hatte, als sie noch ein Baby war. Die schwarze Schnur war im Laufe der Zeit an den Enden ausgefranst, und das Auge hatte auf einer Seite einen winzigen Sprung. Die Kette war das einzige Schmuckstück, das Kobra immer trug, und gewiss auch ihr wertvollstes, doch jetzt legte sie es Lili um den Hals. Die kleine blaue Perle war noch ganz warm, als sie in dem Grübchen an Lilis Hals zu liegen kam, und Kobra beugte sich über ihre Tochter und gab ihr einen Kuss auf die Wange.

Sohrab tobte weiter, aber auch als der Duft der Wilden Raute Bettzeug, Wände, ja sogar ihre Haut durchdrungen hatte, wollte Lili keinem sagen, wer ihr das Opium gegeben hatte.

Als sie aus dem Krankenhaus entlassen wurde, wagte niemand, nicht einmal Sohrab, sie mit neugierigen Fragen aufzuregen. Alle nahmen an, sie hatte sich umbringen wollen, und von da an behandelte sie ihre Familie mit der bemühten Rücksichtnahme, die den Verrückten vorbehalten ist.

Obwohl sie viel darum gegeben hätte, dass man sie nicht für verrückt erklärte, war es doch sehr nützlich, die Sache nicht richtigzustellen. Während ihrer Rekonvaleszenz fand Lili mehr als einen triftigen Grund, ihrer Familie die Wahrheit vorzuenthalten, von denen der entscheidende war, dass Sohrab ihr nicht geglaubt hätte. Hätte sie Simin beschuldigt, hätte er ihr aller Wahrscheinlichkeit nach jegliche Hilfe verweigert, und wenn Kobra die Wahrheit erfahren sollte, würde sie Simin an den Haaren auf der Straße hinter sich herschleifen.

Deshalb verdankte Lili ihr neues Leben Sohrabs Weib und ihrer eigenen Verschwiegenheit.

Sie war noch so jung, fand Sohrab, als er endlich zu einer Entscheidung gelangt war, gerade mal vierzehn Jahre alt. Ja, er wollte ihr helfen, er würde die Scheidung für sie beantragen. Das gab zwar wahrscheinlich Gerede, aber darüber sollte sie sich erst einmal keine Gedanken machen, und bis es so weit war, hatten die Leute, die davon wussten, es vielleicht schon wieder vergessen. Sie sollte ihm nur eins versprechen: Ihr Baby musste sie bei den Khorramis lassen.

Eine Weile, nachdem Lili aus dem Krankenhaus entlassen worden war, hatte ihre Tante Zaynab Kazems Mutter aufgesucht und sie gebeten, Sara alle paar Tage zu Lili zu bringen. Als sie Sara in die Arme nahm, schoss Lili die Milch ein und bildete zwei große nasse Flecken auf ihrer Bluse. Erstaunlich, wie ihr Körper zu neuem Leben erwachte. Sie durfte Sara aber nicht stillen, weil sie noch Reste von Opium im Blut hatte, also gab sie Sara ein Fläschchen und war sehr erleichtert, dass diese es ohne Weiteres akzeptierte.

Während Lilis langer Wochen im Krankenhaus hatte Sara gelernt zu greifen. Ihre winzigen Hände waren rund mit einer Falte, die sich wie ein Armreifen um ihre Handgelenke wand. Sie hockten zusammen auf dem Boden, Sara versuchte Lilis Finger zu fangen, dann nahm sie ihr Fläschchen und schlief ein. Lili war ohnehin ständig schläfrig, rollte sich um Sara zusammen, drückte sie an sich und döste mit ihrem wunderbaren Geruch in der Nase vor sich hin.

Und dann begannen sie ihren Feldzug. Kobra, Khanoom und alle übrigen Mitglieder des Clans zogen dafür gemeinsam in den Krieg. Zu ihrem Wohl und zum Wohl des Kindes müsse sie Sara bei Kazems Familie lassen. Ein Kind gehörte nun einmal zu seinem Vater, erklärten sie ihr, und keine Frau, die ihren Mann verließ, könnte daran etwas ändern. »Sprich ihren Namen nicht mehr aus, nicht einmal mehr, wenn du allein bist«, rieten sie ihr. Wenn sie Sara meinten, sagten sie jetzt »das Kind« oder »das Mädchen« oder etwas in der Art. Und sie erinnerten Lili ziemlich unsanft daran, dass sie vollkommen von der Gunst ihres Vaters abhängig war.

»Aber bei ihm ist Sara nicht sicher«, jammerte Lili. »Er tut ihr bestimmt weh. Ich weiß, dass er ihr wehtun wird.«

»Sch, nicht doch«, beruhigten sie Lili, »nicht Kazem, sondern Kazems Mutter wird Sara großziehen.« Khanoom Khorrami war ein guter Mensch, eine freundliche und nachsichtige Frau, die im Gegensatz zu Kazems Großmutter Ma Mère Sara von Anfang an gern gehabt hatte. War ihr die eigene Großmutter nicht auch mehr Mutter gewesen als Kobra? Wer könnte also besser für Sara sorgen als ihre Großmutter? Außerdem hatte Khanoom Khorrami eine eigene Schule, das hieß, das »Kind« könnte in wenigen Jahren auch dorthin gehen.

Dann geschah etwas sehr Beunruhigendes. Wo Lili kurz zuvor immer nur Saras rundes Gesicht und ihre süßen schwarzen Augen gesehen hatte, sah sie jetzt plötzlich Kazem. Weinte Sara, runzelte sie die Brauen wie er, und Lili war sich auf einmal ganz sicher, dass sie seine Augen hatte.

Dabei hatte sie keine Wahl und musste deshalb auch nichts abwägen. Irgendwann brachte ihr Tante Zaynab Sara nicht mehr, und kurz darauf wand Khanoom lange Baumwollstreifen um Lilis Brust, um den Milchfluss zu stoppen. Sie schnürte sie so fest ein, dass Lili ein paarmal nach Luft rang und vor Schmerz schrie. Allmählich versiegte ihre Milch, und der Schmerz in ihrer Brust legte sich, aber noch Wochen später war ihre Kehle wie zugeschnürt, und vor lauter Kummer konnte sie kaum sprechen.

»Da kann sie warten, bis sie schwarz wird!«

Obwohl Lili schon seit Wochen nicht zu ihm zurückgekommen war, willigte Kazem nicht in die Scheidung ein. Sohrab hatte sich bereit erklärt, ihm das Brautgeld und ihre gesamte Aussteuer zu überlassen, und sogar angedeutet, er würde noch etwas drauflegen. Trotzdem weigerte sich

Kazem. »Da kann sie warten, bis sie schwarz wird!«, sagte er angeblich immer, wenn es um die Scheidung ging.

Aber Kazems Halsstarrigkeit war nichts gegen die ihres Vaters und der einflussreichen Leute, die ihn unterstützten. Im Laufe der Jahre hatte sich Sohrab eine umfangreiche Sammlung an Freunden und Bekannten zugelegt, und einige der Männer, mit denen er regelmäßig spielte und trank, waren prominente Mitglieder der Stadtregierung. Und so war es am Ende ein Minister auf höchster Ebene, der dafür sorgen sollte, dass Lilis Scheidung realisiert wurde. Obwohl dieser Herr sein Ersuchen zunächst äußerst höflich vortrug, ließ er sich doch schnell zu Drohungen hinreißen. »Wenn Sie nicht spuren, hocken Sie bald mitten in der Sahara«, erklärte er Kazem, »und zwar mit nichts anderem als einem Strohhalm, mit dem Sie Ihr Unglück austrompeten können.« Das Gespräch endete in gegenseitigen Verwünschungen, aber am Schluss gab Kazem doch nach.

Und eines Tages traf die gerichtliche Vorladung ein.

Zum ersten Mal seit ihrer Entlassung aus dem Krankenhaus wollte Lili das Haus verlassen. Ihre schöne Frisur war inzwischen struppig und ausgefranst. Für ihren Auftritt vor Gericht brachte Khanoom Lilis Haare wieder in Form und bürstete sie, bis sie knisterten und glänzten. Lili zog eines von Kobras Hemdkleidern an, schlüpfte in ein Paar hohe Schuhe ihrer Mutter und ging dann Arm in Arm mit einer ihrer Cousinen zum Gericht.

Es war Herbst, Granatäpfel und Quitten reiften. Über der Avenue Pahlavi lag ein Hauch von Kälte in der Luft. Die Blätter der Platanen hatten sich golden gefärbt und segelten nach und nach auf die Gehsteige. Weit hinter der Stadt konnte sie die braunen Gipfel des Damavand erkennen. Bald würde ganz Teheran von den Bergen über die Dächer bis hin zu den Straßen und Gassen unter einer weißen Schneedecke verschwinden. Wenn sie Glück hatte, erlaubte ihr Sohrab nach den Winterferien zur Schule zu gehen, und dann könnte sie vielleicht wieder ein ganz normales Mädchen sein.

Der Richter, ein korpulenter, bärtiger Mann, nahm seine Brille ab, sah ihr in die Augen und stellte ihr einige Male dieselbe Frage, um sicherzugehen, dass sie die Bedeutung ihres Anliegens auch wirklich verstanden hatte. »Eine Scheidung ist eine äußerst ernste Angelegenheit«, beschwor er sie, »mit die ernsteste überhaupt. Sind Sie ganz sicher, dass Sie die Scheidung wollen, junge Dame?« Obwohl sie jedes Mal mit einem entschlossenen Nicken antwortete, fragte er sie ein ums andere Mal. Doch schließlich setzte der Richter seine Brille wieder auf, seufzte noch einmal tief und schob ihr seinen Stift über den Schreibtisch zu. Langsam und ohne zu zittern unterschrieb Lili mit ihrem Namen und war endlich frei.

4. Kapitel

In Sohrabs Haus

»Ich hatte nichts, ich war niemand. Damals galt eine geschiedene Frau nicht mehr als eine Prostituierte. Aber mein Vater hat etwas aus mir gemacht, und das war das zweite Wunder in meinem Leben.«

Um die Mitte des zwanzigsten Jahrhunderts hatte der Exodus der reichen *Tehrooni*, der reichen Teheraner, Richtung Norden, der Gegend um den Damavand, bereits begonnen, weil dort die Luft besser, die Temperatur angenehmer und noch jede Menge Platz war. Und sobald Sohrab das Haus seiner Mutter an der Avenue Moniriyeh verlassen hatte, tat er es ihnen nach. Er suchte sich eine schicke Wohnung nach der anderen und arbeitete sich so die Avenue Pahlavi Richtung Norden hinauf. Mit dem sicheren Geschmack, der ihm beim Schätzen der Perserteppiche sehr hilfreich gewesen war, richtete er sich auch selbst ein, und jede seiner Wohnungen strotzte nur so vor Sofas mit goldenen Füßen, Lacktischchen, Samtvorhängen und den kostbarsten Seidenteppichen, von denen meist drei oder vier übereinander lagen. Außerdem legte Sohrab größten Wert darauf, mit den technischen Errungenschaften Schritt zu halten, die im Iran Einzug hielten. Mit jedem Umzug nannte er ein neues, bisher unbekanntes technisches Wunder sein Eigen – fließendes Wasser, elektrischer Strom, Telefon und so weiter.

Dabei hatte Sohrab die Zimmer in seinem prächtigen Haus an der Avenue Pahlavi genauso traditionell aufgeteilt, wie es auch sein Vater, sein Großvater und sein Urgroßvater gemacht hätten. Einen Flügel, den *andarooni*, also das Innere des Hauses, trat er an Kobra, Lili und Nader ab; der Vorderflügel oder *birooni* war ihm vorbehalten. Wie ein alter Patriarch durfte er als Einziger beide Bereiche betreten. Und Ali, seinem hageren alten Diener, trug er eine neue Aufgabe auf: Er sollte ein wachsames Auge darauf haben, wer in der anderen Haushälfte ein- und ausging.

In seinem Hausflügel lebte Sohrab weiter wie gewohnt und war seinen Freunden und Bekannten nach wie vor ein großzügiger Gastgeber. Die Männer vertrieben sich die Abende mit Arak, Zigarren, Kartenspielen oder Backgammon. Falls seine (oder auch irgendeine andere) Frau zu Sohrab zu Besuch kam, erfuhr das nie einer der anderen Hausbewohner. Und Kobras Anwesenheit in seinen Räumen duldete Sohrab ausschließlich, wenn sie eine Schüssel mit ihrem bei seinen Gästen so beliebten Joghurt mit Dill und Gurken oder ihrer nach Knoblauch duftenden Auberginencreme servierte.

In jenem Frühling aber beherrschte Kobra Sohrabs Haus bis in den letzten Winkel. Als der Winter zu Ende ging, wurden auf ihren Befehl hin sämtliche Türen und Fenster weit aufgerissen. Sie zerlegte die *korsi*, wusch sämtliche Bettdecken und Kissen und hängte sie zum Trocknen in den Hof, ehe sie sie wieder ins Untergeschoss brachte. Sie schleppte alle Möbel an die frische Luft, staubte sie gründlich ab und polierte sie mit Leinöl. Die Teppiche und Vorhänge hängte sie im Freien auf und bearbeitete sie so lange mit dem Teppichklopfer, bis kein Stäubchen mehr darin war. Das ganze

Geschirr des Hauses, Teller, Schüsseln und Löffel, rieb sie blitzblank. Sie weichte Linsen ein, stellte sie in die Sonne und besprengte sie mit Wasser, bis sie grüne Sprossen trieben. Jedes einzelne Kleidungsstück der Familie wurde gewaschen, und als sie die Sachen draußen zum Trocknen aufhängte, knotete sie sie zusammen, damit sich die Familienmitglieder im bevorstehenden Jahr noch näher kommen sollten.

Eine Woche vor *No Rooz*, dem persischen Neujahr, setzte sie im Hof einen riesigen Kessel mit *samanoo*, einer dicken, süßen Paste aus Weizenkeimen auf. Sie konnte sich darauf verlassen, dass jeder, der vorbeikam – sogar Sohrab und die männliche Verwandtschaft – die Paste umrühren würde, weil *samanoo* Glück im neuen Jahr brachte. Einen Tag vor Neujahr breitete sie schließlich den *sofreh* aus, mit den sieben *seens*, den sieben Totems des Frühlings, einem Koran und einem Glas mit dicken Goldfischen und einer Mandarine, die über ihnen auf dem Wasser schaukelte. Sie lief zum Basar und kaufte die besten Kichererbsenkekse und duftende Granatäpfel und Orangen. Nader und Lili schickte sie in den Hamam und gab ihnen Handschuhe aus Pferdehaar zum Schrubben und Essig als Haarspülung mit. Streifen von Weißfisch tauchte sie in einen Teig aus Eigelb und Safran und briet sie knusprig. Außerdem buk sie einen Berg von Spinatpfannkuchen, wickelte ihre *dolmeh* fest und stapelte sie ordentlich auf Platten.

Und erst als jedes Zimmer im Haus nach Ammoniak und Hyazinthen duftete und sie einen großen Teller mit dicken Stücken von bernsteinfarbenem *samanoo* neben einen üppigen Strauß aus Gemüse und Kräutern auf den *sofreh* gestellt hatte, gönnte sie sich ein wenig Ruhe und wartete darauf, dass die Erde ihren Weg um die Sonne machte, damit das neue Jahr beginnen konnte.

Mit dem Frühling kamen die *koli*, die Zigeunermädchen, aus den Bergen in die Stadt, die Arme voller Maulbeerzweige. Sie hatten kohlschwarze Augen und mit Henna bemalte Hände. Um den Hals, an den Handgelenken und an den Knöcheln der Mädchen blitzte Silber. Dicke Zöpfe wippten unter ihren fröhlich gemusterten Kopftüchern, und ihre langen Volantröcke raschelten beim Gehen. Und sie waren immer barfuß. Obwohl sie eigentlich ihre Maulbeeren verkaufen wollten, wurden sie meist von einer wortgewandten Zigeunerin begleitet, die einem für etwas Silber oder schönen Stoff eine Geschichte erzählte oder die Zukunft vorhersagte.

Lilis Großmutter Khanoom ging jeden Frühling auf die Straße, um die *koli* zu begrüßen und die Zweige mit den meisten Maulbeeren auszusuchen. Die Früchte nannte man *shahtoot* oder Königsbeeren. Als sie klein war, musste Lili die Beeren von den Zweigen pflücken, in Großmutters Topf werfen und sie auf den Hof bringen, wenn sie damit fertig war. Khanooms größter Topf war danach bis oben hin gefüllt mit den *shahtoot*, die dunkelrot mit einem leuchtendrosa Rand um den Stielansatz waren. Lili sah zu, wie ihre Großmutter die Maulbeeren unter dem Brunnenwasser wusch. Am Schluss verteilten sie gemeinsam die *shahtoot* auf großen Aluminiumblechen. Nach ein, zwei Tagen in der Sonne hatten sie ihre ganze Süße entfaltet, und man konnte sie endlich essen.

Weil sie die *koli* im Jahr zuvor verpasst hatte, konnte Lili es in diesem Jahr kaum erwarten, sie zu begrüßen.

Von einer Schar ungebildeter Frauen großgezogen und mit einer ebenso einfältigen Frau verheiratet, gab es für Sohrab nichts Schlimmeres als ein dummes Weib. Und auch wenn er Lili als Mädchen der Tradition gemäß streng bewacht hatte, war er doch bei ihrer Erziehung ein überaus fortschrittlicher Vater. Immerhin hatte er nur eine Bedingung gestellt, von der er seine Zustimmung zu ihrer Heirat abhängig machte, nämlich dass Lili weiter zur Schule gehen durfte. Trotzdem erlaubte Sohrab Lili jetzt nach ihrer Scheidung nicht, ihre Ausbildung fortzusetzen. Nur zu gut erinnerte er sich noch an ihren Ausschluss aus der Schule der Tugend und hielt es für unwahrscheinlich, dass irgendeine Privatschule Lili aufnehmen würde. Und eine von Teherans öffentlichen Schulen, an der ein Lehrer nicht selten fünfzig Schüler unterrichten musste, zog er erst gar nicht in Betracht. Aber abgesehen von solch praktischen Erwägungen hatte er noch eine andere, viel größere Sorge. Eine geschiedene Frau war so leicht zu verführen, wie einem ein reifer Pfirsich den Hals hinunterrutscht, hieß es damals. Sohrab befürchtete, dass jeder junge Mann Annäherungsversuche – oder Schlimmeres – unternehmen würde, wenn er erfuhr, dass Lili geschieden war. Und da sie keine Jungfrau mehr war, hatte man dagegen auch nichts in der Hand. Es gab nur eine einzige Möglichkeit, um Lili davor zu bewahren: Sie musste zu Hause bleiben.

»Was regst du dich denn wegen der Schule so auf?«, wollten Lilis Großmutter und die Tanten wissen. »Warte nur, ehe du dichs versiehst, hast du wieder einen süßen kleinen Fratz!« Welch schöne Aussichten! Doch selbst wenn es ihnen gelingen würde, einen Mann für sie zu finden – nichts bedrückte Lili mehr als der Gedanke an eine Heirat. Eine nach der anderen gingen ihre Cousinen von der Schule, um zu heiraten oder ihren Familien im Haushalt zu helfen. Die jungen Bräute besuchten sie mit breitem Grinsen und sich rundenden Bäuchen. »Du findest schon wieder einen Mann«, wollten sie Lili trösten und rieten ihr hartnäckig, sich inzwischen eine sinnvolle Beschäftigung zu suchen. Sie könnte doch sticken oder abwechselnd eines ihrer Neugeborenen herumtragen.

Aber Lili weigerte sich, auch nur eine einzige Nadel in die Hand zu nehmen. Dass sie im Haus ihres Vaters leben und ihn um Erlaubnis fragen musste, wenn sie nach draußen gehen wollte, hätte sie nie in Frage gestellt. Aber sie kam ganz nach ihm und fand die Vorstellung entsetzlich, sie könne eine dieser ungebildeten Frauen werden, die ihr Vater so sehr verachtete. Da war es auch nicht sehr hilfreich für sie, dass ihre jungen Cousins begannen, sich bei Familientreffen gegenseitig über schwierige Aufgaben aus Analysis, Physik oder Chemie auszufragen – Fächer, die sie noch nicht einmal gehabt hatte. Vor ihrer Heirat war sie genauso schlau wie die Jungen gewesen, aber nun fehlten ihr beinahe drei Schuljahre, und sie konnte nur stumm mit anhören, wie sie sich gegenseitig zu übertrumpfen versuchten.

Besonders demütigend war für sie, dass ihr Lieblingscousin Sina, der klügste Kopf unter ihren männlichen Cousins, ein Medizinstudium begonnen hatte. Obwohl erst im zweiten Semester, nannten ihn alle, sogar Sohrab, nur noch Herr Doktor. Man überhäufte ihn mit der Ehrerbietung, die sonst den Familienältesten vorbehalten war, und bat ihn in jeder Angelegenheit um Rat, egal ob es um den Kauf eines neuen Radios oder die richtige Methode zur Entfernung der Algen im *hoz* ging.

Warum sollte sie Sina eigentlich nicht für ihre Interessen einspannen, fragte sich Lili eines Tages. Nach mehreren verzweifelten Anläufen gelang es ihr schließlich, den Cousin für ihre Sache zu gewinnen; er wollte sich dafür einsetzen, dass sie eine Ausbildung machen durfte.

»Ausgeschlossen!«, sagte Sohrab jedes Mal, wenn Sina das Thema anschnitt, aber der Herr Doktor ließ nicht locker und brachte seinen Appell wochenlang wieder und wieder vor – höflich, logisch durchdacht und stets mit größter Rücksichtnahme auf Sohrabs Eitelkeit und Voreingenommenheit.

Indessen tat sich draußen in der Welt ein Abgrund auf. Die ganze Stadt hatte sich in der Avenue Pahlavi versammelt. Der Schah ließ seine Soldaten durch Teherans Straßen marschieren, trommeln und Warnschüsse in die Luft abgeben, während die Massen durch die Stadt schwappten. Riesige Porträts Seiner Majestät Mohammad Reza Pahlavi wurden hochgehalten, während handgedruckte Flugblätter gegen ihn die Straßen übersäten. Männer kletterten auf Autodächer und riefen: »Nieder mit der Monarchie!« »Nieder mit Mossadegh!«, schrien die Anhänger der Gegenseite. Panzer mit scharfen Geschützen rollten durch die Straßen; Listen an Laternenpfählen nannten die Namen der Männer, die am nächsten Tag gehängt werden sollten. Kinder, die sich von der Hand ihrer Mutter losrissen, wurden augenblicklich von der Menge verschluckt. Ehemänner, Onkel oder Cousins verschwanden genauso schnell von der Bildfläche, tauchten aber im Gegensatz zu den Kindern nur selten wieder auf. Und die wenigen, die Monate später zurückkehrten, starrten verstört und schweigsam ins Leere.

Bis zum Ende des Sommers gab es auf den Straßen und hinter den Gefängnismauern fünftausend Tote.

In dieser Krise wurde Sohrabs Haus zur Zuflucht für den ganzen Clan. Die Männer wagten sich tagsüber hinaus, um zu arbeiten, wo das noch möglich war, oder um sich an den Demonstrationen zu beteiligen. Die Frauen mussten im Haus bleiben und sich um die Kinder kümmern und ihre flatternden Nerven mit Gebeten beruhigen. »Was passiert da draußen auf den Straßen?«, fragte Lili. »Und warum dürfen wir nicht raus?« Khanoom, Kobra und Lilis Tanten waren eine ahnungsloser als die andere und konnten ihr das Chaos nicht erklären, das über das Land hereingebrochen war. Und wenn die Männer abends nach Hause kamen, wollten sie sich nur noch vor den hysterischen Frauen in Sicherheit bringen. Sie zogen sich zurück, hörten vor Sohrabs Philips-Radio Nachrichten und behielten alle Einzelheiten des Staatsstreichs für sich.

Hätten sie sich herabgelassen, die weiblichen Familienmitglieder über die neuesten Entwicklungen zu unterrichten, hätte Lili vielleicht erfahren, dass sie über einem riesigen unterirdischen Ozean aus Öl lebte – und zwar nicht aus dem ihr vertrauten Speise- oder Lampenöl, sondern der Art, mit der die amerikanischen Autos ihres Vaters angetrieben wurden. Sie hätte vielleicht erfahren, dass die Iraner zwar schon seit mehreren tausend Jahren über diesem Meer aus Öl lebten, dass aber erst die Briten kommen mussten, um es Anfang des zwanzigsten Jahrhunderts anzuzapfen. Vielleicht hätte sie auch erfahren, dass die Iraner einige Jahrzehnte lang spärliche Gewinne aus den Ölvorräten geschlagen hatten, dass aber zwei Jahre zuvor, 1951, Irans demokratisch gewählter Premierminister Mohammad Mossadegh das Öl endlich verstaatlicht hatte. Und wenn sie sehr kritisch gewesen wäre, hätte sie vielleicht schließlich entdeckt, dass das Chaos auf den Straßen angezettelt worden war, um die Ölvorräte des Landes wieder Richtung Westen zu lenken.

Aber nicht einmal die Männer des Clans ahnten, dass der Bruch, der im Sommer 1953 wegen des Öls durch ihre Welt ging, von ganz anderer Hand geführt wurde, als sie dachten. »Die Briten«, sagten alle naserümpfend und schüttelten den Kopf über den jungen Schah, der nach Mossadeghs Sturz wieder auf den Pfauenthron gesetzt worden war. Der Putsch war nämlich mit amerikanischen Dollars finanziert und von der CIA inszeniert worden, auch wenn Einzelheiten der »Operation Ajax« noch fast fünfzig Jahre unter Verschluss bleiben sollten.

Lili, frisch geschieden und vom Schulbesuch ausgeschlossen, erfuhr jedenfalls nur, dass sie das Chaos in ihrem Land nichts anging, weshalb der Putsch von 1953 für sie vor allem Eingesperrtsein, Hunger und die genialen Ideen ihrer Großmutter bedeutete, diesen Hunger mit riesigen Töpfen *ab goosht* zu lindern.

Bei Sonnenaufgang setzte Khanoom das Lamm für die Suppe auf. Nachdem es mehrere Stunden vor sich hin geköchelt hatte, prüfte sie, ob das Fleisch weich war und sich von den Knochen lösen ließ, und gab eine Zwiebel, eine Tomate und ein oder zwei Handvoll Bohnen zur Suppe. Falls jemand vor dem Abendessen hungrig in der Küche erschien, drückte ihm Khanoom ein Stück Fladenbrot mit ein paar eingelegten Zwiebelringen in die Hand und riet ihm, sich ja nicht in die Nähe ihres Suppentopfs zu wagen.

Wenn die Männer nach Hause kamen und das nächtliche Ausgangsverbot begann, schleppte Khanoom ihren Topf endlich aus der Küche ins Wohnzimmer. Zuerst tranken sie die Brühe, auf der wenige Fettaugen schwammen und die ein bisschen nach Zitrone schmeckte, und wenn der größte Hunger gestillt war, tranken sie mit großen Schlucken aus einem Wasserkrug, der die Runde machte, ließen sich in die Kissen fallen und pflegten ihre geblähten Bäuche. Khanoom ging in die Küche zurück und stampfte das restliche Lammfleisch und die Bohnen zu einer dicken Paste. Wenn sie wiederkam, drängten sich alle um den Topf, um den würzigen Brei mit ein paar Stückchen alten Brots aufzutunken. Nachdem alles aufgeräumt war und die Männer sich in ihren

Teil des Hauses zurückgezogen hatten, schenkte Khanoom den Tee ein, und alle streckten sich auf dem Boden aus und erzählten sich Geschichten oder tauschten Erinnerungen aus vor dem Hintergrund des nicht enden wollenden vielstimmigen Chors aus Schüssen, Sirenengeheul und Schreien, der durch die Fenster von Sohrabs Haus drang.

Als der Putsch vorbei war, waren Lilis Haare so lang, dass sie sich wieder Zöpfe flechten konnte. Und der Herr Doktor hatte sein Ziel endlich erreicht. Die Zöpfe waren Teil des Plans, den er und Sohrab sich für Lili ausgedacht hatten. Mit dieser Frisur wirkte sie kindlich genug, um sich an einer neuen Privatschule einschreiben zu können. Der Rest des Plans sah folgendermaßen aus: Wenn Sohrab sie schon nicht in den Status einer angesehenen Frau zurückversetzen konnte, wollte er gleich etwas ganz anderes aus ihr machen, etwas, was bis dahin in seiner Familie völlig unbekannt war: eine gebildete Frau, eine Frau mit einem richtigen Beruf. Sie würde zwar vermutlich nicht wieder heiraten, aber Sohrab war überzeugt, dass ein Oberschulabschluss und ein Beruf sie vor den Beschimpfungen und Nachstellungen bewahren konnten, die eine Geschiedene sonst ihr Leben lang verfolgten.

Dazu musste sie allerdings erst einmal ihren Rückstand aufholen. Deshalb schrieb Sohrab sie nicht an einer, sondern gleich an zwei Schulen ein; an einer regulären Tagesschule – der »Schule der Strebsamkeit« – und an einer Abendschule, die beide am anderen Ende der Stadt lagen, damit sie keinem Bekannten über den Weg laufen konnte. Ab sofort hatte Lili keine Freizeit mehr, jede Stunde wurde zum Lernen oder für Nachhilfe genutzt, wofür jeder noch so entfernte Cousin eingespannt wurde. Mohammad, Mohsein, Hamid und sogar Sina, Herr Doktor höchstpersönlich, wurden zu Hilfe gerufen und erschienen manchmal alle auf einmal in Sohrabs Haus. Ein paar Jahre lang gaben sie Lili abwechselnd in allen Fächern, egal ob Algebra oder Chemie, Französisch oder Englisch, Privatunterricht. Im Gegenzug dafür durften es sich die Cousins bei Sohrab gut gehen lassen und lernten so die großzügige Seite ihres Onkels kennen, vor dem sie früher so viel Angst gehabt hatten, dass ihnen bereits bei einem kurzen Seitenblick von ihm die Knie schlotterten.

Das war aber noch nicht alles. Sohrab ließ seine Neffen sämtliche Buchhandlungen der Stadt nach europäischen Romanen durchforsten – sie sollten möglichst all die französischen und englischen Klassiker auftreiben, die er selbst zwar nie gelesen, aber schon immer als unerlässlich für das Repertoire eines wirklich gebildeten Menschen gehalten hatte. Lili musste sie alle lesen. Am Anfang verstand sie vielleicht zwei von zehn Wörtern, weil sie aber wild entschlossen war, ihren Vater nicht zu enttäuschen, sah man sie nur noch mit ein oder zwei Wälzern unter dem einen und einem dicken Wörterbuch unter dem anderem Arm. Nach und nach verstand sie immer mehr, bis Lesen, das zunächst eine lästige und mühsame Pflicht war, irgendwann zu ihrem liebsten Zeitvertreib wurde. Bald hatte sie Lieblingsautoren, vor allem Balzac und Dickens, und weinte und jubelte mit deren Helden mit.

Nader kannte zwar die Hintergründe für Lilis Scheidung und ihren Krankenhausaufenthalt nicht genau, war aber einfach glücklich, dass sie wieder zu Hause war und entwarf sofort einen eigenen Plan zu ihrer völligen Genesung. Als Erstes brachte er Lili das Fahrradfahren bei. Nachdem sie das Haus nicht verlassen durfte, nicht einmal um ihre Großmutter oder die Tanten zu besuchen, fand der Unterricht im

Garten statt. Viele Nachmittage lang drehte sie eine Runde nach der anderen um den großen gefliesten *hoz*; sie trat in die Pedale, und Nader lief neben ihr her und hielt ihr den Lenker. Als sie ihre erste Runde ohne ihn geschafft hatte, klatschte Nader begeistert in die Hände und jubelte ihr zu. Lili hob den Blick vom Lenker, lächelte ihren Bruder an und landete samt Fahrrad geradewegs im Wasser. Nader sprang hinterher, befreite ihre Füße von den Pedalen, und nach Luft japsend und lachend kamen sie wieder an die Oberfläche.

Fahrradunterricht brauchte sie also nicht mehr, aber Nader hatte bald eine neue Idee. Er brachte ihr ein Heft, einen Füllfederhalter und drei kleine Gläser mit blauer, roter und schwarzer Tinte. Zuerst war ihr der Füller fremd, immerhin hatte sie beinahe zwei Jahre keine Zeile mehr geschrieben, aber ihre Hand erinnerte sich sehr schnell wieder an ihre früheren Schreibkünste. Mit dem Heft und der Tinte hatte Nader ihr die Möglichkeit gegeben, die Worte aus ihrem Inneren zu befreien, und sie füllte Seite um Seite. Gewöhnliche Einträge schrieb sie in blau oder schwarz; mit der roten Tinte fing sie an, Gedichte im Stil von Hāfez zu schreiben, die sie Sara widmete.

»Darf ich dir ein Gedicht von mir vorlesen?«, fragte sie Sohrab eines Tages.

»Nur zu«, antwortete er, lehnte sich zurück, verschränkte die Finger über der Brust und schloss die Augen.

»Dunkel sind meine Tage, und erfüllt von dir …«, deklamierte sie, und in dem Stil ging es eine ganze Weile weiter. Als sie fertig war, öffnete Sohrab die Augen und blickte finster drein.

Generationen persischer Dichter hatten Hāfez und seinen *qazal*, den Ghaselen, nachgeeifert; die Nachbildung dieser Zeilen über Liebessehnsüchte und Verzweiflung hatte sich beinahe zu einem Nationalsport entwickelt. Lilis Gedicht war eine ganz passable Imitation des Meisters, obwohl bislang wohl noch kein hoffnungsvoller Dichter sein kleines Kind anstelle des unsterblich Geliebten gesetzt hatte.

Diese neue Idee gefiel Sohrab gar nicht.

»Zieh dich an«, befahl er Lili und erhob sich schwerfällig. »Wir gehen in die Stadt.«

Aber als sie sich ihren Mantel angezogen hatte, runzelte er wieder missbilligend die Stirn.

»Hast du nichts Besseres?«, fragte er und prüfte mit spitzen Fingern den abgetragenen Kragen ihres Baumwollmantels.

Lili schüttelte den Kopf. »Nein, *pedar-joon*, ich habe keinen anderen Mantel.«

»Nach Lalehzar«, befahl er seinem Fahrer und nannte ihm eine exklusive Einkaufsstraße in dem Viertel.

An ihrem ersten gemeinsamen Donnerstag in der Stadt ging Sohrab mit ihr in eine schicke Boutique, wo sie die hübschen Verkäuferinnen freundlich anlächelten und dann nur noch Augen für ihren Vater hatten. Hier kaufte er ihr einen weit schwingenden Mohairmantel mit einem schwarzen Samtkragen und passendem Samtgürtel. Nach und nach kamen ein breitkrempiger Filzhut und schwarze Riemchensandalen dazu, die zu dem Mohairmantel passten, außerdem ein Kleid und Nahtstrümpfe, bis sie am Ende des Tages von Kopf bis Fuß prächtig ausgestattet war; die Sachen durfte sie allerdings nur zu den wöchentlichen Ausflügen mit ihrem Vater tragen.

Von da an bedeutete Donnerstag Spaziergänge auf der Avenue Lahlezar und über den Ferdowsi-Platz. Donnerstag stand für den Garten des Café *Naderi*, wo am frühen Abend zu den Klängen eines Orchesters Walzer getanzt wurde; für *café glacé* bei Yas mit Bergen von Schlagrahm und langstieligen Löffeln. Donnerstags ging es in *The Golden Rooster*, wo die weißbehandschuhten Ober sich verbeugten und ständig um die Tische herumliefen. Sie servierten französischen Champagner und sprudelnde Limonade, die in der Flasche auf den Tisch kam, damit man sehen konnte, dass sie in Europa hergestellt war, und dicke, blutige Filets Mignons, und Lili lernte, wie man richtig mit Messer und Gabel hantierte. Donnerstags gab es Konzerte in der Kulturhalle, und Sohrab brachte ihr bei der Gelegenheit bei, dass eine Dame die Füße unter dem Sitz überkreuzte und zurückhaltend klatschte. Donnerstag wurde zum Inbegriff für das elegante und gezierte Auftreten, das sich ihr Vater in den vielen Jahren ohne seine Familie zugelegt hatte und das Lili nun begeistert von ihm lernte.

Als Sohrab Lili schließlich an der Schule der Strebsamkeit einschrieb, erhielt sie strikte Anweisung, keinem Menschen von ihrer Ehe oder von ihrem Kind zu erzählen. Beim kleinsten Verstoß gegen diese Regel, und seien es nur kindische Geständnisse unter Schulmädchen, würde er sie auf der Stelle zu Kazem zurückschicken und nichts mehr von ihr wissen wollen. So eingeschüchtert schlüpfte Lili in ihre neue Siebtklassuniform – weiße Bluse, marineblauer Faltenrock und schmale Krawatte – und schwor sich im Stillen, mit keiner Menschenseele über ihre Ehe, ihr Kind oder überhaupt irgendetwas zu reden.

Wochenlang saß sie während der Pause allein in einer Ecke des Schulhofs und sah den älteren Mädchen beim Volleyballspielen zu. Sie trugen Shorts, Basketballschuhe und mit Spitzen verzierte Söckchen. Manche Mädchen banden sich mit den Krawatten Pferdeschwänze, einige rollten sogar die Ärmel hoch und ließen ihre Muskeln spielen. Vom ersten Tag an war Lili von den älteren Mädchen fasziniert. Ihr unbekümmertes Selbstbewusstsein flößte ihr Respekt ein. Sicher sehnten sie sich danach zu heiraten oder zumindest nach den Freiheiten, die sie mit der Ehe assoziierten – dass man sich die Augenbrauen zupfen, Lippenstift benutzen und Damenkleider tragen durfte und gehen konnte, wohin man wollte. Das hatte sie sich ja auch einmal gewünscht. Aber die Mädchen an der Schule der Strebsamkeit gewährten Lili außerdem einen ersten Einblick in ein anderes Leben. Sie wusste, dass von den Mitschülerinnen, die nicht gleich heirateten, die klügsten Krankenschwester, Sekretärin oder Lehrerin wurden. Und angeblich wurden jedes Jahr ein oder zwei besonders gute Schülerinnen zum Medizinstudium zugelassen. Ob man sie dann eines Tages mit Frau Doktor anredete? Lili war sich nicht sicher, aber sie fand die Vorstellung aufregend.

Nach einem hastig zu Hause eingenommenen Mittagessen verbrachte Lili ihre Nachmittage mit Dutzenden von Mädchen, die Tradition, Geldnöte, Faulheit oder irgendwelche anderen Unzulänglichkeiten am schulischen Fortkommen gehindert hatten. In den Förderklassen war es keine Seltenheit, dass eine Achtzehnjährige vor einem Viertklasslesebuch saß und angestrengt zu lesen versuchte. Und auch an dieser Schule hielt sich Lili an ihr Schweigegelübde. Da es kein Volleyball zur Ablenkung gab, begann sie irgendwann zu singen, weil ihr das Schweigen so schwer fiel. Sie liebte die gefühlvollen Lieder der berühmten Sängerin Delkash, die man damals überall im Radio spielte, Melodien, die sie täuschend ähnlich und mit echten Tränen nachsingen konnte.

Und ihr Talent blieb nicht unbemerkt. Es war noch gar nicht so lange her, dass sich die Klassenkameradinnen an der Schule der Tugend um sie gedrängt hatten, um ihren

Smaragdring zu bewundern. Jetzt gesellten sich immer mehr Mädchen zu ihr, um Lili singen zu hören. Das Kinn in die Hände gestützt, lauschten sie mit geschlossenen Augen, in ihre Sorgen und Sehnsüchte versunken, bis sie die Pausenglocke aus ihren Träumen riss. Irgendwann wagte sich ein mageres dunkelhäutiges Mädchen namens Mina vor und fragte, ob Lili aus Liebeskummer so traurig sei, was Lili so grotesk fand, dass sie einen heftigen Lachanfall bekam, der alle erschrocken verstummen ließ.

Seit Lili wieder zur Schule ging, widmete sich Kobra erneut hingebungsvoll Sohrabs Gelüsten und Eitelkeiten und, ganz diskret, auch der Vermehrung ihres Besitzes.

Jeden Morgen suchte sie eine dicke junge Henne aus dem Hühnerhof aus, schlachtete, rupfte und kochte sie, damit Sohrab sein Glas frische Hühnerbrühe zum Frühstück bekam. Sohrab trank die Brühe in einem Zug aus, wischte sich den Mund mit der Serviette ab, die ihm Kobra reichte, und gab ihr das leere Glas zurück. Kaum war er aus dem Haus, verschwand sie in der Küche, um eine duftende Fleischsoße und knusprigen Safranreis für ihn zu kochen. Kobra suchte zwar keine Hinterhofspiritisten mehr auf und bestrich die Fenster und Türen auch nicht mehr mit ihren Liebestränken, doch sie hielt das Essen bis spät in der Nacht warm und verkniff sich immer öfter bissige Bemerkungen, wenn Sohrab erst früh am Morgen nach Hause kam.

Und indem sie Sohrab den Haushalt führte, wurde sie ganz allmählich zur Grundbesitzerin.

Sohrab hatte schon immer die Angewohnheit gehabt, Jacke und Hose einfach fallen zu lassen, ehe er ins Bett ging. Wenn Kobra dann morgens seine Wohnung aufräumte, fand sie seine Anzüge auf dem Boden. Sie hob die Sachen auf, schüttelte sie vorsichtig glatt und durchsuchte seine Jacken- und Hosentaschen nach Geld. Mit den Kleidern über dem Arm hastete sie ans andere Ende des Hauses, stopfte die Münzen und Scheine in eine Schublade, versperrte diese, wickelte den Schlüssel in ein Taschentuch und verschloss ihn in einer anderen Schublade. Dann erst machte sie sich daran, Sohrabs Kleidung zu waschen und zu bügeln.

Ehe die Schublade von Scheinen und Münzen überzuquellen drohte, warf sich Kobra ihren Tschador über und nahm einen Bus aufs Land. Während früher Grundbesitz in der Provinz, den sich nur die wenigsten leisten konnten, als sichere Altersvorsorge galt, richteten die modernen Iraner ihr Augenmerk nun auf die Hauptstadt, mit dem Ergebnis, dass der Boden im ganzen Land seit einiger Zeit in kleine, billige Parzellen aufgeteilt worden war. Und genau auf diese Parzellen hatte es Kobra nun abgesehen, um ihre Zukunft zu sichern. Von den ersten tausend *toman*, die sie in Sohrabs Taschen gefunden hatte, kaufte sie sich einen armseligen Morgen Land in Yousefabad. Von den nächsten zweitausend *toman* erwarb sie drei Morgen mit nichts als welkem Gras an der Straße nach Karaj. Später tauschte sie die beiden Grundstücke gegen andere und kaufte und verkaufte weiter. Die Besitzurkunden und den Gewinn, den sie bei den Verkäufen erzielte, versteckte sie nach wie vor in irgendwelchen geheimen Winkeln in Sohrabs Haus.

Kobra tätigte ihre Immobiliengeschäfte ohne juristischen oder sonstigen Rat. Sie war Analphabetin und unterschrieb einfach mit einem Fingerabdruck an der vorgesehenen Stelle. Von ihren Machenschaften und erst recht von ihrem bescheidenen, aber stetig wachsenden Vermögen erzählte sie niemandem. Die Wäsche hatte sie allerdings noch nie mit solcher Hingabe gemacht.

Sohrab hatte keine Ahnung von Kobras Raubzügen und vertraute seine Sachen nach wie vor lieber ihr als irgendeiner modernen Reinigung in der Stadt an. Er war viel zu sehr mit seinen eigenen Zukunftsplänen beschäftigt. Damals schickte jede iranische Familie, die es sich leisten konnte, und einige, die es sich eigentlich nicht leisten konnten, ihre Söhne zum Studieren in den Westen. Diese Tradition stammte aus dem neunzehnten Jahrhundert, als die Kadscharen ihre Prinzen nach Europa zu schicken begannen. Nachdem diese Dynastie längst entmachtet und die gegenwärtige fremdbestimmt war, führte im Iran in den Fünfzigerjahren des zwanzigsten Jahrhunderts der sicherste Weg zum Erfolg, wenn man Zeugnisse aus dem Westen vorweisen konnte. Der sogenannte Westen bestand damals genau genommen aus England, Frankreich und Deutschland, und die einzigen Fächer, die etwas galten, waren Medizin und Maschinenbau.

Nachdem Sohrab beschlossen hatte, dass sein Sohn Ingenieur werden sollte, überlegte er sich, in welches der drei westlichen Länder er den vierzehnjährigen Nader schicken wollte. Die Engländer waren zwar elegant, kamen aber als skrupellose Imperialisten nicht in Frage. Die Franzosen waren natürlich noch eleganter als die Engländer, schienen Sohrab als Meister der Verführungskünste jedoch für einen Teenager ungeeignet. Von Deutschland wusste Sohrab eigentlich nur zwei Dinge, mit denen ihn seine Wettbrüder beeindruckt hatten: Mit dem Wiederaufbau ihres Landes nach zwei Kriegen hatten die Deutschen beachtliche Arbeit geleistet, außerdem waren die Studiengebühren dort wesentlich niedriger als in England oder Frankreich.

Also erhielt Deutschland den Zuschlag.

Die folgenden Wochen geisterte Nader abwechselnd euphorisch und dann wieder wie benommen durchs Haus.

Khanoom, Kobra und die anderen Frauen des Clans wehklagten, schlugen sich mit den Fäusten an die Brust und rauften sich die Haare, aber es gelang ihnen nicht, Sohrab von seiner Entscheidung abzubringen. Als der Tag seiner Abreise nahte, überreichte Sohrab Nader drei Seidenteppiche, die er in Deutschland verkaufen sollte. Und an Naders letztem Tag im Iran trennte sich Sohrab von seinem kostbarsten Besitz, einem breiten Goldring mit einem großen funkelnden Diamanten, und schenkte ihn seinem Sohn zur Erinnerung.

Keiner aus der Familie war bisher im Ausland gewesen, im *farang*, das hinter den sieben Flüssen, hinter den sieben Bergen und hinter den sieben Meeren lag. Lili kannte Europa bislang nur aus dem Kino und über bestimmte teure Gegenstände, vor allem Büstenhalter und Schokoladentrüffel, und von den Bildern, die der *Shahreh Farang*, der »Mann mit den europäischen Städten«, präsentierte. An Neujahr gingen Lili und ihre Cousinen immer in den Basar und standen Schlange, um in sein Nickelodeon aus Kupfer zu spähen. Und da waren sie in ihrer ganzen Pracht versammelt: Big Ben, das Schloss Versailles oder der Jardin du Luxembourg, und das alles fast umsonst! Die Bilder hatten schon immer eine tiefe, namenlose Sehnsucht in ihr geweckt, aber als Lili jetzt den besten Anzug ihres Bruders bügelte, mit dem er zu diesem wundersamen Ort reisen sollte, erstickte sie fast vor Kummer. Um sich zu trösten, fütterten sie Nader wie einen Mann, der in den Krieg ziehen musste. Als er seine Reise nach Deutschland antrat, hatte er dicke Backen und sogar einen kleinen Bauch.

Sobald Nader aus dem Haus war, gingen Lili und Kobra in sein Zimmer, legten sich nebeneinander auf sein Bett und weinten wie zwei verzweifelte Witwen.

Kobra fand es sehr gut, dass Sohrab Lili wieder auf die Schule schickte, hatte aber ihren eigenen Plan für sie, der von einem einzigen Grundsatz beherrscht war: Alles, was Sohrab Lili verweigerte, wollte ihr Kobra ermöglichen. Fehlte es ihr dazu an den nötigen Mitteln, machte sie das mit einer Kombination aus angeborener Klugheit und schwer erkämpfter Schläue wett. Als Lili sich einen kurzen Schottenrock einbildete, den sie in einem ausländischen Modemagazin gesehen hatte, trieb Kobra das vermutlich einzige Stück karierten Schottenstoff in ganz Teheran auf, tauschte es gegen einen ihrer goldenen Armreifen ein, bat Lili, den Rock zu zeichnen, und nähte ihr eine exakte Kopie. Wenn sich Lili Söckchen mit Spitzenbesatz wünschte, wie sie die älteren Mädchen an ihrer Schule alle trugen, opferte Kobra ihr schönstes Nachthemd und verzierte mit der Spitze fünf Paar weiße Socken für sie. Und als Lilis neue Freundin Mina sie zu einer Party einlud, packte Kobra eine Tasche für sich und eine für Lili und erzählte allen, dass sie beide ihre Mutter Pargol besuchen wollten. Dann brachte sie Lili heimlich mit einem zehnjährigen Cousin als Aufpasser zu Mina.

Bei Mina feierte ein Dutzend iranischer Mädchen eine Party und tanzte in weiten Röcken und mit zu Locken gedrehten Haaren zusammen Rumba und Tango. Ein Tablett mit kleinen runden Kuchen unter einer dicken, süßen Haube wurde herumgereicht. »Das sind Cupcakes«, erklärte ihr Mina, schleckte an der rosa Glasur und bot Lili einen Kuchen an. Lili nahm einen Bissen und war hellauf begeistert. Sie verschlang drei Cupcakes hintereinander, und als sie sich gerade den vierten genehmigen wollte, nahm Mina sie an der Hand, weil sie ihr ihr Schlafzimmer zeigen wollte.

Sie bewunderte Minas Bett mit dem Überwurf und den passenden Kissen mit Rosenmuster, ihren Schrank voller

Partykleider und Faltenröcke und ihre Sammlung von drei hellrosa Lippenstiften. »Meine Tante war gerade in Paris«, kommentierte Mina ihren kostbarsten Schatz. Als sie zum Wohnzimmer zurückgingen, blieb Mina vor einer angelehnten Tür stehen. Lili sah einen großen hellhaarigen jungen Mann, der mit einem Schraubenzieher an einem Kurzwellenradio hantierte. Er warf den beiden Mädchen einen Blick zu und grinste Lili schief an. »Das ist mein Bruder Farhad«, sagte Mina und fügte noch hinzu: »Er geht bald nach Amerika.« Amerika!, dachte Lili, das war *yengeh donya*, am anderen Ende der Welt, und noch viel, viel weiter weg als ihr Bruder.

»Stimmt das wirklich?«, fragte sie ihn ungläubig.

»Ja«, antwortete er jetzt mit einem breiten Lächeln. »Im Herbst geht's los. Und wenn ich da bin, lasse ich mir den Kopf kahl rasieren wie Yul Brynner.«

Noch ehe er den Iran verließ, schickte Minas älterer Bruder Farhad Lili ein gutes Dutzend Briefe, die sie Kobra erst laut vorlesen musste, dann aber freundlicherweise behalten durfte. Mit der schönsten Handschrift, die sie je gesehen hatte, versprach Farhad, dass er sie sofort nach seiner Rückkehr aus Amerika heiraten wolle. Solche Liebeserklärungen waren damals nicht gerade ungewöhnlich, aber Farhad hatte es besonders eilig. Unter dem Vorwand, seine Schwester abholen zu müssen, tauchte er häufig vor der Schule auf, um ein wenig mit Lili zu plaudern. Einmal brachte er ihr sogar eine rotschwarze Rose mit, eine absolute Rarität, die sich erst als purpurrote Fälschung erwies, als Kobra eines der Blütenblätter abzupfte und gegen das Licht hielt. Von da an musste Kobra Sohrabs Fahrer bestechen, damit er die kleine Romanze für sich behielt.

Für Lili war Farhads überhasteter Antrag überschattet von

der Tatsache, dass er völlig aussichtslos war. Niemals würden seine Eltern sie, eine Geschiedene, akzeptieren. Da bestand nicht die geringste Hoffnung, es war schlichtweg unvorstellbar. Lili brachte es aber nicht übers Herz, ihm reinen Wein einzuschenken, weshalb sie schließlich Mina anvertrauen musste, dass sie bereits verheiratet gewesen war und ein Kind hatte. »Bitte sag ihm, dass er mir nicht mehr schreiben soll«, flehte sie Mina an. »Und bitte, bitte sag niemand, was ich dir erzählt habe!«

Daraufhin hatte Mina Lili nicht mehr zu sich nach Hause eingeladen und wich sogar ihrem Blick aus, wenn sie sich in der Schule zufällig über den Weg liefen. Aber noch Monate nachdem Farhad den Iran verlassen hatte, kamen seine schönen Briefe, in denen er ihr aus der Fremde erzählte, dass die Luft in Los Angeles nach Orangen und Staub roch und dass der Ozean so blau war, dass er mit dem Himmel zu verschmelzen schien. Zu ihrem sechzehnten Geburtstag schickte er ihr einen türkisgoldenen Parker-Füller und ein Polaroidfoto von sich. Auf dem Bild sah man ihn in einem gestreiften Pulli vor dem Studentenwohnheim, und sein Schädel war kahlrasiert wie bei Yul Brynner.

»Er möchte ein Foto von dir«, sagte Kobra, als Lili ihr den Brief vorgelesen hatte.

»Ich weiß«, antwortete sie nur traurig.

Sie wussten beide, dass dieser Wunsch unerfüllt bleiben musste.

In Sohrabs Zimmern gab es zwar mehrere gerahmte Fotos von ihm selbst – mal im Profil, mal von vorn, im Stehen und im Sitzen, mit glänzend schwarzem Haar und stets tadellos gebügelten Anzügen. Aber so gern er Fotos von sich in Auftrag gab, für seine Frauen war ihm die Ausgabe zu kostspielig. Außerdem würde es nur ihre Eitelkeit bestärken, und was noch viel schlimmer war, er würde sie damit den grabschenden Händen und lüsternen Blicken des Fotografen aussetzen.

»Dann gehen wir eben in die Avenue Shah Reza«, flüsterte Kobra.

Sie fischte zwanzig *toman* aus einem Versteck, dann hüllten sich die beiden Frauen in ihre Schleier und machten sich auf den Weg zu einem Fotografen.

Das Bild wurde sehr schön und zwischen die Seiten von Lilis nächstem Brief an Farhad geschoben.

Es war keine wirkliche Liebe, was sie für ihn empfand, aber einige Monate lang war dieser Junge mit seinen schönen, seltsamen Briefen ihr einziger Freund. Wider alle Vernunft und trotz ihrer Angst vor Sohrab brachte es Lili einfach nicht fertig, Farhads Briefe nicht zu beantworten. Aber dann wurden sie immer kürzer, bis schließlich gar keine mehr kamen. Als Lili wochenlang nichts mehr von ihm gehört hatte, raffte sie ihren ganzen Mut zusammen und ging mit Kobra zu Mina. Sie fanden ein Trauerhaus vor. Mina öffnete ihnen ganz in Schwarz und mit aschfahlem Gesicht die Tür. »Farhad hat sich erschossen«, flüsterte sie ihnen unter Tränen zu. »Er soll in Amerika begraben werden«, schluchzte sie, »irgendwo in der Nähe von Los Angeles.«

Noch Monate nach der Scheidung stellte Kazem Lili nach. Mager, unrasiert und immer in einem zerknitterten Anzug tauchte er vor dem Haus auf. »Ich möchte sie doch nur ganz kurz sprechen, Kobra Khanoom«, flehte er sie an, aber aus Angst vor Sohrab ließ ihn Kobra nicht ins Haus, obwohl das gegen ihr Verständnis von muslimischer Nächstenliebe verstieß.

Als er auf diesem Weg nichts erreichte, bestach Kazem Sohrabs Diener, ihm Lilis Stundenplan zu verraten. Dann zog Kazem die Krempe seines Fedora über die Augen und schlenderte durch die Straße, bis Sohrabs Fahrer Lili zum Mittagessen nach Hause brachte. Manchmal schenkte er ihr einen Strauß Tuberosen oder schön verpackte Pralinen, was aber nicht dazu führte, dass sie weniger Angst vor ihm hatte. Kazems Anblick versetzte Lili in Panik, doch nach der Scheidung fürchtete sie sich nicht mehr so sehr davor, dass er sie verletzen oder anschreien könnte, sondern vor allem davor, dass ihr Vater sie zusammen sehen und sie für immer verstoßen könnte.

Weil Lili sich hartnäckig weigerte, seine Geschenke anzunehmen, begann Kazem ihr stattdessen Fotos in die Hand zu drücken, und zwar nicht von sich oder von ihnen beiden, sondern von ihrem Baby. Von Sara. Die Bilder waren alle neu, lauter niedliche Studioaufnahmen mit weißem Büttenrand und dem Stempel des Fotografen in einer Ecke. »Sie fängt an zu sprechen«, erzählte Kazem Lili. »Und sie fragt ständig nach dir.« Saras Haare waren jetzt glatt, die Locken, die sie noch vor ein paar Monaten hatte, waren verschwunden, und ihre Augen wirkten größer, wissender.

Lili betrachtete die Bilder, bis ihr Hals ganz trocken wurde und ihre Schläfen pochten, um sie Kazem dann immer wieder zurückzugeben. Er nahm sie aber nie zurück. Er stand nur da, die Hände in den Taschen vergraben, und die Bilder fielen eins nach dem anderen auf den Boden.

Als sie von Farhads Selbstmord erfahren hatte, bekam sie plötzlich wieder schreckliche Sehnsucht nach Sara. Erst war es nur ein unerfüllbarer Wunsch, den sie spät nachts im Bett hegte, aber schon bald beherrschte er ihr ganzes Denken. Doch wie sollte sie es anstellen? Selbst wenn sie ihre Angst vor einem Zusammentreffen mit Kazem bezwang, hatte sie jetzt einen derart gedrängten Zeitplan, dass sie sich nicht einmal eine Stunde wegschleichen konnte, um zu den Khorramis zu gehen.

Die einzige Möglichkeit, Sara zu sehen, war, dass sie ihr jemand in Sohrabs Haus brachte. Und für diese heikle Mission gab es nur eine Verbündete, nämlich ihre Tante Zaynab. Zaynab, selbst kinderlos und deshalb in Kinder vernarrt, hatte Sara vom ersten Tag an nach Strich und Faden verwöhnt, und sie hatte Sara in der Zeit zwischen Lilis Krankenhausaufenthalt und ihrer Scheidung von Kazem immer zu ihr gebracht. Außerdem wäre es Zaynabs größter Wunsch gewesen, Sara selbst großzuziehen, was Sohrab aber nicht erlaubt hatte, weil er meinte, eine vollständige Trennung von der Familie wäre für alle das Beste.

»Das geht bestimmt schief«, flüsterte Zaynab, musste aber trotzdem grinsen, als sie die kleine Sara eines Nachmittags durch die Hintertür ins Haus schmuggelte. Damit es so aussah, als hätte sie nur ein Bündel Wäsche dabei, hatte sie Sara in mehrere Decken und Tücher gewickelt, und als Zaynab eine Schicht nach der anderen entfernte, hatte Sara hochrote Backen und verschwitzte Haare. Sie blinzelte und schrie ein bisschen, aber als sie Lili sah, lächelte sie breit. Sara hatte sie nicht vergessen! Lili erwiderte ihr Lächeln, strich ihr mit vor Freude und Erleichterung zitternden Händen übers Gesicht und drückte ihre Nase in Saras heiße, feuchte Backen.

Schnell schlichen sie sich mit Sara in Lilis Zimmer, wo Zaynab und Lili sie dann abwechselnd in die Wangen kniffen und kitzelten, bis Sara unsicher loslief. Wenn sie sich an den Möbeln festhielt, konnte sie das ganze Zimmer durchqueren.

»Eigentlich müsste sie jetzt schon richtig laufen können«, brummte Zaynab.

»Warum kann sie es dann nicht, *ammeh*?«, fragte Lili ängstlich. »Ist irgendetwas nicht in Ordnung mit ihr?« Aber

Zaynab brummelte nur vor sich hin und schlüpfte aus dem Zimmer.

Ein paar Minuten später kam sie mit einem Teller Rosinenkekse wieder. Sara saß auf Lilis Schoß, Zaynab stellte sich ans andere Ende des Zimmers und hielt Sara einen Keks hin. Da strahlten die Augen des Mädchens, und es rutschte von Lilis Schoß und wollte sich die Leckerei holen.

»So ein schlaues Kind!«, rief Zaynab und lächelte ihr zu. »Ich wette, in einer Stunde kann sie laufen!« Und wenn Sara den Weg über den Teppich ohne stolpern und krabbeln geschafft hatte, klatschten beide begeistert in die Hände.

In der Nacht nahm Lili Sara mit ins Bett, und sie schlief eingekuschelt zwischen Lili und Kobra. Wie sich herausstellte, hatte die Kleine einen sehr unruhigen Schlaf und wachte immer wieder weinend auf. Weil sie nicht wussten, ob sie noch ein Fläschchen bekam und sowieso keins mehr im Haus hatten, holte Kobra ein Stück Kandiszucker, wickelte es in ein Taschentuch und ließ Sara daran lutschen, sobald sie unruhig wurde.

Am nächsten Morgen kam Zaynab mit einem schmiedeeisernen Vogelkäfig wieder, den sie in Lilis Zimmer auf den Boden stellte. Sie öffnete die Käfigtür, und ein leuchtend gelber Kanarienvogel mit kreisrunden roten Ringen auf den Bäckchen hüpfte heraus. »Seht nur, er schämt sich die ganze Zeit!«, kicherte Zaynab mit vor lauter Vergnügen rosigen Wangen. Sie streute ein paar Körner auf den Teppich, und dann sahen sie zu, wie der Vogel sie aufpickte. Sara quietschte begeistert, und Lili drückte ihr ein paar Körner in die Hand und zeigte ihr, wie sie den Kanarienvogel füttern musste.

Den ganzen Vormittag spielten Lili, Sara und Zaynab mit dem Vogel, während Kobra vor der Tür zu den Frauenräumen Wache stand. Gegen Mittag begann sich Sara die

Augen zu reiben und zu gähnen. Lili legte sie zum Schlafen hin und lief mit Zaynab kichernd zum Mittagessen in die Küche. Als sie zurückkamen, war Sara verschwunden. Lili, Kobra und Zaynab liefen durchs ganze Haus, um sie zu finden. Lili rannte zuerst in den Hof, aber der *hoz* war leer und das Wasser glatt und still. Sie rannte ins Haus zurück und suchte unter den Wohnzimmerschränken, dann stürzte sie ins Untergeschoss. Schließlich fand sie Sara in der Küche. Zaynab schaukelte sie auf den Knien, und Kobra stand händeringend neben den beiden. Zaynabs Stimme zitterte, als sie Lili erzählte, was passiert war. Sara war aufgewacht und durch den ganzen Korridor bis vor den Eingang zu Sohrabs Wohnung gekrabbelt. Als der sie dort entdeckte, hatte er seinen Diener gerufen und das Kind in die Küche bringen lassen.

Zaynab wickelte Sara wieder in ihre Tücher, und Lili zog sich in ihr Zimmer zurück und wartete auf die Strafpredigt. Der Kanarienvogel mit seinen roten Bäckchen zwitscherte unbekümmert weiter und schwang auf seiner kleinen Schaukel vor und zurück, aber der Anblick des Vogels machte Lili irgendwann so traurig, dass sie den Käfig in den Hof trug und ihn dort mit offener Tür hinstellte, damit das Tier wegfliegen konnte. Und noch immer kein Wort von Sohrab. Lili fragte sich allmählich, ob vielleicht doch nicht ihr Vater, sondern einer seiner Diener Sara gefunden hatte. Wochenlang lastete ein gespenstisches Schweigen auf dem Haus, bis es eines Tages hieß, dass Lili bald ins Ausland gehen würde.

5. Kapitel

Im Exil

»Mein Bruder hatte sich in Europa zu einem Pascha, einem Prinzen, gemausert«, sagte Lili zu dem Kassettenrekorder und lachte. »Mein kleiner Bruder mit seinen krummen Beinchen und seinen dünnen Ärmchen, mein Brüderchen, das vor Angst zitterte und weinte, sobald ihn unser Vater auch nur ansah. Wenn er sich dort in einen Prinzen verwandelt hatte, was konnte dann erst alles aus mir werden!«

Als Lili den Iran verließ, war sie wie für eine englische Gartenparty gekleidet. Ein so schönes Kleid hatte sie noch nie besessen – weiß mit einem Muster aus hellgrünen Weinreben und einem breiten Volant. Jedenfalls schlug sie auf dem gesamten fünfstündigen Flug von Teheran nach Frankfurt nicht einmal die Beine übereinander, damit es nur ja keine Knitterfalten bekam.

So plötzlich das Urteil gefällt wurde, das sie ins Exil schickte, so lange war es in Wirklichkeit geplant worden. Als der Tag ihres Abiturs immer näher rückte, sah Sohrab sich seine Tochter genauer an. Sie war nicht länger ein hübsches Mädchen, sondern eine schöne junge Frau. Sie war groß gewachsen, hatte Oberweite bekommen, und ihre Taille war schmaler geworden. Ihre Zöpfe sahen albern aus, bestimmt würde sie sich bald von ihnen trennen. Die Männer würden ihr nachstellen und sich gleich wieder davonmachen, wenn sie erfuhren, dass Lili geschieden war und ein Kind hatte. Sohrab war überzeugt, dass es ihr irgendwie gelingen würde, Sara wiederzusehen und dass der Umgang mit dem Kind sie von ihrem Studium ablenken und ihre Chance, wieder zu heiraten, zusätzlich schmälern würde.

Simin hatte sich Lili längst genauer angesehen – so wie ihre eigenen Lebensumstände auch. Immerhin lebten Lili und Kobra mittlerweile seit beinahe drei Jahren in Sohrabs Haus. Beinahe drei Jahre lang hatte Sohrab Simin ausschließlich in seiner eigenen Wohnung empfangen und das auch nur gelegentlich. Solange Lili im Iran lebte und nicht wieder heiratete, würde sie unter Sohrabs Dach wohnen, was bedeutete, auch Kobra würde bleiben. Und auch wenn Lili bisher offenbar keinem die Wahrheit über das Opium erzählt hatte, konnte sich das leicht ändern, nachdem sie kein Kind mehr war.

»Schick sie zu ihrem Bruder nach Europa«, riet sie Sohrab. »Das ist bestimmt besser für sie.«

Und so wurde die Botschaft dann auch an Sohrabs Freunde und Bekannte weitergegeben, als er den Plan endlich zu seinem eigenen gemacht hatte.

In den Wochen nach Saras kurzem Besuch hatte Sohrab Lili unter Hausarrest gestellt; ihre Cousinen oder die Großmutter durfte sie auch höchstens in Begleitung eines Aufpassers besuchen. Sie hatte sich schrecklich gelangweilt, sogar noch schlimmer als während der einsamen Wochen vor ihrer Scheidung. Doch jetzt versprach ihr Sohrab ein neues Leben an einem Ort, wo niemand ihre Vergangenheit kannte. Er wollte, dass sie studierte und eine gebildete Frau wurde.

Lili war restlos begeistert. Und wenn sie auch mit keiner Menschenseele darüber zu sprechen wagte – sie gestattete sich selbst kaum, daran zu denken –, hoffte sie doch insgeheim, dass sie eines Tages in ihre Heimat zurückkehren und dort unabhängig mit ihrer Tochter leben würde.

Unter Jammern und Wehklagen begann Kobra, Lili eine europäische Garderobe zu nähen. Außer dem weißen Kleid mit den Weinranken schneiderte sie ihr noch ein halbes Dutzend weitere in rot, rosa, pflaumenblau und anderen Farben. Und weil sie gehört hatte, dass es in Deutschland sehr kalt sein konnte, strickte sie außerdem einen Wollschal und eine passende Mütze für Lili. So bereitete Lili jeder auf seine Weise auf ihre Abreise vor. Am letzten Tag überreichte ihr Sohrab ein dickes Kuvert mit deutschem Geld und einen Koffer mit zwei kleinen Teppichen, die Nader in Deutschland für sie verkaufen sollte. »Versprich mir, dass du fleißig lernst«, verabschiedete er sich streng. Die Großmutter, die Tanten und die Cousinen weinten, als sie sich endgültig trennen mussten, schwenkten vorsichtshalber den Koran über Lilis Kopf und gaben ihr drei wohlgemeinte Ratschläge: »Lass dich von keinem übers Ohr hauen«, »hör auf deinen Bruder« und »sei deinem Vater dankbar«.

Lili bereitete sich also darauf vor, den Iran zu verlassen und nach Deutschland zu gehen, Kobra darauf, zum letzten Mal Sohrabs Haus zu verlassen, und Simin, endlich wieder dort einzuziehen.

»Herzlich willkommen, Eselchen!«, rief ihr Nader quer durch den Terminal zu. Ihr Bruder hatte einen Strauß dunkelblauer Iris in der Hand, den er zur Begrüßung über dem Kopf schwenkte, als er sie entdeckt hatte. Lili drängelte sich vor und lief ihm entgegen, blieb dann aber vor Staunen über den fremden jungen Mann wie angewurzelt stehen, ehe sie ihm in die Arme fiel. In kaum einem Jahr hatte sich ihr schüchterner, linkischer kleiner Bruder in einen Dandy mit einem verwegenen Lächeln verwandelt.

Und das war längst nicht alles. Der kleine Junge, der sich früher in einer Ecke versteckte, sobald er die Schritte seines Vaters hörte, hatte sich einen ziemlich verschwenderischen Lebensstil angewöhnt mit vielen Partys und Landpartien, den er mit dem Gold und den Teppichen finanzierte, die ihm Sohrab regelmäßig schickte. An Lilis erstem Abend in Deutschland gab Nader für sie eine Begrüßungsparty in einer Kneipe in Tübingen, der kleinen Universitätsstadt, die ihnen beiden jetzt Heimat sein sollte. Fasziniert sah sie ihn in Gesellschaft mehrerer blonder Mädchen an der Bar sitzen. Schön wie Filmstars kamen sie ihr vor. Die Mädchen lachten in ihre Bierflaschen, so ungezwungen, wie sie Frauen nie zuvor gesehen hatte. Sie suchte Naders Blick, und er grinste ihr durch den verqualmten Raum zu.

An ihren ersten Tagen in Deutschland spazierten Lili und Nader Arm in Arm durch Tübingen, er mit einer farbenfrohen Krawatte und sportlichem Tweedsakko, sie in einem der vielen schönen Kleider, die Kobra in Teheran für sie genäht hatte. Lili war begeistert von den Kirchtürmen und den Kanälen, den steilen, holperigen Gassen mit Kopfsteinpflaster und den üppig blühenden roten und rosa Geranien in den Blumenkästen der Fachwerkhäuser am Fluss. Am schönsten aber fand sie das Grußkonzert auf der Straße. Alte Männer zogen den Hut vor jungen Müttern. »Guten Tag!«, begrüßten sie sich. Korpulente Matronen grüßten den Fischhändler, der Bäcker grüßte einen Jungen, der auf dem Fahrrad des Wegs kam, der Straßenbahnfahrer grüßte einen hübschen weiblichen Fahrgast. »Guten Tag! Guten Tag! Guten Tag!«

Lili spürte, dass ihnen überall, wo sie mit Nader auftauchte, neugierige Blicke folgten. Die Einheimischen hielten sie vermutlich für ein reiches, ausländisches Ehepaar auf Hochzeitsreise, scherzten sie. Sie schütteten sich aus vor Lachen und umarmten sich noch enger, wenn sie durch die Straßen schlenderten. Es war wie mit dem *Shahreh Farang*, den sie an Neujahr in dem alten Nickelodeon vor dem Basar angeschaut hatte, dachte sich Lili, nur dass jetzt sie die Fremde auf dem Bild war.

Nader mietete für Lili ein Zimmer in einer Privatpension mitten in Tübingen. Es war sehr klein und niedrig mit knarzenden Dielen, aber sie hatte einen eigenen kleinen Balkon mit schmiedeeisernem Geländer. Von dort konnte sie den Windungen des Neckars folgen, bis der Fluss nur noch ein schmales Band war, ehe er zwischen den grünen Hügeln verschwand. Jeden Abend kroch sie mit einem glücklichen Lächeln unter ein riesiges Daunenbett, jeden Morgen wachte sie mit einem Lächeln vom Läuten der Kirchenglocken auf. Wenn Nader in der Uni war, zog sie sich eines ihrer hübschen Kleider an, schnappte sich unten in der Küche ein paar Kekse und erkundete die Stadt auf eigene Faust.

In Teheran hatte sie sich angewöhnt, mit gesenktem Blick durch die Straßen zu eilen und nur noch schneller zu werden, sobald sie jemand ansprach. Jetzt streunte sie stundenlang allein durch die Stadt, lächelte und grüßte piepsig und fühlte sich durch die Tatsache, dass kaum jemand mehr als »Guten Tag« zu ihr sagte, nur noch freier.

Anfangs hatte Lili auf ihren Spaziergängen kein bestimmtes Ziel vor Augen, was sich allerdings bald änderte. Von dem ersten Geld, das ihr Sohrab monatlich schickte, kaufte sie sich einen roten Lippenstift, ein Paar weiße, perlenbestickte Handschuhe, eine Tüte Pfirsiche, Geranien für ihren Balkon und einen Pagenhut, den sie am liebsten schief auf dem Kopf trug. Den Rest, etwa die Hälfte des Geldes, das ihr zur Verfügung stand, schickte sie in diesem wie in allen folgenden Monaten für Kobra nach Teheran zurück.

Diese Zuwendungen hatte Kobra auch bitter nötig, weil sich ihre Lebensumstände nach Lilis Abreise drastisch verschlechtert hatten.

Nach zwanzig Jahren Ehe, unterbrochen von zahllosen Trennungen, zwei Scheidungen und einigen Beinahescheidungen, hatte Kobra Sohrabs Haus schließlich für immer verlassen. Den folgenschweren Schritt hatte sie zwar nicht offiziell vollzogen, dennoch zweifelte Kobra nicht an seiner Endgültigkeit. Nachdem Nader und Lili in Europa waren, würden Khanoom und Sohrabs Schwestern sie bestimmt nicht wieder in sein Haus oder in ihr Haus an der Avenue Moniriyeh zurückholen. Und nachdem Sohrab noch immer seiner *jinn* mit den blauen Augen verfallen war, war nun in seinem Haus beim besten Willen kein sicheres Plätzchen mehr für sie zu finden.

Die ersten paar Wochen verbrachte sie im Haus ihrer Mutter. Pargol war schon längst an das ständige Kommen und Gehen ihrer Tochter gewöhnt und hielt immer ein Gästezimmer für sie bereit, doch diesmal fühlte sich Kobra dort alles andere als willkommen. Seit einiger Zeit hatte Pargol einen Großteil ihrer täglichen Hausarbeit an eine Schwiegertochter abtreten können. Ein paar Tage lang fühlte sich Kobra recht wohl bei ihrer Mutter, als sich aber herausstellte, dass sie für immer bleiben wollte, bekam Kobra beim Essen plötzlich sichtlich weniger Fleisch – und behandelte ihre Schwägerin im Gegenzug entsprechend kühl. Der Streit nahm beinahe gewalttätige Züge an, als Kobra entdeckte, dass jemand eines ihrer besten Kleider mit einer Schere zerfetzt hatte. Die Schwägerin schwor zwar Stein und Bein, dass sie unschuldig war, Kobra hielt sie aber trotzdem für die Übeltäterin.

Beleidigt suchte sie sich in der Zahirodolleh Alley, in einem heruntergekommenen Stadtviertel, eine eigene Wohnung. Der Vermieter war alles andere als begeistert, an eine alleinstehende Frau zu vermieten. »Das gibt doch nur Ärger«, sagte er immer wieder und schüttelte den Kopf. Am Ende konnte er dann aber doch nicht den Geldscheinen widerstehen, die sie ihm in die Hand drückte. Um sich ihren Lebensunterhalt zu verdienen, nähte Kobra hin und wieder für Frauen aus der Nachbarschaft, aber immer nur so viel wie unbedingt nötig. Sie ernährte sich ausschließlich von Milch und Fladenbrot und vergaß oft, überhaupt etwas zu essen. Anscheinend litt sie so schwer unter dem Verlust ihrer Familie, dass sie nicht einmal mehr ihrer Lieblingsbeschäftigung der vergangenen Jahre, ihrer Leidenschaft für Grunderwerb, frönte.

In ihrem neuen Heim empfing Kobra nur einen einzigen Besucher, und zwar ihren ehemaligen Schwiegersohn Kazem. Als der erfahren hatte, dass Lili ins Ausland geschickt worden war, machte er schleunigst Kobras neue Adresse ausfindig. Von der Höflichkeit, mit der er ihr in Sohrabs Haus begegnet war, war nichts mehr übrig. Als sie sich beim ersten Mal weigerte, Kazem die Tür zu öffnen, randalierte er dermaßen, dass der Hausbesitzer Kobra kündigen und die Miete als Entschädigung für die massive Störung einbehalten wollte. Danach konnte sie Kazem unmöglich noch einmal wegschicken.

Sobald sie ihn an der Tür hörte – Kazem klopfte immer dreimal kurz und laut –, sprang Kobra auf. Kaum in der Wohnung drängte er sich an ihr vorbei und durchsuchte die drei kleinen Zimmer. Wenn er alle Schubladen und Schränke durchwühlt und ihren Inhalt auf dem Boden verstreut hatte, packte er sie am Hals oder am Handgelenk, bohrte seinen Absatz in Kobras nackte Füße und wollte von ihr wissen, wohin Lili gegangen war und mit wem.

»Ich habe nicht die leiseste Ahnung«, sagte Kobra immer, ängstlich darauf bedacht, leise zu reden und eine teilnahmslose Miene aufzusetzen. »Ich weiß es wirklich nicht.«

»Hoffentlich verreckt sie bald – und du auch, du alte Hexe!«

Wenn es überstanden war, zitterte sie immer am ganzen Körper und verbrannte sofort gegen die Verwünschung Wilde Raute im Ofen. Doch wie sehr sie Kazems Besuche auch aufregten und ängstigten, nie erwähnte sie sie in einem ihrer Briefe an Lili. »Ich kann mich nicht beklagen, außer dass du nicht da bist«, mussten Kobras Nichten Lili schreiben. »Sara wächst und gedeiht in der Obhut ihrer Großmutter«, berichtete sie stets, und Lili hatte keinen Grund, an der Glaubwürdigkeit von Kobras Behauptungen zu zweifeln.

Als Kazem ihr wieder einmal einen Besuch abgestattet hatte und sie völlig verzweifelt war, wandte sich Kobra mit erhobenen Händen an den Himmel und flehte um Hilfe. Sie schilderte ihren Fall so einfach wie möglich: Wegen der *jinn* mit den blauen Augen hatte sie keinen Mann und kein Zuhause mehr. Eines ihrer Kinder, ihr jüngstes, ihr Baby, war tot. Und nun hatte man ihr auch noch die anderen beiden Kinder weggenommen. Die Qualen, die sie wegen Kazem ausstand, wollte sie gar nicht erst erwähnen. »Bilde Dir selbst ein Urteil«, schloss sie ihren Bericht. Dann senkte sie den Blick, faltete die Hände wieder im Schoß und wartete auf die Antwort.

Als Nader einige Monate vor Lili nach Deutschland gekommen war, mietete er sich im Haus einer Witwe mit vier Töchtern ein Zimmer. Alle vier waren jung und sehr hübsch, mit langen flachsblonden Locken und leuchtend blauen Augen. Am schönsten aber war Margarethe mit ihrem verkümmerten Arm. »Sie hat einen Geburtsfehler«, flüsterte Nader Lili ins Ohr, ehe er sie der Familie vorstellte.

Die anderen drei Töchter gingen jeden Morgen zur Arbeit in die Stadt, erzählte er Lili. Margarethe und ihre Mutter Isolde arbeiteten zu Hause in der winzigen Küche. Isolde buk Obstkuchen, die sie an Restaurants und Pensionen verkaufte, Margarethe nähte Tischdecken, Geschirrtücher und Schürzen. Als Lili Margarethe zum ersten Mal sah, hielt sie gerade einen gelb-weiß karierten Stoff mit den Zehen fest und säumte ihn mit ihrer gesunden Hand. Für Lili wurde sie zum Inbegriff für Fleiß und Optimismus, und während der Monate ihrer Freundschaft erlebte sie sie kaum einmal anders.

Außerdem war Margarethe auch sehr aufmerksam. Kaum hatte Lili sie mit ihrem freundlichen, aber fehlerhaft ausgesprochenen »Guten Tag« begrüßt, da bot sie auch schon an, Lili gegen eine geringe Gebühr Nachhilfe in Deutsch zu geben. Von da an ging Lili dreimal in der Woche nachmittags von ihrem Zimmer in der Stadt durch ein riesengroßes Weizenfeld, über dem die Insekten summten, zum Deutschunterricht in das einfache Häuschen. Lili musste jeden Abend zwanzig Wörter aus dem Wörterbuch lernen, und Margarethe neckte sie dann wegen ihrer Bemühungen, diese richtig auszusprechen. Während des Unterrichts wurde das Haus vom Duft von Äpfeln und Pflaumen, Zimt und Vanille erfüllt und lenkte sie vom Lernen ab. Wenn die Mädchen Glück hatten, gab es einen leicht angebrannten Kuchen für sie, den Isolde nicht verkaufen konnte.

Abends saß Lili in ihrem Zimmer über ihren neuen

Deutschlehrbüchern, bis ihr der Kopf vor lauter »der« und »die« und »das« dröhnte. Dann flüchtete sie sich auf ihren kleinen Balkon und sah den Leuten unten auf der Straße zu. Samstag- und Sonntagabend ging sie mit ihrem Bruder aus, bewunderte ihn, wie er mit seinen vielen neuen Freunden Hof hielt, und träumte von all den schönen Dingen, die ihr bevorstanden.

Für ein junges Mädchen aus dem Ausland gab es in Tübingen kaum Arbeit, aber mit Sohrabs Hilfe hatte Nader in einem von katholischen Nonnen geführten Krankenhaus für Waisenkinder eine Stelle als Pflegerin ausfindig gemacht. Wenn sie sich geschickt anstellte, bekam sie später vielleicht einen Platz an der medizinischen Fakultät. Dann könnte sie Ärztin werden! Der Gedanke faszinierte sie, und bald darauf gehörte sie zu den vielen mageren, dunkelhäutigen Immigrantenmädchen aus Griechenland, der Türkei oder dem damaligen Jugoslawien, die nach dem Zweiten Weltkrieg nach Deutschland gekommen waren. Sie konnten sich kaum untereinander verständigen, und ihre Arbeit ließ ihnen wenig Gelegenheit, über die Lebensumstände der anderen oder auch nur die eigenen nachzudenken.

Jeden Tag versammelten sie sich im Morgengrauen vor der Klinik und warteten, bis Schwester Maria in ihrem wogenden, weißen Gewand und mit ihrer riesigen Haube auftauchte. Alle Mädchen mussten solche Hauben tragen – für Lili bedeuteten sie eine Qual. Es kam ihr so vor, als wäre die Haube verknittert und schmutzig, kaum dass sie sie aufgesetzt hatte. Außerdem wollte es ihr einfach nicht gelingen, den Kopf so ruhig zu halten, dass sie die schreckliche Kopfbedeckung ausbalancieren konnte, weshalb sie sie immer mit einer Hand festhalten musste, wenn sie mit Windeln und Fläschchen in der anderen durch die Gänge eilte. Am schlimmsten aber war, dass ihre Haube zweimal in der Woche auseinandergenommen, gewaschen, gebleicht, gestärkt und gebügelt und ihr schließlich zurückgegeben wurde, damit sie sie eigenhändig wieder zusammensetzen sollte. Als sie ein halbes Dutzend frische Hauben ruiniert hatte, bemerkte Schwester Maria kühl, dass man sie entlassen würde, sollte es ihr nicht endlich gelingen, ihre Haube anständig zusammenzustecken. Die Drohung jagte ihr einen solchen Schrecken ein, dass sie es dann doch irgendwie lernte.

Das Krankenhaus war für Waisenkinder, vom Neugeborenen bis hin zum Kleinkind, die zu krank waren für ein normales Waisenhaus. Die Kinder wurden mit Mumps oder Masern eingeliefert, mit Keuchhusten, Gürtelrose, gebrochenen Gliedmaßen oder allen Arten von fiebrigen Erkrankungen und Magen-Darm-Beschwerden. Manche wurden schnell wieder gesund, andere mussten sehr lange, wenn nicht sogar für immer im Krankenhaus bleiben.

Die Nonnen rieten den Mädchen, keine emotionale Beziehung zu einzelnen Kindern einzugehen, aber Lili hatte bald einen Liebling unter den etwa drei Dutzend Waisenkindern, einen kleinen blonden Jungen namens Franz. Er war mit einer angeborenen Lungenkrankheit zur Welt gekommen und hing permanent an einer lauten Beatmungsmaschine. Wenn sie an seinem Bett vorbeikam, brach es ihr jedes Mal fast das Herz. Fühlte sie sich unbeobachtet, beugte sie sich manchmal über ihn und sang ihm leise iranische Kinderlieder vor, mit dem Ergebnis, dass er sich sein Fläschchen bald nur noch von ihr geben ließ und Lili stolz auf ihre mütterlichen Fähigkeiten war, mit denen sie eines Tages wieder ihr eigenes Kind überschütten wollte.

Ihre enge Bindung blieb unbemerkt, nicht zuletzt weil der Rest der Belegschaft vollauf mit der Liebesgeschichte zu einem sieben Monate alten, dunkelhäutigen Baby beschäftigt war – angeblich der ausgesetzte Sprössling einer jungen Deutschen aus dem Ort und eines amerikanischen Soldaten. Das Baby war eines Tages mit pflaumenblauen Flecken im Gesicht und auf dem ganzen Körper in der Klinik abgegeben worden. Der Junge bekam den Namen Kenia und wurde wie ein königlicher Gast behandelt. Ständig war seine Wiege von einer Schar Nonnen, Schwestern, Ärzten, Pflegern, Sekretärinnen und Hausmeistern umringt, die sich gegenseitig mit guten Ratschlägen zu seiner Genesung überboten. Kenia blieb einige Wochen im Krankenhaus und wurde verwöhnt und umsorgt, bis die Flecken eines Tages verschwanden und einer der Ärzte ihn zu sich nahm.

Lili lernte, wie man kleine Kinder badete und wickelte, und machte das bald sehr geschickt und schnell. Zweimal am Tag fuhr sie die Kinder auf den Balkon, damit sie ein Nickerchen an der frischen Luft machen konnten. Ein regnerischer Sommer verabschiedete sich, es wurde Herbst und allmählich Winter, doch selbst wenn heftige Schneestürme tobten, musste sie die Babys zum Schlafen auf den Balkon bringen. Während sie da stand und auf die Kleinen in ihren Bettchen aufpasste, zitterte Lili vor Kälte und wickelte sich immer fester in ihre Jacke. Innerhalb weniger Minuten wurden die kleinen Gesichter knallrosa oder sogar dunkelrot, aber wenn sie Bedenken äußerte, versicherten ihr die Nonnen stets, die veränderte Gesichtsfarbe der Kinder sei lediglich Folge der durch und durch gesunden reinen Schwarzwaldluft.

An einem Nachmittag Ende Oktober schob die Vermieterin einen Brief unter Lilis Zimmertür durch. Lili hatte es eilig und war noch nicht fertig angezogen, weshalb sie den Umschlag erst nicht beachtete. Ehe sie etwas später aus dem

Zimmer ging, hob sie ihn auf und stellte erstaunt fest, dass es ihr letzter Brief an ihren Vater war. Sie drehte ihn um. Auf der Rückseite befand sich ein unleserlicher Stempel in persischer Schrift, den sie mühsam entzifferte. »Brief konnte nicht zugestellt werden.« Merkwürdig, dachte sie, studierte die Adresse noch einmal – sie stimmte mit dem Eintrag in ihrem kleinen braunen Adressbuch überein – und legte den Brief auf ihren Schreibtisch.

Am nächsten Morgen passte Nader sie vor dem Krankenhaus ab, was sehr ungewöhnlich war. Er war blass und machte ein sehr ernstes Gesicht. Außerdem trug er anstelle seiner üblichen bunten Krawatten ein schmales schwarzes Halstuch.

»Was ist denn das?«, fragte Lili, griff nach dem Ende des Halstuchs und wedelte damit vor Naders Gesicht herum.

Er riss es ihr aus der Hand und sagte: »Das ist der letzte Schrei, Eselchen.« Eselchen war sein Kosename für sie, aber diesmal lächelte er nicht, als er sie so nannte. Er räusperte sich. »Ich muss eine Weile zurück in den Iran«, sagte er.

»Du musst zurück?«

Er nickte nur.

»Für wie lange denn?«

»Zwei, drei Monate.«

»Was? So lange! Was wird denn dann aus deinem Studium?«

Nader wollte sich jedoch nicht weiter dazu äußern, aber als sie abends in ihr Zimmer kam, fand sie eine Nachricht von ihm unter ihrer Tür.

Vater ist bei einem Verkehrsunfall ums Leben gekommen. Ich fahre am Sonntag nach Hause.

Lili las die Nachricht dreimal, siebenmal, zehnmal. Das kann nicht sein, es ist vollkommen unmöglich, ich glaube es nicht, dachte sie. *Er kann doch nicht tot sein.* Plötzlich begannen ihre Hände zu zittern, und ein furchtbarer Schrei entrang sich ihrer Brust. Sie umklammerte die Gitterstäbe ihres Himmelbetts und begann so laut daran zu rütteln, dass die Vermieterin in Morgenrock und Hausschuhen nach oben geeilt kam, um zu sehen, was mit dem iranischen Mädchen los war. Minuten später umringten sie einige der anderen Untermieter und redeten auf sie ein. »Was ist denn? Was ist denn nur los, Mädele? Sind Sie krank?« Eine stützte sie, eine andere strich ihr beruhigend übers Haar, eine dritte brachte ihr ein Glas Wasser. Und obwohl alle rührend um sie bemüht waren, versuchte sie ihnen dennoch verständlich zu machen, dass sie allein sein wollte.

Sie blieb drei Tage in ihrem Zimmer, aß nichts, trank nichts, starrte nur mit leerem Blick vor sich hin. Am Sonntag machte sie sich in aller Frühe auf den Weg zu ihrem Bruder. Sie hatte sich entschieden. Sie wollte mit ihm nach Hause.

Sie würden die beinahe fünftausend Kilometer bis nach Teheran mit dem Auto zurücklegen. Der Weg führte sie an steilen Felsküsten entlang und durch endlose, menschenleere Gebiete. Bald würde der Winter die Straßen unpassierbar machen. Weit mehr ängstigten sie jedoch die vielen Geschichten von Dieben und Mördern, denen Reisende hier schutzlos ausgeliefert waren. Weil aber Sohrab tot war und ihre Ersparnisse zur Neige gingen, konnten sie sich keinen Flug leisten. Außerdem würde Naders Auto in Teheran gutes Geld einbringen.

Sie machten sich so überstürzt auf den Weg, dass Lili keinen Gedanken daran verschwendete, sich in Tübingen ein schlichtes schwarzes Kleid zu kaufen. Stattdessen zog sie sich am Tag ihrer Abreise ein lavendelfarbenes Kostüm an. Den passenden Hut und die Handschuhe und all ihre anderen Kleider und Habseligkeiten ließ sie in ihrem Zimmer in der Pension zurück.

Sie verließen Deutschland Richtung Österreich und fuhren weiter südlich nach Jugoslawien, von dort nach Bulgarien und Griechenland. Während der ganzen Fahrt sah sie in Gedanken ihren Vater vor sich: Den Schnitt seines grauen Nadelstreifenanzugs, seine eleganten Handbewegungen beim Rauchen, die amerikanische Schokolade, die er immer für sie in der Tasche hatte, als sie noch klein war.

»Warum denn?«, fragte sie ihren Bruder immer wieder. Und: »Wie ist er gestorben?«

»Ich weiß es nicht«, antwortete er nur mit einem traurigen Kopfschütteln. »Sie haben es mir nicht gesagt.« Irgendwann gab er gar keine Antwort mehr und starrte nur noch stumm auf die Straße.

Sie schliefen im Auto, Nader hinter dem Steuer, Lili zusammengerollt auf der Rückbank. Nacht für Nacht peitschte der Sturm gegen die Fenster und rüttelte an dem kleinen Wagen am Straßenrand. Zum Schlafen zogen sie sich alles an, was sie dabei hatten – Pullover und Jacken, Stiefel und Handschuhe, aber die Kälte drang durch die Fensterritzen, und sie froren und zitterten, bis es hell wurde. Deshalb schliefen sie bald nur noch ein paar Stunden am Tag und fuhren die ganze Nacht durch. Wenn Naders Lider schwer wurden, zupfte Lili ihn am Ärmel und schrie ihn an, damit er nicht einschlief. Wenn er sich verfahren hatte, kletterte sie aus dem Auto und las die Wegweiser. Oft fand sie nicht mehr als den Namen eines Dorfs, den jemand mit Kreide auf ein Stück Holz gekritzelt und den der Regen längst verwischt hatte.

Rund dreihundert Kilometer vor Istanbul entdeckte Nader ein kleines Kaffeehaus auf einem Hügel. Er parkte, Lili blieb im Auto, während er schnell einen starken Kaffee trinken und etwas Brot und Käse kaufen ging. Als Lili ihre Sitzposition veränderte, stieß sie mit der Hüfte an den Schaltknüppel und legte so den Rückwärtsgang ein. Das Auto setzte sich in Bewegung. Weil sie noch nie selbst gefahren war, fiel ihr vor lauter Angst nichts Besseres ein, als den Kopf aus dem Fenster zu strecken und zu schreien. Der Wagen rollte weiter bergab und kam immer mehr auf die falsche Straßenseite, aber Nader gelang es irgendwie, ihn einzuholen und im letzten Moment die Bremse zu ziehen, ehe er samt Lili von der Straße in einen Abgrund gestürzt wäre.

»*Khareh*!«, schrie er, packte sie an den Schultern und schüttelte sie, »du hättest sterben können, mein Eselchen! Beinahe wärst du gestorben wie …« Doch den Rest verschluckte er.

»Ich wusste einfach nicht, was ich tun sollte«, wimmerte sie. »Ich war wie gelähmt.«

Schließlich erreichten sie die Grenze zwischen der Türkei und dem Iran.

Seit Jahrhunderten hielten Iraner an dieser Stelle inne. Es hieß, der Himmel über dem Iran leuchte blauer als der über der Türkei, der Boden wäre fruchtbarer, Gras und Bäume wären von saftigerem Grün. In Ehrfurcht und Freude knieten sich iranische Reisende zur Begrüßung auf den Boden neben der Straße und küssten die Heimaterde. Sie waren zu Hause. Aber Nader und Lili hielten nicht an, sie wurden nicht einmal langsamer, sondern fuhren mit Vollgas Richtung Hauptstadt. Durch Täbris, durch Zandschan, durch Ghazvin. Als nach elf Tagen Fahrt endlich das verschneite Teheran in der Wintersonne funkelnd vor ihnen auftauchte, wandte sich Lili an Nader.

»Willst du erst zum Grab oder in die Avenue Moniriyeh?«, fragte sie leise.

»Wir fahren zu Khanooms Haus«, antwortete ihr Bruder, und es waren seine ersten Worte seit vielen Tagen.

»Gott steh mir bei!«, rief Khanoom bei Lilis Anblick entsetzt.

Es war keine drei Monate her, dass Lili ihre Großmutter zuletzt gesehen hatte, aber in der kurzen Zeit war Khanoom eine alte Frau geworden. Als Sohrab starb, hatte sie sich ans Herz gegriffen und vor Schmerz verkrümmt, und diese Haltung blieb ihr bis zu dem Tag, an dem sie selbst begraben wurde.

Aber aus Khanooms Sicht hatte sich auch Lili sehr verändert.

»Gott steh mir bei!«, jammerte sie.

Es dauerte eine Weile, bis Lili begriff. Ihr Kostüm war gerade mal knielang, und die Farbe musste eine Beleidigung für Khanooms Augen sein. Schließlich waren sie in Trauer.

Lili tauschte ihr lavendelfarbenes Kostüm gegen ein einfaches schwarzes Hauskleid von einer ihrer Tanten, das ihr wie ein Sack bis zu den Knöcheln reichte und das sie viele Wochen tragen sollte. Sie wusch sich gründlich, knotete ihr Haar ordentlich im Nacken und bedeckte ihren Kopf mit einem schwarzen Musselinschleier. Trotzdem machten die Frauen große Augen und tuschelten bei ihrem Anblick, und die Männer musterten sie auf eine Art, die nicht besorgt, ja, nicht einmal neugierig war.

Jetzt erst verstand Lili, wie sehr sie ihr Vater vor diesen Blicken, diesem Getuschel geschützt hatte. Man hielt sie für verdorben, und das würde immer so bleiben. Außerdem erkannte sie, dass es jetzt keinen mehr gab, der sie beschützte, weshalb Lili trotz ihrer Verwirrung und ihrer schrecklichen Trauer die verächtlichen Blicke erhobenen Hauptes ignorierte und sich daranmachte, die Geschichte vom Tod ihres Vaters herauszufinden.

»Lass mich hier aussteigen«, hatte Sohrab zu seinem Fahrer gesagt, als sie in eine Straße bogen, die direkt zu Khanooms Haus führte. »Den Rest gehe ich zu Fuß.«

Er hatte sich keine drei Schritte von seinem Auto entfernt – einem kirschroten Cadillac mit cremeweißen Ledersitzen –, als er von einem Lincoln Town Car, der viel zu schnell in die Avenue Moniriyeh bog, erfasst und durch die Luft geschleudert wurde. Sohrab prallte mit dem Kopf auf den Gehsteig. Als der Autofahrer noch auszuweichen und zu bremsen versuchte, hatten seine Reifen so laut gequietscht, dass Khanoom sofort den Ernst der Lage erkannte. »*Madaresh bemeereh*!«, rief sie, »möge seine Mutter sterben, damit ihr der Kummer erspart bleibt«, und schickte den Diener los um nachzusehen, wer da überfahren worden war. Der Diener kehrte wenig später außer Atem zurück. »Es ist Sohrab Khan! Sohrab Khan ist tot!«

Da lebte er allerdings noch. Sohrab hatte sich nicht einmal von dem Diener helfen lassen wollen, sondern sich aufgerappelt, seine Hosenbeine abgeklopft und die Krawatte gerade gerückt. Aber als er kurz vor dem Haus seiner Mutter war, erschienen zwei Polizisten und nahmen ihn mit.

Die nächsten Stunden verbrachte Sohrab auf Teherans Polizeihauptwache. Der Mann, der ihn überfahren hatte, war ein *farangi*, ein Ausländer. Die Neuigkeit breitete sich wie ein Lauffeuer auf der Wache aus; jeder Polizist, der im Dienst war, hatte sich mit der Sache zu befassen. »Für solche Fälle haben wir ganz genaue Anweisungen, das muss protokolliert werden, alles Routine«, wurde Sohrab erklärt. Nach einer dreistündigen Vernehmung brachte man den fluchenden Sohrab endlich in das größte öffentliche Krankenhaus der Stadt, wo er im Laufe der Nacht auf einem der zahllosen Ersatzbetten, die sich in den Gängen stauten, an einer Gehirnblutung starb. Er war zweiundvierzig Jahre alt, und bei seinem Tod hatte er nicht einmal einen blauen Fleck, der seine schwere Verletzung verraten hätte.

Am Morgen drückte ihm der Leichenwäscher die Augen zu und nahm die rituellen Waschungen vor. Mit der rechten Körperseite beginnend reinigte er den Toten von Kopf bis Fuß, und das dreimal. Dann wurde der Leichnam auf das *kafan* gelegt, das nach Myrrhe duftende weiße Leichentuch, das dann dreimal um den Toten gewunden wurde. Diese Prozedur wiederholte der Leichenwäscher mit einem zweiten Leichentuch und hüllte den Leichnam schließlich noch in einen dünnen Seidenteppich, weil es Winter war und heftig schneite.

Mittags kamen Sohrabs Freunde, hoben seinen Leichnam auf ihre Schultern und trugen ihn durch die Straßen von Teheran zu einem Friedhof im Schatten von Zypressen und Platanen. Seine Leiche wurde neben das offene Grab gelegt, und dann begann die *janazeh*, die Beerdigung. Sohrabs Cousins und Onkel staunten nicht schlecht über die nahezu hundert feinen Herren mit ihren Kaschmirmänteln und Seidenkrawatten, die jetzt wie Frauen klagten. »*La elah ella Allah*!«, riefen sie laut, »Allah ist der einzige Gott!«, als sie Sohrab in die Erde hinabließen. Sie legten ihn so ins Grab, dass er Richtung Mekka blickte, zu dem einen Einzigen, und als die Gebete gesprochen waren, stellten sie einen Stein über Sohrabs Haupt auf und warfen unter lautstarkem Wehklagen Erde ins Grab.

Die Sonne war längst untergegangen, als sich die Frauen der Familie in einem dunklen Raum auf den Boden setzten, mit dem Oberkörper vor und zurück zu schaukeln begannen, sich an die Brust schlugen und die Handflächen gen Himmel reckten. Ihr Klagelied begann leise und eintönig wie ein Brummen oder Stöhnen und wurde mit der Zeit immer lauter, bis ihre ganze Verzweiflung, ihre Sehnsucht und ihre Wut in dem Trauergesang befreit wurden.

Als alles vorbei war, bezahlten Sohrabs Freunde das gesamte Begräbnis – von dem Stück Boden, in das man ihn gebettet hatte, bis hin zu den Girlanden aus Lilien und Tuberosen, mit denen sein Grab geschmückt worden war.

Kaum jemand aus Sohrabs Familie hatte vor seiner Beerdigung geahnt, wie viele Freunde er hatte; allerdings kam es vielen so vor, als würden seine Freunde einen vollkommen anderen Menschen betrauern. Beinahe genauso erstaunlich wie das Begräbnis selbst war die Tatsache, dass Sohrabs zwei Witwen in den folgenden sieben Tagen der Trauer notgedrungen miteinander auskommen mussten. Nachdem sie sich fast zwanzig Jahre lang bewusst aus dem Weg gegangen waren, verbrachten Kobra und Simin nun jeden einzelnen dieser sieben Tage von Sonnenaufgang bis Sonnenuntergang zusammen in seinem Haus. Die meisten Familienmitglieder richteten sich auf eine lautstarke Auseinandersetzung ein, aber Kobra und Simin brachten es fertig, die Trauer untereinander zu teilen, ohne ein Wort oder auch nur einen Blick zu wechseln. Betrat die eine den Raum, ging die andere. Hörte die eine auf zu weinen, begann die andere damit.

Doch auch nach der siebentägigen Trauer hatte der Clan nicht herausfinden können, ob Sohrab und Simin überhaupt, wenn auch vielleicht nur vorübergehend, geheiratet hatten. Niemand wagte es, Simin direkt danach zu fragen, und Simin schwieg zu diesem Thema genauso hartnäckig, wie Sohrab es getan hatte.

Dennoch behandelte Sohrabs Familie Simin, als wäre sie die richtige Witwe, und um ihnen das Gegenteil zu beweisen, rührte Kobra nichts anderes als Hühnerbrühe an.

Im Iran sagt man, ob jemand aufrichtig um einen Verstorbenen trauert, erkennt man daran, dass er während der Trauerwoche nicht fähig ist, eine richtige Mahlzeit zu sich zu nehmen. Damit niemand vor Hunger in Ohnmacht fiel, köchelte immer ein großer Topf mit safrangelber Hühnerbrühe auf dem Herd. Während Tag für Tag die Trauergäste ins Haus strömten, war es stets Simin, der eine Tasse der nahrhaften Brühe gereicht wurde, und nicht Kobra. Simin wurde angefleht, davon zu trinken, damit sie bei Kräften blieb.

Letzten Endes forderte Simin Sohrabs Besitz nicht als seine Witwe, sondern als seine Gläubigerin. Am achten Tag nach seinem Tod erschien sie nämlich in der Avenue Moniriyeh, um Khanoom einen Stapel Quittungen zu präsentieren. Die ersten Beträge hatte sie ihm rund zwanzig Jahre zuvor geliehen, und die Schrift auf den Schuldscheinen war so verblasst, dass man die Summen kaum noch lesen konnte. Alles in allem waren es jedenfalls einige Hunderttausend *toman*, die Sohrab ihr schuldete.

Nachdem es nichts anderes gab, womit man Simins Forderungen hätte begleichen können, wurde Sohrabs Haus leer geräumt. Die Seidenteppiche, die in allen Zimmern in mehreren Schichten übereinanderlagen, Unmengen von Goldmünzen, antike chinesische Vasen, Kommoden mit Marmorplatten – noch am selben Abend schickte Simin nicht weniger als acht Männer, die alles mitnahmen, was nicht niet- und nagelfest war. Übrig blieben nur ein einziger kaputter Stuhl und ein halbleerer Sack Reis in einem Küchenschrank.

»Mit unbezahlten Schulden findet man keine Ruhe im Jenseits«, zitierte Khanoom ein altbekanntes Sprichwort, und da wollte niemand widersprechen.

Die Geschichte konnte allerdings erst zu einem richtigen Ende gebracht werden, nachdem Lili und Nader in den Iran zurückgekehrt waren.

Kaum hatten die Geschwister eine Handvoll Erde auf Sohrabs Grab geworfen und sich damit die Augenlider wie mit Kajal gefärbt, wurden sie in die amerikanische Botschaft einbestellt. Der Mann, der Sohrab angefahren hatte, war einer von damals Dutzenden amerikanischer Regierungsattachés im Iran gewesen und vermutlich kurz nach Sohrabs Tod außer Landes gebracht worden. Die iranischen Gesetze gewährten Ausländern damals bereits Immunität gegen gerichtliche Verfolgung durch die Regierung, aber Lili und Nader waren in ihre Heimat zurückgerufen worden, weil sie zusätzlich ein Dokument unterzeichnen sollten, mit dem sie auf sämtliche privaten Ansprüche gegen den amerikanischen Gesandten verzichteten.

Man gab ihnen zu verstehen, dass es nur zu ihrem Besten wäre, wenn sie unterschrieben.

Eine Woche später wurde ein Briefumschlag mit dem goldenen Stempel der US-Regierung in Khanooms Haus abgegeben. Er enthielt einen auf Englisch verfassten Brief an Nader und Lili. Nader übersetzte ihn für die Familie. Aus Respekt vor den Landessitten habe man siebentausend *toman*, also etwa tausend amerikanische Dollar, als Entschädigung für den tödlichen Unfall ihres Verwandten bereitgestellt. Sie hätten jeden einzelnen *toman* dringend gebraucht, wollten aber kein Geld annehmen. Weitere Abschriften des Briefs aus der amerikanischen Botschaft trafen in der Avenue Moniriyeh ein, immer mit dem goldenen Stempel, und irgendwann war dem englischen Original sogar eine persische Übersetzung beigefügt worden, aber der Scheck wurde nicht eingelöst, bis schließlich auch Sohrabs Blutgeld in Simins Besitz überging.

6. Kapitel

Zahirodolleh Alley

»Ohne Vater war ich ein Niemand«, fuhr Lili fort. *»Und was hätte ich da für meine Tochter tun können? Was hätte sie sich je von mir erhoffen können?«* Sie machte eine Pause. *»Sohrabs Tod hatte uns alle zu Waisen gemacht, und irgendwie musste ich einen Weg finden, wie ich für uns alle sorgen konnte.«*

Es stand außer Frage, dass Nader nach Europa zurückkehren musste, um dort sein Studium abzuschließen, und dass Lili jetzt für seinen Unterhalt verantwortlich war. Kobra und Lili verabschiedeten ihn unter Tränen und machten sich an eine Bestandsaufnahme. Nader hatte sein Auto verkauft und mit dem Erlös das Rückflugticket nach Deutschland bezahlt. Danach blieben ihm noch ein paar hundert Mark für Studiengebühren und etwa einen Monat Unterkunft und Verpflegung. Nach ihrer Berechnung würde Naders Geld drei, höchstens vier Wochen reichen. Das hieß, dass nicht nur Kobra deutlich mehr Nähaufträge annehmen, sondern auch Lili Arbeit finden musste, und zwar auf der Stelle.

Lili zog in Kobras Dreizimmerwohnung in der Zahirodolleh Alley. Der kleine *hoz* im Hof hatte Sprünge und war voll Laub und Spinnweben, aber die beiden Frauen kümmerten sich nicht darum. Sie hatten keine Teppiche und nur wenige Möbel, und die Trennwand zwischen Wohn- und Schlafzimmer war so dünn, dass Lili hören konnte, wie Kobra morgens ihr Frühstück kaute – eine Handvoll Walnüsse. Mittags gab es jeden Tag eine Schüssel Joghurt, der mit Wasser verlängert war, und dazu ein paar Gurkenwürfelchen, Rosinen und ein Stückchen altes Brot. Das Abendessen bestand aus einer Suppe mit winzigen Fleischbällchen und einer einzigen Kartoffel, einem Topf Reis mit Kreuzkümmel oder manchmal auch *yatimcheh*, kleinen Auberginen mit dem treffenden Spitznamen »kleine Waisenkinder«, die Kobra mit Kurkuma und ein paar Zwiebelscheiben kochte.

Weil sie keinen Kühlschrank besaßen und Lili abends oft viel zu müde zum Essen von der Arbeit nach Hause kam, brachte Kobra einen Teller mit den Resten des Abendessens auf einem großen, tiefen Tablett in den Keller, damit Lili sie zum Frühstück essen konnte. Zum Schutz vor Tausendfüßlern, Kellerasseln, Käfern und Kakerlaken füllte sie das Tablett mit Wasser und stellte den Teller in die Mitte. Diese Methode funktionierte so lange, bis Kobra eine herrenlose Katze aufnahm, eine rothaarige Schönheit mit graugrünen Augen. Der kleine Teich, in dem jede Nacht Unmengen von Insekten ertranken, stellte für die hungrige, mutige Katze kein Hindernis dar. Immer wieder musste Kobra feststellen, dass das Tablett umgeworfen und der Teller fein säuberlich leer geschleckt war, während Lili vor Hunger Magenkrämpfe hatte. Kobra stieß wüste Verwünschungen aus, jagte die Katze durch die gesamte Wohnung, steckte sie in einen Sack und setzte sie am anderen Ende der Stadt aus.

Es dauerte jedes Mal höchstens eine Woche, bis die Katze laut miauend vor ihrer Tür saß, und jedes Mal hielt Kobra ihre Rückkehr für ein Wunder, überhäufte sie mit Küssen und kramte in ihren Schränken nach einem kleinen Leckerbissen, mit dem sie den Hunger der Katze und ihr eigenes schlechtes Gewissen besänftigen wollte. Und so ging es weiter, bis die nächsten Teller morgens leer geschleckt auf dem Boden lagen, Kobra den alten Sack hervorholte und alles wieder von vorne anfing.

Khanoom war ein unendlich großzügiger Mensch und lieh Lili trotz ihrer eigenen Armut hundert *toman*. Das Geld brauchte sie für einen Schreibmaschinenkurs in der Stadtmitte. Morgens fuhr sie mit dem Bus, nachmittags ging sie zu Fuß nach Hause, um zu sparen. Als sie einmal auf dem Weg zum Unterricht war, sprach sie auf dem Naderi-Platz ein Mann mit dunkler Sonnenbrille und Nadelstreifenanzug an und fragte sie, ob sie Filmschauspielerin werden wolle. Sie würden gerade einen neuen Film über Kurdistan drehen und bräuchten ein Mädchen, das reiten kann. Er meinte, sie wäre genau der richtige Typ für die Rolle: groß, schlank und dunkelhaarig. Ob er ihr seine Visitenkarte geben dürfte, damit sie ihn am nächsten Morgen in seinem Büro anrufen konnte?

Lili konnte ihr Glück kaum fassen. Sie flog förmlich nach Hause, die Karte des Regisseurs fest umklammert, und sah sich schon in kurdischer Tracht und mit wehendem Haar über die Prärie galoppieren. Aber Khanoom wäre bei der bloßen Vorstellung, Lili könnte diesen Mann tatsächlich anrufen, beinahe in Ohnmacht gefallen. »Weißt du nicht, was die mit Mädchen machen, die Schauspielerin werden wollen?«, keuchte sie entsetzt. »Weißt du nicht, was der Mann in Wirklichkeit von dir will, du dummes Ding?« Sie brachte es nicht über sich, die Ungeheuerlichkeit auszusprechen, aber Lili verstand sie auch so sehr gut. Am nächsten Tag ging sie wie gewohnt zu ihrem Schreibmaschinenunterricht, bewahrte die Karte des Filmregisseurs aber zur Erinnerung an das Abenteuer auf.

Als Lili nach wochenlangem Suchen und zahlreichen Vorstellungsgesprächen einsehen musste, dass sie bestenfalls Arbeit als Dienstmädchen finden konnte, wurde sie zum Opfer einer Reihe überaus wohlgemeinter, aber durch und durch ärgerlicher Versuche ihrer Familie, einen Mann für sie zu finden. Lili war neunzehn und deshalb kurz davor, eine *torshidegi* oder alte Jungfer zu werden, und da sie außerdem eine geschiedene Frau war, eine »berührte« und noch dazu eine mit Kind, konnten ihre Aussichten auf einen Mann, der sie heiraten wollte, gar nicht schlechter sein. Da Lili und Kobra aber mittlerweile von der Hand in den Mund lebten, ließen sich Lilis Tanten und Cousinen nicht von ihrem Plan abbringen, weil sie nicht noch am Ende selbst die Verantwortung für die beiden und Nader übernehmen wollten.

Lilis sogenannte Verehrer waren meist Witwer und Jahrzehnte älter als sie. Des Lesens und Schreibens unkundige Händler, Krüppel, ja sogar Christen wurden ihr als potentielle Ehemänner vorgestellt – aber immer ohne Erfolg.

»Ich würde nicht einmal den Schah heiraten, wenn er um meine Hand anhielte«, erklärte sie ihrer Familie ein ums andere Mal.

»Was bildet die sich nur ein!«, höhnten die selbsternannten Heiratsvermittler. »So ein undankbares Geschöpf!«, schimpften sie, schnalzten mit den Zungen und schüttelten den Kopf. Wer gnädiger gestimmt war, hielt sie schlichtweg für verrückt. Auch wenn sie alle wussten, wie mühsam das Leben einer verheirateten Frau im Allgemeinen, und wie besonders schrecklich Lilis Ehe mit Kazem gewesen war, konnten sie dennoch einfach nicht begreifen, wie sich eine Frau dafür entscheiden mochte, unverheiratet zu bleiben. Und je länger ihre Tanten und Cousinen darüber nachdachten, umso mehr gelangten sie zu der Überzeugung, Lili wäre noch nicht von der Besessenheit geheilt, die sie zu ihrem Selbstmordversuch getrieben hatte. Noch schlimmer hätten sie es nur gefunden, wenn sie den wahren Grund für Lilis Verweigerung geahnt hätten, nämlich dass sie bereits Pläne für ihre Rückkehr nach Europa schmiedete.

In der Zwischenzeit stellte Kobra ihre Nähmaschine mitten auf den Esstisch, eine uralte Singer, die sie im *bazaarcheh* aufgestöbert hatte, und erklärte ihr Geschäft für eröffnet. Vereinzelt hatte sie ja schon Näharbeiten angenommen, seit sie vor einigen Monaten in die Wohnung gezogen war, doch nun legte sie erst richtig los. Anfangs kamen die Aufträge nur spärlich, aber sie arbeitete so zuverlässig und schnell, dass sich ihr guter Ruf in kürzester Zeit von ihrem schäbigen Viertel bis zu den grünen Enklaven an der oberen Pahlavi Avenue herumgesprochen hatte. Dort hieß es, eine Frau namens Kobra könne sogar die elegantesten französischen Abendkleider nur nach dem Foto in einer Illustrierten bis ins kleinste Detail nachschneidern.

Jeden Donnerstagmorgen stattete Kobra Herrn Kohan, dem Stoffhändler, dem sie seit ihrer Heirat treu geblieben war, einen Besuch ab. Herr Kohan war im jüdischen Ghetto in Teheran geboren, mit zehn zu seinem Vater in die Lehre gegangen und hatte dessen Geschäft im Basar mit Anfang zwanzig übernommen – ungefähr zu der Zeit, als Kobra zum ersten Mal bei ihm eingekauft hatte. Zwischen den beiden hatten sich längst sehr angenehme Rituale eingespielt. Wenn Kobra im Hinterzimmer seines Ladens Platz nahm, schenkte Herr Kohan ihnen erst einmal eine Tasse Tee ein. Hatten sie die neuesten Nachrichten aus ihren Familien ausgetauscht, erhob sich Herr Kohan und legte Kobra eine Auswahl schöner Stoffe vor. Obwohl er immer noch so tat, als wolle er ernsthaft mit ihr handeln, wusste Herr Kohan genug von ihren jahrzehntelangen großen Problemen und schickte sie immer mit äußerst großzügig bemessenen Stoffen nach Hause, und Kobras Besuche bei ihm endeten stets mit einer Flut von gegenseitigen Glückwünschen.

Überall in Kobras kleiner Wohnung stapelten sich nun Stoffballen, Knopfschachteln und Dosen mit Garnrollen in schwarz oder weiß, aber auch in so ausgefallenen Farben wie aubergine oder senfgelb. In den Wochen vor dem persischen Neujahr, der Hochsaison für alle Schneider, beschäftigte Kobra eine Helferin, meistens ein junges Mädchen vom Land, die für sie Botengänge machen und den Kundinnen Tee servieren musste, wenn sie zur Anprobe kamen. Die Singer ratterte und schnurrte und hatte immer wieder wegen Überhitzung einen Kurzschluss, aber als Kobra sich endlich eine neue Nähmaschine hätte leisten können, hatte sie die Vorzüge der altehrwürdigen Singer so schätzen gelernt, dass sie sich im Traum nicht mehr von ihr hätte trennen wollen. Die Singer blieb also, die Mädchen vom Land kamen und gingen, und Kobras guter Ruf verbreitete sich. Zwar wurde sie von ihrer Arbeit nicht reich, konnte aber damit ihre Tochter und sich ernähren, was unter den Umständen schon erstaunlich genug war.

Teils weil ihre Kundinnen glaubten, sie wäre seit Kurzem Witwe (ein Missverständnis, das Kobra nicht mit der Wahrheit über ihre stürmische Ehe weiter verkomplizieren wollte), aber vor allem weil sie dank Kobra bei ihrer Garderobe ein Vermögen sparten, brachten sie ihr bald viele nette Geschenke mit: einen Korb mit Mandarinen und Granatäpfeln, goldene Spangen und silberne Broschen, echten französischen Lippenstift und amerikanische Puderdosen. Kobra wäre es immer lieber gewesen, sie hätten ihr ihre Dankbarkeit in Form von Bargeld gezeigt, bedankte sich aber für jedes Geschenk mit einem herzlichen Lächeln, verkaufte oder tauschte die Sachen, wenn möglich, und verschenkte den Rest im Laufe des Jahres an Freunde und Verwandte.

Hin und wieder zeigten sich Kobras Kundinnen erkenntlich, indem sie sie zu einer Familienfeier einluden. Nachdem sie bereits an einigen Totenwachen und Hochzeiten teilgenommen hatte und dabei an viele neue Aufträge gekommen war, schlug sie solche Einladungen nur ungern aus. Doch als eine ihrer treuesten Kundinnen, Nasrine Khanoom, ihr anbot, sie zu einem großen Fest auf einem *baq*, einem Landsitz, mitzunehmen, warf Kobra einen Blick auf ihre Tochter, die von Tag zu Tag dünner, blasser und teilnahmsloser wurde, und beschloss, Lili an ihrer Stelle zu schicken.

Zu diesem Anlass »lieh« sich Kobra ein Kleid, das eine Kundin bei ihr in Auftrag gegeben hatte, einen nachtblauen Traum nach einer unscharfen Studioaufnahme von Veronica Lake, und betete zum Himmel, dass die Besitzerin des Kleids nicht auf derselben Party eingeladen war. Dazu trug Lili ihr Haar wie die Schauspielerin offen, mit einer einzigen langen, dunklen Welle vor dem Gesicht. Als Nasrine Khanoom und ihr Mann Lili abholen kamen, schickte Kobra sie unsanft vor die Tür und riet ihr eher unfreundlich, den Abend zu genießen.

Traum aller Iraner war und ist ein Garten. Ineinander verschlungene Weinreben und die schönsten Blüten hatten schon immer die prächtigen Perserteppiche geschmückt, und obwohl die Wurzeln der Paradiesgärten bis in die vorislamische Vergangenheit des Landes zurückreichten, prangten auch nach der Eroberung des Iran durch die Araber im siebten Jahrhundert Gartenmotive auf den Wänden iranischer Schreine, Moscheen und Tempel und den Einbänden und Illustrationen seiner heiligen Schriften – von Muslimen, Christen, Juden, Bahai und Zoroastriern gleichermaßen.

Als es um die Mitte des zwanzigsten Jahrhunderts so schien, als würde das Land auch noch den letzten Rest an Tradition ausmerzen, erinnerten sich die Menschen auf einmal wieder an ihre Paradiesgärten. Alteingesessene *Tehrooni*-Familien unterhielten nach wie vor sogenannte *baqs* auf dem Land und flüchteten regelmäßig in Massen vor der Gluthitze des Teheraner Sommers dorthin. Der *baq*, zu dem Lili an diesem Abend fuhr, lag am Rande des Elburs-Gebirges, über eine Autostunde von Teheran entfernt und weiter nördlich, als sie je gekommen war. Aus den umliegenden Obsthainen duftete es köstlich nach Pistazien- und Orangenblüten, und der Mond war in der Nacht so rund wie ein Eigelb und von derselben Farbe. Erstaunt stellte sie fest, dass der Garten weder durch Mauern noch durch Zäune von der Wildnis dahinter getrennt war.

Der *baq* war ohne Zweifel wunderschön, und Lili spürte fast widerwillig, wie sich ihre Stimmung hob. Doch auch hier blieb sie nicht vor den Fragen verschont, mit denen man sie in der Stadt malträtierte: »Sind Sie mit Ihrer Familie hier?« »Sind Sie verheiratet?« »Wie alt sind Sie?« Und das Interesse, das man ihr entgegenbrachte, war alles andere als müßig. Es genügte schon, wenn eine junge Frau aus einer anständigen Familie ohne männliche Begleitung erschien, war sie aber auch noch hübsch, fand sie sich bald in den gierigen Klauen von Heiratsvermittlern wieder. An diesem Abend wollten Lili Mütter mit ihren Söhnen, Schwestern mit ihren jüngeren Brüdern, Nachbarn mit den Söhnen von Nachbarn verkuppeln. Wie konnte sie ihren Fragen ausweichen, ohne unhöflich zu wirken? Wie konnte sie sich dagegen verwehren, ohne Verdacht zu erregen?

Sie flüchtete vor dem Gedränge in eine ruhige Ecke des Gartens und hörte eine Weile der kleinen Musikkapelle zu. Sie machten mit alten iranischen Instrumenten, *tonbak*, *tar* und *santour*, Musik, zu der die Frauen abwechselnd allein auf einer Wiese tanzten, um die die Männer einen großen Kreis bildeten, im Rhythmus klatschten und ihnen zusahen.

Nach einiger Zeit kam eine Frau auf sie zu. Sie sei jetzt an der Reihe, gab sie Lili mit einem Lächeln und einem vielsagenden Kopfnicken zu verstehen. Lili weigerte sich, doch die Frau war beharrlich. Schließlich holte Lili tief Luft, senkte den Blick und begann zu tanzen. Sofort schienen die Stimmen der Partygäste zu verstummen, und ihre Gesichter verschwanden, sie hörte nur noch die wilde, klagende Musik, die die warme Nachtluft um sie herum erfüllte. Hier konnte ihr endlich niemand mehr Fragen stellen; hier konnte niemand in ihrer Vergangenheit stochern. Sie tanzte von einem Ende des Gartens bis zum anderen und wieder zurück. Einmal schnappte sie ein Wort auf, *ragass*, was Tänzerin, aber auch leichtes Mädchen bedeutet. Sie hätte nicht einmal aufgehört, wenn jemand versucht hätte, sie am Arm wegzuziehen. Sie schloss die Augen, legte den Kopf in den Nacken und tanzte ohne Scham durch den Garten.

Lili hatte noch gar nicht richtig darüber nachgedacht, wie sie ihre Tochter wiedersehen könnte, da hatte sich Sara vor lauter Ungeduld selbst auf den Weg zu ihr gemacht. Sie wachte frühmorgens auf, als Kazem und ihre Stiefmutter noch oben auf dem Hausdach schliefen, das neue Baby in seiner Wiege gleich neben ihnen. Sara war erst sechs, aber sie zog sich alleine an und schlüpfte aus dem Haus. In der einen Hand hatte sie ein Fladenbrot, in der anderen einige Walnüsse, im Kopf ein paar Wörter, die sie sich immer wieder vorsagte: Farhang und Pahlavi, Zahirodolleh Alley, Farhang und Pahlavi, Zahirodolleh Alley – die Wörter hatte sie von ihrem Vater am Abend zuvor aufgeschnappt. Sie lief immer weiter Richtung Stadtmitte, zupfte Frauen am Rock und wiederholte die Adresse, bis sie ihr den Weg zeigten.

Sieben Stunden später entdeckte sie ein Polizist. Sie hockte neben einem Brunnen, spielte mit der Hand in dem brackigen Wasser und weinte. Mehr als »Farhang und Pahlavi, Zahirodolleh Alley« brachte er nicht aus ihr heraus. Weder ihren Namen noch den ihres Vaters, nichts als diese paar Worte, von denen sie glaubte, sie würden sie zu ihrer Mutter führen.

Kobra war allein zu Hause, als es klopfte, und sie dachte, es wäre eine Kundin. Sie fuhr sich durchs Haar und öffnete lächelnd die Tür. Und da war sie auf einmal. Sara. Sie hatte einen Pagenkopf und trug ein rosa Trägerkleid, weiße Sandalen und nur einen Strumpf.

»Kennen Sie das Mädchen?«, wollte der Polizist von Kobra wissen.

Es war Jahre her, dass sich Großmutter und Enkelin zuletzt gesehen hatten, und drei Leben konnten nicht ungeschehen machen, was in diesem Augenblick zwischen ihnen entstand. Der Polizist hatte ihr eine einfache Frage gestellt, aber Kobra hörte etwas ganz anderes: »Was ist Ihnen wichtiger, das Leben dieses Kindes oder das Ihrer eigenen Tochter?«

»Sie gehört zu ihrem Vater«, sagte Kobra schließlich.

Sara wandte sich an den Polizisten, schob ihr Kinn trotzig vor und machte keine Anstalten zu gehen. »Nein!«, widersprach sie.

Eine ganze Weile standen sie so da, Sara drauf und dran,

in die Wohnung zu gehen, und Kobra, die ihr den Weg versperrte. Irgendwann dachte sich der Polizist, dass es solche Feindseligkeit nur unter Verwandten geben konnte, und überließ sie ihrem Schicksal.

»Du musst sie zu ihrem Vater zurückbringen«, sagte Kobra zu Lili, kaum dass diese die Wohnung betreten hatte. Aber Lilis Herz machte bei Saras Anblick einen Satz, und sie konnte sie unmöglich wegschicken. »Nur ein paar Tage, bitte«, bettelte sie. Irgendwann hatte sie ihre Mutter überredet, und Kobra machte sich widerwillig auf den Weg zu Kazems Tante, um ihr Lilis Anliegen vorzutragen.

Sara durfte eine Woche bei Mutter und Großmutter bleiben. Ihre Flucht und Kobras flehentliche Bitten hatten Kazems Familie überzeugt, dass Sara Lili wenigstens hin und wieder sehen musste. Im Laufe des Jahres sollten weitere kurze Besuche folgen. Etwa alle vier Wochen brachte eine von Kazems Tanten, Cousinen oder Schwägerinnen das Kind mit einem kleinen braunen Lederkoffer zu Kobras und Lilis Wohnung. Dort angekommen widmete sich Sara voll und ganz dem Studium ihrer Mutter. Stundenlang saß sie auf Lilis Schoß und fuhr mit ihren kleinen Fingern ihre Augen, ihre Nase und ihre Lippen nach. »Sie sucht irgendwas«, erklärte Kobra, aber das hatte Lili auch schon erkannt. Natürlich vermisste Sara ihre Mutter, aber es ging um mehr. Offenbar versuchte sie das, was sie über Lili gehört hatte – dass sie ein schlechter Mensch war und sie verlassen hatte –, mit der hübschen jungen Dame in Einklang zu bringen, die sie in der Zahirodolleh Alley wiedergefunden hatte.

Eine gewaltige Aufgabe, die sie alle sehr anstrengte, am meisten jedoch Kobra. Sie litt wirklich unter Saras Besuchen. Abends, wenn Lili nach Hause kam, war Sara niedlich, still und äußerst brav. Aber kaum hatte Lili morgens das Haus verlassen, trat Sara Kobra gegen das Schienbein, quälte die Katze und beschimpfte Kobra und ihre Kundinnen. Die Tage brachten sie damit zu, sich gegenseitig mit Blicken zu töten, Kobra hinter ihrer Nähmaschine, Sara hinter ihrem Pony, bis Lili abends mit Geschenken beladen heimkam, mit Stoffpuppen, Blechflöten und Sparschweinchen in buntem Zellophan – immer viel zu viel und nie genug.

Für die Frauen, die ihr in der Wohnung über den Weg liefen, interessierte sich Lili während dieser Zeit kaum; Kobras Kundinnen waren allesamt mittleren Alters und eitel, und sie konnte sie kaum auseinanderhalten. Irgendwann fiel aber sogar Lili auf, dass Nasrine Khanoom, die Dame, die sie zu ihrem *baq* mitgenommen hatte, immer häufiger auftauchte und von Kobra stets besonders herzlich empfangen wurde. Kobra hatte eine Dose mit guten Keksen im Küchenschrank, die für Nasrine Khanoom reserviert waren, und seltsamerweise immer ein hübsches Kleid oder eine schöne Bluse an, wenn diese Dame vorsprach. Oft saßen sie über einer Tasse Tee zusammen, die Stoffe zwischen ihnen vergessen, wenn Lili abends nach Hause kam, und mit jedem Gruß schienen Nasrine Khanooms Blicke ein wenig länger auf Lilis Gesicht und Gestalt zu verweilen.

Lili konnte sich denken, was es damit auf sich hatte, und als Kobra ihr endlich gestand, Nasrine Khanoom hätte einen sehr guten Verehrer für sie gefunden, tat sie die Neuigkeit mit einem Schulterzucken ab – wie die vielen Vorschläge von Tanten und Cousinen in den letzten Monaten seit ihrer Rückkehr in den Iran auch. Damit hielt sie das Thema für erledigt, bis sie eines Tages nach Hause kam und einen großen Korb mit orangefarbenen Gladiolen und eine Schachtel Schweizer Pralinen auf dem Tisch vorfand. Ihre Mutter und Nasrine Khanoom strahlten sie beide erwartungsvoll an. Jemand wollte ihr einen Antrag machen, einen *khastegari* – daran bestand kein Zweifel.

»Kommen Sie, setzen Sie sich zu uns, *azizam*, meine Liebe«, rief ihr Nasrine Khanoom zu und klopfte auf den freien Platz an ihrer Seite.

Kobra schenkte ihr Tee ein und reichte ihr einen der Spezialkekse. Nach den üblichen Begrüßungsfloskeln wandte sich Nasrine Khanoom an Lili, räusperte sich und hob an: »Je besser ich Sie kennen lerne, Lili-*joon*, umso besser verstehe ich, warum Herr Fereydoon so begeistert von Ihnen ist, seit wir Sie damals zu dem Fest auf dem Land mitgenommen haben.«

Lili konnte sich an keinen Herrn Fereydoon erinnern, weshalb sie nur höflich lächelte, noch einen Keks nahm und weiter ihren Tee trank.

»Herr Fereydoon ist ein sehr guter Mensch«, fuhr Nasrine Khanoom fort, »und ein in *jeder* Hinsicht sehr fähiger Mann«, sagte sie etwas leiser und musterte Lili ausgiebig. »Unter uns gesagt – ich kann mir keinen besseren Ehemann für Sie vorstellen als Herrn Fereydoon.«

»Bitte entschuldigen Sie, *khanoom*«, sagte Lili zwischen zwei Schlucken Tee, »ist dieser Herr Fereydoon ein Verwandter oder ein Bekannter Ihrer Familie?«

»Herr Fereydoon ist mein Mann, *azizam*.«

Da blieb Lili der Mund offen stehen, und ihre Teetasse landete mit einem lauten Klappern auf dem Tisch. Natürlich wusste sie, dass die in jüngster Vergangenheit zwar nicht mehr ganz so weit verbreitete, aber nach wie vor übliche Polygamie als letzte Rettung für eine Geschiedene galt, konnte aber nicht glauben, dass eine Frau für ihren eigenen Mann einen Antrag machte. Ganz dunkel erinnerte sie sich an einen korpulenten, leicht gebeugten Mann mittleren Alters. Sie will mich an ihren Mann verkuppeln und glaubt, da macht sie ein gutes Geschäft, weil sie so billig an eine Dienstmagd kommt, dachte sich Lili, aber ehe sie etwas erwidern konnte, fuhr Nasrine Khanoom mit ihrem Antrag fort.

»Wie ich weiß, waren Sie schon einmal verheiratet – Kobra Khanoom hat mir von der traurigen Geschichte erzählt. Offen gestanden würden die meisten Ihre Lage für nicht sehr aussichtsreich halten, aber wir sind sehr aufgeschlossene Menschen. Hinzu kommt noch, dass mir Kobra Khanoom in den letzten Monaten so ans Herz gewachsen ist«, sie schenkte Lilis Mutter ein strahlendes Lächeln, »dass ich keinen Augenblick zögern würde, Sie in unserer Familie aufzunehmen.«

»Das ist sehr freundlich von Ihnen, *khanoom*, aber …«

»Sie müssen jetzt nicht antworten«, unterbrach sie Nasrine Khanoom. »Ich kann sehr gut verstehen, wenn Sie sich die Sache ein paar Tage durch den Kopf gehen lassen und sich mit Ihrer lieben Mutter besprechen wollen. Sie sollten aber wissen, dass Sie uns sehr glücklich machen würden, wenn Sie unsere Braut werden wollten.«

Nachdem Nasrine Khanoom gegangen war, kam es zu dem längsten, schmerzlichsten und lautesten Streit, den es je zwischen Lili und Kobra geben sollte. Wie viele Wochen Lili denn noch auf der Suche nach Arbeit durch die Stadt ziehen wolle, wollte Kobra von ihr wissen. »Tausendmal länger als dass ich irgendjemandes Zweitfrau werde«, gab Lili zurück und fügte hinzu: »Ich bin nicht wie du! Du hast ja zwei Jahrzehnte lang diese Hexe mit ihren blauen Augen ertragen.«

Daraufhin vergrub Kobra ihr Gesicht in den Händen und begann zu weinen. »Wie soll ich Nasrine Khanoom nur erklären, dass du nicht willst?«, jammerte sie. »Sie und ihr Mann waren so großzügig zu uns beiden.«

Darüber müsse sich Kobra keine Gedanken machen, meinte Lili. Das könne sie der Dame schon selbst erklären, wenn sie das nächste Mal kam. Kobra weinte nur noch heftiger und flehte Lili an, nichts zu sagen, bis sie die angemessenen Worte gefunden hätte, mit denen man den Antrag ablehnen konnte.

Nachdem sie sich geschworen hatten, nie wieder ein Wort miteinander zu reden, holte Lili ein Laken und ein Kopfkissen aus dem Schrank und legte sich zum Schlafen auf den Boden im Wohnzimmer. Als sie am Morgen wach wurde, stellte sie fest, dass Kobra sie irgendwann nachts mit der Steppdecke aus ihrem Bett zugedeckt hatte. Obwohl sie diese Geste ein wenig versöhnlicher stimmte, weigerte sich Lili trotzdem, mit Kobra zu reden. Am nächsten Morgen brachte ihr Kobra eine Tasse Tee und einen der besonderen Kekse, und Lili murmelte ein kaum hörbares »Danke«. Am Tag darauf, als sie Nasrine Khanoom endgültig Lilis ablehnende Antwort übermitteln musste, bot Kobra Lili keinen Tee zum Frühstück an. So verging etwa eine Woche, jede grollte der anderen, bis sie irgendwann ohne große Versöhnung oder weitere Diskussion wieder zu ihrem früheren friedlichen Zusammenleben fanden, das allerdings auf der Vermeidung des Themas Heirat basierte.

So unangenehm ihr Nasrine Khanooms Antrag auch gewesen war, ebenso wie ihr das Thema Ehe ein Graus war, hätte Lili wahrscheinlich nie den Mut gefunden, eine Arbeit anzunehmen, wenn es nicht um die Unterstützung ihres Bruders Nader gegangen wäre.

In der Stadt sah sie gelegentlich Frauen auf dem Weg zur Arbeit. Es waren zwar nicht viele, aber mit ihren Handtaschen, Kostümen und hochhackigen Schuhen wirkten sie doch sehr elegant und verführerisch. In ihrer Familie hatte noch nie eine Frau außer Haus gearbeitet, und die Tanten reagierten auf den Plan so hysterisch, als wollte sie ihre Dienste als Straßendirne anbieten. »Diese Frauen arbeiten nur, weil sie keine andere Wahl haben«, bemerkten die Tanten düster, verdoppelten ihre Anstrengungen, einen Mann für Lili zu finden und flehten sie an, so lange bei Kobra zu bleiben.

Dieser Gedanke war ihr aber nach wie vor ein Graus. Außerdem konnte sie nicht besonders gut nähen und tat es auch nicht gerne. Lili war überzeugt, dass sie mit einer Arbeit in der Stadt mehr verdienen und ihren studierenden Bruder besser unterstützen konnte – dafür reichten Kobras Einkünfte nie und nimmer. Auf Empfehlung eines Cousins bekam Lili schließlich eine Stelle als Kassiererin in einem Kiosk in der Nähe von Teherans Polizeihauptwache, einem sich weit erstreckenden Gebäudekomplex, in dem auch mehrere Divisionen der Schah-Armee stationiert waren. Sie hatte den Eindruck, dass sie die einzige berufstätige Frau weit und breit war. Acht oder zehn Stunden pro Schicht hockte sie in ihrer Bretterbude, zählte Wechselgeld ab und stellte Quittungen aus. In den ruhigen Stunden vertrieb sie sich die Zeit damit, ihren spärlichen Lohn auszurechnen, den sie größtenteils in hauchdünnen Luftpostkuverts an Nader schickte.

Wochenlang bewunderte sie insgeheim die jungen Offiziere in ihren beeindruckenden Uniformen, die bei ihr einkauften. Wenn sie abends nach Hause durfte, gab es nie Mangel an Polizisten, Soldaten und Offizieren, die sie gern begleitet hätten. Manche wirkten dabei so anständig und rührend, wenn sie sich an die eigene unverheiratete Schwester zu Hause und ihre Pflichten als deren Beschützer erinnerten, dass sie nicht selten drauf und dran war, ihr Angebot anzunehmen. Trotzdem hatte sie sich schließlich immer entschieden, mit dem Bus nach Hause zu fahren, und sich mehr als einmal einen Schleier gewünscht, um sich die aufdringlichen Angebote auf dem Weg zur Arbeit und nach Hause zu ersparen.

Eines Tages traf sie dann den General.

»Hier sollte eine Frau aber eigentlich nicht allein herumstehen.«

Er hatte grüne Augen. Lili blinzelte, richtete sich auf und räusperte sich. »Entschuldigung, was haben Sie gesagt?«

»Eine junge Dame, noch dazu eine so hübsche wie Sie, sollte nicht allein an einer derart belebten Straße stehen.« Er deutete mit dem Kopf auf eine Limousine, die auf der anderen Straßenseite geparkt war. »Ich kann Sie in meinem Wagen nach Hause bringen.«

Ein General hatte sie noch nie angesprochen, und als sie die vielen Orden auf seiner Brust sah und er ihre Hand nahm und sie aufforderte einzusteigen, wusste sie, dass es keinen Zweck hatte, sich zu weigern.

»Wo wohnen Sie denn, junge Dame?«, fragte er, als sie auf dem Rücksitz Platz genommen hatten.

»In Farhang, Zahirodolleh Alley Nummer vierundvierzig.«

Der Chauffeur fuhr an und reihte sich mit dem schweren Wagen in den Verkehr ein. Lili sah den General an und lächelte schüchtern. Er nickte nur. Er roch nach Alkohol. Ob er betrunken war? Sie war sich nicht sicher. Aus den Augenwinkeln beobachtete sie, wie er sich mit den Händen über seinen muskulösen Oberschenkel fuhr. Schnell schaute sie aus dem Fenster und verfluchte sich dafür, dass sie seine Einladung angenommen hatte.

»Entschuldigen Sie, bitte, *agha*«, sagte sie, als sie feststellte, dass der Chauffeur in eine ganz andere Richtung fuhr, »das ist der falsche Weg. Ich wohne in Farhang, in der Zahirodolleh Alley …«

»Keine Sorge«, versuchte sie der General zu beruhigen. »Mein Fahrer kennt sich hervorragend aus in der Stadt. Er bringt Sie sofort nach Hause, sobald ich Ihre Meinung zu meinen Bauplänen eingeholt habe.«

»Ich verstehe aber nichts von Bauplänen!«

Er antwortete nicht. Lili klammerte sich an die Armlehne und suchte verzweifelt nach einem Hinweis, wo sie sich befanden. Fuhren sie Richtung Norden? Oder war es Westen? Ihre Hände begannen zu zittern. Wohin wollte er mit ihr? Als sie gerade dachte, sie würden die Stadt verlassen, bog der Wagen in eine Privatstraße, die sich an einer langen Reihe von Zypressen vorbei bergauf wand, und kam unvermittelt zum Stehen. Der General beugte sich vor und flüsterte seinem Chauffeur etwas zu, was sie nicht verstehen konnte.

Sie stiegen aus, der Fahrer verschwand irgendwohin, und der General nahm Lilis Arm und führte sie auf die Baustelle. Sein Bauvorhaben sollte wohl einmal eine von mehreren Säulen getragene Villa mit Blick über die ganze Stadt werden.

Es war spät am Nachmittag – Lili konnte sehen, wie die untergehende Sonne die Dächer der Stadt rosa färbte, und alle Arbeiter waren bereits gegangen. Holzbalken waren aufeinandergeschichtet, und in jeder Ecke lagen Abfallhaufen und Zementsäcke. Den Marmor für die Eingangshalle hätte er aus Italien kommen lassen, erklärte der General, während sie sich einen Weg durch die halbfertigen Räume bahnten, und er müsse eigentlich nach ihrem Geschmack sein.

»Nach meinem Geschmack?«, stammelte Lili.

»Ja doch«, erwiderte er gut gelaunt. »Wenn er nicht nach

Ihrem Geschmack ist, stelle ich das gesamte Projekt ein.« Er zog seine Pistole aus ihrem Halfter und legte sie auf ein Geländer, überlegte es sich dann doch anders, nahm sie wieder, wechselte sie von einer Hand in die andere und fuhr mit dem Zeigefinger um ihre Mündung. »Sie müssen nämlich wissen, *dokhtar-joon*, ich habe gerade beschlossen, dass ich Sie heiraten werde.«

Sie wusste sofort, welche Art von Heirat der General meinte – eine vorübergehende Heirat oder *siqeh*, um Geschlechtsverkehr zu sanktionieren.

Da brach plötzlich alles aus ihr heraus, was sie so lange zurückgehalten, keinem erzählt, wie ein Geheimnis bewahrt hatte. Atemlos berichtete sie von ihrer Ehe mit Kazem, ihrer Scheidung, dem Baby, das sie ihr weggenommen hatten, dem Waisenkrankenhaus in Tübingen, von Sohrabs Tod und dem amerikanischen Attaché, von ihrem Bruder in Deutschland, ihrer Mutter mit der gebrauchten Singer, von ihrer Arbeit in der Stadt. Sie sah ihn dabei nicht an, aber sie redete immer weiter, bis sie ihm ihre ganze Geschichte erzählt hatte.

Als sie fertig war, legte der General seine Pistole weg und musterte sie gründlich. Es hat funktioniert, dachte sie. Er hatte Mitleid mit ihr, jetzt war sie in Sicherheit. Sie holte tief Luft und spürte, wie ihr Puls langsamer wurde. Doch da stand er plötzlich auf, zog den Gürtel aus der Hose und fing an, sein Hemd aufzuknöpfen.

Lili sah sich panisch um. Der einzige Fluchtweg führte an ihm vorbei.

Als er auf sie zukam, schlug sie so fest sie konnte mit den Fäusten auf ihn ein. Sie stolperte und wäre beinahe gestürzt. »Wer bist du denn, dass du meinst, ich darf dich nicht anfassen?«, höhnte er, packte sie mit der einen Hand an der Schulter und riss ihr mit der anderen ihr Kleid vom Hals bis zur

Taille auf. Sie taumelte, fing sich und schlug wieder auf ihn ein.

Jetzt begann er mit seinem Gürtel den Boden zu peitschen. Mit jedem Peitschenhieb kam er ihr näher, bis der Gürtel ihre Füße traf. Sie wich aus und lief immer im Kreis herum durch den Raum vor ihm weg. Wieder und wieder knallte der Gürtel auf die unfertigen Dielen, dabei ließ sie der General nicht aus den Augen.

Da entdeckte sie endlich einen Fluchtweg, machte auf dem Absatz kehrt und rannte los. In der Einfahrt blieb sie kurz stehen, um ihre Schuhe wegzuschleudern, und hörte irgendwo hinter sich einen Pistolenschuss. Barfuß hetzte sie den Weg hinunter zur Hauptstraße. Kein Mensch war zu sehen, kein Auto weit und breit, also lief sie weiter – das Echo des Schusses in den Ohren.

Irgendwann gelang es ihr, ein Auto anzuhalten. Es gehörte einem Ehepaar, das Ferien in den Bergen gemacht hatte und auf dem Rückweg in die Stadt war. »War das Ihr Mann?«, fragte die Frau empört. »Wissen Sie, dass es heute Gesetze gegen so etwas gibt? Sie dürfen nicht zulassen, dass er Ihnen das antut! Lassen Sie es nicht zu!«

»Lassen Sie es nicht zu!«, sagte die Dame immer wieder, und Lili nickte. Ja, *khanoom*, ich schwöre, ich werde es nicht zulassen. Niemals wieder.

Kobra wartete an dem Nachmittag wie gewohnt an der Bushaltestelle auf Lili. Sie stand an der Straßenecke, hielt ihren Schleier mit den Zähnen fest, rang die Hände und zählte die Busse, die ohne Lili ankamen. Sie zählte sieben, acht, neun. Als der fünfzehnte Bus an ihr vorbeirumpelte, lief ihr kalter Schweiß über den Rücken, und sie begann zu beten. Als sie dann endlich Lili aus einem fremden Auto steigen sah, mit gesenktem Kopf, ihr zerrissenes Kleid mit beiden Händen zusammenhaltend, packte Kobra ihren Schleier und lief zu dem Auto. Ihre Schreie gellten durch die Straße, und das Echo warf sie zurück, bis es ihr zu Lilis grenzenloser Scham gelungen war, alle Leute auf sie aufmerksam zu machen.

»Seht doch, was sie getan haben!«, jammerte sie lauthals. »Schaut euch an, was sie meinem Kind angetan haben!«

Als sie sich nach einigen Tagen ein wenig erholt und ihre Mutter wieder beruhigt hatte, erinnerte sich Lili an die Visitenkarte des Regisseurs, legte etwas roten Lippenstift auf und machte sich auf den Weg zu seinem Studio am Naderi-Platz. Nach dem Zwischenfall mit dem General konnte sie nicht zu ihrem Arbeitsplatz als Kassiererin zurück und hatte auch keine Aussicht auf irgendeine andere Arbeit. Der Regisseur schien sich nicht an Lili zu erinnern, bis sie ihm seine Karte zeigte, die er ihr einige Wochen zuvor gegeben hatte. »Sie hatten mich gefragt, ob ich ein kurdisches Mädchen spielen will, wissen Sie noch? Ein Mädchen auf einem Pferd?«

»Ach so, ja, natürlich«, sagte er und fuhr sich mit der Zunge über die Lippen. »Aber die Rolle ist leider schon vergeben …«

»Das macht nichts, *agha*«, unterbrach sie ihn, »ich wollte eigentlich nur fragen, ob Sie vielleicht eine Sekretärin brauchen. Sie brauchen doch bestimmt Sekretärinnen? Das habe ich nämlich gelernt. Ich kann Schreibmaschine schreiben. Ich habe sogar mein Zeugnis dabei.«

Sie wollte es aus der Tasche holen, aber der Regisseur rückte seine Krawatte zurecht, räusperte sich und meinte, das wäre nicht nötig. Lili sah schon Kobras verzweifeltes Gesicht vor sich, das aber bald wieder verschwand, als er ihr einen anderen Vorschlag machte. In seinem Studio würden nicht nur Filme gedreht, sondern auch ausländische Filme synchronisiert, erklärte er ihr, und sie hätte großes Glück, weil sie ausgerechnet an diesem Tag ein Vorsprechen für Synchronsprecher veranstalteten.

Er nahm sie am Arm und führte sie in einen Raum, in dem zwei Dutzend junge Frauen auf ihren Einsatz warteten. Lili seufzte erleichtert. Er hatte die Wahrheit gesagt, er hatte wirklich eine richtige Arbeit für sie.

Beim Vorsprechen musste man eine Seite aus einer neueren, aber alles andere als aktuellen englischen Zeitung vorlesen. Das machte sie immerhin so gut, dass sie in die engere Auswahl kam.

Die Filme, die synchronisiert werden mussten, waren alle amerikanisch, und die meisten davon Western. Dank ihrer früheren Leidenschaft für Dickens konnte sie Englisch noch immer sehr gut lesen, verstand aber längst nicht mehr alles. Außerdem irritierten sie der amerikanische Akzent und der Cowboyslang sehr. Als sie das einem der Studiotechniker anvertraute, meinte der nur, sie solle sich deswegen keine Sorgen machen; Kreativität wäre der größte Trumpf bei dieser Arbeit.

Und dann saß Lili allein in ihrer winzigen Aufnahmekabine und sah zu, wie sich die Heldinnen in Türrahmen räkelten, am Arm ihrer bewaffneten Helden hingen, sich lasziv aus ihren Petticoats schälten und sich bis auf spitzenbesetzte Seidennegligés auszogen. Viele Monate verbrachte sie in dieser Kabine, dankbar für die Einsamkeit und Anonymität, und hoffte, sich so die Rückkehr nach Europa verdienen zu können. Sehnsucht, Demütigung, Angst und Liebe – die ewig gleichen Themen flimmerten in scheinbar endlosen Variationen vor ihr über den Bildschirm. Sie setzte den Kopfhörer auf, schaltete ihr Aufnahmegerät ein und hatte bald herausgefunden, dass die Arbeit längst nicht so schwer war, wie sie befürchtet hatte.

Es dauerte kaum ein Jahr, bis sie genug Geld gespart hatte, doch nun musste sie sich an den wahrlich schwierigen Teil ihres Plans wagen.

»Ich gehe nach Deutschland«, erklärte sie Sara.

Es war ein milder Augustnachmittag, sie saßen auf einer Bank im Niavaran Park und nippten an Eissorbets mit Kirschgeschmack. Sie sahen sich ein-, zweimal im Monat, meistens bei einem Ausflug in die Stadt, wo Lili nicht unter Kobras missbilligenden Blicken zu leiden hatte und Sara sich unbeschwert benehmen konnte. Lili hatte Sara kurz zuvor bei einem Straßenhändler einen roten Luftballon gekauft. »Das ist aber sehr nett von deiner großen Schwester, dass sie dir einen Luftballon kauft«, meinte der alte Mann, als er ihn Sara ans Handgelenk band, und Sara hatte das Missverständnis sehr lustig gefunden und gekichert.

Nach Lilis Eröffnung zerrte sie nun aber heftig an dem Ballon, der hektisch auf und ab flog. Sie wandte sich zu Lili und sah sie zornig an. »Wie lange willst du da bleiben?«

»Vier Jahre – vielleicht auch nur drei.«

»Warum?«

»Damit ich studieren kann.«

»Warum?«

»Damit ich uns ein kleines Haus kaufen kann, wenn ich zurückkomme.«

Dieser Gedanke schien Sara zu gefallen, und sie schaute nicht mehr ganz so böse. Sie nahm wieder einen Löffel von ihrem Sorbet und ließ die Beine baumeln. Ein Lüftchen kam auf, und der rote Ballon tanzte elegant über ihnen.

»Aber warum studierst du nicht hier?«, fragte Sara plötzlich.

Auf diese Frage war Lili nicht vorbereitet. »Im Iran ist Studieren sehr teuer«, antwortete sie, und das war nicht gelogen. Ein Medizinstudium war unerschwinglich, weshalb sie beschlossen hatte, Hebamme zu werden. Während es dafür lange keine richtige Ausbildung gegeben hatte, war es in den letzten Jahren zu einem eigenständigen Fach an einer großen, modernen Krankenpflegeschule in Teheran avanciert, aber Lili wusste, dass es einfacher für sie wäre, eine Ausbildung in Deutschland zu finanzieren und dass ein ausländisches Diplom im Iran mehr zählen würde als ein einheimisches.

Dass sie die Anstrengungen ihrer Familie, sie unter die Haube zu bringen, satt hatte, dass sie es nicht länger ertrug, als arme, halbgebildete, geschiedene Frau im Iran zu leben, dass ihr Vater recht gehabt hatte, als er sie ins Ausland geschickt hatte – diese Argumente konnte ein kleines Kind nicht begreifen, dachte Lili.

»Hier ist es zu teuer«, wiederholte sie daher nur.

Sara begann zu weinen, und das Sorbet tropfte ihr auf den Schoß, wo es rote Flecken auf ihrem Rock hinterließ. Lili fiel auf die Knie und versuchte, die klebrige Flüssigkeit mit dem Ärmel wegzuwischen, was völlig zwecklos war. Die Flecken blieben. Und Lili konnte so weder Sara beruhigen noch verhindern, dass sie selbst nun auch zu weinen anfing.

7. Kapitel

Damad Farangi

»Ich habe einen damad farangi *gefunden, einen europäischen Bräutigam«, lachte meine Mutter. »Das hatte es in meiner Familie noch nicht gegeben! Aber genau den habe ich gefunden, als ich zum zweiten Mal weggegangen bin. Und sie können es bis heute nicht glauben. Nach all den Jahren verstehen sie noch immer nicht, wie mir das gelingen konnte!«*

Auf der Fahrt mit dem Zug nach Hamburg hatte Lili ein leeres Abteil gefunden und machte es sich bequem. In ihrer Handtasche hatte sie hundert Deutsche Mark und ein Empfehlungsschreiben für eine Frauenklinik mit Hebammenschule in Hamburg. Sie holte den Brief hervor, las ihn und verstaute ihn wieder sorgfältig ganz unten in ihrer Tasche. Dann musste sie lächeln. Sie hatte es geschafft, endlich hatte sie den Iran verlassen! Ihren Bruder hatte sie unterstützt, bis er sein Studium abgeschlossen hatte, nun war sie an der Reihe. Doch wenn sie ihre Pläne verwirklichen wollte, musste sie einen klaren Kopf behalten und sehr sparsam mit ihrem Geld umgehen.

Um die Kosten für eine Übernachtung zu sparen, hatte sie den Mitternachtszug von Frankfurt nach Hamburg genommen. Sie wickelte sich in ihren Mantel, legte ihre Tasche als Kopfkissen auf die Armlehne und fiel in einen unruhigen Schlaf. Kurz vor Tagesanbruch wurde sie von dem Lachen einer Frau geweckt. Auf dem Sitz gegenüber hatte eine Frau ein Bein um die Hüften eines Mannes geschlungen. Er flüsterte ihr etwas ins Ohr, und sie kicherte. Der Zug rumpelte durch einen Tunnel, ein paar Sekunden lang wurde es hell, und die Metallklammern an den Strumpfbändern der Frau, seine Hände an ihrem Hals, sein nackter Hintern und die Hose, die er heruntergelassen hatte, waren zu sehen.

Lili wagte kaum zu atmen, und nach einer Zeit, die ihr wie eine Ewigkeit vorkam, gab der Mann ein letztes lautes Stöhnen von sich, und das Paar ließ endlich voneinander.

Auf dem Weg zum Waschraum begegnete Lili am nächsten Morgen eben diesem Gentleman. Er saß im Speisewagen, hatte elegant die Beine übereinandergeschlagen und war in die Lektüre der Morgenzeitung vertieft. An seiner Hand funkelte ein goldener Ehering, seine nächtliche Begleiterin war nirgends zu sehen. Lili hatte Angst, er könnte sie erkennen, drehte den Kopf weg und huschte an ihm vorbei.

Später kam eine fünfköpfige Familie in ihr Abteil. Sie musterten Lili kurz und quetschten sich dann alle auf die drei Sitze ihr gegenüber. Mit lautem Geraschel packten sie ihren Proviant aus, ein komplettes Frühstück aus hauchdünn geschnittenem Schinken und Käse, gebutterten Brötchen, Kirschmarmelade, wie es schien, einer großen Thermoskanne mit Kaffee und einer kleineren mit Sahne. Die Familie ließ es sich schmecken und bot Lili nicht einmal ein Brötchen an.

Im Iran musste man schon kurz vor dem Verhungern sein, wenn man nicht mit seinen Mitreisenden teilte. Anders wäre das nicht zu entschuldigen, dachte sich Lili. Sie wandte den Kopf ab und betrachtete die grauschwarze Winterlandschaft, die am Fenster vorbeizog. Ihr Magen knurrte, und sie überlegte, ob sie sich im Speisewagen etwas zu essen kaufen sollte, ließ es aus Spargründen dann aber doch bleiben. Sie zog den Mantel enger um sich, lehnte die Stirn an das kalte Fenster und tröstete sich mit dem Gedanken, dass es ihr in diesem Land wenigstens nicht schwerfallen dürfte, schlank zu bleiben.

Als Lili einige Stunden später ihr Zimmer im Wohnheim betrat, saß dort ein Mädchen im Schneidersitz auf einem der Klappbetten und sah nicht von seinem Buch auf. Es hatte lange dunkle Haare und ein hübsches herzförmiges Gesicht. Lilis Gruß an die neue Zimmernachbarin wurde lediglich mit einem unverständlichen Gemurmel erwidert. Sie stellte ihren Koffer ab, blickte sich kurz in dem zellenähnlichen Zimmer um, setzte sich, weil es nichts anderes zu tun gab, auf eins der beiden anderen freien Betten und sah sich ihre neue Mitbewohnerin genauer an. Als sie die persische Schrift auf dem Buch des Mädchens entdeckte, konnte sie ihr Glück kaum fassen. Sie stürzte auf sie zu, nahm sie in die Arme und küsste sie auf beide Wangen. »Hast du Sehnsucht nach deiner Familie? Sagst du deshalb nichts? Du kannst mir alles erzählen, hörst du? Du kannst mir alles sagen, was du willst.«

Nachdem sie so einige Tage auf das Mädchen eingeredet hatte, erfuhr sie endlich wenigstens ihren Namen – sie hieß Shireen, die »Süße« – und konnte ihr immerhin kurze Antworten entlocken. Etwas später lernte sie eine zweite iranische Schülerin kennen, ein molliges, albernes Mädchen namens Farideh, die das dritte und letzte Bett in dem Zimmer bezog. Farideh war Lili nicht so sympathisch wie Shireen, aber es tröstete sie sehr, so weit weg von zu Hause noch eine zweite iranische Freundin gefunden zu haben.

Mehr noch als das Heimweh war es der Hunger, der die drei zusammenschweißte. Wenn die Lehrer der Frauenklinik und ihre deutschen Schülerinnen abends in den großen Speisesaal strömten, mussten Lili, Shireen und Farideh und ein halbes Dutzend weiterer ausländischer Schülerinnen auf einer langen Holzbank im Flur warten. Unter ihnen war nur noch eine einzige deutsche Schülerin, ein schwerfälliges Mädchen, das stotterte und hinkte. Wenn die erste Gruppe mit dem Abendessen fertig war, wurde die zweite aufgefordert, sich an den Resten der ersten gütlich zu tun: halbrohe Heringsstücke, ein paar angebrannte Kartoffeln, Rindfleischfetzen in fetter Bratensauce mit klebrigen Klößen und endlose Variationen von Schweinefleisch. Lili, Shireen und Farideh verließen den Speisesaal jedenfalls meistens genauso hungrig, wie sie ihn betreten hatten.

Vor lauter Verzweiflung begann Shireen Kartoffeln in ihrer Tasche zu horten und sie nachts auf dem Zimmer zu braten. Als ihr ihre Mutter, eine verwitwete Lehrerin, aus Teheran mit der Post Safranfäden und einen Mörser schickte, zermörserte sie die Fäden zu einem feinen orangefarbenen Pulver. Nach Mitternacht, wenn die anderen Heimbewohnerinnen längst schliefen, schaltete Shireen ihre Heizplatte ein, fettete sie mit Butter ein, die sie ebenfalls in der Kantine gehamstert hatte, streute ein wenig von ihrem geliebten Safran über die Kartoffeln und briet sie knusprig. Dann hockten sich Shireen, Lili und Farideh im Schneidersitz auf ihre Betten und stopften sich mit Kartoffeln voll, bis sie beinahe platzten.

Lilis Tage begannen nun mitten in der Nacht. Um drei Uhr morgens riss sie der Wecker aus dem Schlaf, und sie sprang aus dem Bett. Sie zog alle Strümpfe, die sie besaß, vier Paar, übereinander an, schnappte sich ihren Mantel und stolperte aus dem Zimmer. Es war unglaublich kalt. Auf den Straßen lagen Eis und Schnee, und obwohl die Klinik nur wenige hundert Meter von dem Wohnheim entfernt war, rutschte sie immer einige Male aus und stürzte, ehe sie dort ankam. Innerhalb weniger Wochen hatte das vereiste Kopfsteinpflaster ihr einziges Paar Schuhe ruiniert.

Wenn sie dann endlich in der Frauenklinik angekommen war, zog sie zwei Paar Socken aus – die anderen behielt sie an, weil es auf den Fluren ebenfalls eiskalt war –, schlüpfte in ihre Kittelschürze und setzte die Haube auf. Bei dem Gedanken an die vielen Hauben, mit denen sie bei ihrem ersten Deutschlandaufenthalt als Pflegeschülerin in dem Krankenhaus für Waisenkinder gekämpft hatte, musste sie lächeln. Jetzt musste alles ganz schnell gehen. So wie sich die Schwestern benahmen, zählte hier eine Minute so viel wie hundert Jahre im Iran, und Unpünktlichkeit gehörte zu den größten Verbrechen. Lili steckte also ihre Haube fest, strich ihre Kittelschürze glatt und machte sich auf den Weg durch die dunklen Korridore.

Sie hatte immer mindestens drei Dutzend Babys, die sie baden, wickeln und zu ihren Müttern bringen musste, damit sie pünktlich um sechs gefüttert wurden. Anschließend zog sie die Laken ab, die oft noch blutig waren von den Entbindungen der vergangenen Nacht, packte sie in Körbe auf Rädern und fuhr sie in die Wäscherei, wo sie noch am selben Tag gewaschen, gebleicht und gemangelt wurden. Um elf Uhr saß sie dann mit ihrem Klemmbrett auf den Knien im Hörsaal und teilte die Seiten beim Mitschreiben in zwei Spalten – eine für den Teil der Vorlesung, den sie verstand, die andere für die Wörter, die sie später nachschlagen musste, erst vom Deutschen ins Englische, dann vom Englischen ins Persische.

Das Mittagessen verdiente sie sich, indem sie die riesigen Messingtöpfe in der Küche spülte und blank rieb. Leider gab es meistens irgendetwas mit Schwein, wozu sie sich nicht überwinden konnte. Damit sie sich nicht ausschließlich von den nächtlichen Kartoffelgelagen ernähren musste, kratzte sie den angebrannten Haferbrei aus den Töpfen und schlang ihn in einem unbeobachteten Moment hinunter. Der Haferbrei schmeckte zum Glück ein bisschen wie der Reispudding zu Hause, vor allem wenn sie ihn vorher zuckern konnte.

Den Hunger erwähnte Lili genauso wenig wie andere unangenehme Erfahrungen in ihren Briefen an die Familie, die sie zwischen ihren Arbeitsschichten hinkritzelte.

Wegen der Probleme, die es mit den Briefen gab, hatte sie eigentlich gar keine Lust zu schreiben. Da Khanoom und Kobra beide weder lesen noch schreiben konnten, waren sie auf die männlichen Verwandten oder eines der jüngeren Mädchen der Familie angewiesen, von denen sie sich Lilis Briefe vorlesen lassen und ihnen ihre Antwort diktieren mussten.

Das war umständlich und dauerte lange, aber Telefonieren war noch komplizierter. Weil ihre Mutter und ihre Großmutter kein eigenes Telefon hatten, mussten sie erst den weiten Weg in Teherans Hauptpostamt zurücklegen und dort zum Teil stundenlang warten, bis endlich eine Kabine frei wurde, und das alles in der äußerst unwahrscheinlichen Hoffnung, dass Lili dann gerade in ihrem Zimmer war und an den Apparat im Wohnheim gerufen werden konnte. Verständlicherweise riefen sie sie nur sehr selten an, was Lili nicht allzu sehr bedauerte, weil sie ihre Stimme stets zu verraten drohte, wenn sie behauptete, dass es ihr gut ginge.

»Wir haben keinen Grund zu klagen, außer dass du nicht

hier bist«, schrieb ihr die Familie immer wieder, und sie antwortete ihnen mit den gleichen Worten. Beide Seiten versuchten so die Schwierigkeiten herunterzuspielen, mit denen sie zu kämpfen hatten, aber was man ihr damit alles verheimlichte, sollte Lili erst viele Jahre später erfahren.

Kurz nach ihrer Abreise aus dem Iran war Kazems Mutter gestorben, sodass Sara daraufhin bei Kazem und ihrer Stiefmutter leben musste. Das hatte Kobra von Zaynab erfahren, der Einzigen aus der Familie, die Sara nach Lilis Abreise weiter besuchte. Weder Zaynab noch Kobra wollten Lili die Wahrheit sagen, weil sie beide befürchteten, es würde sie nur von ihrer Ausbildung ablenken und ihren Aufenthalt in Deutschland verlängern, falls sie nicht deshalb – was noch schlimmer gewesen wäre – ein zweites Mal vorzeitig in ihre Heimat zurückkehren würde.

Einige Monate hörte und sah Kobra nichts von Kazem, wofür sie Gott genauso dankbar war wie für die Gnade der verstreichenden Zeit. Kobras Friede sollte allerdings nicht von langer Dauer sein. Auch als Lili in Deutschland war, erschien Sara regelmäßig vor Kobras Tür in der Zahirodolleh Alley, und wie früher kam sie allein, inzwischen aber ohne ihren kleinen braunen Koffer. Und viele der Flüche, mit denen Kazem Kobra schon gequält hatte, kamen nun aus Saras Mund. »Geh doch zum Teufel!« und schlimmere Ausdrücke fand Kobra doppelt ungehörig, weil sie ein junges Mädchen in den Mund nahm, und dreifach unanständig, wenn das junge Mädchen damit über seine eigene Mutter herzog.

»Sie ist eine Hure! Ich weiß das. Sie haben mir gesagt, sie ist eine Hure!«

Bei diesen Schmähungen hielt sich Kobra die Ohren zu und begann die immer selben Worte, dasselbe Gebet zu summen: »Erbarme dich meiner, oh Herr! Erbarme dich meiner, oh Herr …«

»Sie ist eine Hure! Du willst es nur vor mir verheimlichen. Deshalb sagst du mir nicht, wo sie ist!«

Und Kobra lief im Zimmer auf und ab, hielt sich die Ohren zu und sang: »Erbarme dich meiner, oh Herr …«

Im Laufe solch hässlicher Szenen erfuhr Kobra, welche Geschichten Kazem und seine Familie Sara über ihre Mutter erzählten.

Ihrer Version zufolge hätten die Khorramis von Anfang an kein gutes Gefühl gehabt, als Kazem Lili heiraten wollte. Abgesehen von der Tatsache, dass sie offensichtlich nicht an ihren sozialen Status heranreichte und zu ungebildet war, hätten sie Lilis Charakterfehler sehr gestört. Und sosehr Kazem sich auch bemüht hatte, ihre Überheblichkeit und Rastlosigkeit zu mäßigen, Lili hätte dem jedoch keine Beachtung geschenkt. Als Lili eines Tages Sara bei einer Verwandten abgegeben hatte und irgendwann in einem schamlosen Aufzug mit wirrem Haar und zerrissenen Kleidern zurückkam, war natürlich allen sofort klar, was geschehen war. Lili hätte sich in einen anderen Mann verliebt und sich ihm »hingegeben«. Danach wollte sie von ihrem Mann und ihrem Kind nichts mehr wissen. Lilis angebliche Ausbildung war außerdem nur ein Vorwand, mit dem sie ihre Schande zu verbergen versuchte. Wahrscheinlich hatte sie Teheran nie verlassen und versteckte sich irgendwo in der Stadt.

»Erbarme dich meiner, oh Herr. Erbarme dich meiner, oh Herr …«

Kobra sang die Worte so lange, so laut und so hartnäckig vor sich hin, dass es Sara manchmal leid wurde und sie Kobra allein ließ. Dann vergingen ein, zwei Monate, in einem Jahr waren es sogar sechs gesegnete Monate ohne einen Besuch von Sara. Aber irgendwann kam sie immer wieder zurück. Und während Kobra betete und Samen von Wilder Raute verbrannte gegen all die Flüche, die sie in den kommenden Jahren noch von ihrer Enkelin zu hören bekommen sollte, kam sie zu dem Schluss, dass es überhaupt keinen Sinn hatte, wenn sie Lili davon erzählte.

Ehe Lili ihre Ausbildung abschließen konnte, musste sie bei exakt eintausend Entbindungen dabei gewesen sein, wobei sie lange nur zusehen durfte, bis man sie für fähig hielt einzugreifen.

Jeder Hebamme war eine Gruppe Studentinnen zugeteilt, die mit ihr durchs Krankenhaus eilte und jede einzelne Bewegung der Lehrerin genau beobachtete. Normalerweise tastete die Hebamme als Erstes den Bauch der Gebärenden mit den Händen nach der Lage des Kindes ab. Nachdem sie sich versichert hatte, dass das Becken der Patientin breit genug war, prüfte sie mit zwei Fingern am Handgelenk den Puls, stellte fest, wie weit der Muttermund geöffnet war und in welchem Abstand die Wehen einsetzten. Lili und ihre Mitschülerinnen bekamen gezeigt, wie man einen Dammschnitt machte und wieder vernähte, sie lernten sogar, wie man eine Nabelschnur ohne Schere durchtrennt, obwohl es als äußerst unwahrscheinlich galt, dass sie später einmal auf solch primitive Methoden würden zurückgreifen müssen. Nach und nach machten sie sich mit ihrem Handwerkszeug vertraut, den Metallschalen und Operationsnadeln, Jod, Alkohol und Chloroform, und durften manchmal die Patientinnen vorbereiten, ihre Beine hochlegen und sie waschen und rasieren. »Pressen! Pressen!«, lernten sie zu rufen, wenn sich der Kopf des Kindes zeigte.

Entsetzt stellte Lili fest, dass die meisten Frauen, die zu

ihnen kamen, weit über vierzig waren, also in einem Alter, in dem sie ihrer Meinung nach längst von den ehelichen Pflichten entbunden sein sollten. Grauhaarig, mit eingefallenen Brüsten und von fünf oder sechs Schwangerschaften entstellten Bäuchen lagen sie stöhnend und schreiend, fluchend und betend im Kreißsaal, den jungen Müttern zahlenmäßig stets überlegen. Man nannte den Gebärenden nicht die Namen der ausländischen Mädchen, die ihnen die Hand hielten, ihnen tröstend über die Stirn strichen und die Kinder auffingen, die sie in die Welt setzten, und sie fragten auch nicht danach.

Schwester Anneliese, die Hebamme, bei der Lili lernte, war eine pausbäckige, vollbusige Frau aus Süddeutschland. »So ist das nun mal mit fremde Leut«, brummte sie immer in ihrem behäbigen schwäbischen Dialekt, wenn Lili wieder einmal eine Anweisung nicht verstanden hatte – obwohl Lili die Bedeutung dieser Feststellung ebenfalls verborgen blieb.

Schwester Anneliese war bei den anderen Hebammen und Schülerinnen für ihre seltsame, aber sehr effektive Methode bekannt, mit der sie die Frauen manchmal während der Geburtsarbeit beruhigte. Wenn sie zu jämmerlich oder wüst schrien, nahm sie ihr Kopfkissen und drückte es ihnen aufs Gesicht. Monat für Monat stand Lili neben Schwester Anneliese und kam fast um vor Angst, die armen Frauen könnten ersticken, ehe sie ihr Baby zur Welt brachten, aber Schwester Anneliese wusste immer ganz genau, wie lange sie ihnen das Kissen aufs Gesicht drücken musste.

Und Lili fügte sich.

Die Arbeit hatte einen neuen Menschen aus ihr gemacht, sie war fleißig und selbstbewusst und konnte sich sogar ein wenig von den grausamen Schmerzen und Qualen distanzieren, die sie miterleben musste. Außerdem gab es nichts Besseres, um schlechte Gedanken zu vertreiben. Um auch noch ihre wenigen freien Stunden sinnvoll zu verbringen, beschloss sie sich eine Stelle zu suchen. Abgesehen von dem wohligen Vergessen, das sie der harten Arbeit verdankte, gab es noch zwei andere triftige Gründe für diesen Entschluss. Wenn sie den Winter überstehen wollte, ohne sich Arme und Beine zu brechen, brauchte sie ein Paar vernünftige Schuhe. Außerdem hatte sie kein Geld mehr für Lehrbücher und wollte Shireens Geduld nicht überstrapazieren, indem sie sich dauernd deren Bücher lieh.

An einem freien Nachmittag fuhr Lili mit der Straßenbahn in die Stadt. Sie ging in die Iranische Botschaft und wartete dort in manierlicher Haltung, ihre kleine braune Handtasche auf dem Schoß, und kämpfte gegen den Drang zu fliehen. Als der Konsulatsbeamte erschien, machte sie sich auf einen geschmacklosen Antrag gefasst. Als nichts dergleichen geschah, lockerte sie den Griff um ihre Handtasche ein wenig, räusperte sich und erklärte, dass sie Schulbücher und Schuhe brauchte. Nachdem sie der Beamte zunächst nur mit höflichem Interesse gemustert hatte, schien er nun wirklich betroffen. Innerhalb weniger Minuten schrieb er ihr eine Liste mit Namen und forderte sie auf wiederzukommen, falls ihr mit keinem dieser Kontakte geholfen sein sollte.

Von da an verbrachte Lili ihre Sonntage bei einem älteren iranischen Ehepaar mit einer schönen Wohnung in der Nähe des Hotels *Vier Jahreszeiten*. Sie musste auf deren Enkelin aufpassen, ein fünfjähriges Mädchen namens Setareh mit Locken und rosa Bäckchen. Lili fragte sich, was die Pakravans in diese abgelegene Ecke von Deutschland verschlagen haben mochte und wo wohl die Eltern des kleinen Mädchens waren, stellte aber keine Fragen, aus Angst, die Pakravans könnten dadurch auf die Idee kommen, sich nach ihren eigenen Lebensumständen zu erkundigen. Mit Setareh unternahm sie lange Spaziergänge durch den botanischen Garten und kramte in ihrem Gedächtnis nach den schönsten Geschichten, die ihr Khanoom erzählt hatte, als sie ein kleines Kind war. »*Yeki bood – yeki nabood*«, begann sie immer, »eins war alles – alles war eins«, wie alle iranischen Märchen anfangen. Sie dachte sich Geschichten von Prinzen und Prinzessinnen aus, von wilden Tieren, abenteuerlichen Reisen, Gefahren und dem Lohn dafür. Wenn das Mädchen immer größere Augen machte und ihr vor Staunen der Mund offen stand, hatte Lili genauso viel Vergnügen am Geschichtenerzählen wie Setareh beim Zuhören.

Nach ihren ausgiebigen Ausflügen war Lili zum Abendessen mit der Familie eingeladen und aß meist ohne Schwierigkeiten drei Portionen Reis mit Fleischsoße. Setareh wollte immer neben ihr am Tisch sitzen und noch mehr Geschichten hören. Wenn Lili schließlich ihren Mantel anzog und sich anschickte zu gehen, schlang Setareh ihre Arme um Lilis Beine, vergrub ihren Kopf an Lilis Bauch und wollte sie nicht weglassen. Aber es gehörte zu den Regeln an ihrer Schule, dass sie unter der Woche nirgends übernachten durfte, auch nicht bei den Pakravans. Also strich sie Setareh tröstend über den Kopf und machte sich behutsam frei. »Nächste Woche komme ich wieder«, sagte sie so heiter wie möglich.

Setarehs Weinen verfolgte Lili durch die Woche, und sie bekam schreckliche Sehnsucht nach Sara. Wie lange würde es dauern, bis diese sie vergessen hatte? Oder hatte sie sie vielleicht schon vergessen? Ganz in Gedanken an ihre eigene Tochter versunken, strich sie dem kleinen Mädchen über den Kopf, befreite sich aus der Umarmung und machte sich auf den Heimweg durch Hamburgs Straßen. Aber eigentlich begrüßte sie die Sehnsucht zwischen ihren Besuchen bei den Pakravans. Wenn sich jetzt noch mütterliche Gefühle in ihr regten, konnte sie auch wieder Mutter sein, wenn sie in den Iran zurückkam.

Außerdem betreute sie zu der Zeit noch einen jungen Iraner namens Payam, der an Kinderlähmung erkrankt war und sich nur noch kriechend fortbewegen konnte. Seine Familie hatte alles Land und ihren gesamten Besitz verkauft und ihn nach Deutschland geschickt, damit er sich dort einer Reihe von Operationen unterzog, und nun war kein Geld mehr übrig, um ihn auf dieser Reise zu begleiten. Deshalb engagierten sie Lili und andere Schwesternschülerinnen, die ihm in der Zeit zwischen seinen Operationen ein paar Stunden Gesellschaft leisten sollten. Die Arbeit wurde schlecht bezahlt, aber Lili brachte es nicht fertig zu kündigen.

Payam war fünfundzwanzig, hatte eine hohe Stirn und schöne wasserblaue Augen, spielte klassische Violine und konnte stundenlang über Rumi und Irans alte mystische Dichtkunst reden. Er hatte eine kleine Bibliothek neben seinem Bett, und Lili sollte jeden, der in den Iran reiste, bitten, ihm auf dem Rückweg Gedichtbände mitzubringen. Er erzählte ihr von den Metallbändern, die man bald an seinen Beinen anbringen würde und dass er damit nach der nächsten Operation genauso gut wie jeder andere würde laufen können. Er redete ständig davon, in den Iran zurückzukehren und dort das Mädchen zu heiraten, das er liebte.

Die deutschen Mädchen verschwanden abends mit roten Lippen und auf hohen Absätzen in einer Parfumwolke in den Klinikkeller, wo sie mit den Ärzten Jazzplatten anhörten. Die iranischen Mitschülerinnen wurden dazu nicht eingeladen, wären aber ohnehin nicht gekommen. Weil Lili und ihre Freundinnen überzeugt waren, ihre Familien in Teheran würden irgendwie Wind von solchen Unternehmungen bekommen, verbrachten sie ihre ersten freien Abende in aller Unschuld damit, gebratene Safrankartoffeln zu essen und Nachrichten aus der Heimat auszutauschen.

Doch eines Abends wagten sich Lili und Farideh auf die Reeperbahn, das Rotlichtviertel am Hafen. »Du hast Hamburg nicht gesehen, wenn du nicht auf der Reeperbahn gewesen bist«, hatte eine deutsche Schülerin erklärt. »Die Leute kommen deswegen aus der ganzen Welt nach Hamburg.« Lili und Farideh hatten zwar eine vage Ahnung davon, dass das älteste Gewerbe der Welt auch in ihrem eigenen Land praktiziert wurde, waren aber neugierig zu erfahren, wie Prostitution im Westen genau aussah. Lili erkundigte sich diskret und fand heraus, dass sie das Rotlichtviertel ohne Weiteres zu Fuß erreichen konnten.

Obwohl es ein warmer Abend im Frühherbst war, kleideten sich die beiden Freundinnen für das Abenteuer instinktiv möglichst zurückhaltend. Als sie sich auf den Weg machten, hatten sie ihre dicksten Wintermäntel an und banden sich Seidenschals um den Kopf. Wie sich herausstellte, präsentierten sich die Huren auf Hamburgs berühmter Reeperbahn hinter spärlich beleuchteten Fensterscheiben. Hand in Hand und in ihren dicken Mänteln schwitzend wunderten sich Lili und Farideh über die erstaunliche Bandbreite – von alt bis jung und dick bis dünn war so ziemlich alles vertreten. Der Grad an Nacktheit war ebenfalls vollkommen unterschiedlich. Die meisten Frauen trugen Latexslips und Strumpfhalter, aber beim Anblick der ersten völlig unbekleideten Prostituierten, einer gelangweilt dreinblickenden Rothaarigen mit enormen Brüsten, schloss Farideh die Augen und weigerte sich, sie wieder zu öffnen. Lili lachte und meinte scherzhaft, eine zukünftige Hebamme sollte besser nicht so zimperlich sein, aber als ihr eine der Prostituierten hinter ihrem Fenster zuwinkte, wäre sie selbst beinahe in Ohnmacht gefallen.

»Dreckige Ausländer!«, rief ihnen plötzlich ein Mann von der anderen Straßenseite nach. Wild gestikulierend deutete er auf die beiden, und alle anderen Männer drehten sich nach Lili und Farideh um. In dem Moment schämten sie sich so sehr, dass sie alle Prostituierten, die sie gerade gesehen hatten, am liebsten zu Nonnen erklärt hätten. Dann holten sie tief Luft und rannten los. Wenige Minuten später befanden sie sich keuchend und zitternd wieder in Sicherheit in ihrem Zimmer.

Natürlich gab es auch Versuchungen. Nicht in der Stadt, wo die meisten Männer in den Cafés Lili wie pubertäre Jungen vorkamen und sie nicht im Geringsten interessierten, jedoch auf den langen Krankenhausfluren, auf denen sie jeden Tag zehn bis zwölf Stunden zubrachte. Die Ärzte in ihren blütenweißen Kitteln waren für sie die attraktivsten Männer von ganz Deutschland, nicht zuletzt weil sie ihr das Gefühl gaben, sie wäre ein Wesen aus *Tausendundeiner Nacht*. Manch einer nahm sie beiseite und diskutierte mit ihr über die Liebesgedichte von Hāfez und die architektonischen Wunder von Persepolis. Meistens kannten sie sich in der Geschichte und der klassischen Literatur ihrer Heimat besser aus als sie selbst, und sie lauschte ihnen begierig und dachte sich später insgeheim fantastische Geschichten aus.

Als einer der Ärzte, ein sehr ansehnlicher Chirurg, von einem Skiwochenende in Sankt Moritz zurückkam und ihr erzählte, dass er den jungen Schah mit seiner neuen Frau auf der Piste gesehen hatte, verfolgt von zwei Dutzend Paparazzi auf Skiern, fragte ihn Lili atemlos: »Haben Sie gesehen, wie schön unsere Königin Soraya ist? Haben Sie ihre grünen Augen gesehen?« Der Chirurg meinte, die junge Königin sei in der Tat sehr hübsch, erklärte Lili aber, dass er ihre schwarzen Augen und dunklen Haare noch viel attraktiver fände – und viel »orientalischer«, fügte er augenzwinkernd hinzu.

Schließlich half Lili ihrem tausendsten Baby auf die Welt (einem brüllenden, rosigen, fünfeinhalb Kilo schweren Jungen) und begann sich auf den letzten Teil ihrer Ausbildung vorzubereiten: die theoretische Prüfung. Zu diesem Zeitpunkt besaß sie einen Stapel Hefte mit einigen hundert deutschen Wörtern, die sie eigentlich hätte nachschlagen wollen. Den Großteil ihrer Zeit brachte sie damit zu, den deutschen Frauen in der Klinik bei der Entbindung beizustehen, und die Wochenenden gehörten ihren Exiliranern in der Stadt – da blieb nicht so viel Zeit zum Lernen, wie sie sich gewünscht hätte. Als das Examen näher rückte, tröstete sie sich mit dem Gedanken, dass es viele faule Schülerinnen gab, die sich weitaus weniger Chancen auf das Bestehen der Prüfung ausrechnen konnten. Sie würde es schon schaffen.

In der Frauenklinik war es Brauch, dass eine der Lehrerinnen am Tag der Abschlussprüfung glänzende Pfennige an die Schülerinnen verteilte, die ihnen Glück bringen sollten. In diesem Jahr war es Schwester Anneliese, die die Münzen ausgab. Als Lili an die Reihe kam, zwang sie sich zu einem Lächeln und ließ den Pfennig fallen. »Wirklich schade, dass Sie es so weit gebracht haben, nur um am Ende zu scheitern«, sagte Schwester Anneliese mit einem bedauernden Kopfschütteln. »Wie schade, dass Sie jetzt wiederholen müssen.«

Lili verzog keine Miene, vermied es, auf den Pfennig zu treten, setzte sich an ihren Platz und strich die Prüfungsbögen glatt. Aber die Seiten wimmelten nur so von Wörtern, die sie nicht kannte, und sie konnte sich nicht konzentrieren. Als sie mit den anderen Schülerinnen nach drei Stunden den Raum verließ, um auf das Prüfungsergebnis zu warten, zitterten ihre Hände noch immer, und ihre Kehle war wie zugeschnürt. Ein Mädchen nach dem anderen wurde aufgerufen, bis Lili am Ende allein draußen vor der Tür saß. Sie hatte die Prüfung nicht bestanden und konnte nicht nach Hause in den Iran.

Fünf Stunden irrte sie durch Hamburg, wobei sie die Binnenalster nicht weniger als vierzehn Mal umrundete. Erst als sich ihre Finger und Zehen wie abgestorben anfühlten, kehrte sie in die Klinik zurück. Shireen entdeckte sie Stunden später. Sie lag bäuchlings auf ihrem Bett und weinte und lachte abwechselnd. Shireen holte sie aus dem Bett und schleppte sie auf die psychiatrische Station, wo man ihr eine Dosis Morphium verpasste, die sie zwei Tage außer Gefecht setzte. Hysterie galt bei diesen fremden Völkern als weit verbreitet, weshalb man in ihrem Fall sehr großzügig entsprechende Medikamente verordnete.

Die beiden Freundinnen hatten ihr Examen bestanden. Farideh kehrte in den Iran zurück, Shireen ging zu einer Weiterbildung nach England, vermachte Lili ihren kleinen Safranvorrat und versprach ihr oft zu schreiben. Und Lili blieb in Deutschland zurück, allein mit ihrem Scheitern und ihrer Wut.

Die Erfahrung bestärkte sie aber nur noch in ihrem Entschluss, die Hebammenausbildung mit Erfolg abzuschließen. Sie fand eine neue Schule, diesmal in Göttingen, und machte sich daran, den theoretischen Teil der Ausbildung zu wiederholen, den sie für das Examen brauchte. Eines Tages lud ihre Zimmernachbarin Franziska sie ein, mit ihr zu einem

Tanzabend im Nachbardorf zu gehen. Gern nahm sie die Einladung an und freute sich auf die seltene Abwechslung, verbrachte dann aber den ganzen Abend bei dröhnender Polkamusik damit, eine Reihe junger Männer mit immer den gleichen Fragen zu langweilen: »Ich bin Perserin. Kennen Sie unseren Dichter Hāfez? Kennen Sie Meister Rumi?« Lange Zeit hatten wohlhabende iranische Familien ihre Söhne nach Europa geschickt, aber iranische Frauen verließen damals ihr Land nur sehr selten, und wenn überhaupt, dann als Ehefrauen sehr reicher Männer. Für die meisten Deutschen war der Iran damals entweder ein Land, das sich im Glanz des alten Persiens sonnte, oder aber ein Land, in dem noch mittelalterliches Elend herrschte. Lili konnte mittlerweile sehr gut erkennen, welche Vorstellung ihr Gegenüber von ihrer Heimat hatte. Sie selbst unterschied die Menschen, die sie kennen lernte, nicht nach diesen beiden Kategorien, sondern konfrontierte ausnahmslos jeden mit der herrischen Art, die sie sich angewöhnt hatte.

Johann, ein junger Eisenbahningenieur im Fischgrätsakko und mit schief sitzender Krawatte, war an dem Abend allein zum Tanzen gekommen, nachdem er monatelang erfolglos einem deutschen Mädchen den Hof gemacht hatte. Sein Leben lang war und blieb er ein überaus schüchterner Mann, der sich sogar vor Kindern fürchten konnte, weil er aber persische Dichter gelesen und drei Monate auf einer griechischen Insel gelebt hatte, erschien ihm Lili wie eine der mandeläugigen Schönheiten aus den persischen Miniaturen, und er hielt ihrem Blick länger stand als die meisten anderen deutschen Männer.

Wie lebten die Menschen im Iran, wollte er von ihr wissen. Was hatten sie für Bräuche, Sorgen und Sehnsüchte? Lili lächelte und beantwortete seine Fragen, so gut sie konnte.

Mit jedem Schluck Bier wurde er mutiger, bestellte eine Runde für den Tisch und gab eine für die ganze Kapelle aus. Bevor er ging, fragte er, ob er Lili am nächsten Tag anrufen dürfe. Sie hatte das Gefühl, sie bräuchte dafür die Erlaubnis eines Ersatzvaters, und weil sonst niemand in Frage kam, wandte sie sich an den einzigen möglichen Kandidaten am Tisch, Franziskas ziemlich betrunkenen Vater, der lallend seine Zustimmung erteilte.

Lili schlief noch, als Johann gegen Mittag mit derselben Krawatte, aber in einem frisch gebügelten Anzug erschien. Franziska weckte sie unsanft, sie steckte ihr Haar hoch und kam in einem geblümten Kleid die Treppe herunter. Im Wohnzimmer tranken sie zusammen Kaffee, eine Stunde später verabschiedete er sich mit dem Versprechen, sie bald in Göttingen zu besuchen. Mit einem breiten Lächeln stürmte er aus dem Haus und winkte ihr zum Abschied aus seinem kleinen orangefarbenen Audi zu.

Von da an wurde sie jeden Tag im Schwesternwohnheim ans Telefon gerufen, und freitags kam Johann sie immer besuchen. Dass sie keine gemeinsame Muttersprache oder Kultur hatten, dass sie nur wenig von ihm und er noch viel weniger von ihr wusste – all diese Lücken und weißen Flecken machten Lili ihren deutschen Verehrer nur umso angenehmer. Abends gingen sie in einem der besten Restaurants Göttingens essen, danach spazierten sie über die belebte Hauptstraße. Manchmal gingen ihr seine vielen Fragen auf die Nerven, aber sie musste zugeben, dass er wirklich sehr gute Manieren hatte und, obwohl er über zehn Jahre älter war als sie, immer noch sehr sympathisch jungenhaft wirkte. Als sie ihm schließlich nach einem ihrer gemeinsamen Abendessen von ihrer ersten Ehe und ihrem Kind im Iran erzählte, hörte er ihr mit einer zärtlichen Aufmerksamkeit zu, die sie nicht so schnell vergessen sollte.

An Weihnachten besuchten sie seine Familie in Hessisch-Lichtenau, einem kleinen Dorf in der Nähe von Frankfurt. Es schneite heftig, als sie in Göttingen losfuhren, und hörte während der ganzen Fahrt nicht auf. Als sie mit einigen Stunden Verspätung ankamen, war das Haus dunkel und still. Johann brachte sie im Gästezimmer unter und verzog sich in irgendeinen anderen Raum im Haus. Als Lili am nächsten Morgen aufwachte, stellte sie fest, dass sie die Nacht unter einer Christusfigur verbracht hatte, oder besser gesagt unter einer großen hölzernen Statue über dem Bett, die den ans Kreuz genagelten Jesus darstellte. Es hatte aufgehört zu schneien, und durchs Fenster konnte sie nur eine schmale Straße und einige schwarz gedeckte Häuser in der Ferne erkennen. Wirklich ernüchternd aber fand sie die gestärkten weißen Bettlaken und die gebügelten Tischdeckchen in ihrem Zimmer. Obwohl ihr die Leidenschaft der Deutschen für Sauberkeit und Ordnung nicht mehr unbekannt war, verunsicherten sie die Bettlaken und Tischdecken so, dass sie ihr cremefarbenes Kostüm anzog, das sie eigentlich für den Abend eingepackt hatte, und ihre Locken zu einem züchtigen Knoten band.

Im Frühstücksraum unten wurde sie bereits von der ganzen Familie ungeduldig erwartet. Mutti war eine korpulente Frau mit hellblauen Augen und rosigen Wangen. Sie trug ein kornblumenblaues Hauskleid, eine weiße Schürze, orangebeige gemusterte Strümpfe und grobe schwarze Lederschuhe. Lili schüttelte ihr die Hand und wurde Johanns beiden Schwestern vorgestellt. Die größere mit der Brille hieß Maria, wohnte bei Mutti in Hessisch-Lichtenau und arbeitete als Buchhalterin in der Stadt. Elsa war die hübschere von beiden. Sie lebte in Frankfurt und arbeitete für eine große Firma, die mit Gold, Silber und anderen harten Währungen handelte. Als Lili sich an den Tisch setzte, stellte sie erstaunt fest, dass alle drei bereits stark nach Zigaretten und Pfefferminz rochen, auch wenn es noch früh am Morgen war.

Obwohl sie Lili wie der Inbegriff einer deutschen Familie vorkamen, stammten Johann und seine Familie in Wahrheit aus einem Dorf in der Nähe von Danzig. Sie waren slawische Kaschuben, die jahrhundertelang in einer Kolonie von strohgedeckten Hütten an der Ostsee gelebt hatten. Als die Nazis in Polen einfielen, vertrieben sie die Kaschuben aus ihren Dörfern und behandelten sie als aus ihrer Sicht genauso minderwertige Menschen wie Krüppel, Geisteskranke und Zigeuner, mit dem Ergebnis, dass die Familie auseinandergerissen wurde. Der älteste Sohn Jakob, ein stämmiger Sechzehnjähriger, musste an die Front und fürs Deutsche Reich kämpfen. Johann, der jüngste Spross, und sein Vater kamen in russische Arbeitslager. Johanns Schwestern wurden mit ihrer Mutter in das Dorf am Rand von Frankfurt verschickt, wo sie nur das Schicksal ihrer Männer abwarten konnten.

Jakob kam nie zurück. »Er hat sich verirrt«, murmelte Mutti und starrte aus dem Fenster. »Er hat sich irgendwo da draußen verirrt und kann uns nicht finden.« Elsa und Maria beließen sie in dem Irrglauben aus Angst, ihre Mutter würde sonst vollkommen den Verstand verlieren. Als Papa und Johann in Hessisch-Lichtenau auftauchten, schickten die Nazis vierzehnjährige Jungen an die Front. Mutti und die Schwestern wollten sich ihr »Bübchen« nicht noch einmal wegnehmen lassen. Obwohl er nicht so gut aussah wie sein toter Bruder Jakob, war Johann mit seinen blauen Augen und blonden Locken doch der Hübscheste der ganzen Familie. Bis der Zweite Weltkrieg zu Ende war, versteckten sie

Johann im Keller. Um sich die Zeit zu vertreiben, hatte er sich Griechisch beigebracht.

Als der Krieg vorbei war, kam er wieder nach oben, ging zwei Jahre als einziger Junge in seiner Klasse auf die Oberschule und lernte während dieser Zeit so gut Deutsch, als hätte er sein ganzes Leben in Hessisch-Lichtenau verbracht. Papa starb kurze Zeit später an Krebs. Nachdem sich die beiden Töchter im Dorf umgesehen und festgestellt hatten, dass es keinen heiratsfähigen Mann unter fünfzig für sie gab, beschlossen sie arbeiten zu gehen. Johann machte Abitur, bekam ein Stipendium, studierte Maschinenbau und arbeitete dann in einem Team von Ingenieuren, die in ganz Deutschland Eisenbahnen, Tunnels und Brücken wiederaufbauten.

Er war überaus sanftmütig, aber ein hemmungsloser Biertrinker. Wo immer er zum Arbeiten hinmusste, mietete er ein Zimmer für vier Tage, Montag bis Donnerstag, und verbrachte jedes Wochenende und jeden Urlaub bei seiner Mutter und den Schwestern. Wenn er spätnachts betrunken aus der Bierhalle heimgestolpert kam, schälten ihn Maria und Elsa aus den Kleidern und schrubbten ihm abwechselnd Gesicht und Brust mit warmem Wasser ab, damit die Mutter nicht das ganze Ausmaß seiner Trinkerei erfuhr. Als er Lili zum ersten Mal mit nach Hause brachte, war er vierunddreißig, und obwohl seine Locken nicht mehr so blond waren und er Ringe unter seinen blauen Augen hatte, war er für sie immer noch ihr Bübchen, und Lili hatte kaum zehn Minuten an ihrem Tisch gesessen, als sie wusste, dass sie ihn auch nicht so ohne Weiteres hergeben würden.

Dennoch trennte er sich nur eine Woche nach ihrem Besuch von dem Ring, den er für seine deutsche Freundin gekauft hatte. Lili war längst nicht so verliebt in Johann, wie er in sie vernarrt war, aber sie hatte allen Grund, die offizielle Besiegelung ihrer Beziehung voranzutreiben. Die meisten Verwandten zu Hause glaubten ohnehin, dass sie in Europa alle moralischen Grundsätze über den Haufen werfen würde, weshalb sie nur umso mehr daran festhielt. An einem schönen Sonntagnachmittag bat Lili Johann, mit ihr in seinem orangen Audi einen Ausflug aufs Land zu machen. Als sie zu einer Bockbrücke kamen, ließ sie ihn an den Rand fahren und den Motor abstellen. Mit dem Finger deutete sie auf den Fluss unter ihnen, und Johann wusste sofort, was sie von ihm erwartete. Er stieg aus dem Auto, machte ein paar große Schritte und schleuderte den goldenen Ring ins Wasser.

Von der großen Geste ermutigt bat Johann als Nächstes den Bischof von Frankfurt um eine Privataudienz. Er erklärte, dass er eine Muslimin heiraten wolle und erwähnte Lilis erste Ehe, ihr Kind und ihre Scheidung. Als er geendet hatte, zog sich der Bischof in die Kirche zurück. Ob er sich dort mit seinen Mitbrüdern beriet oder ein altes theologisches Werk zu Rate zog, sollte Johann nie erfahren. Als der Bischof zurückkam, erklärte er Johann jedenfalls, dass Lilis erste Ehe in Anbetracht ihres damaligen Alters für ungültig erklärt werden könnte. Das war zwar nicht die eindeutige Antwort, die sich Johann gewünscht hatte, aber sein katholisches Gewissen war zumindest so weit beruhigt, dass er seine Heiratsabsichten weiter verfolgte.

Zur Verlobung schenkte er ihr eine Perlenkette, und als er sie ihr um den Hals legte, lief ihm eine Träne über die Wange. Und mit dieser Träne wurde es für Lili zur Gewissheit. Sie kannte ihn noch nicht einmal zwei Monate, aber dass er so tief für sie empfand und sie ganz offensichtlich anbetete, schien ihr eine sehr gute Voraussetzung für einen

Ehemann. Sie wollte ihn heiraten, sagte sie ihm, aber nur unter der Bedingung, dass er bei ihrer Familie schriftlich um ihre Hand anhielt.

Doch wem sollte er schreiben? Khanoom und Kobra konnten nicht lesen, weshalb es sinnlos wäre, ihnen zu schreiben. Außerdem hatte Lili das Gefühl, ein männlicher Verwandter müsse ihr die Erlaubnis erteilen. Schließlich schrieb Johann einen offiziellen Brief an ihren Bruder in Stuttgart, den Nader folgendermaßen beantwortete: »Meiner Schwester steht es frei, den Mann zu wählen, den sie heiraten will. Ich wünsche euch auf jeden Fall alles Gute.«

Nachdem der erste Schritt getan war, machte sich Johann auf den Weg nach Hessisch-Lichtenau, um den zweiten Schritt zu tun, der sich als wesentlich schwieriger erwies: Er erklärte seiner Familie, dass er sich verlobt hatte. Mutti, Elsa und Maria sahen erst ihn und dann sich an. Das iranische Mädchen war kein Gast, sondern eine Diebin gewesen, wurde ihnen mit einem Mal bewusst. Obwohl er wohlweislich weder Lilis erste Ehe noch ihr Kind erwähnte, um Muttis Veto nicht zu provozieren, machte sie ihm doch sehr schnell und unmissverständlich klar, dass in Ermangelung einer kaschubischen Braut jedes katholische Mädchen toleriert würde, eine Muslimin jedoch weder für ihn noch für die Familie in Frage kam.

Verbittert und enttäuscht verließ Johann das Haus, aber nicht ohne seinen besten Anzug, den er ordentlich gefaltet über dem Arm trug. Er und Lili legten ihr Geld zusammen und kauften sich ein Paar Verlobungsringe – die dünnsten, die es aus zehnkarätigem Gold gab, etwas Besseres konnten sie sich nicht leisten. Dann fanden sie aber, dass sie doch noch etwas anderes brauchten, um sich später an diesen Tag zu erinnern. Fast den ganzen Januarnachmittag stöberten sie in den teuersten Läden der Stadt nach Andenken, die aber ohnehin alle zu teuer waren. Als sie genug davon hatten, entdeckten sie ein Antiquitätengeschäft und einigten sich auf einen silbernen Kerzenhalter und eine passende silberne Vase. Dazu erstanden sie auf einem Markt noch drei beinahe frische Orchideen.

Johann mietete zwei Hotelzimmer für ihre Verlobungsparty, und weil ihres das schönere von beiden war, streiften sie sich dort die Ringe über und gaben sich das Eheversprechen. Um Mitternacht küssten sie sich, wünschten einander eine gute Nacht, und Johann verschwand in sein Zimmer. Aufgrund ihrer Vergangenheit und seiner katholischen Erziehung brauchten sie auch an dem Abend keinen Aufpasser.

Obwohl seine Begeisterung für den Fernen Osten zweifellos von Vorteil war, musste Johann weitere Bedingungen erfüllen, ehe sie heiraten konnten.

»Welche Bedingungen meinst du?«, fragte er Lili, zuversichtlich, dass die härteste Prüfung, die sie ihm stellen konnte, bereits bestanden war, nachdem er sich von seiner Familie losgesagt hatte.

»Ich will nicht, dass du trinkst. Oder jedenfalls nicht so viel.«

»In Ordnung«, antwortete er ohne zu überlegen. »Ich werde gar nichts mehr trinken.«

»Gut«, sagte Lili und nickte zufrieden. »Aber da ist noch etwas anderes.« Sie räusperte sich, errötete ein wenig und schleuderte ihm ein Wort entgegen: »Beschneidung.«

Johann errötete ebenfalls, wich ihrem Blick aus und fragte, was genau das bedeutete. Mit der ganzen professionellen Sachlichkeit, die sie sich im Laufe der letzten drei Jahre angeeignet hatte, erklärte sie ihm die Einzelheiten des

Eingriffs, wobei sie sämtliche Fachbegriffe verwendete und sogar eine Skizze wie aus einem Lehrbuch anfertigte. »Ich verstehe«, sagte er mit fester Stimme, als sie fertig war, aber sein leichenblasses Gesicht verriet, wie entsetzt er war.

Als er an dem Abend ging, war sie nicht sicher, ob er je wiederkommen würde, aber schon eine Stunde später klopfte er wieder an ihre Tür. Er hatte weitere Fragen – diesmal nicht zur Beschneidung, sondern zum Islam im Allgemeinen. Die nächsten Stunden vergingen mit einem komplizierten theologischen Gespräch. Ihr Deutsch war damals bereits recht passabel, aber in Glaubensfragen fehlten ihr doch oft die richtigen Worte; sie antwortete daher so gut wie möglich. Danach verbrachte Johann wieder eine Stunde in seinem Auto, ehe er mit immer neuen Fragen zurückkam. Kurz vor dem Morgengrauen gab es eine kurze Pause, weil sie schlafen mussten – sie in ihrem Zimmer, er unten auf der Straße in seinem Auto.

»Ruf im Krankenhaus an, und mach einen Termin«, sagte er, als um sechs Uhr die Sonne am Horizont aufging.

Beschneidungen von kleinen Jungen waren in der deutschen Klinik schon alles andere als Routine, aber an einem über dreißigjährigen Mann hatte man diesen Eingriff mit Sicherheit noch nicht vorgenommen. Keine Vorsichtsmaßnahme wurde ausgelassen. Johann wurde so eingehend wie für eine Gehirnoperation beraten, man wollte den Eingriff nur unter Vollnarkose machen, und er sollte anschließend zwei Tage zur Überwachung im Krankenhaus bleiben. Als er in den Operationssaal gerollt wurde, saß Lili ganz allein im Wartezimmer, starrte auf die schwarzweißen Fliesen auf dem Boden und kaute sich die Nägel blutig. Stunde um Stunde verging, und sie begann sich zu überlegen, was sie seiner Familie sagen sollte, wenn er auf dem Operationstisch starb.

Nach drei Stunden schoben sie Johann, der noch ganz

benommen war von der Narkose und einfältig grinste, endlich wieder aus dem OP. Lili hatte noch nie so rote Wangen gesehen wie seine. Die Wunde hatte sich infiziert, und sein Zustand war kritisch. Man verabreichte ihm eine hohe Dosis Antibiotika, und Lilis Sorge steigerte sich zur Hysterie. Panisch lief sie durch die Gänge und flehte mit allen Gebeten zu Gott, an die sie sich erinnern konnte, und noch einigen, die sie sich an diesem Tag ausdachte.

Als das Fieber auf vierzig Grad stieg, sah er sie matt an. »Telegrafiere Mutti«, flüsterte er schwer atmend. »Sag ihr, sie soll kommen, aber erzähl ihr nichts von …« Wenige Stunden später trafen Mutti und Maria in ihren Trenchcoats im Krankenhaus ein, eine Spur von Pfefferminz und Zigaretten hinter sich her ziehend. Sie rauschten ohne einen Gruß an Lili vorbei und eilten an Johanns Krankenlager. Warum hatte man ihn überhaupt ins Krankenhaus gebracht? War er krank gewesen? Weshalb hatte man ihn operiert? Mutti und Maria bettelten um Informationen und versuchten sogar vor lauter Verzweiflung das Personal zu bestechen – aber ohne Erfolg. Als Elsa wenig später aus Frankfurt kam und feststellte, dass es keine sichtbaren Verbände gab, sprach sie aus, was man bereits vermutet hatte. Aber war es möglich, dass er wirklich *sowas* mit sich hatte machen lassen, weinte Mutti, und als Johann, dessen Fieber endlich sank, zu der Frage nur schwach aus dem Krankenbett nickte, heulten und schrien die Frauen, dass es im ganzen Haus zu hören war. Das iranische Weib musste direkt aus der Hölle gekommen sein, jammerten sie, und würde sie bald alle miteinander unter die Erde bringen.

Allen Prophezeiungen zum Trotz erholte sich Johann schließlich doch. Eine Woche nach der Operation ging er wieder zur Arbeit und stattete Lili wie gewohnt seine wöchentlichen Besuche ab. Sowohl die Bierhallen als auch seine Familie suchte er immer seltener auf und gewöhnte sich in seiner Freizeit an, dicke Bücher über iranische Literatur, Geschichte und Architektur zu lesen. Sobald Lili ihre Abschlussprüfung absolviert und ihr Diplom von der Universität Göttingen erhalten hatte, reichte Johann seine Kündigung ein. Er verkaufte seinen Audi, alle außer seinen Lieblingsbüchern und erstand einen schwarzen Mercedes, mit dem sie in den Iran fahren wollten; er und Lili wechselten sich am Steuer ab.

Das war 1962. Drei Wochen lang ernährten sie sich nur von trockenem Brot, Kaffee und Früchten, die sie gelegentlich von Bäumen an der Straße pflückten. Der einzige Luxus, den sie sich gönnten, waren ein Besuch im Spielcasino von Monaco und ein Paar Wildlederpumps, die Lili in einer Boutique in Wien entdeckt hatte. An der österreichisch-jugoslawischen Grenze wurden sie in einem fensterlosen Zimmer verhört, in dem es nach Knoblauch und Schweiß stank. Endlich in der Türkei gelandet entdeckte Lili, dass einer der beiden Schuhe fehlte. Johann wendete den Wagen und fuhr zurück nach Jugoslawien, befreite den fehlenden Schuh aus den Klauen eines mehr schlecht als recht rasierten Zollbeamten, um dann weiter Richtung Iran zu fahren, um dort zu heiraten.

8. Kapitel

Der Pfauenthron

»Ich kann mich noch ganz genau an ihr Kleid erinnern«, begann Lili den Bericht über ihre letzten Jahre im Iran. »Es war aus blauem Samt und an den Schultern geschlitzt. Sie hatte es an, als sie mir Tee servierte. Kannst du dir vorstellen, dass sie ein Mädchen so ein Kleid anziehen ließen und dann ihre Mutter kharab *nannten, Hure. Und so nannte sie mich auch.* Kharab. *Hure.«*

Innerhalb weniger Jahrzehnte hatten die Iraner drei neue Königinnen willkommen geheißen: Die ägyptische Prinzessin Fawzia, die grünäugige Soraya und die wunderschöne Farah Diba. Und dieser Aufmarsch königlicher Bräute war für sie genauso rätselhaft wie alle anderen Veränderungen während der Regentschaft von Mohammad Reza Pahlavi. Seit Generationen waren unfruchtbare oder aus sonstigen Gründen nicht mehr erwünschte Ehefrauen meist neben den neuen behalten worden, aber getreu der Modernisierungskampagne seines Vaters und seiner eigenen strategischen, oft unbequemen Allianzen mit dem Westen, hatte Schah Reza Pahlavi der Zweite auch den westlichen Brauch übernommen, nur eine einzige Ehefrau zu haben. Welche Anstrengungen das auch immer privat für ihn bedeutet haben mochte – das Land musste sich jedenfalls wieder und wieder auf eine neue Königin einstellen, und dank der Ölquellen im Persischen Golf und der ehrgeizigen Pläne des Schahs für den Iran wurde jede neue Hochzeit noch majestätischer gefeiert als die vorhergehende.

Dass Lili Anfang der Sechzigerjahre als Braut aus Europa zurückkehrte, lag an ihrem eigenen Ehrgeiz, der ebenfalls beträchtlich war, und sie schwenkte voller Stolz ihr ausländisches Diplom, dessentwegen sie jeder mit »Madame Doktor« ansprechen musste – als erste und für viele Jahre einzige Frau aus der Familie. Was ihre Cousinen, Tanten und Stiefmütter aber weit mehr erstaunte, war die Tatsache, dass sie einen gut aussehenden, höflichen *farangi* mit blauen Augen mitgebracht hatte, der es kaum erwarten konnte, in ihrem Land zu leben und zum Islam überzutreten, um sie zu heiraten.

»Sie hat sich ihren eigenen Richard Burton mitgebracht«, staunten die Cousinen und kicherten hinter vorgehaltener Hand.

»Ja, diesmal war das Glück auf ihrer Seite«, mischten sich die Tanten und Stiefmütter ein. »Fragt sich nur, wie ihr das gelungen ist?«

Tagelang machten die Verwandten ihre Aufwartung in Naders Wohnung in einem neuen Betonklotz im Westen Teherans. Kobra lebte dort schon, seit Nader Anfang des Jahres aus Deutschland zurückgekommen war, und bis sie Arbeit und eine eigene Wohnung gefunden hatten, war es auch Lilis und Johanns Bleibe. Der Clan defilierte also durch die Zimmer, um das neue Paar zu begrüßen, und Lili – Arm in Arm mit Johann – genoss den Anblick, wenn ihnen vor Staunen der Mund offenstehen blieb, schenkte ihnen ein strahlendes Lächeln und erfreute sich an der allgemeinen Verblüffung.

Als alle ihre Aufwartung gemacht hatten und Lili sich endlich auf die Straße wagen durfte, wurde sie selbst noch viel mehr überrascht als zuvor ihre Verwandten. Während ihrer Abwesenheit hatte Teheran die letzten Reste seines mittelalterlichen Charakters abgeschüttelt und sich zu einer modernen Metropole entwickelt. Überall standen Kräne, und die Wolkenkratzer schossen wie Pilze aus dem Boden. Durch die Straßen wälzte sich dichter Verkehr, und die Skyline der Stadt lag ständig unter Smog. Unmengen junger Iraner hatten ihr Land verlassen und waren nach Europa und auch immer öfter nach Amerika gegangen, aber auf Teherans Straßen wurde Lili nun plötzlich Zeuge eines umgekehrten Exodus. Tausende von Ausländern waren in die Stadt gekommen, um dort zu leben und zu arbeiten (in den Siebzigerjahren war es fast eine Million), und der ehemals bescheidene Flughafen Mehrabad, die Pforte, die sie alle passieren mussten, schluckte ganze Farmen, während er sich immer weiter ins Land fraß, um dem Ansturm gewachsen zu sein.

Nirgends fand sie die Veränderungen jedoch so offensichtlich wie bei der weiblichen Bevölkerung Teherans. Mit ihren kurzen Röcken, den kleinen Handtaschen und den Lockenköpfen unterschieden sich die meisten *Tehrooni*-Frauen nun genauso wenig von den Ausländerinnen, wie sie sich für die verschleierten Frauen interessierten, die neben ihnen hergingen. Besonders schockiert war sie, dass in der Hauptstadt fast alle Frauen, von den frommen alten *chadoris* bis hin zu den eleganten jungen Ladys, in der Öffentlichkeit rauchten.

Doch wo waren die Rosengärten, von denen der Dichter Sa'adi so geschwärmt hatte, fragte sich Johann? Was war aus den juwelenbesetzten Thronen geworden? Wo waren die sagenhaften Baudenkmäler? Lili fürchtete, Johanns Leidenschaft für die persische Vergangenheit könnte der Hauptgrund für seine Entscheidung gewesen sein, sie heiraten zu wollen. Deshalb beschloss sie, das verwirrende neue Teheran erst einmal zu verlassen und die ersten Wochen ihres Verlobten im Iran dem Besuch der besonders ernüchternden Gegenden ihrer Heimat zu widmen.

Es sollte ihre Armutsreise werden. Von Khanoom lieh sie sich ein paar hundert *toman*, und dann begannen sie ihre Reise in den ärmsten Vierteln der Stadt und beendeten sie in den verlassensten Dörfern am Rande Teherans. In rostigen Bussen rumpelten Lili und Johann über die Straßen und übernachteten in den ärmlichsten Herbergen, die sie finden konnte. Johann sah sich alles sehr genau an und machte sich Notizen in einem kleinen, ledergebundenen Notizbuch, das er extra zu diesem Zweck gekauft hatte. Als Lili sah, dass ihn die von Gott und der Welt verlassene Landschaft im Süden Teherans, in der sich allen großen Neuerungen in der Hauptstadt zum Trotz seit Jahrhunderten kaum etwas verändert hatte, nicht aus der Fassung bringen konnte, hätte sie gerne gewusst, wie sehr Johann Armut wohl am eigenen Leib erfahren hatte. In Deutschland hatte er ihr einmal vom Krieg, von den russischen Arbeitslagern und dem mühsamen Rückweg mit seinem Vater nach Deutschland erzählt, die Geschichte aber nicht mit Einzelheiten ausgeschmückt.

Nachdem sie also festgestellt hatte, dass die Armutsreise weder Johanns Begeisterung für den Iran noch für sie hatte schmälern können, belohnte sie ihn mit einer anderen Reise – der Reise der Tausend Wunder. Auf dieser Fahrt spähten sie in den Park des Schahpalastes in Niavaran, sie bestaunten die fruchtbaren Täler und verschneiten Gipfel des Damavand und fuhren weiter Richtung Süden zu einer ausgiebigen Besichtigung der architektonischen Juwelen von

Isfahan, Shiraz und Persepolis, die Lili ebenfalls zum ersten Mal zu Gesicht bekam.

Johann konnte sich gar nicht sattsehen. Bald war sein Notizbuch bis zur letzten Seite mit Skizzen und Anmerkungen gefüllt, und er musste die Reise der Tausend Wunder am Rand der Seiten dokumentieren, auf denen er über ihre erste Reise Tagebuch geführt hatte. Den großen Platz von Isfahan überquerte er der Länge nach wie in Trance und fuhr mit dem Finger die Kalligraphien an Hāfez' Grab in Shiraz nach. Die in ockerfarbenen Granit gehauenen kolossalen Grabmale von Persepolis machten Johann sprachlos.

Aber die größte Überraschung erlebten sie auf dem Rückweg von Persepolis, als ein drahtiger dunkelhäutiger Dorfbewohner Johann auf Englisch grüßte, sich vor ihm verneigte und ihm mehrfach die Hand küsste. Obwohl er Irans Geschichte gründlich studiert hatte, war Johann auf eine derart herzliche Begrüßung nicht vorbereitet.

Lili versuchte ihm dieses Phänomen so gut wie möglich zu erklären. Im Zuge der vielen Eroberungen durch Griechen, Araber, Mongolen, Türken und Engländer hatte sich die natürliche Gastfreundschaft der Iraner mit einem eher elementaren Überlebenswillen vereint. Das hatte im Laufe der Jahrhunderte zu einer weit verbreiteten Unterwürfigkeit Fremden gegenüber geführt. Dass diese Ehrerbietung aber oft gepaart war mit Verdächtigungen und Groll, behielt Lili zunächst lieber für sich. Johann gelang es schließlich, sich irgendwie von dem Möchtegernbittsteller zu befreien, und er meinte, so etwas Unglaubliches hätte er auf ihrer ganzen Reise noch nicht erlebt.

Auf der Rückfahrt nach Teheran entdeckte Lili zufällig einen Wegweiser nach Sari und beschloss, den letzten Teil ihrer

Reise der Suche nach ihrer Tante Zahra zu widmen, von der sie seit Jahren nichts mehr gehört hatte.

Als kleines Mädchen galt Zahra mit ihren vollen Lippen und ihren hübschen mandelförmigen Augen als die Schönste unter ihren Schwestern. Mit vierzehn, nur wenige Jahre vor Kobras Hochzeit mit Sohrab, wurde Zahra mit einem alten, reichen, aber übellaunigen Witwer verheiratet. Die Verbindung war alles andere als nach ihrem Geschmack, weshalb sie ihren Mann so lange ärgerte und quälte, bis er schließlich in die Scheidung einwilligte. Hätte sie Witwenkleider getragen, hätte man Zahra ihr undankbares Verhalten möglicherweise verziehen. Stattdessen brannte Zahra mit einem zweiten Ehemann nach Sari durch, woraufhin ihre Familie so tat, als wäre sie gestorben oder als hätte es sie überhaupt nie gegeben. Zahra hatte sich viele Jahre lang in Teheran nicht blicken lassen, obwohl man wusste, dass ihre Mutter Pargol und später auch Kobra ihr von einem Schreiber Briefe nach Sari hatten schicken lassen.

Lili und Johann entdeckten Zahra auf den Stufen einer honigfarbenen Hütte. Sie schälte eine Orange, und das Exil schien ihr glänzend zu bekommen. Obwohl damals schon Ende vierzig war Zahra mit ihren vollen Lippen, ihren anmutig geschwungenen Augenbrauen, ihrem üppigen Busen und ihrem kehligen Lachen eine wahre Schönheit. Ganz offensichtlich kümmerte sie sich nicht um westliche Modetrends und trug ihre perfekt geschneiderten Schleier aus kostbarem Crèpe de Chine nach herkömmlicher Art – beinahe wie einen indischen Sari. In Wirklichkeit ließ sich Zahras Aussehen nicht so leicht beschreiben. »*Zahra namak dareh*«, hieß es von ihr, »Zahra hat Feuer«, was so viel bedeutete wie, ihr Charme sei sehr ausgeprägt. In der Stadt Sari wusste jedenfalls jeder, dass auf einen Blick ihrer mit Kajal umrandeten

Augen und eine leichte Bewegung ihres Schleiers hin alten Männern und Teenagern gleichermaßen das Blut ins Gesicht schoss. Lili fand sie auch feurig und verehrte sie dafür.

Mindestens genauso begeistert war Zahra von ihrer wiederentdeckten Nichte. »*Bah, bah, bah!*«, rief sie vor lauter Freude über Lili und Johann. »Du hast dich gut gemacht, Lili-*joon*!« Sie holte Unmengen Orangen, die fast so groß wie Melonen waren, aus dem Keller, und als sie die Früchte schälte, spritzte der Saft unter ihren langen, bemalten Fingernägeln und erfüllte den ganzen Raum mit dem Duft nach Orangen. »Die zweite Ehe ist immer die beste, meinst du nicht auch, Lili-*joon*?«, schnurrte sie und reichte Lili einen köstlichen Orangenschnitz nach dem anderen.

Allerdings konnte Lili nichts an dem mageren, kahlköpfigen Mahmoud, Zahras zweitem Ehemann, finden, der so ein geschickter Liebhaber sein sollte, wie ihr Zahra jede Nacht vorschwärmte, wenn sie um den *korsi* saßen. Während Lilis und Johanns dreitägigem Besuch in Sari mochte Mahmoud jedenfalls nichts lieber, als die Abende mit Johann und seinem Transistorradio auf der Suche nach europäischen Sendern zu verbringen. Er behauptete, er sei ganz besonders an Neuigkeiten aus Deutschland interessiert. »Deine Landsleute sind die klügsten der ganzen Welt!«, rief er begeistert. Johann wehrte sich erfolglos gegen dieses Lob, und es gelang ihm auch nicht, Mahmoud die Herkunft seiner Familie zu erklären. »Ich liebe den Klang der deutschen Sprache!«, strahlte Mahmoud, und seine Bewunderung für Johann und für die Deutschen blieb von Johanns Protesten ungetrübt. »Sie sind so unglaublich schlau!« Dann drückte er Johann sein Radiogerät und den Kopfhörer in die Hand und bat ihn, für ihn zu übersetzen, und mehr als einmal sprang Mahmoud vor Begeisterung über das, was er hörte, auf und klatschte in die Hände.

Als Lili und Johann nach Teheran zurückkamen, war die ursprüngliche Begeisterung des Clans in Argwohn, dummes Geschwätz und offene Missbilligung umgeschlagen. »Am liebsten würde ich sterben wegen dieser Schande!«, erklärte eine von Lilis Tanten. »Sohrab Khans Tochter ist kreuz und quer durchs Land gekurvt.«

»Mit einem Ausländer!«, kreischte eine Cousine.

»Ohne Anstandsdame und ohne Schleier!«, entfuhr es einer anderen Cousine.

»Und wer sagt denn, dass dieser Mann sie wirklich heiraten wird?«, klagte die Tante.

Diejenigen von Lilis Cousinen, die schon einmal im Ausland gewesen waren und zeitgemäße Ansichten vertraten, taten ihr Bestes, um Khanoom und die Frömmeren unter den älteren Familienmitgliedern zu beruhigen. Ein Europäer hat zu Hause keinen Mangel an Frauen und deshalb auch nicht an Sex, beeilten sie sich zu erklären. Deshalb konnte Johann doch wohl nur mit edlen Absichten in den Iran gekommen sein. Was genau hatte Lili außerdem zu verlieren, fuhren ihre Cousinen fort, und wovor wollte man sie eigentlich bewahren? Schließlich stand hier nicht die Unschuld eines jungen Mädchens auf dem Spiel. Die letzten Argumente erwiesen sich als besonders überzeugend, obwohl die Cousinen sie wohlweislich nicht vortrugen, wenn Lili in der Nähe war.

Lilis und Johanns ganze Aufmerksamkeit galt jedoch mittlerweile ihren Bemühungen, die zahllosen Bestimmungen der iranischen Regierung für eine Heirat zu erfüllen. Wollte ein iranischer Muslim eine Ausländerin heiraten, wurde sie durch den Vollzug der muslimischen Hochzeitsriten automatisch zum islamischen Glauben konvertiert, was sich für die iranischen Männer als sehr praktisch erwies, weil sie von ihren Reisen nach Europa und Amerika immer öfter mit einer Freundin oder Verlobten zurückkamen. Wollte jedoch ein Nichtmuslim im Iran eine muslimische Frau heiraten, war er der Willkür der iranischen Behörden ausgeliefert. Johann und Lili mussten ein dreistündiges Verhör im Ministerium über sich ergehen lassen, nur um anschließend mit einer sechzehn Punkte umfassenden Liste weggeschickt zu werden, die sie alle erfüllen mussten, ehe sie die Ausstellung einer Eheurkunde überhaupt beantragen durften.

Den ersten Punkt, die Beschneidung, konnten sie dank Lilis weiser Voraussicht sofort abhaken. Unterhaltserklärungen wurden abgefasst und notariell verbrieft, männliche Verwandte mussten eidesstattliche Aussagen machen, Impfungen wurden verabreicht und so weiter und so fort, bis Lili schließlich Khanooms längsten, dicksten und schwärzesten Schleier überzog und Johann an der Hand nahm, um den letzten Punkt der Liste in Angriff zu nehmen: Johanns offiziellen Übertritt zum Islam.

Ayatollah Behbahani, ein zierlicher heiliger Mann mit sanfter Stimme und einem schwarzen Turban, der ihn als Nachfahren des Propheten auswies, vollzog die Zeremonie. Johann setzte sich im Schneidersitz vor den Ayatollah und begrüßte ihn mit einem ziemlich falsch ausgesprochenen *Salaam-aleykoom*, das Ayatollah Behbahani nachsichtig und herzlich mit *Aleykoom-al-salaam* beantwortete. Dann begann der Ayatollah Johann die entsprechenden Verse aus dem Koran ins Ohr zu flüstern. Lili beobachtete die Prozedur von ganz hinten in der Moschee und konnte nur wenig erkennen, aber als sie den Ayatollah *»Bismillah rahmaneh rahim«* (im Namen des gütigen und barmherzigen Gottes) sagen hörte und sah, wie Johann seinen Mund zu den Worten bewegte und am Ende zustimmend nickte und Ayatollah Behbahani die Hände küsste, lächelte Lili zufrieden hinter ihrem Schleier. Jetzt war Johann ein Muslim, er bekam sogar einen muslimischen Namen – Amir, »Prinz«.

Nun konnte vom höchsten Ministerialbeamten bis hin zum misstrauischsten unter ihren Verwandten niemand mehr Johanns lautere Absichten bezweifeln, aber keiner liebte ihn so sehr wie Lilis Großmutter Khanoom. »Sagt ihm, er soll sich zu mir setzen«, befahl sie ihren Enkelkindern und Großnichten, wann immer er am Esstisch der Familie erschien. Sie holte einen Stuhl, setzte sich vor Johann und verlangte, dass man jedes ihrer Worte für ihn übersetzte, egal welche europäische Sprache sie in der Schule gerade lernten. »Sagt ihm, wir sind sehr stolz, dass er bald unser Schwiegersohn wird!«, befahl sie. »Sagt ihm, wir sind sehr glücklich, dass er jetzt ein Muslim ist! Sagt ihm, dass wir ihn über alles lieben!«, rief sie und passte immer ganz genau auf, ob er auch jedes ihrer Worte verstanden hatte.

Zusätzlich zu diesen periodisch wiederkehrenden Liebeserklärungen bekam Johann von allem, was Khanoom kochte, die besten Stücke; außerdem wachte sie mit Argusaugen über seine Gesundheit. Als er und Lili von einem Badewochenende in Ramsar am Kaspischen Meer zurückkamen, genügte Khanoom ein Blick auf Johanns rot verbrannte Haut, um in Rage zu geraten. »Was hast du mit ihm gemacht?«, beschimpfte sie ihre Enkelin. »Konntest du nicht besser aufpassen?« Khanoom stürzte in die Küche und rührte eine Mischung aus Rosenessenz und Reismehl an, die seinen Sonnenbrand lindern sollte. »Sorge dafür, dass er sich dick damit einschmiert«, herrschte sie Lili an und schickte sie mit einem vernichtenden Blick weg.

Lilis und Johanns Hochzeit sollte Familiengeschichte machen und allen schon allein aus dem Grund in Erinnerung bleiben, dass sie ein Brautkleid nach dem anderen verwarf und schließlich lieber in Vorhänge gekleidet heiratete.

»Musst du denn unbedingt in Weiß heiraten?«, fragten ihre Tanten und Stiefmütter mehr oder weniger missbilligend. »Das schickt sich nicht für eine zweite Ehe. In einem weißen Hochzeitskleid wirst du nur unnötig Aufmerksamkeit erregen …«

Weil diese Frauen genau die Verwandten waren, die sie zu der Heirat mit Kazem gedrängt hatten, hätte Lili sie am liebsten angeschrien, beschimpft oder auch geschlagen. Immerhin erlaubte sie sich die Bemerkung, ihr erstes Brautkleid, das Kazems Familie für sie ausgesucht hatte, wäre gar nicht weiß, sondern blassblau gewesen. Außerdem war es Johanns erste Ehe, erklärte Lili ihnen, weshalb ausschließlich weiß in Frage kam.

Doch obwohl Lili wild entschlossen war, in Weiß zu heiraten, schied auch das billigste »europäische« Kleid aus einer Teheraner Boutique angesichts eines Budgets von gerade mal dreihundert *toman* für die gesamte Hochzeit von vornherein aus. Für alle Fälle hatte Kobra ein sehr hübsches Kleid aus beiger Seide genäht, das bereits in einem Schrank auf Lili wartete, als diese sich eines Tages bei ihrer Cousine aufs Sofa setzte, einen Blick in den Garten warf und dabei die schönen elfenbeinfarbenen Vorhänge bemerkte. Lili schob ein Stück Zucker in den Mund, nahm einen ersten Schluck Tee und sah plötzlich ein prachtvolles Brautkleid vor sich, das aus den Falten des schweren Satins geschneidert war, den ihre Cousine gerade direkt aus Frankreich bekommen hatte, wie sie später behauptete.

Lili war so charmant oder auch raffiniert, wie manche meinten, dass die Vorhänge auf der Stelle abgenommen wurden und das rohseidene Kleid in Kobras Schrank vor sich hin moderte, bis es eines Tages auf dem Müll landete. Und noch am selben Abend stand Kobra barfuß vor Lili, um ihr den Vorhangstoff auf den Leib zu schneidern. Den Mund voller Stecknadeln wetterte Kobra über die offensichtliche Unbescheidenheit, die Lili ihrer Meinung nach demonstrierte, aber ihre Tochter zuckte nur mit den Schultern und raffte den Stoff enger um Busen und Hüfte.

»Nein, das gefällt mir nicht!«, maßregelte sie Kobra. »So muss es sein, verstehst du?«

Als alle sechzehn Bedingungen für die Eheschließung erfüllt waren und sie die dazugehörigen Papiere in Händen hielten, lud Lili ihre Familie zu ihrer Hochzeit ein. Die Feier sollte nur drei Tage später in Naders Wohnung stattfinden, weshalb sie keine Zeit verlieren durften. Mit vereinten Kräften schoben Lili und Kobra die Wohnzimmermöbel an die Wand. Dann rissen sie alle Fenster auf, schleppten die Teppiche auf den Balkon, um sie auszuklopfen, und rutschten auf den Knien durch die Wohnung, um auch noch die letzte Ecke mit Salmiak und Chlorbleiche zu schrubben.

Dann machte sich Kobra an die Vorbereitungen für das Fest. Seit Wochen hatte jeder Gast, Cousinen wie Kundinnen, Orangen mitgebracht, damit Kobra die Schalen für den Hochzeitsreis sammeln und trocknen konnte. Frühmorgens am Festtag erschienen Lilis Tanten, Stiefmütter und Cousinen mit ihren größten Töpfen, Pfannen und Platten bewaffnet in Kobras Wohnung. Sie ließen den Reis quellen, mischten die in hauchdünne Streifen geschnittenen Orangenschalen mit Mandelsplittern und zuckerten und würzten die Mixtur, ehe sie sie kurz anbrieten und schließlich abwechselnd mit dem Reis in einen Topf schichteten. Sie buken Spinatfladen, rollten *dolmeh* und rührten den Pudding. Und um sich vor den betörenden Küchendüften und der zunehmenden

Tageshitze zu schützen, zerteilten sie Wassermelonen und tranken Unmengen von *dooq*, einem erfrischenden Joghurtgetränk mit Pfefferminze. Gegen Mittag steckte Lili die Nase in die Küche, um zu sehen, wie weit sie waren, trank eine Tasse *dooq*, die ihr jemand in die Hand drückte, und machte sich mit den dreihundert *toman*, die Johann und sie für die Hochzeit gespart hatten, auf den Weg in die Stadt.

Ihr erster Weg führte sie zu Teherans bestem Blumengeschäft, bei dem alle reichen Ausländer einkauften. Auf die Frage nach dem Anlass antwortete sie beiläufig: »Ach, nichts Besonderes, nur eine kleine Familienfeier.« Hätte sie den wahren Grund angegeben, wäre der Einkauf zwei- oder dreimal so teuer gekommen. Weil sie aber unerwähnt ließ, dass es sich um eine Hochzeitsfeier handelte, verließ sie den Laden mit einem Armvoll Tuberosen und einem Armvoll weißer Gladiolen – und zweihundertfünfzig *toman* in der Geldbörse. Denselben Trick wandte sie in einer Konditorei in der Avenue Naderi an, wo sie mit Pistazien gefüllte Nougatpralinen und Kichererbsenkekse in drei rosa Schachteln mit Schleifen erstand. Zuletzt machte Lili noch bei einem Fotostudio in der Avenue Shah Reza Halt und legte ihr restliches Geld – etwa zweihundert *toman* – samt einem Zettel mit Naders hastig hingekritzelter Adresse auf die Ladentheke.

Eine Stunde bevor die Gäste erwartet wurden, beugte sich Lili mit dem Oberkörper über den Esstisch und breitete ihr langes Haar auf einem weißen Tischtuch aus. Obwohl Kobra sehr erschöpft war von drei Tagen Putzen, Kochen und Nähen, fuhr sie so lange mit einem heißen Bügeleisen über Lilis Locken, bis sie sich in glatte, glänzende Strähnen verwandelt hatten. Dann setzte sich Lili vor einen Spiegel und sah zu, wie Kobra jede Strähne auf einen Lockenwickler drehte und mit einer Haarnadel feststeckte. Als die Frisur fertig war, setzte Kobra Lili eine mit Strasssteinen besetzte Tiara ins Haar, Zaynabs Hochzeitsgeschenk für die Braut.

»Jetzt bist du so schön wie eine *aroos farangi*!«, seufzte Zaynab mit Tränen in den Augen, was so viel heißen sollte wie: viel schöner als eine iranische Braut. Lilis Tanten und Sohrabs Stiefmütter in der Küche schnalzten anerkennend mit der Zunge und tuschelten begeistert. »Doch, jetzt bist du so schön wie eine Braut aus der Fremde«, wiederholte Zaynab etwas lauter, »und mehr als hübsch genug für den frisch konvertierten *damad farangi*, deinen Bräutigam aus der Fremde, der nebenan auf dich wartet.«

Kurz vor Sonnenuntergang traf der *agha* ein, der heilige Mann, woraufhin sich die Frauen in Kobras Zimmer zurückzogen und die Männer Johann im Wohnzimmer in ihre Mitte nahmen. Lili hockte in ihrem Brautkleid aus Vorhängen auf der Bettkante, während Zaynab und Kobra noch an ihrem Schleier hantierten und die Schleppe glatt strichen. Endlich rief der *agha* alle zusammen, die Männer brachen in Hochrufe aus, und Johann betrat den Raum, hochrot und ein wenig schüchtern mit den Augen zwinkernd. Er nahm neben Lili Platz und lüftete behutsam ihren Schleier. Mehr als hundert Gäste aus Lilis Familie und kein einziger aus Johanns sahen dann zu, wie der weiße Satinbaldachin entfaltet, die Köpfe des Brautpaares mit zwei Zuckerhüten berührt und der Saum des Baldachins mit einem silbernen Faden vernäht wurde (um den Mund der Schwiegermutter zu verschließen).

Die Älteren erklärten, noch nie einen so guten Hochzeitsreis gegessen zu haben und dass der Safranpudding auch den Schah und seine Königin begeistern würde, während Lilis Cousinen ihre schlanke Figur bewunderten, mit der sie jedem Hollywood-Star Konkurrenz machen könne.

Um Mitternacht wurde schließlich das Festmahl abgeräumt, und Lilis junger Cousin Nima packte seine *tar* aus, ein altes persisches Saiteninstrument. Als sich die Nachbarn über den Lärm beklagten, wurden sie einfach eingeladen mitzufeiern. Der Fotograf machte ein Bild nach dem anderen, während Nima unermüdlich spielte, und weil es kaum Platz gab, war Lili die Einzige der Hochzeitsgesellschaft, die tanzen durfte.

Sie erhob sich, und nichts erinnerte mehr an die dreizehnjährige Braut, die sie einmal gewesen war, nichts erinnerte an ihre Verwirrung und Angst von damals, als Kazem ihre Handgelenke in der Hochzeitsnacht umklammert und sie zu der fremden Musik an sich gezogen hatte. Nima spielte einen iranischen Tanz, eine persische Melodie, und als Lili zu tanzen begann, lächelte ihr Bräutigam ihr schüchtern zu. Sie hob ihre Arme, neigte den Kopf und wiegte sich anmutig in den Hüften. Bald schleuderte sie ihre Schuhe weg und ließ den Saum ihres Kleids los. Ihre Locken öffneten sich, aber sie versuchte sie nicht wieder zu ordnen, sondern ließ ihr Haar offen über die bloßen Schultern fallen. Nima spielte und sang ein Lied nach dem anderen, und in dieser Nacht tanzte Lili nur für ihren Bräutigam und hatte nur Augen für ihn.

Am nächsten Tag klopfte Kobra gegen Mittag vorsichtig an ihre Tür. In stark verkürzter Reminiszenz an die überlieferten Hochzeitsbräuche hatten sie, Zaynab und Khanoom die Nacht auf dem Boden im Wohnzimmer zugebracht, und Kobra war früh aufgestanden, um Lili und Johann ihr erstes Mahl als Eheleute zuzubereiten. Es gab Pfannkuchen mit viel frischer Sahne, pflaumengroße Erdbeeren, mit Mandeln gefüllte Datteln und eine kleine Schale mit Kapuzinerkresse, deren Ranken sich um die Köstlichkeiten wanden. Kobra überreichte dem Herrn Ingenieur ihre Gaben und verabschiedete sich mit einem scheuen Lächeln von ihm – mit dem sie ihn von nun an stets begrüßen sollte.

Zu der Zeit, als Lili und Johann heirateten, hatte Kobras Mutter Pargol den Verstand verloren. Die Geschichte begann einige Jahre zuvor, als man ihr ihr Haus weggenommen hatte. Mehr als zwanzig Jahre lang hatte Kobras Bruder Ali-Ahmad ihre Mutter mit der ganzen scheinheiligen Beharrlichkeit bearbeitet, die er sich in seinem vertrödelten Gaunerleben angeeignet hatte. »Ich bin den Rest deines Lebens für dich da«, schwor er ihr, legte die Hand aufs Herz und kniete vor ihr nieder, um Eindruck zu schinden. Er hätte bald genug Geld, um ihr ein neues Haus am schönsten Boulevard der Stadt zu kaufen, fuhr er fort, und würde mindestens zehn Dienstboten einstellen, die ihr jeden Handgriff abnehmen sollten. Er würde nur noch Tweedanzüge tragen, in denen sich jeder Engländer blicken lassen könnte. Er wollte ihr einen französischen Pelzmantel kaufen, lang genug, dass sie damit Teherans Straßen fegen konnte, und wenn er ihr nicht mehr gefiele, würde er ihr drei neue kaufen.

Jahr für Jahr brach Pargol nur in ihr kehliges Lachen aus, tätschelte Ali-Ahmads immer schütterer werdendes Haar und versicherte ihm, dass sie ihr Haus nur mit den Füßen voran verlassen würde. Doch einige Zeit nach ihrem siebzigsten Geburtstag begann Pargol sich mit Türklinken und Glühbirnen zu unterhalten und stundenlang ihre Hände anzustarren – deutliche Symptome von Alzheimer, wie man ein paar Jahrzehnte später diagnostiziert hätte.

Ali-Ahmad beobachtete ihren Verfall aufmerksam, und als es ihm endlich gelungen war, ihr die Besitzurkunde ihres geliebten Hauses abzuluchsen, verschlechterten sich Pargols Zustand und seine eigenen Lebensumstände mit atemberaubender Geschwindigkeit. In kurzer Folge investierte und verlor Ali-Ahmad alles Geld aus dem Verkauf von Pargols Haus bis auf den letzten *toman*, woraufhin er sie in einem winzigen Zimmer bei seinem älteren Bruder unterbrachte und sich zu Tode soff. Mindestens genauso schnell gewöhnte sich Pargol zur Sorge aller an, immer wieder ziellos durch die Straßen zu irren und tagelang unauffindbar zu bleiben. Mal fand man sie auf einer Parkbank hockend, mal auf dem Gehsteig einer Gasse am anderen Ende der Stadt; sie kämmte ihr langes weißes Haar mit den Fingern und murmelte in einer nur für sie verständlichen Sprache vor sich hin.

Sie hatten keine andere Wahl, als Pargol in einem Zimmer einzusperren, bis der Tod sie erlöste. So lange tat Kobra alles, um ihrer Mutter das Schlimmste zu ersparen, was damit verbunden war – die Einsamkeit. Fast täglich kam sie zu ihr zu Besuch, wusch und kämmte Pargols Haar, löffelte Brei und Joghurt in ihren zahnlosen Mund und lauschte ihrem Gebrabbel, bis sie das Gefühl bekam, bald selbst verrückt zu werden. Kobra kümmerte sich auch um Pargols Betreuung, wenn die Familie sie nicht brauchen konnte, wie zum Beispiel bei Lilis Hochzeit. Pargol hatte die Nacht irgendwo unten im Haus zugebracht, wo sie mit einem Dienstmädchen Zuckerschoten gegessen hatte, und obwohl sie mit diesem Arrangement offenbar sehr zufrieden gewesen war, bedrängte Kobra Lili und ihren frischgebackenen Ehemann, Pargol sofort nach der Rückkehr von ihrer Hochzeitsreise zu besuchen.

»Sieh nur, wen ich dir mitgebracht habe!«, rief sie lächelnd, strich das geblümte Kopftuch ihrer Mutter glatt und nahm sie am Arm, um die Neuvermählten zu begrüßen. »Hier ist Lili mit ihrem neuen *damad farangi*!« Ob Pargol ihre Enkelin erkannte, ließ sich nicht ausmachen, aber nachdem sie der erste und letzte Fremde, dem sie in ihrem ganzen Leben begegnen sollte, einige Wochen lang besucht hatte, nahm Pargol Johanns Hand, sah ihm in die Augen und erklärte, dass sie den violetten Sommerhimmel ihres Heimatdorfs vermisse, das sie vor mehr als siebzig Jahren verlassen hatte.

Als die Hochzeit besiegelt und gefeiert war, ging Lili die nächste unerledigte Sache an. »Ruf Kazems Mutter für mich an«, sagte sie eines Morgens kurz nach den Hochzeitsfeierlichkeiten zu Kobra. Lili saß vor dem Spiegel und kämmte ihre Locken glatt. »Sag ihr, dass ich Sara sehen will.«

Kobra blickte zu Boden und räusperte sich. »Das kann ich nicht«, erklärte sie.

»Und warum nicht, wenn ich fragen darf?«

»Weil Kazems Mutter nicht mehr lebt«, antwortete Kobra leise.

»Aber wo ist Sara dann?«, fragte Lili erschrocken.

»Sie sagen, sie ist im Haus ihrer Tante …«

»Wie, sie sagen – wer sagt das? Und wie lange ist Kazems Mutter tot?«, wollte sie wissen.

Aber Kobra hatte sich schnell ins Nebenzimmer zurückgezogen. Lili lief hinter ihr her, doch Kobra hatte ihren Gebetsschal genommen, wandte die Handflächen zum Himmel und begann ihr Vormittagsgebet. Weil Lili nichts anderes übrig blieb als zu warten, bis Kobra mit ihrem Gebet fertig war, presste sie die Stirn gegen die Wand und grübelte über die Konsequenzen von Kobras Enthüllung nach.

An diesem Morgen dauerte Kobras *namaz* viel länger als sonst, aber eine gute halbe Stunde später traf sie vor der Schlafzimmertür auf Lili, die ungeduldig mit den Füßen scharrte und ihr den Telefonhörer entgegenhielt.

»Ruf an, und sag ihnen, dass ich Sara sehen will«, verlangte Lili. »Sag ihnen, dass wir sie besuchen wollen und dass mein Mann uns begleitet. Ich will, dass du *jetzt* anrufst.«

Kobra bereitete sich schon darauf vor, ihren neuen Schwiegersohn vor ihrem alten Schwiegersohn und seiner Familie in Schutz nehmen zu müssen, aber als sie zwei Tage später bei den Khorramis klingelte und die Tür der Villa aufgerissen wurde, war sofort klar, dass Lili Johanns Wirkung auf Kazem und dessen Familie richtig eingeschätzt hatte. Auch wenn Johann kein Wort Persisch sprach und nicht einmal gemerkt hätte, wenn er beleidigt worden wäre, war er doch ein großer, blonder Europäer mit blauen Augen, und mit ihm an Lilis Seite verlief das Treffen mit den Khorramis in mehr als persisch gastfreundlicher Atmosphäre.

»*Salaam, salaam*!«, rief Kazem ihnen zu, als Lili, Kobra und Johann aus dem Haus auf die Terrasse kamen. Er trug einen leichten grauen Zweireiher und eine Seidenkrawatte, alles viel vornehmer als früher, und eine neue Version seines alten grauen Fedoras. Mit ausgebreiteten Armen hieß er sie herzlich willkommen.

Auf der Terrasse lagen kostbare Seidenteppiche, und Lili bemerkte sofort die verschiedenen Süßigkeiten, Melonen und geeisten Sorbets, die für den Besuch angerichtet worden waren. Kazems Tante Sogra Khanoom, eine korpulente Frau in einem ärmellosen Kleid, erhob sich und reichte den Gästen die Hand, und fünf oder sechs ebenfalls anwesende Verwandte taten es ihr nach. In unsicherem Englisch hießen sie einer nach dem anderen Johann, den Herrn Ingenieur, im Iran und außerdem Lili und Kobra in ihrem Haus willkommen. Selbst Kazem gebrauchte die förmliche Anrede *shoma*, Sie, anstelle des eher vertraulichen *toh*, wenn er sich an Lili und Kobra wandte.

Lili genoss die Vorstellung, fragte sich aber die ganze Zeit, wo Sara war. Als sie schon befürchtete, ihre Tochter wäre vielleicht gar nicht im Haus, hörte man hohe Absätze über die Fliesen klappern.

»Sie ist so ein braves Mädchen!«, rief Sogra Khanoom plötzlich.

»Und kann so gut mit den Kindern umgehen«, meinte eine Cousine.

»Außerdem ist sie eine erstklassige Köchin«, lobte eine andere Cousine.

Das Geklapper wurde immer lauter, bis Sara auf der Terrasse erschien. Sie hatte glattes schwarzes Haar und einen dunklen Teint. Die Ärmel ihres blauen Kleids waren etwas zu lang, um die Hüften war es eng geschnitten, und es hatte einen weiten, tiefen Ausschnitt. Eigentlich war es ein kurzes Cocktailkleid. Sara trug ein Tablett und hielt den Blick gesenkt, als sie auf die versammelte Runde zuging.

»Nun komm schon«, rief ihr Sogra Khanoom zu. Sara reichte zunächst den Gästen Tee und sah Lili kurz an, als sie sie bediente. Aber sie lächelte nicht.

»*Salaam, dokhtaram*«, sagte Lili und stand auf, um sie auf beide Wangen zu küssen.

Sara blickte kurz zu ihrer Tante und dann wieder auf ihr Tablett.

»*Salaam*«, antwortete Sara.

Lili zuckte zusammen. Sie hatte nur guten Tag gesagt, nicht *salaam, madaram*, womit man der Mutter gegenüber üblicherweise seine Achtung und Zuneigung zum Ausdruck bringt.

Lili rang um Fassung, während weiter Höflichkeiten ausgetauscht wurden. Als Sara jedem Gast Tee serviert hatte, nahm sie sich selbst eine Tasse und setzte sich neben ihre Tante. Sie führte die Tasse zum Mund, und der Ärmel ihres

Kleids verrutschte, sodass eine bloße Schulter zu sehen war. Sara schob ihn gelangweilt wieder nach oben.

Sie weiß nicht, was Anstand und Sittsamkeit sind, dachte sich Lili und wollte plötzlich auf keinen Fall den Eindruck erwecken, sie würde Saras abgetragenes Kleid mustern oder ihren mangelnden Anstand kritisieren.

»Du bist jetzt in der siebten Klasse, habe ich recht?«, fragte sie Sara stattdessen.

»Ich gehe nicht mehr zur Schule«, antwortete Sara.

»Aber warum?«, fragte Lili und wandte sich an Kazem, »warum lässt du sie nicht mehr zur Schule gehen?«, und ihre Stimme klang auf einmal schrill.

Das Lächeln verschwand plötzlich aus den Gesichtern, man wandte verlegen den Blick ab. »Ich habe noch drei Kinder«, erklärte Kazem. »Es ist nicht einfach, für alle zu sorgen, Herr Ingenieur, und Sara und meine Frau verstehen sich nicht besonders«, sagte er zu Johann auf Englisch.

Ehe Johann antworten konnte, räusperte sich Sogra Khanoom und ergriff das Wort. »Du hast recht, Lili-*joon*, Sara wäre jetzt in der siebten Klasse. Aber offen gestanden hat sie sich nicht besonders für die Schule interessiert und sich auch nicht sehr angestrengt, deshalb haben wir sie zu uns geholt. Die Kinder – also die Kinder meiner Tochter – lieben sie sehr, und sie ist mir eine große Unterstützung, seit meine Tochter und ihr Mann nach Amerika gegangen sind.«

»Aha, ich verstehe«, sagte Lili gedehnt. »Wann wollen Ihre Tochter und ihr Mann denn zurückkommen?«

»Ach, das weiß der Himmel«, seufzte Sogra Khanoom. »Es lässt sich nicht so leicht sagen, vielleicht noch in diesem Jahr, vielleicht erst nächstes …« Wieder seufzte sie und nahm einen Schluck Tee. »Das kannst du sicher am besten verstehen, nachdem du selbst so lange weg gewesen bist.«

»Ja, schon, aber ich hatte schließlich keine andere Wahl«, gab Lili zur Antwort.

»Wer hat das schon, mein Kind!«, sagte Sogra Khanoom verbittert. »Keiner von uns hat die Wahl.«

Kaum hatte Lili im Auto auf dem Rücksitz neben Kobra Platz genommen, als sie auch schon in Schimpftiraden ausbrach. »Warum hast du mir nicht gesagt, dass ihre Großmutter gestorben ist? Warum hast du mir nicht gesagt, dass sie zu ihrer Tante musste?«

»Was für einen Sinn hätte das gehabt?«, gab Kobra zurück. »Was hättest du daran ändern können? Was hätte ich für sie tun sollen?«

»Du hast zugelassen, dass sie ein Dienstmädchen aus ihr machen. Bei mir ist es ihnen nicht gelungen, jetzt muss Sara ihre Dienerin sein!«

»Ich habe gleich gesagt, wir sollen nicht zu ihnen gehen«, jammerte Kobra. »Die Seele deines Vaters ist sehr verärgert. Ich weiß es, ich kann es spüren, hier drin.« Sie machte eine Faust und schlug sich damit ans Herz. »Er hat immer gesagt, es ist nicht gut, wenn du das Kind siehst.«

»Eine Dienstmagd haben sie aus ihr gemacht«, empörte sich Lili.

»Was redet ihr da hinten?«, fragte Johann, der am Steuer des Wagens saß. Er fuhr an die Seite und stellte den Motor ab. »Was ist denn los?«

»Lauter Idioten sind das!«, schrie Lili nur anstelle einer Antwort auf Deutsch. Seltsamerweise hatte dieser Ausbruch eine beruhigende Wirkung auf sie. Mit dem Handrücken wischte sie sich die Tränen aus dem Gesicht. »Wir müssen sie in unser Haus holen«, sagte sie auf Persisch zu Kobra.

»In unser Haus!«, rief die, »wir haben kein Haus! Hast du

das vergessen? Du hast kein Haus und ich auch nicht und er«, sagte sie und deutete auf Johann, »hat ganz sicher auch keins.«

»Was hat sie da über mich gesagt?«, fragte Johann wieder. Er drehte sich zu Lili und Kobra um und sah sie besorgt an. »Warum sagt ihr mir nicht, was los ist?«

Lili wollte ihm auf Deutsch antworten, aber Kobra kniff sie in den Arm. »Sei still!«, zischte sie, »du regst ihn nur auf. Er ist noch nicht richtig in diesem Land angekommen, und schon willst du ihm das Kind aufbürden.« Sie schüttelte energisch den Kopf. »Sara ist Kazems Tochter«, sagte Kobra mit Nachdruck. »Auf diese Feststellung haben sie allergrößten Wert gelegt, dann sollen sie sich jetzt auch um sie kümmern.«

»Sie kann aber nicht bei ihnen bleiben! Hast du nicht gemerkt, wie sie sie gegen mich aufgehetzt haben? Und sie haben eine Dienstmagd aus ihr gemacht.«

»Glaubst du etwa wirklich, dass du jetzt irgendetwas für sie tun kannst?«, fragte Kobra streng.

Lili hatte ihrer Mutter nicht geantwortet, aber genau das war es – sie würde etwas für Sara tun.

Die Begegnung mit ihrer Tochter hatte sie sehr aufgewühlt, aber auch von einigen albernen Hoffnungen befreit. Sara war nicht mehr das kleine Mädchen, das sie in der Zahirodolleh Alley gesucht hatte. Lili hatte begriffen, dass sie Saras Liebe jetzt nicht einfordern konnte; sie hatte zu viel versprochen und war viel zu spät wiedergekommen.

Trotzdem war sie mehr denn je entschlossen, etwas aus ihrem Leben zu machen. Sie wollte sich mit ihrem Diplom in den besten Kliniken und Krankenhäusern von Teheran bewerben und auch für Johann Arbeit finden. Sie wollte eine eigene Wohnung für sie auftreiben und sich dann darum kümmern, dass auch aus Sara etwas wurde. Zumindest würde sie dafür sorgen, dass sie wieder zur Schule ging.

Als Erstes musste Johann Persisch lernen. Lili kaufte ein Heft und schrieb das persische Alphabet auf die erste Seite. »Schreib die Buchstaben ab«, trug sie ihm auf, und er machte sich begeistert an die Arbeit. Dann besorgte sie ein Erstklasslesebuch, das er in weniger als einer Woche durchgearbeitet hatte. Zwei Wochen später war er mit den Büchern für die zweite und dritte Klasse fertig. »Das ist ja viel einfacher als Griechisch!«, meinte er vergnügt. Als er den Stoff der vierten Klasse beherrschte, kaufte ihm Lili jeden Tag eine Zeitung. Sie stand früh auf, holte die Zeitung am Kiosk gegenüber, und beim Frühstück las ihr Johann jede Seite samt Werbung laut vor, was von Tag zu Tag flüssiger ging.

Nun musste sie Arbeit für Johann finden. Durch Zufall erfuhr sie von einem ihrer Cousins, dass Etco, eine große iranische Baufirma, auf der Suche nach ausländischen Ingenieuren war. Lili gab sich als Johanns Sekretärin aus, rief bei Etco an und verabredete für ihn ein Vorstellungsgespräch mit dem Firmenchef. Johann wurde zu einem erstaunlich hohen Gehalt von achttausend *toman* eingestellt, viel mehr, als Lili sich erhofft hatte. Wenn Johann so gut verdient, können wir uns vielleicht bald ein eigenes Haus leisten, überlegte sie zufrieden.

Seine neue Arbeit gefiel Johann hervorragend, allerdings nicht so sehr wegen der Projekte, an denen er beteiligt war – die Brücken und Tunnels wurden ohnehin wie im Westen gebaut –, sondern weil sie ihn tief ins Landesinnere führte; manchmal war er tage- oder sogar wochenlang nicht in Teheran. Jeden Morgen machte er sich in einem frisch gebügelten Anzug auf den Weg, um abends von Kopf bis Fuß voller Staub, mit zerknitterter Jacke und Hose und großen Schweißflecken unter den Armen erschöpft nach Hause zu kommen. Auf dem Land findet man noch den echten Iran, sagte er und erzählte Lili immer von Ruinen, Nomaden oder Dorfbewohnern, denen er begegnet war.

Doch obwohl Johann mit seiner Arbeit zufrieden war und ihm bei Etco offenbar eine steile Karriere bevorstand, gab es wegen seiner grenzenlosen Arglosigkeit so viele Probleme, dass sich Lili eine Zeit lang ganz darauf konzentrierte, ihn davon zu heilen. Als sie noch nicht lange verheiratet waren, kam er eines Abends nach Hause, küsste sie auf die Wange und zauberte einen großen Strauß hellrosa Tulpen hinter dem Rücken hervor.

Lili bedankte sich bei ihm. »Was haben die Blumen gekostet?«, wollte sie wissen, als sie sie aus dem Zellophanpapier wickelte.

»Ist das denn so wichtig?«, fragte er mit enttäuschter Miene.

»Ja«, nickte Lili, »sehr wichtig.«

»Neunzig *toman*.«

»Neunzig *toman*!«, wiederholte sie entsetzt und rang die Hände. »Der Blumenhändler wollte neunzig *toman* von dir, und du hast sie ihm einfach so gegeben?«

Johann nickte nur. Mit einem Seufzer wickelte Lili die Blumen wieder ein und ging schnurstracks zu dem Blumenhändler.

»Guten Tag, *agha*«, begann sie und schwenkte die Tulpen vor seiner Nase. »Wie viel geben Sie mir für diese Blumen?«

»Es tut mir leid, *khanoom*, aber ich kaufe keine Blumen – ich verkaufe sie.«

»Und für wie viel würden Sie sie verkaufen?« Lili ließ nicht locker.

»Für zwanzig *toman, khanoom-joon.*«

»Warum haben Sie sie meinem Mann dann für neunzig verkauft?«

»Ihrem Mann?«, fragte er mit einem Stirnrunzeln und kratzte sich am Kinn.

»Ja, er war gerade bei Ihnen«, gab sie zurück, ohne seinem Blick auszuweichen. »Der Ausländer«, fügte sie hinzu, »bestimmt erinnern Sie sich noch an ihn.«

Die Miene des Blumenverkäufers wurde noch finsterer.

»Ich weiß, dass Sie gern Ausländer übers Ohr hauen, *agha*, aber ich rate Ihnen dringend, das nicht noch mal bei meinem Mann zu versuchen.« Sie trat zu ihm und kniff die Augen zusammen. »Mein Mann arbeitet von morgens bis abends in den letzten gottverlassenen Winkeln dieses Landes«, sagte sie und machte eine ausholende Handbewegung. »Wenn er nach Hause kommt, kann er vor lauter Müdigkeit kaum noch etwas essen, und dann versuchen Sie, *agha*, ihm sein Geld – und auch meins – zu stehlen!« Sie schmiss die Blumen auf die Ladentheke. »Ich will sie nicht!«

»*Masha Allah, khanoom*«, antwortete der Blumenhändler erfreut. »Glücklich der Ehemann, über dessen Geld Sie wachen. Sagen Sie mir bitte, wie ich Sie glücklich machen kann, liebe Frau.«

»Entweder geben Sie mir die Differenz zwischen dem Betrag, den mein Mann bezahlt hat, und dem, was sie wert sind, oder ich lasse sie hier und nehme die neunzig *toman* wieder mit.«

Der Blumenhändler kicherte. »Hier sind Ihre neunzig *toman*«, sagte er und holte ein kleines Bündel Scheine aus seiner Registrierkasse. »Darf ich Ihnen die Blumen schenken? Möge Sie Gott Ihrem Mann erhalten und Ihnen zu Ihrem Glück noch zehn Kinder schenken!«

»Bitte bring mir keine Blumen mehr mit«, sagte Lili, als sie nach Hause kam, und von da an gab Johann ihr immer seinen ganzen Lohn – außer den zwanzig *toman*, die er jede Woche für den bitteren, dicken türkischen Kaffee brauchte, den er inzwischen so gern trank.

Dank des Blumenverbots und einiger weiterer Sparmaßnahmen hatten sie bald genug Geld für ihre erste eigene Wohnung, eine kleine Dreizimmerwohnung in dem Viertel, in dem auch Kobra und Nader wohnten. Weil Lili nicht mehr als tausend *toman* für die Einrichtung ausgeben wollte, kaufte sie nur ein Bett und eine schmiedeeiserne Terrassengarnitur, die sie auch nicht schlechter fand als die teuren modernen Möbel in den schicken neuen Läden in der Stadt. Leider hatten die Stühle die unangenehme Eigenschaft umzufallen, sodass die Gäste häufig auf dem Boden landeten. »An deiner Stelle würde ich den Krempel wegschmeißen«, riet ihr Kobra. Sie wollte partout wissen, warum Lili sich nicht ein paar schöne französische Antiquitäten und Perserteppiche leistete, nachdem sie ja nun nicht mehr nur auf ihre eigene Reputation, *aberoo*, achten musste, sondern auch auf die des Herrn Ingenieurs.

»Lass sie doch endlich damit in Ruhe«, mahnte Khanoom Kobra. »Sie hält sein Geld zusammen, und das ist sehr gut so.«

Khanoom besuchte die beiden oft in ihrer neuen Wohnung, wobei sie stets große Töpfe mit Johanns Lieblingsgerichten mitbrachte. Die wackeligen Stühle mied sie und setzte sich stattdessen einfach im Schneidersitz auf den Boden. Da saß sie dann, mitten auf dem Teppich, den Kopf in die Hand gestützt, bewunderte ihren geliebten *damad farangi* und flehte Lili und Kobra an, mit ihrem ständigen Gezanke aufzuhören.

An einem Augustmorgen im ersten Jahr nach Lilis Hochzeit übergab sie ihre Seele dem Herrn. Wie so oft im Sommer hatte sich die Familie samt Matratzen und Kissen vor der Hitze auf die Dachterrasse geflüchtet. Khanoom wachte lange vor den anderen auf und schlich sich für die rituelle Reinigung und das Morgengebet in den Hof. Anschließend zog sie sich ein sauberes Hauskleid an, kehrte aufs Dach zurück und schloss für immer die Augen. Als Zaynab Stunden später wach wurde, entdeckte sie Khanoom mit über der Brust verschränkten Armen. In der Hand hielt sie ihre Gebetskette, und ihre sterbliche Hülle war bereits bei Gott. Keiner von Lilis Familie hatte Johann so sehr verehrt wie Khanoom, und obwohl sie alle Familienmitglieder geliebt hatten, vermisste sie doch kaum einer so sehr wie Lili und ihr *damad farangi*.

Nachdem Mutti, Elsa und Maria schon Lilis und Johanns Verlobung nicht zur Kenntnis genommen hatten, waren sie natürlich erst recht nicht zu ihrer Hochzeit gekommen. Doch einige Monate nach Johanns Abreise aus Deutschland ließ sie die Sehnsucht nach ihrem Bübchen den ganzen weiten Weg in den Iran machen.

Mutti kam als Erste, gewappnet mit der Strategie, mit der sie ihrer Schwiegertochter Zeit ihres Lebens begegnen sollte: Sie tat einfach so, als gebe es Lili nicht. Als sie sich aber kurz nach dem Beginn ihres zweimonatigen Besuchs eine Hüfte brach, musste sie wohl oder übel Kompromisse machen. Lili versorgte Mutti wie eine überaus liebevolle Tochter. Morgens erschien sie mit einem Tablett mit warmem Fladenbrot, Feta, Butter, Marmelade und einer Karaffe frisch gepresstem Saft. Abends half sie ihr in die Badewanne und schrubbte sie mit einem *leef*, einem Rosshaarhandschuh. »Bin ich wirklich so dreckig?«, fragte Mutti beim Anblick des dicken, grauen

Schmutzes, den Lili ihr von der Haut rieb, verlegen und begann auf sich einzuschlagen, um den Schmutz, den Dreck loszuwerden. »Noch mehr«, bat sie Lili, »nicht aufhören«, und Lili musste sie beinahe wund scheuern.

Weil Johann in der Arbeit war, blieb Lili nichts anderes übrig, als Mutti mit ins Krankenhaus zu nehmen. Beim ersten Mal lieh sie sich einen Rollstuhl, schob Mutti durch die langen Korridore und stellte sie schließlich dem Chefarzt der Gynäkologie vor. »Sie ist meine Augen«, sagte der Doktor zu Mutti auf Deutsch, womit er deutlich machen wollte, wie unschätzbar wichtig Lili für seine Arbeit war. Offenbar verstand Mutti nicht recht, was er meinte, weil sie weder lächelte noch antwortete. Sobald Lili sie aber in den Kreißsaal geschoben und ihr einen Kittel umgehängt hatte, begann Mutti vor Aufregung zu zittern. »Wird sie es überleben?«, fragte sie wieder und wieder beim Anblick des blutigen Spektakels, das sich da vor ihren Augen abspielte, »kann sie das überleben?«

Lili befürchtete, die Aufregungen im Kreißsaal könnten der Genesung ihrer Schwiegermutter abträglich sein, und beschloss deshalb, Kobra in ihre Wohnung zu holen, damit sie sich um Mutti kümmern konnte. Mutti machte keinen Hehl aus ihrer Enttäuschung über den neuen Plan, gab sich dann aber doch mit Kobra zufrieden, die ihr noch ergebener zu Diensten war als Lili. »Möchte Mutti-*joon* vielleicht noch ein Kissen?«, flötete Kobra. »Oder noch ein Stück Sahnekuchen?« Wollte Mutti-*joon* vielleicht eine Fußmassage oder dass man ihr die Schultern knetete? Und Mutti wollte ziemlich viel.

»Wieso nennt sie mich eigentlich immer Mutti-*joon*?«, fragte sie Johann eines Abends.

»Das heißt, du bedeutest ihr mehr als ihr Leben, mehr als ihre Seele.«

»Ich soll ihr mehr als ihr Leben bedeuten?«, wiederholte sie verständnislos.

»Das sagt man im Iran, wenn man jemand liebt«, versuchte ihr Johann zu erklären.

»Sie liebt mich? Aber wie kann sie mich denn lieben?«

Obwohl sie höchstens zehn Wörter kannten, mit denen sie sich verständigen konnten, entwickelte sich während dieser Zeit doch eine gewisse Zuneigung zwischen den beiden Frauen. Wenn sie allein in der Wohnung waren, begann Mutti die Hände zu ringen und auf Kaschubisch Verwünschungen auszustoßen. Kobra verstand zwar kein Wort, ahnte aber am Ton und wegen der häufigen Erwähnung von Lilis Namen, worum es ging. Kobra hörte ruhig zu, bis sie sich wieder beruhigt hatte, dann tätschelte sie Mutti die Hand und deutete zum Himmel, womit sie ihr zu verstehen geben wollte, das sei der einzige Ort, wo Trost zu finden wäre.

Als nächste Verwandte von Johann kam Elsa in den Iran. Lili buchte den Flug für sie persönlich (Erster Klasse, Direktflug von Frankfurt) und engagierte den schneidigsten Freund ihres Bruders, einen dunkelhäutigen, bulligen Profiboxer, um Elsa vom Mehrabad-Flughafen abholen zu lassen. Ihr zu Ehren wurde am Abend ihrer Ankunft eine Party gegeben, die weitaus aufwendiger war als Lilis und Johanns Hochzeitsfeier. Kobra und Zaynab kochten nicht weniger als fünf verschiedene würzige Fleischsoßen und dreierlei Reisgerichte, und Lili sorgte dafür, dass ihre besonders gebildeten Cousins und Cousinen anwesend waren, um ihre Schwägerin angemessen zu unterhalten.

Elsa hockte den ganzen Abend mit sittsam übereinandergeschlagenen Beinen auf der Kante einer seidenen Couch, strich hin und wieder den Rock ihres beigen Kostüms glatt und beobachtete alle aus ihren hellgrünen Augen. Der schneidige Boxer forderte sie mehrfach zum Tanz auf, was sie stets mit einem angedeuteten Kopfschütteln ablehnte. Als aber hübsche junge Mädchen die köstlichsten Speisen für sie anrichteten – duftende Kebabs, knusprigen, orange leuchtenden Reis und Safranpudding – aß sie mit großem Appetit und offensichtlichem Vergnügen.

Doch selbst Elsas Leidenschaft für die iranische Küche konnte sie nicht an ihrer Mission hindern. Gleich am nächsten Morgen begann sie mit ihren Vorhaltungen.

»Du hättest nie hierherkommen dürfen«, sagte sie zu Johann. »Mutti ist geschwächt; sie hat ein schwaches Herz. Sie stirbt vor Kummer, wenn du nicht nach Hause kommst.«

Johann ließ den Kopf hängen. »Aber ich bin doch jetzt verheiratet.«

»Ja, mit einer Atheistin!«

»Hier glauben die Menschen auch an Gott.«

»Den Teufel tun sie!«

Als Lili von der Arbeit nach Hause kam, verstummten Johann und seine Schwester. Elsa wechselte vom Deutschen ins Polnische, dann ins Kaschubische und redete weiter auf ihren Bruder ein. Lili verstand keine der beiden Sprachen, aber die Wörter »Atheistin« und »Barbaren« entgingen ihr nicht. Mit einem Räuspern zeigte sie Johann, dass sie verstanden hatte, und Johann bat sie mit Blicken um Nachsicht, wozu sie sogar bereit gewesen wäre. Was sie aber nicht ertragen konnte, war, ihn trinken zu sehen. Als er nach einer neuen Flasche Bier griff, nahm sie sie ihm aus der Hand.

»Genug jetzt«, sagte sie auf Persisch.

»Ja, du hast recht«, murmelte er, »es ist genug.«

»Warum nehmen Sie ihm die Flasche weg?«, wollte da Elsa wissen. »Sehen Sie nicht, dass mein Bruder noch Durst hat?«

Lili holte ein Glas Wasser aus der Küche und stellte es

vor ihn auf den Tisch. »Wenn er durstig ist, kann er Wasser trinken.«

»Halt doch die Schnauze!«, erwiderte Elsa nur.

»Du lebst in einem Land voller Barbaren«, schrieb sie ihrem Bruder später aus Deutschland. »Diese Ungläubigen werden dich eines Tages barfuß und ohne einen Pfennig aus dem Haus jagen«, prophezeite ihm Elsa und war selbst so überzeugt davon, dass sie einen stattlichen Teil ihres Einkommens auf einem Bankkonto sparte, das sie unter Johanns Namen angelegt hatte.

Lili hatte recht behalten; mit ihren deutschen Zeugnissen konnte sie in Teherans besten Krankenhäusern arbeiten. Sie hatte die Wahl zwischen mehreren attraktiven Angeboten und entschied sich für das ganz neue King's Serenity, ein Projekt der Zwillingsschwester des Schahs, das den Anforderungen der modernsten amerikanischen Krankenhäuser entsprach. Über die metallenen Klemmbretter, die Schwesternuniformen und die Ärztekittel, von der medizinischen Ausrüstung bis hin zur modernen Telefonanlage hatte man alles aus den Vereinigten Staaten importiert. Die Ärzte, Schwestern und Hebammen waren hauptsächlich Iraner, die im Ausland studiert hatten. Außerdem wurde der gesamte Schriftverkehr zwischen den Angestellten auf Wunsch der Krankenhausleitung ausschließlich auf Englisch geführt.

Lili durfte sofort die Leitung einer gynäkologischen Abteilung der Klinik übernehmen und bekam einen eigenen, elegant eingerichteten Untersuchungsraum, ein kurzes weißes Hemdkleid als Dienstkleidung und eine kleine Haube, die sie viel praktischer und kleidsamer fand als die monströsen Kopfbedeckungen aus ihrer Ausbildungszeit. Sie verdiente zweitausend *toman* im Monat, was für ihren Beruf sehr viel, aber für ihre ehrgeizigen Pläne viel zu wenig war. Deshalb übernahm sie Nachtdienste in einer nicht ganz so angesehenen Klinik und kam fast nur noch zum Essen und Schlafen nach Hause.

Zu den wenigen Vergnügen, die sie sich gönnte, zählte die Freundschaft mit ihrer Kollegin Mariam. Die fünfundvierzigjährige temperamentvolle Mariam mit ihrem lockeren Mundwerk war Lili auf der Stelle sympathisch. In den Pausen zwischen den Entbindungen tranken die beiden Tee und schwatzten, und weil keine mit ihren Sorgen und Nöten hinter dem Berg hielt, waren sie bald enge Vertraute.

Mariam war als Tochter reicher Grundbesitzer auf einem Landgut in der Nähe von Teheran aufgewachsen und hatte ihre Kindheit damit zugebracht, Wildpferde zuzureiten und ohne Sattel neben ihren beiden älteren Brüdern herzugaloppieren. Mit sechzehn wollte sie zu ihrem Vater, ging allein in die Hauptstadt und machte eine Ausbildung bei einer Hebamme der alten Schule. Während man damals allgemein noch der Ansicht war, nur abgrundtief hässliche oder bettelarme Frauen müssten arbeiten gehen, prahlten Mitte der Sechzigerjahre in Teheran bereits einige Familien aus der Oberschicht mit den Zeugnissen und beruflichen Leistungen ihrer Töchter, die sie an irgendwelche ausländischen Universitäten verschickt hatten – was kaum weniger aufwendig gefeiert wurde als eine Hochzeit. Mariam hatte keine derartige Unterstützung erhalten, als sie ihre berufliche Laufbahn startete. Nachdem sie laut ihrer Familie bereits mit Halsstarrigkeit geschlagen war, prophezeite man ihr außerdem ein Leben als alte Jungfer, wenn sie auch noch arbeiten würde.

Trotzdem hatte Mariam geheiratet. Behrooz, ihr großer, gut aussehender, breitschultriger Mann, war zwar nicht annähernd so gebildet wie sie, aber bereit, eine berufstätige

Frau zu heiraten, was Mariams Eltern nicht nur für ein großes Glück, sondern für ein wahres Wunder hielten. Doch je erfolgreicher Mariam beruflich war, umso weniger Lust hatte Behrooz zu arbeiten, und machte die Erforschung von Mariams Fehlern, vor allem ihren Mangel an hausfraulichen Qualitäten, zu seiner Hauptbeschäftigung. Ein angebrannter Topf, Staub auf einem Regalbrett oder ein Haufen schmutzige Wäsche – alles diente als Beweis für die offensichtliche Unfähigkeit seiner Frau.

»*Boro beshoor*!«, fauchte Mariam bei jeder neuen Anschuldigung nur, »hau ab, du Dummkopf!«

Fast bei jedem ihrer Besuche wurde Lili Zeugin einer hitzigen Auseinandersetzung zwischen Mariam und Behrooz. So war sie auch an dem Tag dabei, als es Mariam nicht mehr aushielt. Sie nahm ihre Kinder und suchte sich eine eigene Wohnung. Wenige Jahre zuvor hätte Behrooz nach kürzester Zeit verlangen können, dass Mutter und Kinder zu ihm zurückkamen, aber die Weiße Revolution des Schahs hatte das iranische Familienrecht auf den Kopf gestellt, und nun erschien Behrooz vor Mariams Tür, gelobte Besserung und flehte sie an zurückzukommen, was sie aber nicht tat. Und als ihr Vater, ein Landherr namens Shahryar Khan, eine Dienstmagd der Familie, ein siebzehnjähriges pummeliges Mädchen vom Land, zu seiner zweiten Frau machte, holte Mariam ihre Mutter einfach zu sich in ihre neue Wohnung in Teheran.

Wie die meisten berufstätigen Frauen ihrer Generation hatte sich Mariam gegen den Schleier entschieden. In ihrer Freizeit trug sie am liebsten enge, freundlich gemusterte Tuniken zu weiten Hosen oder auch kurze Röcke mit kniehohen Lederstiefeln, und ohne Lippenstift ging sie nicht aus dem Haus. Doch obwohl man es ihr überhaupt nicht ansah, war Mariam auf ihre Art sehr gläubig. Im Krankenhaus hatte sie immer einen Koran und einen Gebetsteppich dabei, und wenn ihre Arbeitszeiten sie an der Ausübung ihrer religiösen Pflichten hinderten, betete sie die verkürzte Form des *namaz*, die sie für eine der sinnvollsten Neuerungen des Islam hielt.

Außerdem setzte sie sich stets für die Armen ein. Als das King's Serenity beabsichtigte, alle Patienten wegzuschicken, die nicht zahlen konnten, stürmte Mariam sofort in das Verwaltungsbüro. »Sind wir etwa keine Muslime?«, fragte sie empört. »Gibt es in unserem Land kein Mitleid mehr? Sind uns die Menschen gleichgültig, die nicht so viel Glück haben wie wir?« Mariam stemmte die Hände in die Hüften und nahm ihr Gegenüber so gnadenlos ins Visier, dass jeder noch so abgebrühte Verwaltungsbeamte klein beigab. Und wenn ihre Appelle doch einmal ungehört verhallten, griff Mariam zu ihrer größten Abschreckung. »Blut bringt nur Blut«, erklärte sie den Leuten, die die Hand aufs Geld legen wollten, »Blut bringt *immer* nur Blut«.

Doch sosehr sie die Freundin auch für ihre Freimütigkeit bewunderte, im King's Serenity brachte man Lili bald sehr nachdrücklich bei, dass sie ihren Mund besser hielt.

Eines Tages wurde eine angeheiratete Verwandte des Schahs im Krankenhaus angemeldet. Für die besondere Patientin wurde ein ganzer Flügel der Klinik komplett ausgeräumt; auf dem Linoleumboden wurden Seidenteppiche ausgelegt, ein richtiges Bett samt zwei vergoldeten französischen Lehnstühlen wurde gebracht, und überall standen große Bleikristallvasen für ein Meer von Tuberosen und Gladiolen, die die königliche Patientin erwarten sollten.

Die werdende Mutter, eine Französin, die mit Madame angesprochen werden musste, erschien schließlich in einem makellosen hellblauen Kostüm und weißen Handschuhen.

Sie war ziemlich hübsch und bewegte sich trotz ihrer fortgeschrittenen Schwangerschaft äußerst graziös.

Madame überstand den Kaiserschnitt ohne Probleme, aber ihr Kind wog bei der Geburt nur knappe anderthalb Kilo. Weil Lili die Einzige mit einer Spezialausbildung zur Pflege von Frühgeborenen war, erhielt sie den Auftrag, sich um den winzigen Jungen aus der Königsfamilie zu kümmern. Lili wurde vorübergehend von allen anderen Pflichten entbunden und bekam ein Klappbett neben den Inkubator gestellt, damit sie sich voll und ganz Madames Baby widmen konnte. Lili fütterte den königlichen Spross mit der Pipette, prüfte stündlich seine Vitalfunktionen und notierte jedes Gramm, das er zunahm.

Der Krankenhausdirektor ließ bald eine abgeschirmte Route für die königlichen Besucher anlegen. Eine eigens dafür abgestellte Putzkolonne schrubbte und polierte in zwei oder manchmal sogar drei Schichten jede Fliese auf dem königlichen Weg. Die Frauen kamen in Pelzmänteln und mit hochhackigen Schuhen, die Männer mit Rosenknospen am Revers ihrer Zweireiher, gefolgt von zahlreichen entfernten Verwandten und Leibwächtern. Wenn die Royals durch die Gänge rauschten, blieb jeder, der ihnen begegnete, vom Hausmeister bis hin zum Chefarzt der Chirurgie, stehen und verneigte sich vor ihnen. Die königliche Familie wollte begutachten, welche Fortschritte das winzige Kind machte, und Lili musste ihre Fragen beantworten, wobei sie aus Stolz über ihren Beruf den Drang unterdrückte, einen Knicks zu machen.

Madame erschien jeden Morgen mit sorgenvoller Miene in der Klinik, das dunkelblonde Haar mit einem schwarzen Seidenband zurückgehalten, die blauen Augen glänzend vor Kummer. Es war nicht klar, ob sie erst seit zehn Tagen oder bereits seit zehn Jahren im Iran war. Jedenfalls schien sie nicht ein einziges Wort Persisch zu können. Zum Glück fand Lili aber heraus, dass im Grunde zwei Worte Französisch genügten, um sich mit ihr zu unterhalten.

»Geht es meinem Kleinen gut?«, fragte sie Lili jedes Mal mit zitternder Stimme auf Französisch, und Lili antwortete: »Oui, Madame.«

»Kann ich ihn bald mit nach Hause nehmen?«

»Oui, Madame.«

Kurz nachdem das Kind entlassen worden war, kam ein königlicher Bote mit einem Geschenk für Lili ins King's Serenity. »Von Madame für Madame Doktor«, erklärte er höflich. In einem Nest aus goldenem Seidenpapier versteckte sich eine riesengroße Flasche Chanel N°5. Lili stockte der Atem. Ein Liter dieses Parfums kostete einige tausend *toman*, mindestens zwei ihrer Monatsgehälter.

Das Parfum bekam einen Ehrenplatz auf ihrem Toilettentisch, und Lili begann von da an ihre Tage damit, einen winzigen Tropfen auf jedes Handgelenk und einen hinter jedes Ohr zu tupfen. Wahrscheinlich hätte sie sich auf diese Weise mindestens zehn Jahre an Madames Geschenk erfreuen können, wäre nicht ihre ungeschickte Putzfrau Fat'meh Khanoom gewesen. Als Lili eines Abends von der Arbeit kam, fand sie Fat'meh Khanoom vollkommen aufgelöst vor, und die ganze Wohnung duftete nach Chanel N°5.

»Ich bitte um Entschuldigung!«, jammerte die Putzfrau. »Können Sie mir noch einmal verzeihen?«

»Was ist denn überhaupt passiert, Fat'meh Khanoom?«, fragte Lili.

Mit niedergeschlagenem Blick berichtete die Frau tränenüberströmt von ihrem Missgeschick. Sie hatte im Schlafzimmer Staub gewischt, und dabei war ihr die Parfumflasche heruntergefallen und der ganze Inhalt ausgelaufen. Auf den Knien hatte sie versucht, die Pfütze mit ihrem Rock aufzuwischen, hatte das Parfum so aber erst recht in den Boden eingerieben und roch selbst von Kopf bis Fuß nach Chanel N°5.

»Bitte verzeihen Sie mir, *khanoom-joon*«, flehte Fat'meh Khanoom, »es tut mir wirklich schrecklich leid!«

Lili nahm ihr das Missgeschick nicht übel, aber noch Monate später roch es so intensiv nach dem Parfum, dass Lili und Johann nicht im Schlafzimmer schlafen konnten, weil sie Kopfschmerzen bekamen und ihnen übel wurde. Sie legten ihre Matratze ins Wohnzimmer, aber einen ganzen schwülheißen Sommer lang verströmten sie den Duft jede Nacht durch ihre Poren. Der Geruch ließ nur sehr, sehr langsam nach, und als Lili und Johann ein Jahr später in eine größere Wohnung an der Avenue Pahlavi zogen, hinterließen sie den schwachen, aber unverkennbaren Duft von Chanel N°5 allen späteren Bewohnern der Räume als Vermächtnis.

Abgesehen von Familienmitgliedern des Schahs und anderen iranischen Berühmtheiten wurden im King's Serenity außerdem Patientinnen behandelt, die mit einem äußerst heiklen Anliegen kamen. Auch sie tauchten in keinem Operationsplan auf, und Lili erfuhr immer erst wenige Minuten vor dem Eingriff von ihrem Eintreffen. Manchmal lief sie gerade durch einen Flur oder war dabei, eine Patientin zu untersuchen, wenn Dr. Nikpour, der Chef der plastischen Chirurgie, ihr plötzlich auf die Schulter tippte.

»Wir haben heute eine Stickerei«, flüsterte er ihr ins Ohr.

Aufgrund der zunehmenden sexuellen Freizügigkeit waren Stickereien, wie man das Vernähen des Hymens beschönigend umschrieb, zwar noch nicht alltäglich, aber doch schon so häufig, dass damit am King's Serenity bereits ganz routiniert umgegangen wurde. Die Stickerei-Patientinnen, von denen sich manche, aber durchaus nicht alle, unter langen schwarzen Schleiern verbargen, wurden schleunigst in ein möglichst abgeschiedenes Privatzimmer gebracht. Dr. Nikpour begrüßte die jungen Frauen immer so unbefangen, als wolle er ihnen entzündete Mandeln oder wandernde Gallensteine entfernen. Doch sobald die Narkose Wirkung zeigte, tauschte er seine lässige Fassade gegen ein fröhliches und sonderbarerweise eindeutig frauenfreundliches Verhalten ein. Mit einer Kunstfertigkeit, die eigentlich Liftings und plastischen Nasenoperationen vorbehalten war, hantierte er zwischen den Beinen seiner Patientin mit einem dünnen Faden und führte dabei ein imaginäres Gespräch mit ihrem zukünftigen Gatten. »Und, was sagen Sie nun? Wie gewünscht, lieber Freund, oder etwa nicht?« Noch ein letzter Knoten, ein letzter Schnipp mit der Schere, und er kommentierte sein Werk mit einem zufriedenen: »Jungfräulicher geht's nicht!«

Auf jede junge Frau, die sich eine Stickerei leisten konnte, kamen viele andere, die eine Hochzeit riskierten, obwohl sie keine Jungfrau mehr waren. Lili würde nie die Hochzeit ihres dritten Cousins Ali vergessen. Als Kinder hatten die beiden gern zusammen gespielt, und nach ihrer Rückkehr aus Deutschland stellte Lili erfreut fest, dass sich ihr Cousin mittlerweile zu einem liebenswürdigen, sanftmütigen jungen Mann entwickelt hatte. Bei seiner Hochzeit sah sie sofort, wie vernarrt Ali in seine Braut war, und fand, das seien die besten Voraussetzungen für eine Ehe.

Spät in der Hochzeitsnacht waren die meisten Gäste bereits gegangen, und die Frauen des Clans hatten sich in der Nähe des Schlafzimmers der Brautleute versammelt. Die Stimmung war feierlich, und die Frauen scherzten und kicherten leise. Lili wollte ihnen die Freude an dem Brauch nicht verderben, sich aber auch nicht daran beteiligen und verschwand ins Wohnzimmer. Etwas später streckte Ali den Kopf aus der Tür und sah sich suchend um.

»Wo ist Lili?«, fragte er kläglich.

Alis Braut saß zusammengesunken auf dem Bett, das lange schwarze Haar hing ihr wirr ins Gesicht, und sie schluchzte herzzerreißend. Auf dem Laken war kein Blut gewesen, erklärte Ali Lili, und glaubte, unschuldig wie er war, er hätte etwas falsch gemacht.

Lili führte ihren Cousin ans andere Ende des Zimmers, so weit weg wie möglich von der Tür, und flüsterte ihm zu, dass das Blut, das er der Familie präsentierte, ja nicht unbedingt von seiner Braut stammen musste. Während sie sich noch fragte, ob er sie auch wirklich verstanden hatte, suchte Ali das Zimmer bereits nach einem scharfen Gegenstand ab, und Lili schlüpfte wieder auf den Flur.

»Was ist denn da drin los?«, wollte eine der älteren Frauen von ihr wissen.

»Ach, diese Kinder!«, stöhnte Lili mit gespielter Ungeduld. »Manchmal haben sie wirklich keine Ahnung!«

Eine Viertelstunde später hörte Lili große Aufregung vor dem Schlafzimmer. Angst überkam sie. Hatte es sich ihr Cousin anders überlegt? Hatte eine der Frauen den Trick durchschaut? Aber als sie zu den Frauen kam, schwenkte eine ihrer Tanten ein blutbeflecktes Taschentuch. »Was für ein schönes Blut!«, rief eine der Frauen und reichte das Tuch weiter. »Frisch und rosig wie eine Knospe«, meinte eine andere. Und obwohl es keine richtige Stickerei gewesen war, musste Lili doch lächeln, während die anderen begeistert kreischten.

Nachdem Lili viel arbeiten musste und immer wieder Nachtdienst hatte, suchte sich Johann einen eigenen Zeitvertreib.

In der Arbeit hatte er Otto kennen gelernt und sich mit ihm angefreundet. Otto war ein fünfundvierzig Jahre alter Deutscher, korpulent, mit rotem Kopf und Junggeselle, der im Iran ein Vermögen machen wollte, um später seinen Lebensabend auf der Mittelmeerinsel Mallorca zu verbringen. Abend für Abend zogen sich die beiden mit zwei Kisten armenischem Shams-Bier und reichlich Zigaretten in die Wohnung zurück. Johann und Otto diskutierten über Gott und die Welt, und in ihren Gesprächen ging es nicht nur um das Themenpaar Europa – Mittlerer Osten, sondern um alle Kontinente und um alle Jahrhunderte. An einem typischen Abend öffneten sie die erste Flasche Shams-Bier bei einer Diskussion über *Das Kapital* und leerten drei Stunden später ihre jeweils achte Flasche, während sie über moderne Urdu-Dichtung sprachen. Und am nächsten Abend setzten sie ihr Gespräch genau an der Stelle fort, wo sie am Abend zuvor geendet hatten.

Wenn Lili von der Arbeit kam, warf sie ihre Tasche in die Ecke und begrüßte die beiden auf Deutsch, aber Johann und Otto sahen kaum von ihrem Bier auf. Erschöpft wie sie war, fand Lili es alles andere als angenehm, derart übersehen zu werden. Außerdem bereitete es ihr Sorgen, dass Johann so viel trank.

Eines Abends gab sie ihm ein Zeichen, er solle zu ihr in die Küche kommen. »Ich möchte, dass du ihn nach Hause schickst«, flüsterte sie Johann auf Persisch zu, »und zwar jetzt sofort!«

»Nach Hause?«

»Ja, genau. Nach Hause.«

»Aber er hat hier keine Familie«, wandte Johann ein. »Er kennt hier keinen Menschen. Ich bin sein einziger Freund.«

Monatelang hatte Johann geduldig ihre Familientreffen

über sich ergehen lassen. Er hatte sich an den Platz neben ihren Verwandten gesetzt, den man ihm zuwies, und mit den Frauen Tee und mit den Männern ein paar Gläschen Arak getrunken, aber seine Stimme hatte bei diesen Anlässen immer sehr einsam geklungen. Er vermisste seine Landsleute, dachte sich Lili; er vermisste es, sich in seiner Muttersprache zu unterhalten. War sie nicht genauso einsam gewesen, als man sie in die Fremde geschickt hatte? Eigentlich war es völlig normal, dass er sich einen deutschen Freund gesucht hatte, musste sie zugeben.

Also ließ sie Johann und seinen Freund mit ihrem Bier und ihren Gesprächen allein, ging mit einer Tasse Tee auf das Hausdach, schob einen Stuhl an die Dachkante und blickte auf die Stadt. In der Dämmerung riefen die Muezzins zum letzten Gebet, was auch noch aus der Ferne sehr ergreifend klang. Nach und nach waren immer weniger Passanten zu sehen, der Verkehr ebbte ab, und ein Fenster nach dem anderen wurde hell. Mit geschlossenen Augen lauschte Lili dem Gesang der Muezzins, bis es wieder still und der Himmel allmählich schwarz wurde.

In ihren einsamen Nächten auf dem Hausdach schmiedete Lili Pläne für Sara. Mit dreizehn hatte sie kaum gewusst, wie man mit einem Säugling umgeht. Jetzt war sie fünfundzwanzig und wusste genauso wenig, wie man einen Teenager behandeln sollte. Doch eins war gewiss: Irgendwie musste sie Sara aus dem Haus ihrer Tante holen und wieder zur Schule schicken.

Fragte sich nur wie? Kazem würde Sara sicher nicht freiwillig in Lilis Obhut geben, und das Sorgerecht zu erstreiten, wäre langwierig und kostspielig. Außerdem waren ihre Arbeitszeiten zu lang und zu unregelmäßig, als dass sie sich persönlich um Sara hätte kümmern können. Auf Kobra konnte sie in dieser Angelegenheit nicht zählen, und Johann war zwar zu allem bereit und gutwillig, aber dazu einfach nicht in der Lage.

Trotzdem blieb sie fest entschlossen, Sara wieder zur Schule zu schicken. Wochenlang grübelte sie über dieser Frage, bis sie von einer ihrer Patientinnen erfuhr, dass es in Shemiran, einem Viertel am nördlichen Stadtrand von Teheran, ganz in der Nähe von Sa'ad Abad, dem Sommerpalast des Schahs, seit Kurzem ein neues Mädcheninternat gab, das von einem westlich orientierten Psychiater, genannt Herr Dr. Direktor, geführt würde.

Lili trug ihr bestes Kostüm, eine falsche Pelzstola und elegante Velourslederpumps, als sie einen ganzen Nachmittag am Arm von Herrn Dr. Direktor die Schule besichtigte. Der ehemalige Kadscharen-Landsitz thronte auf einer Anhöhe in einem Zypressenhain mit Blick auf die stolzen Gipfel der Elburs-Berge. Abgesehen von einigen geschmackvollen Neuerungen hatte man die Einrichtung des Hauses aus dem neunzehnten Jahrhundert – wie die Wandspiegel und die gravierten Stukkaturen – hervorragend restauriert. Hier wohnten die Töchter von Prinzen, Kabinettsministern und wohlhabenden Auswanderern, und Lili kamen die Schülerinnen wie eine fröhliche Bande hübscher, gesunder und selbstbewusster Mädchen vor. Als sie schließlich in den großen Innenhof geführt wurde, hätte sich Lili am liebsten unter der *beed*, der mächtigen alten Weide, zusammengerollt und geschlafen.

Hier wäre Sara in Sicherheit, und hier wäre sie auch glücklich, davon war Lili überzeugt.

»Ruf Kazem an«, verlangte sie wieder von Kobra.

Es zeigte sich, dass Kazem mehr als einverstanden war mit Lilis Angebot, Sara ins Internat zu schicken – vorausgesetzt sie zahlte das Schulgeld und übernahm auch alle anderen Ausgaben. Lili verbrachte viele Nächte auf dem Hausdach, ehe sie ausgerechnet hatte, wie sie diese hohe Summe aufbringen konnte, und kam zu dem Schluss, wenn sie auf die eine oder andere Sache verzichtete und noch etwas sparsamer lebte, müsste sie Sara eigentlich zu Beginn des neuen Schuljahres in dem Internat anmelden können.

»Ich möchte, dass du fleißig lernst«, erklärte Lili ihrer Tochter – genau wie ihr Vater es einmal zu ihr gesagt hatte.

Es war ein besonders schöner Septembermorgen, als Lili Sara abholte und mit ihr zu dem Internat fuhr. Sara trug ihre neue Schuluniform – Faltenrock, weiße Strümpfe und braune Halbschuhe – und hatte ihr langes schwarzes Haar zu einem Zopf geflochten. »Wie hübsch du aussiehst!«, hatte Lili gerufen, doch Sara war missmutig und schaute im Taxi die ganze Zeit aus dem Fenster.

Als sie dann aber durch die große Einfahrt fuhren und auf das prächtige Internatsgebäude zuhielten, konnte sich Sara gar nicht satt sehen, warf Lili einen Blick über die Schulter zu und lächelte.

»Darf ich hier wohnen?«, fragte sie aufgeregt, »in diesem schönen Haus?«

»Ja«, antwortete Lili, »aber du musst mir versprechen, dass du fleißig lernst und deine Zeit hier nützt.«

»Ja, das mache ich«, jubelte Sara und nickte heftig. »Das mache ich ganz bestimmt.«

Da lächelte Lili und küsste sie auf beide Wangen. Sie hatte das Richtige für ihre Tochter gefunden. Hier würde Sara glücklich und in Sicherheit sein.

Doch nach nicht einmal einer Woche gab es die ersten seltsamen Vorfälle und beunruhigenden Anrufe.

Herr Dr. Direktor ließ sich mit dem King's Serenity verbinden, und während Lili gerade einer Gebärenden beistand oder einem Neugeborenen auf die Welt half, platzte ein Pfleger oder eine Sekretärin in den Kreißsaal und entschuldigte sich für die Störung. Lili müsse dringend ans Telefon, weil es irgendwelche Probleme mit einer gewissen Sara in Sa'ad Abad gebe. Dann nahm Lili ihren Mundschutz ab, zog die Handschuhe aus und griff nach dem Hörer. Meistens war der Direktor persönlich am anderen Ende der Leitung und berichtete, dass sich Sara gerade eine Treppe hinuntergestürzt hätte, dass sie sich weigerte zu essen oder dass sie seit einer Woche kein Wort gesprochen hätte. Und Lili musste auf der Stelle in die Schule kommen.

Der Direktor war ein nachdenklicher Mann, ausgebildet an einem der berühmtesten französischen Institute und in den neuesten psychoanalytischen Theorien bewandert. Herr Dr. Direktor analysierte die Mutter, er analysierte die Tochter und kam sehr schnell zu einer Diagnose: Saras seltsame Stimmungsschwankungen und ihr aufsässiges Verhalten, das alles war auf einen Mangel an Mutterliebe zurückzuführen. Auf *ihren* Mangel an Mutterliebe. Dem war eigentlich nichts entgegenzuhalten oder zumindest nichts, was Lili gegenüber einem derart höflichen, gebildeten und freundlichen Mann wie dem Herrn Direktor zu äußern gewagt hätte. Jedes Mal, wenn Sara in der Schule auffällig geworden war, wurde Lili in das Büro des Direktors zitiert. Und jedes Mal blieb ihr nichts anderes übrig, als gesenkten Hauptes seine Predigt über sich ergehen zu lassen und zu nicken. Und während sie noch wie erschlagen von dem energiegeladenen Vortrag des Direktors und der Last der eigenen unausgesprochenen

Worte in seinem Büro saß, erschien Sara völlig aufgelöst mit vom Weinen geschwollenen Augen – verzweifelt wie ein verwirrtes und wütendes Kind, das sie damals auch noch war.

Der Direktor machte den Vorschlag, Lili und Sara sollten die Samstagnachmittage gemeinsam verbringen. »Das wird sie beruhigen«, versicherte er Lili. »Sie werden sehen, so kommen Sie sich näher.«

Und so schmollte Sara Samstag für Samstag, verzog ihr Gesicht gelangweilt, funkelte Lili mit ihren schwarzen Augen wütend an oder weigerte sich, sie überhaupt eines Blickes zu würdigen. Nur wenn sie zusammen einkaufen gingen, taute sie auf und war plötzlich so aufgeregt und vergnügt wie ein kleines Mädchen. Stundenlang probierte sie Kleider, Hosen, Stiefel und Jacken an, und alles war immer beinahe so schick und teuer wie die Sachen, die die Sa'ad-Abad-Mädchen aus den Ferien in Europa mitbrachten.

»Sehe ich dir eigentlich ähnlich?«, fragte Sara Lili in der Umkleidekabine, und ihre Blicke schossen zwischen ihrem und Lilis Spiegelbild hin und her. »Glaubst du, ich werde auch mal so schön wie du? Habe ich die gleichen Augen wie du?«

Lili sah in diesen Momenten sonderbar gedoppelte Bilder: Sara mit zwei Jahren, mit sechs, mit zwölf, aber auch all die Unterbrechungen und Trennungen, die dazwischen lagen, all die Saras, die sie nicht kannte. »Ja, Sara, du siehst mir sehr, sehr ähnlich«, versicherte sie ihr.

Im Sommer besuchten sie einmal den neuen Vergnügungspark. Lili kaufte dicke Kugeln Pistazieneis in einer Waffel, und dann spazierten sie gemeinsam durch den Park. Abends erschienen die jungen Mädchen in Schuhen mit Pfennigabsätzen und luftigen Kleidern, Arm in Arm mit ihren Verehrern. Als sie zu dem künstlichen See in der Mitte des Parks kamen, mietete Lili ein Boot – Sara hatte unbedingt das rote gewollt –, und sie paddelten über den kleinen See und sahen zu, wie der Wind die Röcke der Frauen im Riesenrad aufbauschte und die bunten Lichter verschwammen, als es sich immer schneller vor dem Abendhimmel drehte.

Trotzdem wollte Lili wieder Mutter werden. Je widerspenstiger Sara wurde und je verzweifelter sie selbst war – wegen Sara, aber auch wegen ihrer angeheirateten Verwandtschaft und weil Johann so viel trank –, desto mehr wollte sie unbedingt noch ein Kind. Doch ihr Körper verweigerte den Gehorsam, und bald kannte sie jede Gynäkologenpraxis in Teheran von innen. Johann und sie unterzogen sich Behandlungen, die sie sich gar nicht leisten konnten; von den ständigen Untersuchungen, Injektionen und Eingriffen war sie wie benommen, hatte Schmerzen und war völlig erschöpft. Zusätzlich ließ sich Lili von Kobra mit deren Salben, Tinkturen und Kompressen behandeln, sie pilgerte zu Moscheen und Märtyrerschreinen, spendete Almosen für die Armen und suchte ihr Glück in Teeblättern, im Kaffeesatz und in den Gedichten von Hāfez.

Johann beobachtete sie dabei mehr oder weniger fassungslos. Er war vierzig, und wenn er sich überhaupt Gedanken über eine Vaterschaft machte, dann kam sie ihm zwar irgendwie reizvoll, aber durchaus nicht unabdingbar vor.

»Muss das alles sein?«, fragte er sie immer wieder.

»Ja, das muss sein«, gab sie ihm stets zur Antwort, weil jedes Scheitern sie in ihrem Kinderwunsch nur noch bestärkte.

Irgendwann flog sie allein für eine Woche nach Israel, suchte in Tel Aviv die berühmtesten Reproduktionsmediziner auf und kehrte vollgepumpt mit Hormonen in den Iran zurück. Obwohl sie sich schon kaum mehr Hoffnungen machte, war sie einen Monat später schwanger. Sofort kippte sie die Hüften beim Gehen nach vorn und stützte ihren unsichtbaren Bauch mit einer Hand. Sie schwebte durch Geschäfte und Kaufhäuser und kaufte eine Wiege, Bettwäsche, einen Kinderwagen und für sich einen Schaukelstuhl. Im zweiten Monat hatte sie ein voll ausgestattetes Kinderzimmer mit Fläschchen, Windeln und allem Drum und Dran und verbrachte dort jede freie Minute in ihrem Schaukelstuhl. Die vielen Flaschen Shams-Bier und die überquellenden Aschenbecher bemängelte sie kaum noch und lächelte stattdessen oft und strahlend.

Als sie im dritten Monat war, wachte Lili eines Morgens auf, schlug die Bettdecke zurück, schwang die Beine aus dem Bett und stellte entsetzt fest, dass sie in einer großen Blutlache saß. Sie versuchte aufzustehen und wurde sofort ohnmächtig.

Als sie wieder zu sich kam, lag sie in einem Bett im King's Serenity. Sie fuhr auf und riss sich die Sauerstoffmaske vom Gesicht. Die Wehen waren so schwach und kurz, dass sie sie nicht für Geburtswehen hielt, und sie erblickte ihn nur, weil sie nachsehen wollte, ob sie noch Blut verlor. Ihren Sohn, ihr Kind.

Sie fing ihn selbst auf.

Ganz vorsichtig tupfte sie sein Gesicht mit einem Zipfel ihres Morgenmantels ab und drückte ihn an ihre Brust. Er hatte keinen Puls und keine Farbe und war so winzig klein, dass sie ihn in einer Hand halten konnte.

So hielt sie ihn eine ganze Weile und hätte ihn noch viel länger gehalten, hätte sie sich nur einbilden können, dass das Blut in seinen Schläfen pochte. Ein Stöhnen entrang sich ihrer Kehle, und als ihre Schreie durch die Flure gellten, stürzten die Schwestern in ihr Zimmer und gaben ihr sofort eine Morphiuminjektion. Dann versuchten Krankenschwestern und Pfleger vergeblich, ihr das totgeborene Kind aus der Hand zu nehmen. Ihre Mundwinkel wurden schwach und ihre Lider schwer, aber das Kind ließ Lili nicht los. Ein Arzt kam, durchtrennte die Nabelschnur und verordnete eine weitere Dosis Morphium. Die Plazenta kam nicht, die Blutungen hörten nicht auf, ihr Puls wurde immer schwächer, aber Lili blickte weiter unverwandt auf ihr winziges Baby und wünschte sich, das Leben würde zu ihm zurückkehren, bis ihr plötzlich schwarz vor den Augen wurde.

»Willst du es hierlassen, damit sie es beerdigen?«, fragte eine Stimme aus weiter Ferne.

Lili öffnete die Augen. Mariam saß an ihrem Bett und hielt ein kleines weißes Bündel im Arm.

Bei der Vorstellung graute es Lili. Wenn sie das Kind überhaupt begruben, dann auf irgendeinem schrecklichen Gemeindefriedhof außerhalb der Stadt. »Nein!«, schrie sie, nahm das Bündel und drückte es an ihre Brust. Zusammen mit Mariam wartete sie schweigend auf Kobra.

Kobra begrub das Totgeborene nicht. Eine Stunde schlich sie um das Leichenhaus herum, wollte auch wirklich hineingehen, brachte es am Ende aber doch nicht fertig, Lilis Baby beerdigen zu lassen. Stattdessen legte sie es in ein großes Konservenglas mit Franzbranntwein, das sie ganz hinten in ihrem Schrank versteckte.

Lili verriet sie nie, was sie mit dem kleinen Leichnam gemacht hatte, aber wenn Nachbarn oder Verwandte zu Besuch kamen, holte Kobra das Glas aus seinem Versteck. »Er hat blaue Augen!«, erklärte sie stolz und fuhr mit den Fingern die Umrisse seiner Wirbelsäule, seines Kopfs und seiner winzigen Fäustchen nach. »Ganz blaue Augen!«

»Wahrscheinlich meint sie, es ist Omid«, flüsterten die Cousinen und Tanten und erinnerten sich wieder, dass Kobra schier verrückt geworden war, als sie ihren kleinen Sohn tot aufgefunden hatte. »Sie denkt vielleicht, dass sie ihn noch einmal verloren hat.« Sie waren freundlich und geduldig mit ihr. Sie nickten zustimmend und lächelten, und wenn sich Kobra beruhigt hatte, nahmen sie sie am Arm und führten sie behutsam von dem Konservenglas weg.

Als sich Lili fünf Wochen später einigermaßen von dem Schock erholt und ihren Kummer in Arbeit begraben hatte, war der totgeborene Fötus immer noch so schön und unversehrt wie am ersten Tag und Kobra immer noch genauso wenig bereit, sich von ihm zu trennen.

»Er hat blaue Augen«, murmelte sie und strich zärtlich über das Glas, »ganz blaue Augen!«

»Denk doch an seine Seele«, redeten ihre Schwestern Kobra gut zu. »Du musst ihn begraben. Wenn du ihn nicht beerdigst, kann seine Seele nicht zu Gott.«

Kobra kniff die Augen zusammen, runzelte die Stirn und begann sich Gedanken über das Schicksal der kleinen Seele zu machen.

In der sechsten Woche begrub sie Lilis totes Baby. Ganz allein machte sie sich auf den Weg und erzählte keinem von ihrem Vorhaben. Sie warf sich ihren Tschador über, was sie sonst nur noch während des Ramadan machte oder wenn sie nach Mashhad pilgerte, wickelte das Totgeborene wieder in das weiße Tuch aus dem Krankenhaus und trug es zum Friedhof. Sie wusch das Kind, wickelte es in ein kleines Leichentuch und begrub es neben den anderen Kindergräbern.

»Wie heißt das Kind?«, hatte man sie gefragt.

»Wie es heißt? Ich weiß es nicht.«

Später schien es so, als könne nur die Aussparung auf

dem Grabstein ihren Kummer fassen, doch am Tag der Beerdigung saß Kobra stundenlang vor dem Grab und grübelte verzweifelt nach einem Namen für Lilis Baby. Noch lange nachdem die anderen Trauernden den Friedhof verlassen hatten, saß Kobra im Schneidersitz neben dem frischen Grab, schaukelte vor und zurück und weinte und betete, bis sie endlich spürte, dass ihr Wahn wich und Seelenfrieden Platz machte.

Während Kobra sich langsam von ihrem Kummer erholte und Lili sich mit immer neuen Fruchtbarkeitsbehandlungen ablenkte, widmete sich Johann seinem eigenen Thema, der Infrastruktur des Iran. »Ich weiß, was dieses Land braucht«, erklärte er Lili eines Tages und reichte ihr einen dicken Stapel Skizzen. »Der Iran braucht Fertigbeton!«

Der Beton für die ganzen neuen Gebäude, die zu der Zeit wie Pilze aus dem Boden schossen, wurde im Iran noch immer von Hand gemischt. Und das war ein kostspieliger, zeitaufwendiger Prozess, echte Knochenarbeit, für die Johann am Esstisch mit Zeichenstiften und Plänen, einigen Päckchen Zigaretten und einer Flasche englischem Whiskey endlich eine Lösung gefunden und kalkuliert hatte. Dass er hoffte, mit diesem Projekt Lili von ihrem seiner Meinung nach zwanghaften Kinderwunsch abzulenken, ließ es ihm doppelt wichtig erscheinen.

»Das klingt sehr interessant, aber was würde uns das kosten?«, fragte sie ihn.

»Nur dreißigtausend *toman* Startkapital, für den Rest bekommen wir mit Sicherheit ein Darlehen.«

Lili verdrehte die Augen. Im Moment hatten sie nicht einmal tausend *toman* zurückgelegt; trotzdem war sie auf der Stelle von Johanns Plan überzeugt. »Dann müssen wir eben unsere Wohnung verkaufen«, seufzte sie und sah sich wehmütig um.

Sie zogen also in eine kleinere Wohnung weiter südlich an der Avenue Pahlavi. Johann besorgte sich bei einer deutschen Bank ein Darlehen, kündigte bei Etco und kaufte etwa fünfzig Kilometer nordwestlich von Teheran in einer gottverlassenen Gegend zwölf Hektar Grund. Im nächsten Dorf tat er sehr bald einen dunkelhäutigen Aserbaidschaner namens Fato'allah auf. Der seit Langem arbeitslose Vater von drei Kindern erkannte mit einem Blick, dass ihm der Himmel diesen schlaksigen blauäugigen Fremden geschickt hatte, und legte sein weiteres Schicksal in Johanns Hände.

Johann kaufte einen klapprigen, spuckenden, rostigen Pick-up, den er und Fato'allah sofort mit Ziegelsteinen beluden. Wochenlang arbeiteten sie Seite an Seite und bauten eine niedrige Mauer um Johanns Grundstück, um es von der umliegenden Wüstenei abzugrenzen. Mittags, wenn die Sonne am höchsten stand und gnadenlos vom Himmel brannte, breiteten die beiden eine Decke unter der einzigen Dattelpalme auf dem Gelände aus, rauchten zusammen eine Pfeife, tranken zwei Tassen Tee aus einem Kanister und aßen den Rest des Fladenbrots und der Walnüsse auf, die ihnen Lili jeden Tag als Proviant einpackte. Zu Anfang verstand Johann wenig mehr als »*salaam*« und »*merci*« von Fato'allahs aserbeidschanischem Dialekt, aber in den vielen Monaten, die sie gemeinsam bei der Arbeit und unter der Dattelpalme verbrachten, lernte er ziemlich flüssig mit Fato'allahs sanftem türkischen Akzent Persisch zu sprechen.

Als Nächstes baute Johann auf seinem Grund ein einfaches, kleines Haus mit WC für Fato'allah, wofür dieser ihm unendlich dankbar war. Er holte seine Familie aus dem Dorf, und von da an wohnten sie in ihrem eigenen Häuschen.

Wenn Lili mit Johann vorbeikam, um zu sehen, welche Fortschritte der Bau der Fabrik machte, stand Fato'allahs Frau Samira immer in der Tür ihres Häuschens, lächelte schüchtern unter ihrem geblümten Kopftuch, und die Kinder spielten zu ihren Füßen. Samira war dauernd schwanger. Lieber Gott, wie soll denn da noch einer reinpassen, dachte sich Lili, aber die Familie wuchs weiter. Lili improvisierte ärztliche Untersuchungen für Fato'allah, Samira und die Kinder, und auch wenn sie fast nichts zu essen hatten, boten sie das Wenige doch immer Madame Doktor zusammen mit einer Tasse frisch gebrühtem Kardamomtee an.

Als die Mauer um das Grundstück fertig war, begannen Johann und Fato'allah mit dem Bau der Fabrik, und die Betonmischer drehten sich unter lautem Klappern und Brummen. Den ganzen heißen Sommer hindurch ließen Johann und Fato'allah die Maschinen laufen, bis eines Tages die zwei Betonmischwagen eintrafen, die Johann für teures Geld in Deutschland gekauft hatte und mit denen die beiden endlich ihre Jungfernfahrt in die Hauptstadt machten – Johann am Steuer, der begeisterte Fato'allah neben ihm.

Lili wurde Direktorin und Sekretärin der Firma in Personalunion. Sie hängte ein Werbeplakat ins Wohnzimmerfenster, kaufte einen Schreibtisch und machte sich daran, die Verträge für die Firma auszuhandeln. Das erledigte sie meistens am Telefon in der Zeit zwischen ihren Schichten im Krankenhaus, war aber mal eine Unterschrift nötig, zog sie sich ein Kostüm an und stellte einen Stuhl vor den Schreibtisch.

Das funktionierte sehr gut, bis Lili eines Tages der Frau des Vermieters im Treppenhaus begegnete. Khanoom Nabavi hielt sie fest und sagte leise: »Es kommen sehr viele Männer zu Ihnen, *khanoom*, sehr, sehr viele«, wiederholte sie, ohne ihr ins Gesicht zu sehen.

Es dauerte einen Moment, bis Lili begriffen hatte. Khanoom Nabavi verwechselte sie mit einer der Frauen, deren Beruf man nicht einmal aussprechen durfte. Lili führte sie zum Wohnzimmerfenster. »Sehen Sie doch bitte, *khanoom*, mein Mann und ich haben eine Firma für Fertigbeton«, erklärte sie und deutete auf das Firmenschild.

Khanoom Nabavi starrte das Schild kopfschüttelnd an. »Viel zu viele Männer …«, murmelte sie.

Lili begriff, dass die Frau Analphabetin war. Wie sollte sie Khanoom Nabavi dann klarmachen, dass Johanns und ihr Unternehmen absolut legal war?

Als sie wenig später Khanoom Nabavis Enkel ins Haus kommen sah, öffnete Lili schnell die Tür und bat ihn in ihre Wohnung. »Bitte sehen Sie sich das an«, sagte sie zu ihm und reichte ihm einen Stapel Bestellungen und Quittungen. »Könnten Sie Ihrer Großmutter erklären, dass ich hier kein Bordell führe, wie sie meint?«

Der junge Mann wurde sehr blass, machte große Augen und stammelte eine Entschuldigung.

»Das war bestimmt nur ein Missverständnis, *agha*, aber falls Sie oder jemand von Ihren Freunden und Bekannten zufällig Fertigbeton brauchen sollte, wissen Sie jetzt, bei wem Sie ihn kaufen sollten«, verabschiedete sie sich von ihm.

Als Lili eines Abends die Klinik verließ, kam eine Frau in einem langen schwarzen Tschador auf sie zu. »Bitte entschuldigen Sie, *khanoom*, aber Sind Sie Krankenschwester?«, fragte sie mit einem unsicheren Blick auf Lilis Tracht.

»Nein, ich bin Hebamme.«

»Dem Himmel sei Dank!«, rief die Frau und ergriff Lilis Hände. »Meine Schwester ist nämlich schwanger.« Sie rang die Hände. »Hier wollten sie zweitausend *toman*«, sagte sie und deutete auf das King's Serenity. »Das ist viel zu viel für uns.«

»Was ist mit dem städtischen Krankenhaus?«

»Sie haben kein Bett frei. Ich soll sie hierherbringen, aber …« Sie senkte den Blick.

»Was kann ich denn für Sie tun, *khanoom-joon*?«

»Würden Sie vielleicht zu uns nach Hause kommen?«

Die Hände der Frau zitterten.

»Wo wohnen Sie denn?«, fragte Lili.

Wieder wich die Frau ihrem Blick aus. »In Tayeh Shar«, sagte sie leise. Tayeh Shar war das ärmste Viertel von Teheran.

»Ja, ich komme mit Ihnen mit, *khanoom-joon*«, beeilte sie sich zu sagen, als sie sah, wie sehr sich die Frau schämte.

Sie nahmen ein Taxi und fuhren Richtung Süden, am Bahnhof und den Überresten der Karawanserei von Teheran vorbei, bis sie schließlich zu einem schlammigen Abhang am Stadtrand kamen, an dem sich niedrige Wellblechhütten drängten. Viele Jahre zuvor hatte Lili nicht weit von hier gewohnt, als sie Kazems Frau war. Vor lauter Traurigkeit, Erschöpfung und Angst hatte sie damals gar nicht begriffen, in welcher Armut sie lebte. Jetzt spürte sie es mit voller Wucht, hütete sich aber, sich etwas anmerken zu lassen, um die Frau neben sich nicht zu beleidigen.

Sie stiegen aus dem Taxi, und Lili ging auf einem schlammigen Weg hinter der Frau her, bis sie vor einer der Hütten stehen blieb. Statt einer Tür hatte jemand ein ausgebleichtes Stück Sackleinen an den Türrahmen genagelt. Vorsichtig schob Lili den Stoff zur Seite und sah sich einem Dutzend Augenpaaren gegenüber, die sie erst angstvoll und dann erleichtert anblickten. »Allah sei Dank!«, riefen die Frauen und zogen sie in die Hütte.

Drinnen war es dunkel, und als Lili sich an das Dämmerlicht gewöhnt hatte, stellte sie fest, dass es nur einen einzigen fensterlosen Raum ohne Teppiche gab, der etwa drei mal drei Meter maß. Neben dem *korsi* in der Mitte des Zimmers kauerte ein höchstens siebzehnjähriges Mädchen, stöhnend und mit schweißnassem Gesicht. Ihre Patientin.

»*Salaam, dokhtar-joon*«, begrüßte Lili sie freundlich.

Sie stellte ihre Hebammentasche ab und wandte sich an die älteste Frau, eine dicke Matrone mit langen grauen Zöpfen. »Was ist mit der Fruchtblase?«, wollte sie von ihr wissen.

»Sie ist geplatzt.«

»Wann?«

»Gestern Nacht.«

Lili machte ein ernstes Gesicht und packte ihre Utensilien aus. »Ich brauche sofort kochend heißes Wasser!«, befahl sie.

Sie nahm die Hand des Mädchens und fühlte seinen Puls. Er war regelmäßig, und sie hatte kein Fieber, als sie aber ihren Bauch direkt über dem Becken abtastete, hatte sie ein ungutes Gefühl, weil sie den Herzschlag des Babys nicht spüren konnte. Wahrscheinlich würde es eine schwierige, wenn nicht sogar tödliche Geburt, aber nachdem die Wehen mit kaum einer Minute Abstand kamen, konnten sie das Krankenhaus unmöglich rechtzeitig erreichen.

Zum ersten Mal in ihrer langen Laufbahn zitterten Lilis Hände bei einer Entbindung.

Das Mädchen hatte sich eine Weile auf seine Großmutter gestützt und ächzte und weinte und schrie abwechselnd. Inzwischen schrubbte sich Lili Hände und Unterarme in einem Topf mit heißem Wasser und beobachtete, wie lange die Wehen dauerten. Wieder tastete sie den Bauch des Mädchens ab, und noch immer spürte sie keinen Herzschlag. Sie holte tief Luft, krempelte die Ärmel hoch und forderte das Mädchen auf, sich wieder an den *korsi* zu legen.

Dann ging alles sehr schnell. Lili holte das Baby, kontrollierte seine Hautfarbe, presste ihren Mund auf seine winzigen Lippen und gab ihm einen Klaps auf den Po, woraufhin es einen wunderbaren Schrei tat. »*Pesareh*!«, rief eine der Frauen, »es ist ein Junge!«

Sofort herrschte Feierstimmung. Dem Mädchen liefen die Tränen über die Wangen, jemand begann zu singen, und sogar die Nachbarn schauten herein und jubelten.

Als sie das Mädchen genäht und die Blutung mit Eis gestillt hatte, als die Schüsseln und blutigen Laken weggeräumt worden waren – wohin konnte sie sich nicht vorstellen –, packte Lili ihre Instrumente zusammen und nahm zweihundert *toman* aus ihrer Geldbörse.

»Für dein Baby«, sagte sie, als sie das Geld auf den Tisch legte.

Sie war schon an der Tür, als sie die Frauen zurückhielten. »Das können wir auf keinen Fall annehmen«, sagten sie und versuchten Lili die Scheine wieder in die Hand zu drücken, aber Lili schüttelte den Kopf und wollte gehen. »Wenn Sie das Geld nicht zurücknehmen, müssen Sie wenigstens unser Gast sein. Bitte, seien Sie unser Gast!« Sie zündeten eine Kerze an, breiteten einen schön bestickten Stoff auf dem Boden aus und verabschiedeten sie erst Stunden später mit vielen Küssen, Segenswünschen und einem Korb voller Quitten.

»Das kann doch so nicht weitergehen. Da muss etwas geschehen!«, sagte sie am nächsten Tag zu Mariam.

Mariam lachte nur bitter. »In den Vierteln da draußen wimmelt es nur so von solchen Geschichten«, erklärte sie Lili.

Mit der Einführung moderner Krankenhäuser und geregelter Zulassungsverfahren war das alte, gut funktionierende Netzwerk der nicht zugelassenen Hebammen immer dünner geworden. Einige große öffentliche Einrichtungen versuchten diese Lücke zu schließen, aber viele traditionell eingestellte Familien waren absolut dagegen, dass männliche Ärzte ihre Töchter untersuchten oder ihnen bei der Entbindung beistanden.

»Das Mädchen hatte noch Glück, dass ihre Familie überhaupt Hilfe holen konnte«, meinte Mariam.

»So kann das nicht weitergehen. Da muss etwas geschehen!«, wiederholte Lili verzweifelt.

Mariam antwortete nicht, sondern kniff nur die Augen zusammen, und wenn sie das tat, wusste Lili, dass sie einen Plan schmiedete.

Eine Woche nach ihrem Gespräch hatten Mariam und Lili einen Raum im Armenviertel Tayeh Shar gemietet. Ihre »Klinik« bestand aus einem einzigen Behandlungszimmer mit einem Waschbecken, einer Liege, einem Stuhl und einem kleinen Holztisch. Obwohl sie offiziell hundert *toman* pro Behandlung verlangten, subventionierten sie das Unternehmen aus ihren eigenen Gehältern und waren auch die beiden einzigen Mitarbeiter. Zu Mariam und Lili kamen die unterschiedlichsten Frauen als Patientinnen – von vierzehnjährigen Fabrikarbeiterinnen bis hin zu fünfzigjährigen Hausfrauen mit elf Kindern, und während sie behandelt wurden, hockten ihre Schwestern, Mütter und Cousinen im Flur auf dem Boden und warteten. Meist hatten sie Handarbeitssachen dabei und reichten Töpfe mit Fleischsoße und Gläser mit eingelegten Zwiebeln oder Rüben herum, und fielen sich ausnahmslos vor Freude in die Arme, wenn ein Junge geboren wurde, und weinten und trösteten einander, wenn es ein Mädchen war.

Als es sich in Tayeh Shar herumsprach, dass es die Klinik gab, brachten die Leute aus dem Viertel auch ihre neun, zwölf oder vierzehn Jahre alten Töchter – dicke und dürre Mädchen, hübsche und hässliche, arme und reichere, meist aus muslimischen, manchmal aber auch christlichen oder jüdischen Familien – Aberdutzende von jungen Mädchen, die nur eines gemeinsam hatten, ihre Angst. Die Mädchen kamen in die Klinik, um sich ihre Jungfräulichkeit bescheinigen zu lassen, meist am Abend vor ihrer Hochzeit, manchmal auch, wenn die Eltern glaubten, sie hätten einen Freund oder, was sehr selten vorkam, sie wären vergewaltigt worden.

Obwohl Lili etwa zehn Jahre älter war als die meisten ihrer jungen Patientinnen, erinnerte sie sich doch immer wieder an den Tag, an dem ihre Jungfräulichkeit überprüft worden war und an alles, was darauf folgte. Und sie wusste, dass sie diese Mädchen auf keinen Fall wegschicken konnte, egal was es sie kostete. Mit der Zeit entwickelte sie ihre eigenen Untersuchungsmethoden. Zuerst schaute sie ihnen in die Augen und forderte sie auf zu erzählen, was sie so gut sie es konnten taten. »Mein Vater bringt mich um«, flüsterten die einen, »mein Bruder bringt ihn um« die anderen. Die meisten sagten gar nichts.

Lili nickte zu allem aufmunternd, tätschelte ihnen die Hand und versuchte sie zu beruhigen. Sie untersuchte sie auf Blutergüsse und Narben und übergab sie, wenn sie keine fand, wieder ihren Familien mit der Versicherung, dass alles in Ordnung sei. Was zur Folge hatte, dass im Laufe der Zeit viel mehr »Jungfrauen« Lilis Klinik verließen, als vorher zur Tür hereingekommen waren. Sie zählte darauf, dass die Leute aus Stolz schweigen würden, und soweit sie wusste, stimmte das auch. Die Mädchen wurden untersucht und ihre Jungfräulichkeit bescheinigt, und falls sich später herausstellen sollte, dass sie doch keine Jungfrauen mehr waren, würde man sich wohl kaum ausgerechnet an ihr rächen.

Ende der Sechzigerjahre hatte Kobra weit über zwanzig Jahre als Schneiderin gearbeitet, und obwohl sie erst Mitte vierzig war, befürchtete sie, blind und lahm zu werden, wenn sie auch nur noch ein einziges weiteres Jahr über ihre Nähmaschine gebeugt zubringen müsste.

Seit es im Iran immer mehr Kaufhäuser gab, liefen ihre Geschäfte außerdem nicht mehr so gut, und auch wenn sie mit ihrem Verdienst einigermaßen auskam, entschädigte er sie doch nicht länger für die harten körperlichen Anstrengungen ihres Berufes. Kobras Schwestern drängten sie, sofort damit aufzuhören und zu Lili und Johann zu ziehen, aber sie war es gewöhnt, ihr eigenes Geld zu verdienen und ihre eigene Wohnung zu haben. Außerdem konnte sie nicht untätig herumsitzen, sie brauchte immer eine Beschäftigung.

Aber was hätte Kobra außer nähen machen sollen?

Die Antwort entdeckte Lili, als sie auf dem Weg zur Arbeit an einem neu eröffneten modernen Schönheitsinstitut vorbeikam. Die üppige Ausstattung mit Spiegeln, Marmor und Messing übte sofort enorme Anziehungskraft auf Sekretärinnen und Verkäuferinnen aus, die den größten Anteil der berufstätigen weiblichen Bevölkerung ausmachten. Lili sah sich das Institut sehr genau an und dachte sich einen Plan aus, den sie Kobra umgehend präsentierte. Die moderne iranische Frau benötigte Maniküre und Pediküre, Haarschneiden und Haarfärben, Strähnchen, Dauerwellen und sonst noch einiges, wofür ein Heer von ausgebildeten Kosmetikerinnen und Friseurinnen beschäftigt wurde, erklärte ihr Lili.

Dabei handelte es sich aber nur um die normalen Bedürfnisse berufstätiger Frauen – richtig Geld verdienen konnte man mit den Bräuten. Während sie früher im Badehaus von ihren weiblichen Verwandten verschönert worden waren, galt es mittlerweile bei den reichen Teheraner Familien als besonders angesagt, ihre Töchter vor der Hochzeit in einen Schönheitssalon zu schicken, und selbstverständlich war eine Braut eine besonders lukrative Kundin, weil sie immer Mutter, Schwestern, Tanten und Cousinen im Schlepptau hatte, zwei oder auch drei Dutzend Frauen, die sich alle vor der Hochzeit eine gründliche Überholung gönnten.

Kobra fand Lilis Idee großartig, vor allem, als sie ihr von den Bräuten erzählte. Lili beglückwünschte sich zu dem Plan und bezahlte ihr einen Kurs zur Ausbildung als Kosmetikerin, aber Kobra wurde am ersten Tag wieder nach Hause geschickt. Eine Lehrerin hatte von ihr verlangt, dass sie die Gebrauchsanweisung für ein Färbemittel laut vorlas, und dabei festgestellt, dass sie Analphabetin war.

Lili setzte sich für Kobra ein und versprach, sie auf die Abendschule zu schicken, wenn sie bleiben und den Lehrern zusehen dürfe, aber Kobra fand es dort so schrecklich, dass sie schon beim Anblick ihres Erstklasslesebuchs in Tränen ausbrach. Also heuerte Lili einen Privatlehrer an, Kobra machte langsam Fortschritte, und einige Monate später schrieb sie sich in der Kosmetikschule ein.

Ein europäisches Zeugnis wäre genau das Richtige, um Kobra in ihrem neuen Beruf als Friseurin voranzubringen. Lili beriet sich mit Johann, und schließlich wurde Kobra für ein Jahr nach Hessisch-Lichtenau geschickt, wo sie Johanns früheres Zimmer bewohnte. Mit einem übersetzten Zertifikat ihrer iranischen Kosmetikschule bewarb sich Kobra als Lehrling im Frisiersalon des Dorfes und war vom ersten Tag an die Sensation. Keine der Frauen aus dem Dorf kannte ihre Methode zur Haarentfernung. »Das machen Sie ganz wunderbar!«, sagten die deutschen Frauen begeistert, wenn Kobra mit einem Faden geschickt an ihren Augenbrauen, an Oberlippe oder Kinn hantierte.

Samstagvormittag machten Mutti und Kobra manchmal einen Ausflug ins nahe gelegene Kassel. Sobald ein Mann im Bus Kobra musterte oder sie auf der Straße etwas zweideutig anlächelte, zog Mutti sie näher zu sich und flüsterte: »Nur nicht drauf eingehen!« Und Kobra schaute weg, blieb brav an Muttis Seite und wurde für ihren Gehorsam von Mutti mit einem Geschenk belohnt.

Etwa ein Jahr nach seiner Gründung drohte das Fertigbeton-Unternehmen pleitezugehen. Sie hatten zwar genug Aufträge, aber um die deutschen Kredite abzubezahlen, hätten Johann und Fato'allah doppelt so schnell arbeiten müssen.

»Was sollen wir nur machen?«, fragte Johann seine Frau, die nicht einmal eine Minute brauchte, bis ihr die Lösung einfiel: Nachtschichten.

Weil man dazu eine Genehmigung brauchte, machte sie sich ein paar Tage später auf den Weg zum Hauptregisteramt in der Innenstadt, in einem marineblauen Crêpekleid, passenden hohen Schuhen und mit ihrem besten Hut. Ein uniformierter Beamter musterte sie zunächst abschätzig, dann anerkennend und begleitete sie über eine geschwungene Marmortreppe zu einem eleganten Büro im oberen Stockwerk.

Lili sah sich verstohlen um. Das Büro war geschmackvoll mit einem Intarsienschreibtisch und Lederstühlen eingerichtet, und mehrere kostbare Seidenteppiche (aus Shiraz und Täbris, wie Lili mit Kennermiene feststellte) bedeckten den Boden. Lili strich ihren Rock glatt, ordnete den Stapel Papiere auf ihrem Schoß und wartete.

Ihre letzte und einzige Begegnung war zehn Jahre her. Er war an den Schläfen ergraut, trug einen Schnurrbart, hatte einen Bauch und seine mit Orden behängte Uniform gegen einen Anzug mit Seidenkrawatte eingetauscht, aber als er sie mit seinen grünen Augen ansah, erkannte sie ihn sofort wieder. Es war der General.

»Ich habe gehört, die Firma gehört einem Ausländer«, begann er.

»Ja, das stimmt«, stammelte sie. »Das ist mein Mann.«

»Aha«, sagte er gedehnt und musterte sie eingehend. Dann ging er hinter seinen Schreibtisch und öffnete eine Schublade. Ihr blieb das Herz fast stehen. *Er holt seine Pistole raus, er hat mich erkannt, ich werde gleich hier in dem Büro sterben, und kein Mensch wird je davon erfahren.*

Aber es war nur eine Schachtel mit Schweizer Pralinen, die er ihr anbot.

Sie schüttelte den Kopf.

Er zuckte mit den Schultern, nahm selbst eine Praline und legte die Schachtel in die Schublade zurück. »Wie kann ich Ihnen helfen?«

»Ich brauche eine Genehmigung«, stotterte sie.

»Ach so, das dürfte kein Problem sein, *khanoom-joon*, vorausgesetzt Sie sind bereit, sich privat mit mir zu treffen, um unser Gespräch fortzusetzen.«

»Und was ist mit meinem Mann?«

»Er versteht doch mit Sicherheit kein Persisch, Ihr ausländischer Ehemann?«

»Nicht ein Wort.«

»Geben Sie meiner Sekretärin Ihre Telefonnummer, *khanoom*«, sagte er und erhob sich. »Bestimmt finden wir eine Lösung für Ihr Problem.«

Er nahm die Hand aus der Tasche und lächelte. Sie

streckte ihre Hand aus und reichte sie ihm. Dabei blickte sie noch immer zu Boden. Jetzt musste er sie unweigerlich erkennen, da war sie sich ganz sicher, aber sein Lächeln blieb bis zum Schluss freundlich.

»Es hat mich sehr gefreut, *khanoom*«, sagte er, als er sie zur Tür brachte.

Mit gesenktem Blick und betont langsam verließ Lili das Büro des Generals. Den ganzen Weg durch den langen Gang, vorbei an Beamten in Uniform und Geschäftsleuten im Anzug, die riesengroße geschwungene Marmortreppe hinunter und durch den Haupteingang hinaus auf die Straße ging sie langsam und bedächtig. Erst als sie im Freien war, zwischen den vielen Menschen, die sie schief und verschwommen sah, warf sie einen Blick zurück und rannte los.

»Wir bekommen die Genehmigung nicht«, erklärte sie Johann am Abend.

Das war die erste richtige Lüge in ihrer Ehe, und obwohl sie ihren Ruin bedeuten sollte, schreckte sie nicht davor zurück, sie auszusprechen, und bereute niemals, sie ausgesprochen zu haben.

Den ganzen Herbst und Winter rumpelten die beiden Betonlaster zwischen der Fabrik und Teheran hin und her. Johann und Fato'allah arbeiteten erst Schichten mit sechzehn, dann achtzehn und schließlich zwanzig Stunden, aber auch das reichte nicht.

Jeden Tag kamen Rechnungen, Schreiben von der Bank, Abrechnungen von Frachtunternehmen und Zementlieferanten. Jeden Morgen riefen die deutschen Gläubiger an und drängten auf Zahlung, zunächst mit Warnungen, später auch mit offenen Drohungen.

Irgendwann blieb ihnen nichts anderes übrig, als die

Fabrik, die beiden Laster und alles bis auf den letzten Sack Zement zu verkaufen, bis ihnen nur noch das Stück Land gehörte, auf dem die Fabrik stand.

Und dann fing Johann richtig an zu trinken.

Abends kam er mit einer Kiste Shams-Bier unter dem einen und einer Flasche Whiskey unter dem anderen Arm nach Hause. Oft verließ er die Wohnung tagelang nicht und spielte ununterbrochen dieselbe Schallplatte und soff bis zur Bewusstlosigkeit.

Wenn Lili von der Arbeit kam, schlief er am helllichten Tag oder kauerte in einem Sessel, den Kopf an der Brust oder in den Händen vergraben. Sprach sie ihn an, drehte er den Kopf in ihre Richtung und runzelte die Stirn, als überlege er angestrengt, wer sie war. Sie zog ihm die Schuhe aus, deckte ihn zu und zog die Vorhänge zu. Überall standen Flaschen, in jedem Zimmer, jeder Ecke, sogar neben der Badewanne. Im Sommer wurde der Geruch nach Bier und Whiskey in der Hitze so unerträglich, dass sie vor lauter Verzweiflung in einen Stuhl gekauert auf dem Balkon schlief.

Sie schmeichelte ihm, sie flehte ihn an, sie redete auf ihn ein. Sie verwendete sämtliche Kosenamen, die sie kannte – auf Persisch und auf Deutsch, und fluchte auch gehörig. Oft weigerte sie sich, überhaupt ein Wort mit ihm zu reden.

»Ich trinke nie wieder, versprochen«, schwor er ihr und hielt ihre Hände umklammert. »Ich schwöre es dir: nie wieder!«

Seine Versprechen waren ernst gemeint, er wollte wirklich aufhören, aber es dauerte höchstens eine Stunde, bis seine Hände zu zittern begannen. Statt der leeren Flaschen waren es dann Teller voller Zigarettenkippen, Aschеflecken auf dem Teppich und auf der Couch und Rauch in ihren Haaren und auf ihrer Haut, bis irgendwann wieder die Flaschen auf dem Kaminsims und dem Esstisch standen oder unter dem Waschbecken oder neben der Badewanne lagen.

Lili war schon so oft durch den armenischen Lebensmittelladen getobt, dass der Besitzer inzwischen sofort in Verteidigungshaltung ging, wenn er sie kommen sah. »Warum haben Sie ihm wieder so viel verkauft?«, fragte sie zornig.

»Was soll ich denn tun, *khanoom*?«, jammerte er, »ich kann es doch auch nicht ändern.«

Nach dem Ende ihrer Schicht wartete sie abends vor dem King's Serenity auf Johann. Es verging eine halbe Stunde, dann eine ganze, aber er kam nicht. Sie ging zurück ins Krankenhaus, um ihn anzurufen, doch wenn er überhaupt ans Telefon ging, lallte er nur müde. Sie wartete weiter und ging auf dem Fußweg auf und ab, bis er endlich in Schlangenlinien angefahren kam, mit dem Vorderrad über die Gehsteigkante schlingerte, bis er das Auto irgendwie zum Stehen brachte und sie in einer perfekten Mischung aus Hilflosigkeit, Erschöpfung und Übermut begrüßte.

Als die deutschen Gläubiger schließlich ausgezahlt waren und sie durch den Verkauf der Fabrik etwas Geld bekamen, ging Lili damit zur Bank, zahlte die eine Hälfte auf ihr Konto ein und ließ Johann einen Scheck über die andere Hälfte ausstellen. »Von mir aus kannst du nach Deutschland zurück«, sagte sie, »mit dem Flugzeug oder mit dem Auto oder meinetwegen auch zu Fuß.«

Johann war auf einen Schlag nüchtern, legte zehntausend *toman* für Fato'allah zur Seite, zahlte den Rest seines Anteils auf Lilis Konto ein und suchte sich Arbeit auf den Baustellen der reichen Leute in Shemiran. Das war weder sein erster, noch sollte es sein letzter vollkommen aufrichtiger und vollkommen erfolgloser Versuch sein, sich zu ändern.

Kurz nach ihrer Rückkehr aus Deutschland eröffnete Kobra ihren Friseursalon »Lady Diola«. Den Namen hatte sie sich ausgedacht, er sollte ausländisch und modern klingen. Und so sagten die *Tehrooni*-Frauen rund zwei Jahrzehnte lang, wenn sie zu ihr kamen, »*salaam,* Diola Khanoom!« Jahr für Jahr verwöhnte Kobra sie, lächelte still über ihren Farbtuben und steckte die Scheine weg, die mehr als ausreichend waren für ihr Seelenheil.

Um den Laden zu finanzieren, schleppte sie Lilis schönste Teppiche zur Bank und hinterließ sie als Sicherheit für ein Darlehen. Mit einem Teil des Geldes kaufte Kobra eine neue Wohnung an der Avenue Geisha. Das Wohnzimmer wurde bis zur Decke mit hellgrünem Teppich ausgeschlagen und mit drei knallrosa Waschbecken und mehreren rosa Haartrocknern ausgestattet. Aus dem größeren Schlafzimmer machte sie ein Wartezimmer mit zwei vergoldeten Louis-XIV-Sesseln und den neuesten amerikanischen und französischen Modemagazinen. Der dritte Raum war Kobras Schlafzimmer mit einem Bett mit weißer Tagesdecke und Jalousien vor den Fenstern, das sie stets verschlossen hielt.

Mit der Eröffnung von »Lady Diola« vollzog Kobra eine erstaunliche Verwandlung. Sie hatte zwar einen sehr altmodischen Geschmack, aber ihre Lieblingskleider – lange, wallende Röcke und romantische Blusen – waren auf einmal aus allerfeinster Seide, und um größer zu wirken, trug sie nun Sandalen mit hohen Korkabsätzen. Kobra und ihr Assistent Hovick, ein eleganter, schnurrbärtiger Armenier mit einem Talent für die perfekten Strähnchen, probierten oft nächtelang im Diola an ihrem Haar die neuesten Farben und Schnitte aus. Und an ihrem fünfzigsten Geburtstag vertraute sie Gesicht und Nase – mit großem Erfolg – einem der bekanntesten Schönheitschirurgen von Teheran an.

So wurde Kobra immer reicher und schöner und hatte auch immer mehr Verehrer. Anfangs waren es meist ältliche, zum Teil schon senile Witwer, die um sie warben und die Kobra gnadenlos abwies, weil sie vermutete, dass sie nur hinter ihrem Geld her waren. In ihrem dritten Jahr als Lady Diola stellte sie dann eine Nachbarin einem sehr gut aussehenden jungen Mann vor, der eigentlich nur einen erkennbaren Nachteil hatte – er konnte einfach keiner regelmäßigen Arbeit nachgehen. Alle waren erstaunt, wie kokett sie mit ihm umging. Das kannte man wirklich nicht von ihr.

»Habe ich dir eigentlich schon gesagt, dass mein Verehrer erst dreißig ist?«, fragte sie einmal Lili und lächelte dazu verschämt wie ein junges Mädchen hinter vorgehaltener Hand.

»Du willst diesen Gigolo doch nicht etwa heiraten?«, erkundigte sich Lili besorgt.

Kobra wurde rot, kicherte und hörte auf keinen Rat.

Die Affäre ging schon eine ganze Weile, als Lili und Johann ins »Lady Diola« eingeladen wurden, weil Kobra sie offiziell mit ihrem Verehrer bekannt machen wollte. Dafür hatte sie die Waschbecken und Haartrockner mit weißen Tischtüchern verhängt und die Louis-XIV-Möbel aus dem Wartezimmer in den Salon geschleppt. Kobras Verehrer musste auf der einen Chaiselongue Platz nehmen, Lili und Johann auf der anderen. Kobra trug ein rosa Chiffonkleid und rosa Pumps und war schöner denn je. Damals hatte sie einen blonden Bob, den sie gern auf einer Seite mit einer Schildpattklammer zurücksteckte; zur Feier des Tages war es diesmal eine Spange mit Strasssteinen. Als alle versammelt waren, ging sie in die Küche und machte Tee, den sie mit verstohlen verliebten Blicken ihrem Verehrer servierte. Das Gebäck war köstlich.

Mit zusammengekniffenen Augen taxierte Lili den Galan

ihrer Mutter. Er war ein sehr sympathischer Zeitgenosse mit guten Manieren und sah viel besser aus, als Lili erwartet hatte. Und außerdem war seine Zuneigung zu Kobra ganz offensichtlich nicht gespielt. Warum hätte Kobra ihn eigentlich abweisen sollen? Was sprach gegen diesen zweiten Frühling, wie Johann Kobras späte Liebschaft nannte?

Kurz nach dem Treffen wirkte dann aber Kobra selbst plötzlich unschlüssig. Die Hosen ihres Verehrers seien immer zu kurz und seine Fingernägel zu lang, beklagte sie sich. Und nachdem sie seine tausenderlei Fehler aufgezählt hatte, seufzte Kobra und sagte zu Lili: »Mit deinem Vater kann er einfach nicht mithalten.« Woraufhin Lili sich bemüßigt fühlte, ihre Mutter daran zu erinnern, dass man ihre Jahre mit Sohrab ja nun nicht gerade als glückliche Ehe bezeichnen konnte. Kobra kümmerte sich nicht um den Einwand. »Dein Vater war ein Gentleman, ein vollendeter Gentleman.«

Mit den Jahren waren die unerfreulichen Dinge in Vergessenheit geraten, und Kobra erschien es nun nicht nur so, als wäre Sohrab ihr lange ersehnter und über alles geliebter Ehemann gewesen, sondern sie bildete sich auch ein, sie wäre die lange ersehnte und über alles geliebte Frau ihres Ehemanns gewesen.

Lili meinte allerdings, es ginge Kobra weniger um dieses Trugbild als um ihre Unabhängigkeit, die sie nicht aufgeben wollte. Wie auch immer – Kobras Affäre mit dem jungen Mann fand ein jähes Ende, als Kobra zum ersten Mal im Leben vor einem ahnungslosen Beamten ein Dokument als Sohrabs Ehefrau unterzeichnete, das ihr den Anspruch auf ein Grab an seiner Seite auf einem Friedhof am Stadtrand von Teheran sicherte. Simin, Sohrabs *jinn* mit den blauen Augen, war im Vorjahr an Krebs einen schnellen, aber offenbar qualvollen Tod gestorben. Nach Simins Tod gab es keinen mehr, der etwas gegen ihren Anspruch auf einen Platz an Sohrabs Seite hätte einwenden können. Solange sie lebte, war Kobra über die Maßen stolz auf dieses Fleckchen Erde und ließ sich immer wieder mit dem Taxi zu einem Besuch auf dem Friedhof fahren.

In den frühen Siebzigern reiste Lili nach Paris in ein gewisses Stadtviertel und rauschte in die Praxis eines überaus berühmten französischen Reproduktionsmediziners. Sie hatte keinen Termin und konnte ihr Anliegen nur in gebrochenem Englisch vortragen, aber sie erschien mit einer riesengroßen, mit Schleifen geschmückten Dose Kaviar in der Hand, was, wie sie geahnt hatte, besser funktionierte als jedes Empfehlungsschreiben.

»Es liegt an den Eileitern«, meinte der gefeierte Doktor mit gerunzelter Stirn.

Die Diagnose passte überhaupt nicht zu den vielen anderen, die man ihr im Laufe der Jahre gestellt hatte, aber ehe sie protestieren konnte, hatte der Doktor schon eine dünne, biegsame Nadel in ihren Bauchnabel geschoben.

»Es sind wirklich nur die Eileiter, keine Sorge«, beruhigte er sie, während er die Nadel herauszog.

Sobald der Schwangerschaftstest positiv war, kündigte Lili ihre Stelle im King's Serenity Krankenhaus und legte sich ins Bett. Einmal am Tag kam Kobra mit Fleischsoße in irdenen Töpfen und gebratenen Kartoffeln auf silbernen Tellern und die Tasche voller Kräutersäckchen und Wilder Raute. Sie fegte und wischte und polierte jedes Zimmer, bis es überall nach Salmiak roch, und ehe sie ging, schwang sie Töpfchen mit rauchenden Kräutern über Lilis Kopf und Bauch hin und her, wozu ihr beschwörender Singsang ertönte.

Wilde Raute, wilde Raute, wilde Rautensamen,
ihr hundertunddreißig Kerne der Raute,
der allwissenden Raute,
vertreibt alle missgünstigen Blicke.

Den ganzen Herbst und Winter rührte sich Lili kaum vom *korsi* und aß Unmengen von Dattelpflaumen. Nach der zwölften Schwangerschaftswoche ließ sie sich den Muttermund zunähen, damit sie das Kind nicht verlieren konnte. Sie ging nicht aus der Wohnung, ja stand nicht einmal länger aufrecht, vor lauter Angst, sie könnte es trotzdem irgendwie verlieren. Als es wärmer wurde, verließ sie den *korsi* und richtete sich mit einem dicken Teppich und einem großen Strohhut auf dem Balkon ein. Dort verschlang sie Wassermelonen und die russischen und französischen Klassiker des neunzehnten Jahrhunderts wie Balzac, Dumas, Tolstoi und Dostojewski.

Als Mariam sie wieder einmal besuchte, brachte sie Blumentöpfe und Geraniensamen für den Balkon mit. »Geranien bringen Glück«, versprach sie und legte die Samen behutsam in die Erde. Die Geranien wuchsen und gediehen, der Wind spielte mit ihren fächerartigen Blättern, und die Blütenblätter, die auf den Balkon fielen, sahen fast aus wie Granatapfelkerne. Um *No Rooz* herum fühlte sich Lili kräftig genug, um hin und wieder über den Balkon zu gehen und ihre Blumentöpfe zu gießen. Ihr Bauch war inzwischen stark gerundet, und allmählich erlaubte sie sich insgeheim, sich das Gesicht ihres Babys vorzustellen.

Im Juni bezog Lili dann ein Krankenhauszimmer erster Klasse mit Blick auf den Damavand und wartete. Um sich später besser an den Tag erinnern zu können, wollte sie nicht einmal einen Hauch von Chloroform. Während Johann nervös durch die Korridore lief und eine Zigarette nach der anderen rauchte, begleiteten Lilis Kollegen sie zwanzig Stunden lang bei ihrer Geburtsarbeit – sie scherzten mit ihr, trösteten sie oder redeten ihr gut zu, bis ich schließlich gegen Morgengrauen mit der Nabelschnur um den Hals auf die Welt kam. Der Arzt befreite mich, ich tat meinen ersten Atemzug und wurde sogar mit Champagner begrüßt.

Aroosak farangi nannte mich Lili zärtlich, fremdes Püppchen, und Tränen standen in ihren Augen, als sie mich lachend in die Arme nahm. Sie drückte mich an sich und küsste mich auf die Stirn. Für unser erstes gemeinsames Foto an dem Tag steckte sie ihr Haar hoch, toupierte es über der Stirn und klemmte sich eine Gardenie hinters Ohr.

Kobra kam jeden Morgen zu uns und stupste mich so lange an, bis ich die Augen aufschlug. Mit strenger Miene verfolgte sie deren Veränderungen von grau über blau zu schwarz, bis sie eines Tages zufrieden feststellte, dass sie nun ausgezeichnet zu ihren eigenen honigfarbenen Augen passten. »Sehr schöne Augen«, summte sie vor sich hin, während sie mich mit einer Hand aus der Wiege nahm und mit der anderen nach dem Säckchen mit der Wilden Raute griff.

Bei Johann brachte die Vaterschaft sein ganzes gutmütiges Wesen zu Tage. Er krempelte die Ärmel hoch und wickelte und badete mich. Stundenlang stand er neben meiner Wiege und sang mir iranische Schlaflieder in seinem aserbaidschanisch gefärbten Persisch vor. Lilis Verwandte waren sprachlos. Natürlich liebte jeder Vater sein Kind, aber noch keiner hatte sich dabei als so praktisch erwiesen. »Ja, mit dem Mann hat Lili wirklich Glück gehabt«, meinten sie immer wieder staunend.

Als ich fünf Monate alt war, fuhren Lili, Johann und Kobra mit mir nach Mashhad, zum Schrein des Imam Reza.

Es war Ashura, der heiligste Tag im schiitischen Moslemkalender, der zum Gedenken an den Märtyrer Imam Hossein gefeiert wurde. Tausende von Pilgern waren nach Mashhad gekommen, schlugen sich an die Brust und beteten laut, während sie den heiligen Schrein umrundeten.

»Bring sie hin!«, rief Lili Johann zu und übertönte ihre Stimmen. »Bring sie zum Schrein!«

Die türkise Kuppel der Moschee schimmerte im milden Spätsommerlicht. Johann nickte Lili zu, hob mich hoch über seinen Kopf und mischte sich unter die Pilger. Damals hatte er schulterlanges blondes Haar, trug ein Baumwollhemd und Jeans und hatte außerdem dank der Verantwortung für mich eine ziemlich lange nüchterne Phase, die zwar nicht ewig halten sollte, aber zumindest war sie an dem Tag in Mashhad ein weiterer Grund für Lili und Kobra, dem Himmel zu danken.

»Reich sie uns rüber, Mr. American!«, rief ein Mann Johann auf Englisch zu, als er es in die Nähe des Schreins geschafft hatte.

»Ich bin kein Amerikaner«, wollte Johann auf Persisch erwidern, aber es war sinnlos; in dem Lärm ging seine Stimme unter. Er schüttelte nur den Kopf, hob mich hoch und gab mich dem Fremden in die Hand. Ein Pilger nach dem anderen reichte mich über den Köpfen weiter, bis mich der letzte mit der Stirn die Türen des Grabs von Imam Reza berühren ließ, und dann schickten sie mich vorsichtig zurück zu meinem Vater.

So wurde ich gesegnet.

9. Kapitel

Revolution

»Erst kamen die shoolooqi *und dann der Krieg«, erzählte Lili weiter. »Keiner wusste, wie lange er dauern würde. Damals war überhaupt nichts sicher. Ich wusste nur eins: Ich durfte dich nicht aus den Augen lassen, und ich musste sehr gut auf dich aufpassen.«*

In meinem Iran hatten alle Geschichten den gleichen Anfang: *Yeki bood – yeki nabood.* Eins war alles – alles war eins. Es war ein Rätsel, eine Beschwörungsformel, eine Aufforderung. Es erinnert mich an meine Großmutter, wie sie ihre goldbraunen Augen im dämmrigen Hinterzimmer des »Lady Diola« zusammenkniff, wenn sie sich an eine Geschichte erinnerte oder sich eine neue ausdachte.

Yeki bood – yeki nabood. Eins war alles – alles war eins.

Wir lebten in einem der Hochhäuser, die damals wie Pilze aus dem Boden schossen und der Silhouette Teherans beinahe täglich neue Konturen verliehen. Abgesehen von den Spiegelwänden war unsere Wohnung an der Avenue Pahlavi vollkommen weiß – weiße Ledersofas, ein weißer Esstisch aus Resopal mit weißen Stühlen, dicke weiße Teppiche. Wenn ich an den Iran denke, höre ich Elvis' Stimme durch die weißen Räume hallen und sehe Charlies Engel im Bikini oder Abendkleid über den Fernsehbildschirm tänzeln.

Ich war ein *doh-raged*, ein Kind mit zweierlei Blut. Kein Halbblut oder Mischling, wie man in Amerika und vielen anderen Ländern dazu sagt, sondern im Gegenteil das Doppelte. Für einen Iraner wird ein solches Erbe im Körper getragen, so vertraut wie Blut und so unweigerlich wie das Schicksal.

Meine Mutter zog jeden Morgen ein weißes Hemdblusenkleid und hohe Schuhe an, band ihr Haar zu einem Knoten und setzte ihre schicke weiße Haube auf. Als Einzige in der Familie hatte sie ein ausländisches Diplom, und sie war auch die Einzige, die zum Arbeiten aus dem Haus ging.

Sie nannte mich *aroosak farangi* und zog mich gern passend zu ihrer Arbeitskleidung weiß an. Morgens lieferte sie mich in dem Salon meiner Großmutter Kobra ab und fuhr dann mit dem Taxi ins Krankenhaus. In meiner Erinnerung waren die Tage im »Lady Diola« immer Sommertage, so heiß, dass sich am Nachmittag die Hausdächer wellten und Teherans Straßen in Stille versanken. Ich wackelte durch den Salon, hielt mich an den Beinen der Damen fest und zerriss ihre Nylons, bis ich zu den langen Röcken meiner Großmutter fand und von ihr hochgehoben werden wollte. »Du liebe Güte!«, stöhnte sie, »was soll nur aus dem Kind werden?«, nahm mich auf den Arm und balancierte mich auf der Hüfte, während sie ihren Kundinnen die Haare wusch, färbte oder föhnte.

Manchmal kam ein Mädchen mit langen schwarzen Haaren in Kobras Salon, war aber keine Kundin. Manchmal vergingen Monate, ehe sie sich wieder blicken ließ, und ich hatte keine Ahnung, zu wem sie gehörte oder woher sie kam. Sie ging mit mir ins Hinterzimmer, während Kobra arbeitete.

Sie spielte mit mir mit Puppen oder malte mir etwas. Bilder mit blauem Himmel und Rosen, Iris und Pfingstrosen, alle in einer Reihe nebeneinander. Ich sehe die Blumen noch vor mir und kann mich ganz genau an das Blau ihres Himmels erinnern, aber sosehr ich mich auch bemühe, ich kann mich nicht an die Augen des Mädchens erinnern, weshalb sie jetzt auch für mich so gesichtslos ist.

Wenn die letzte Kundin gegangen war, verschwanden Kobra und ich in der Küche, wo sie ihren Kittel gegen eine Schürze eintauschte. Sie zauberte Pfannkuchen mit einem Hauch Safran und gab Zucker und Rosenessenz darüber. Sie pulte Granatapfelkerne aus ihren Waben und fütterte mich damit. Sie schälte Kumquats, damit ich sie mir wie Trauben in den Mund stecken konnte. Irgendwie schmeckte ihr Obst immer ein wenig nach Minze und Petersilie, die sie jeden Tag für ihre Fleischsoßen kleinhackte.

Nach dem Essen nahm sie mich mit in ihr Schlafzimmer und nähte mir Puppen mit Samtkleidern, Satinschuhen und echten goldenen Kreolen in ihren winzigen Ohren. An beiden Handgelenken trug ich viele dünne goldene Armreifen, die sie mir geschenkt hatte, und um den Hals hängte sie mir ein Amulett mit einem blauen Auge, so wie ihre Mutter es einmal mit ihr gemacht hatte. Wir lagen zusammen auf ihrem schmalen Bett, und sie erzählte mir Geschichten von einem raubgierigen *deev,* ein Teufelswesen, und der schönen Prinzessin, die ihn mit einem Tanz verzaubert hatte.

Wenn ich dann mein Mittagsschläfchen hielt, stahl sich meine Großmutter manchmal ins Bad und malte sich mit Lippenstift und Eyeliner zwei riesengroße Augen, dicke rote Lippen und einen großen schwarzen Schönheitsfleck auf den Bauch. Sie setzte sich neben mich auf die Bettkante, wartete, bis ich wach wurde, und begann ihren Tanz.

Dabei drehte und wendete Kobra ihren Bauch, dehnte ihn und zog ihn zusammen und bewegte das aufgemalte Gesicht, sodass sich ihr Bauch in ein wahres Kaleidoskop von lebendig aussehenden Gesichtsausdrücken verwandelte. Ich setzte mich aufrecht hin, riss die Augen auf, klatschte vergnügt in die Hände und sah ihr zu, wie sie tanzte.

Damals wusste ich natürlich noch nicht, dass die iranischen Frauen diesen Tanz seit Jahrhunderten in den *andaroon*, den Frauengemächern, zu ihrer Unterhaltung aufführten – ein Überrest des beinahe vergessenen Landes, in dem meine Großmutter geboren war, und der Schauplätze, die sie in ihren Geschichten und Liedern für mich heraufbeschwor, meinen schönsten Erinnerungen an den Iran. Allerdings war es weder der Tanz selbst noch das Gesicht der Frau auf Kobras Bauch, was mich am meisten faszinierte, sondern die lederähnliche Haut meiner Großmutter. In der Mitte war ihr Bauch schlaff und voller kleiner Dellen, an den Seiten hatte er viele Streifen, die für mich wie die Spuren von Krallen aussahen.

Doch wenn ich jetzt an das »Land der Juwelen« denke – die letzten Jahre der Pahlavi-Dynastie und zugleich unsere letzten Jahre im Iran, fällt mir meistens das Mädchen mit den langen schwarzen Haaren ein, die sie wie ein Schleier umhüllten. Als ich drei Jahre alt war, ging meine Großmutter einmal vor die Tür ihres Salons, weil sie dem Postboten etwas mitgeben wollte. Das Mädchen hob mich hoch und sah mir lächelnd in die Augen. Hier setzt meine Erinnerung aus; ich weiß nur noch, dass ich mit meinen Schreien meine Großmutter alarmiert habe. Sie kam angelaufen und riss mich an sich. Meine Lippe war aufgeplatzt, und das Blut spritzte auf ihren weißen Kittel. Großmutter brüllte das Mädchen an und gebrauchte dabei Ausdrücke, die ich noch nie gehört hatte. Schreiend und kreischend scheuchte sie das Mädchen weg.

Das Mädchen kam nie wieder ins »Lady Diola«. Erst vermisste ich sie ein wenig und fragte meine Großmutter, warum sie nicht wiederkam. Aber als sie keiner mehr erwähnte, habe ich über zwanzig Jahre lang vergessen, dass es das Mädchen überhaupt gegeben hatte.

Am Eingang zum Internat öffnete Lili ihren Geldbeutel, nahm Saras Taschengeld für die Woche heraus, faltete die Scheine einmal, zweimal, dreimal und drückte sie ihr schließlich in die Hand. »Versprich mir, dass du fleißig lernst«, sagte sie jedes Mal zu ihr. »Sei ein braves Mädchen, versprich mir, dass du meine gute Tochter bist.«

Normalerweise packte Sara ihre Siebensachen zusammen, ließ sich von Lili einen Abschiedskuss geben und stieg schnell aus dem Taxi. Eines Abends aber blieb sie mit verschränkten Armen sitzen und weigerte sich zu gehen.

»Ich gehe da nicht mehr rein«, erklärte sie. »Ich will bei dir bleiben. Ich will mit dir und dem Baby zusammen sein. Warum nimmst du mich nicht mit zu dir nach Hause? Warum darf ich nicht bei dir wohnen?«

»Nächstes Jahr!«, versprach ihr Lili. »Gedulde dich nur noch ein Jahr.«

Und das war ernst gemeint – noch hatte sie die Hoffnung nicht aufgegeben, und da konnte Lili nicht wissen, dass sie wieder schwanger und Sara eine verheiratete Frau sein sollte, ehe es so weit war.

Zaynab überbrachte die Nachricht von Saras bevorstehender Hochzeit. »Sie ist verlobt!«, berichtete sie aufgeregt. Kobra hatte mich im Hinterzimmer vom »Lady Diola« zum Schlafen gelegt, und die beiden Frauen saßen beim Nachmittagstee auf dem Boden. »Ihr Vater hat bereits seine Zustimmung erteilt«, erzählte Zaynab weiter. »Sie heiraten im Frühling, kurz nach Neujahr, und sollen in der Nähe der Schwiegereltern auf dem Land leben.«

»Dem Himmel sei Dank!«, rief Kobra. »Wenn sie heiratet, kommt sie vielleicht endlich zur Vernunft.«

Lili, die wieder das Bett hüten musste, stützte sich auf den Ellenbogen und dachte über die Neuigkeit nach. Dass Sara einen Verehrer hatte, war nicht weiter verwunderlich. Jedes hübsche Mädchen hatte viele Verehrer, und Sara gehörte gewiss zu den Hübschesten. Aber niemand, weder Sara noch Kazem, hatte Lili zu verstehen gegeben, dass ein ernsthafter Antrag im Gange war.

»Wer soll denn das sein?«, fragte sie mit gerunzelter Stirn.

»Ein reizender junger Mann!«, strahlte Zaynab. »Und sehr ansehnlich! Er sieht aus wie Elvis Presley.«

Wieder schlug Kobra die Hände über dem Kopf zusammen. »Gnädiger Gott! Das Mädchen hat einen Verehrer, und dann schaut er auch noch aus wie Elvis Presley!«

»Doch, wirklich, ich übertreibe nicht«, beteuerte Zaynab und sagte an Lili gewandt leise: »Sie will wissen, ob du zu ihrer Hochzeit kommst.«

»Auf keinen Fall!«, zischte Kobra mit einem Blick auf Lilis Bauch. »Du verlierst das Kind, wenn du nicht im Bett bleibst.«

»Schweig still, Kobra Khanoom!«, rief Zaynab, entsetzt von dieser schrecklichen Vorstellung.

Es war noch nicht lange her, dass Sara Lili aus dem Internat angerufen hatte. Das Gespräch war sehr kurz gewesen. »Stimmt es, was sie sagen?«, fragte Sara, »bist du wirklich eine *kharab*?« Das Wort bedeutet gefallen, aber auch schlecht. Sara wollte wissen, ob sie eine Prostituierte war.

Mit diesem einen Wort – *kharab* – wurde Lili endlich vieles klar: dass sie für ihre Tochter immer eine »Gefallene« sein würde, egal was sie versprach oder wie sehr sie sich für sie aufopferte. Dass das bisschen Zuneigung, das ihr Sara in den letzten Jahren entgegengebracht hatte, durch meine Geburt zerstört worden war. Dass der Zorn auf ihre Mutter wieder da war. Und der Schmerz darüber genauso groß war wie Saras Entschlossenheit, nichts fühlen zu wollen. Und dass es auch eine Gnade sein kann zu vergessen und zuzulassen, dass man vergessen wird.

Eine Weile war es still, während Sara auf Lilis Antwort wartete. Dann legte Lili den Hörer ganz langsam, beinahe zärtlich auf, vergrub ihr Gesicht in den Händen und weinte bitterlich.

Lili schenkte Sara zur Hochzeit bestickte Bettwäsche, einen sündteuren Anzug für ihren Bräutigam und eine Mitgift von siebentausend *toman*, ihre gesamten Ersparnisse. Aber sie konnte nicht zu der Hochzeit gehen, sie brachte es nicht fertig, Kazem und seiner Familie zu begegnen, genauso wenig wie sie Saras Blick an ihrem Hochzeitstag ertragen konnte. Und als Lili im Sommer wieder eine Fehlgeburt hatte, schob sie den Kummer zusammen mit ihren anderen Sorgen – den vorhergegangenen Fehlgeburten, Johanns Trinken und seiner grausam herzlosen Familie – von sich, ging wieder arbeiten und setzte ihre ganze Liebe und Hoffnung in mich.

Damals war keine Rede von »Sucht« und erst recht nicht von »Suchttherapie«. Mit *mohtad*, dem persischen Wort für Sucht, assoziierte Lili Opiumhöhlen, finstere, verfallene Löcher, wo Männer in dichtem, süßlichem Nebel vor sich hin dämmerten. Oder sie dachte dabei an das Heroin und Kokain, das seit Neuestem in den Hinterzimmern von Teherans Diskotheken und Bars kursierte. Bereits dutzendfach hatte sie erlebt, wie man Berühmtheiten und Angehörige der feinen Gesellschaft für einen diskreten, aber qualvollen Entzug in der Geburtsklinik verschwinden ließ. Ihre Schreie waren grauenhaft, viel schlimmer noch als die der Frauen im Kreißsaal. Manche mussten ans Bett gefesselt werden, bis ihr Körper entgiftet war. Das war wirklich Sucht, fand Lili.

Johann war inzwischen hager im Gesicht geworden und so dünn, dass ihm seine Hosen viel zu weit waren. Er wurde nie gewalttätig oder ausfallend zu ihr, aber sein Boss rief Lili oft im Krankenhaus an und beklagte sich. »Sie müssen mich verstehen, *khanoom*«, bat er sie den Tränen nahe. Johann war am Montag zu spät zur Arbeit erschienen. Er hatte bei der Arbeit getrunken. Er hatte einen Kunden beleidigt. Er war seit drei Tagen überhaupt nicht zur Arbeit gekommen. »Wenn Sie nicht wären, Khanoom Doktor, hätte ich ihn schon längst gefeuert. Bitte verstehen Sie mich ...«

Noch schrecklicher litt sie aber, wenn er tage- oder wochenlang verschwand. Sie wusste nicht, wo er sein konnte, ob irgendwo weit weg auf dem Land oder nur um die nächste Ecke. Wenn er zurückkam, waren seine Kleider immer verdreckt, seine Taschen leer, Gesicht und Oberkörper sonnenverbrannt und seine Augen trüb und blutunterlaufen.

Lilis Familie tat im Allgemeinen so, als wüsste sie nicht, dass Johann trank. Sein wiederholtes Verschwinden machte Kobra und Zaynab aber so große Angst, dass sie ihre Zurückhaltung aufgaben. Bei einem Familientreffen nahm Zaynab Lili einmal vor Angst zitternd beiseite und erzählte ihr von einem Fremden, einem armen *bandeh Khoda*, einem Geschöpf Gottes, den man halbnackt und tot am Rande der Dasht-e Kavir gefunden hatte, der großen Salzwüste an der iranischen Hochebene. »Lass ihn nicht aus den Augen«, wisperte Zaynab, während sich Kobra für den direkten Weg entschied. »Du bist ein guter Mann, Herr Ingenieur«, sagte sie freundlich zu Johann und nahm ihn dabei am Arm, »ein echter Gentleman. Und ich will dir das Trinken auch gar nicht verbieten. Ich möchte nur, dass du hier zu Hause trinkst, wo dir nichts zustoßen kann …«

Unabhängig davon, ob überhaupt und wie Lili und ihre Familie nun über Johanns Trinken sprachen oder nicht, hatte sie schon seit Monaten kein Geld mehr, um die Miete zu bezahlen. Als sie sich nicht mehr anders zu helfen wusste, wusch und bügelte sie alle ihre Kleider, die geblümten Sommerkleider, die Wollkostüme und sogar die Seidenstrümpfe, hängte sie in ihrem Schlafzimmer zum Trocknen auf und wollte sie an die Frauen aus der Nachbarschaft verkaufen.

»Was glaubst du, was du dafür bekommst?«, fragte sie Mariam.

»Ich weiß es nicht, vielleicht dreitausend *toman*.«

»Dreitausend! Da kannst du dir die Sachen genauso gut gleich stehlen lassen.«

»Na gut, dann eben sechstausend.«

»Das klingt schon besser«, meinte Mariam und holte ihr Portemonnaie vor. »Ich kaufe alles zusammen, aber von mir kriegst du siebentausend.«

»Aber was willst du denn damit?«, rief Lili. »Meine Sachen passen dir doch gar nicht!«

»Das ist meine Sache, *dokhtar-joon*, und geht dich gar nichts an.«

Mit dem Geld bezahlte Lili die ausstehende Miete und kaufte eine Flasche Whiskey, damit Johann zu Hause blieb, wenn er das nächste Mal zu trinken anfing.

»Ich schaffe es einfach nicht, dass er damit aufhört«, vertraute sie Mariam einmal verzweifelt an.

»Natürlich nicht, du dummes Ding, das kannst du auch gar nicht«, versuchte sie Mariam in ihrer gewohnt spröden, aber liebevollen Art zu trösten.

Gerüchten zufolge gab es Unruhen in den heiligen Städten Qom und Mashhad. Ein im Exil lebender Geistlicher namens Ayatollah Khomeini schmuggelte angeblich aus dem Ausland Videokassetten in den Iran und wollte die Leute aufhetzen. Aber darum schien sich keiner groß zu kümmern. Die Soldaten des Schah waren überall. Jedes Jahr flossen zwanzig Milliarden Öldollar in die Kassen des Pfauenthrons. Beinahe eine Million Ausländer lebte damals im Iran, und weil sämtliche Hotelzimmer ständig ausgebucht waren, sollen Touristen selbst Badezimmer und Krankenhausbetten gemietet haben. »In Teheran sind sogar die Dachrinnen vergoldet!«, hieß es in London, New York und Tokio. Was spielte da schon dieser Exilgeistliche mit seinen Videokassetten für eine Rolle, dachten sich die meisten Iraner.

Doch die Gerüchte hielten sich hartnäckig, und es gab auch warnende Anzeichen. Als Lili auf dem Nachhauseweg von einer Entbindung im Armenviertel an einer Straßenecke auf ein Taxi wartete, wurde sie von einer Frau im Tschador gemustert. Jedes Mal wenn Lili in ihre Richtung sah, starrte die Frau sie an. Lili wandte sich ab und tat so, als hätte sie es nicht bemerkt, aber da huschte die Frau an ihr vorbei und flüsterte ihr zu: »Du solltest dich bedecken, Schwester.«

Das war bestimmt gut gemeint, redete sich Lili ein, nickte nur und ging ihres Wegs. Doch etwas später erzählte ihr Johann, dass seine Kunden damit begonnen hätten, ihre Villen in Shemiran zu verkaufen. »Sie bringen ihr Geld ins Ausland«, berichtete Johann ein iranischer Ingenieur und vertraute ihm an, dass er das ebenfalls zu tun gedenke. »Wussten Sie, dass man für ein Haus, ein Geschäft und eine Greencard in Amerika gerade mal hunderttausend Dollar hinlegen muss?« Johann hatte es nicht gewusst, aber man bekam plötzlich den Eindruck, jeder kannte jemanden, der gerade nach Amerika oder Europa ausgewandert war, und dass noch viel mehr Leute vorhatten, das Land bald zu verlassen.

Das Ende dieser Entwicklung oder besser ihren eigenen Abschied vom Iran führte Lili Jahre später auf Mariams Tod zurück.

Mariam hatte an einem Augustabend ihren Vater Shahryar Khan auf seinem Landsitz besucht. Der Großgrundbesitzer frönte bereits seit Langem seiner Leidenschaft für die Jagd. Auch mit achtzig unternahm er noch wochenlange Trecks mit seinen Freunden und deren weiblichen Begleitern, von denen er stets schwer beladen mit erlegten Hasen, Antilopen oder Adlern zurückkehrte. Die Bälge stopfte er aus und hängte sie neben seine Gewehre, Pistolen und antiken Schwerter an die Hauswand.

Seit Jahren bat ihn Mariam schon, die Tiere zu schonen. »Blut bringt nur neues Blut«, warnte sie ihren Vater immer genauso ernsthaft wie erfolglos.

Als Shahryar Khan eines Nachts Geräusche vor dem Haus hörte, griff er nach der Pistole, die stets neben seinem Bett lag, riss die Haustür auf und feuerte in die Dunkelheit. Er sah nur noch sehr schlecht, und seine Hände waren steif – trotzdem traf er mit einer einzigen Kugel ins Schwarze. Erst am nächsten Morgen fand Shahryars zweite Frau Mariam in ihrem Blut tot vor dem Haus.

Für Lili war Mariams Tod so unvorstellbar schrecklich, dass sie nicht einmal weinen konnte. Ein paar Tage später ging sie zu der Klinik, die sie mit Mariam geführt hatte, hängte das Schild ab und zog die Vorhänge von innen zu. Wochenlang kamen die Frauen aus dem Armenviertel mit ihren Töchtern, Schwestern, Tanten und Cousinen, den Töpfen voller Essen und mit ihrem Strickzeug und mussten enttäuscht feststellen, dass die Fensterläden der Klinik zu und die Türen verschlossen waren. Drinnen saß Lili mit gekreuzten Beinen auf dem Boden und betete und betete, bis sie Mariams Stimme zu hören glaubte, so deutlich, als stünde sie neben ihr. »Blut bringt nur neues Blut«, murmelte Lili leise vor sich hin, während sie vor und zurück schaukelte. Manchmal schrie sie die Worte aber auch heraus.

Dann hatte Lili einen Traum.

Tausende hatten sich auf Teherans Straßen versammelt. Schulter an Schulter standen sie von einem Ende der Avenue Pahlavi bis zum anderen und blickten zum Himmel. Das Flugzeug des Schahs kreiste über ihnen. Dann kam der Rauch. Immer stieg er zunächst als dünner schwarzer Faden auf, aber dieser Rauch aus Lilis Träumen löste sich nie auf, sondern wurde immer dicker und schwärzer, bis er zuletzt den ganzen Himmel verschluckte.

Ob Vergangenheit oder Zukunft – Träume waren für Lili und Kobra das Maß aller Dinge. Wenn Kobra träumte, dann meistens von ihrem Tod, und ihre Träume führten unweigerlich zu guten Taten. Träumte sie von ihrer Mutter Pargol, fastete sie. Träumte sie von Sohrab, verteilte sie Almosen an die Armen. Und auch Lili, die sich ansonsten über Kobras Aberglauben nur lustig machte, ließ sich bei ihren Entscheidungen sehr von ihren Träumen leiten.

»Wir müssen den Iran verlassen«, erklärte sie Johann eines Tages.

Fünfzehn Jahre waren vergangen, seit er in den Iran gekommen war, um Lili zu heiraten, und er wusste mittlerweile, wie zwecklos und oft auch gefährlich es war, solche Äußerungen von ihr nicht ernst zu nehmen. Als ihm Lili von ihrem Traum erzählte und erklärte, sie müssten den Iran verlassen, erwiderte er, dass er auch von einem Traum heimgesucht worden war.

»Ich habe geträumt, dass wir in Amerika waren und dass ich dort in einem großen Gebäude gestorben bin.«

»Aber es wird hier immer gefährlicher. Es heißt …«

»Gib uns noch ein Jahr«, bat er sie, aber Lilis Traum entschied, welchen Weg wir gehen sollten – in jener Nacht und in all den Jahren, die noch kommen sollten.

Wir verließen den Iran an *Shab-e Yalda*, der ersten Winternacht und der längsten Nacht des Jahres. Seit Jahrhunderten begehen die Iraner Yalda um Mitternacht mit einem großen Fest mit Granatäpfeln, Wein und Gedichten, aber als Lili und Kobra in unserer letzten Nacht im Iran die beiden großen braunen Lederkoffer packten, die wir nach Amerika mitnehmen wollten, feierten Zaynab und ich die Wintersonnwende mit einem Yalda-Special im Fernsehen.

Um Mitternacht trat Googoosh, Teherans berühmte Diva aus den Siebzigerjahren, in einer goldenen Kutsche auf. Zaynab setzte ihre Brille auf und nahm mich auf den Schoß. Googoosh schüttelte ihre blonde Mähne und begann zu tanzen und zu singen. Alle paar Minuten verschwand sie mit ihrer goldenen Kutsche, um kurz darauf neu eingekleidet mit frisch frisiertem Haar und anders geschminkt auf die Bühne zurückzukehren.

»Sie hat schon wieder ein anderes Kleid an!«, rief Zaynab begeistert. »Das müsst ihr euch anschauen!«, rief sie. Ab und zu steckten Lili und Kobra den Kopf durch die Tür und bewunderten Googooshs neuestes Outfit.

Am Abend hatte es zu schneien begonnen, und als wir um vier Uhr morgens auf dem Flughafen Mehrabad eintrafen, schwebten dicke Schneeflocken von dem noch dunklen Himmel. Mühsam stapften wir über die eisglatte Rollbahn. Die Motoren des Flugzeugs erwachten zum Leben, und die Lichter auf den Tragflächen begannen zu blinken.

»Wenn Sie sich nicht beeilen, erreichen Sie das Flugzeug nicht mehr!«, rief uns eine Frau zu.

Da fielen sich Lili, Kobra und Zaynab weinend in die Arme. Ich fing eine Schneeflocke mit der Zunge auf und noch eine und noch eine.

Zaynab löste sich aus der Umarmung mit Lili und Kobra und trocknete ihre Tränen mit einem Zipfel ihres Schleiers. »Amerika muss wunderschön sein«, meinte sie plötzlich, »alle sagen, dass es dort wunderschön ist.«

Da musste Lili nur noch mehr weinen. Die ganzen letzten Wochen hatte sie allen – Cousinen und Tanten, Kollegen und Nachbarn – erzählt, sie würden bald wieder in ihre Wohnung an der Avenue Pahlavi zurückkommen. »Wir nehmen nur zwei Koffer mit«, erzählte sie, »wie lange hält man es schon mit zwei Koffern aus?«

Doch in diesen letzten Minuten des Abschieds überkam sie plötzlich eine schreckliche Ahnung. »Und wenn wir nicht zurückkommen können?«, schluchzte sie und umklammerte Zaynabs Hände.

»Aber natürlich kommt ihr wieder!«, riefen Tante und Großmutter wie aus einem Mund.

Lili nickte nur und holte tief Luft. »Aber ihr müsst euch ein bisschen um Sara kümmern, wenigstens ab und zu. Versprecht ihr mir das?«

»Ja, ja«, sagte Kobra schnell, »kümmere du dich erstmal um die da«, meinte sie mit einem Blick zu mir, »und um deinen Mann.«

»Ich kann da ja mit keinem reden«, jammerte Lili weiter.

»Warum, du hast doch die Kleine«, meinte Zaynab und zwickte mich liebevoll in die Backe.

»Sie, was wird sie schon davon verstehen? Wahrscheinlich hat sie bald alles vergessen. Vielleicht erinnert sie sich bald gar nicht mehr an euch.«

Und damit sollte sie genauso recht behalten wie mit ihrem Traum. Bis Lili mir die Geschichte zwanzig Jahre später auf Band sprach, hatte ich meine letzte Nacht im Iran so gut wie vergessen: Die beiden großen Koffer, die schöne Frau in der goldenen Kutsche, all die Tränen, Gebete und Versprechen, Kobra, wie sie den Koran über unsere Köpfe hielt, und Zaynab, die ihr Gesicht in Lilis Haar vergrub, um sich dann von ihr loszureißen und wegzulaufen, sodass uns nichts anderes übrig blieb, als zu gehen. Eine Erinnerung nach der anderen an diese letzte Nacht im Iran ging verloren, bis ich mich am Schluss nur noch an den Schnee erinnern konnte.

Später nannte man es die Islamische Revolution, doch die verzweifelte Wut, die den Iran in den späten Siebzigerjahren aufwühlte, hieß dort lange Zeit nur *shoolooqi*, Unruhe. Als die Straßen Teherans in den ersten Monaten der *shoolooqi* von den wütenden Massen, den Panzern, Soldaten und Heckenschützen überrannt wurden, saß Kobra abends voller Angst im verdunkelten Hinterzimmer des »Lady Diola«, bis wieder die *Allahu-Akbar*-Rufe von den Hausdächern erschallten.

Meine Eltern und ich landeten mit unseren zwei Koffern in New York, wo Lili und Johann einen schweren silbernen Buick kauften, mit dem wir Richtung Süden und später nach

Westen quer durch die Vereinigten Staaten fuhren. Ich saß auf dem Schoß meiner Mutter auf dem Beifahrersitz, plapperte vor mich hin und spielte mit meinen Puppen. In Gedanken versunken flocht sie mein Haar und öffnete es wieder, nur um es erneut zu flechten. Hin und wieder entdeckte sie etwas Interessantes, deutete darauf und wollte, dass ich mir Amerika anschaue. Ich war damals fünf, und Amerika bedeutete für mich nicht mehr als die braunen Plüschsitze und die glühende Hitze in dem Buick. Meine Mutter sprach Persisch und mein Vater Deutsch, das war mir wichtig.

Wir übernachteten in Motels, schliefen zu dritt in einem Bett, standen sehr früh auf und fuhren den ganzen Tag durch. In New York, in Fort Lauderdale, in Houston und in Las Vegas – überall stand Lili lange nach Mitternacht auf und wählte erst Kobras Nummer, dann Zaynabs. Keine Antwort. Lili ließ es zehn-, zwanzig- oder auch dreißigmal läuten, ehe sie auflegte. Sara hatte kein Telefon. Vielleicht war sie bei den Schwiegereltern auf dem Land besser aufgehoben als bei ihren Verwandten in der Stadt, aber Lili war sich nicht sicher. Fluchend oder weinend lief sie im Motelzimmer auf und ab, manchmal schluchzte und schimpfte sie gleichzeitig. Und es dauerte höchstens zehn Minuten, bis sie wieder Kobras und Zaynabs Nummer wählte. Und wieder keine Antwort bekam. Nacht für Nacht lag Lili schlaflos im Bett und starrte an die Decke, und als wir endlich nach Texas kamen, hatte sie dunkle Ringe unter den Augen. An den Tankstellen kaufte sie tütenweise rosa Donuts, und es schien sie nicht weiter zu stören, dass sie immer dicker wurde.

In Teheran hortete Kobra derweil Fladenbrot, Bohnen und Nüsse. Zweimal am Tag befeuchtete sie einen *nooneh sangak* mit etwas Wasser, wickelte ein Stückchen Feta und ein paar Walnüsse darin ein und verschlang das Ganze mit einem

Bissen. Wenn es ihr gelang, auf dem Markt eine Orange oder einen Apfel zu ergattern, wickelte sie das Obst in Zeitungspapier und legte es zuunterst in ihren Kühlschrank. Erst wenn sie fast zu verfaulen drohten, verspeiste sie die Früchte genüsslich.

Der Schah verließ das Land mit einer kleinen Schachtel mit iranischem Boden unter dem Arm. Ayatollah Khomeini kehrte aus dem Exil zurück, kniete auf diesem Boden nieder und küsste ihn. Und Nacht für Nacht tönte es von den Dächern in Teheran: *»Allahu Akbar! Allahu Akbar!«* Gott ist groß! Vom Anfang bis zum Ende der *shoolooqi* setzte auch Kobra ihr ganzes Vertrauen in Ihn.

Wir gelangten nach Kalifornien und fuhren auf der Suche nach Hollywood einen ganzen Tag kreuz und quer durch Los Angeles. Irgendwann gaben wir auf und besichtigten stattdessen die Universal Studios. Der Wind aus Santa Ana ließ die Palmwedel schwingen und duftete nach Wüste und Meer. Während mein Vater mit mir Disneyland besuchte, saß Lili allein in einem Motelzimmer in Anaheim, sah im Fernsehen die Nachrichten aus dem Iran und weinte.

Von Los Angeles fuhren wir den Highway Number One an der Küste entlang bis San Francisco. Als wir über die Golden Gate Bridge kamen, kniff meine Mutter die Augen zusammen und fixierte einen Küstenstreifen direkt hinter der Brücke. Das Licht schien silbern auf die schiefergrauen Wellen, und die Hügel am Ufer des Ozeans waren hell, sanft gerundet und endlos lang – so etwas hatte sie noch nie gesehen.

»Hier bleiben wir«, erklärte sie meinem Vater, weil sie begriffen hatte, dass es so schnell keine Rückkehr in den Iran geben würde.

Meinen Eltern erging es nicht besser als den meisten

Immigranten. Sie mussten feststellen, dass ihre Universitätszeugnisse und ihre Berufserfahrung in Amerika wenig zählten. Deshalb kauften sie sich von ihren mageren Ersparnissen ein heruntergekommenes Motel am Highway 101, etwa fünfzehn Kilometer nördlich von San Francisco – *Casa Buena*, das »gute Haus«. Es hatte auf zwei Etagen zwanzig Zimmer und einen kleinen Anbau, die »Manager Suite«. Der Parkplatz war voller Schlaglöcher, die Betten waren alle durchgelegen und quietschten, die Vorhänge und Teppiche stanken nach Rauch, aber ausgerechnet in dieser Bruchbude sahen sie ihre Zukunft, ihren Neuanfang.

Sieben Tage die Woche arbeiteten meine Eltern abwechselnd Tag und Nacht. Mein Vater übernahm die Nachtschichten und gönnte sich hin und wieder ein Nickerchen auf der zerschlissenen staubigen Couch im Büro. Bald hatte auch er dunkle Ringe unter den Augen und wirkte ständig irgendwie verwirrt. Trotzdem legte er anfangs noch großen Wert auf seine Gentlemanmanieren. Morgens um sechs wusch er sich das Gesicht, benutzte etwas Kölnisch Wasser, kämmte sich und frisierte sich ordentlich. Während der Arbeit trug er Anzughosen, keine Jeans, und elegante Schuhe, nicht etwa Turnschuhe. Dann kochte er sich eine große Kanne Kaffee, zwölf Tassen, um den Tag zu überstehen, briet sich zwei Würstchen, die er manierlich mit Messer und Gabel aß, und nahm wieder seinen Platz am Schreibtisch hinter dem Plastikfenster der Manager Suite ein.

Wenn mittags alle Gäste abgereist waren, hielt Johann im Hinterzimmer Mittagsschlaf, und Lilis Schicht im *Casa Buena* begann. Sie stapelte frische Bettwäsche und Handtücher auf einen alten, olivgrünen Handwagen, rüstete sich mit Bleichmittel und Windex aus und machte ihre Runde durch die Motelzimmer. Sie leerte und putzte die Plastikaschenbecher und sammelte leere Bierflaschen, Limodosen und Pizzakartons ein. Dann zog sie die Betten ab und lüftete die Matratzen aus, ehe sie frische Laken darüberzog, die Nachtkästchen und den Fernseher abstaubte und den Teppich saugte. Zum Schluss bearbeitete sie Badewanne und Toilette mit Scheuerpulver und wischte, um Zeit zu sparen, mit Putzlumpen unter den Füßen den Boden, während sie das Waschbecken sauber machte – alles mit einem Ohr zum Parkplatz, falls jemand kam und ein Zimmer wollte.

Die meisten Zimmer vermieteten wir an Trucker auf dem Weg nach Los Angeles. Sie kamen abends und waren früh am nächsten Morgen wieder weg, und obwohl sie oft ziemlich unwirsch und unhöflich waren, machten doch die Einheimischen den meisten Ärger. Wenn die Bars schlossen, kamen sie ins Büro getorkelt, brüllten und fluchten und knallten ihr Geld auf den Tresen. Waren sie endlich auf dem Zimmer, gingen Lampen zu Bruch, und Tische polterten gegen die Wand. Ein Mann schleppte einmal eine halbnackte Frau auf den Parkplatz und verprügelte sie mit seinem Gürtel, und als endlich die Polizei kam, hatte die Frau blutige Striemen im Gesicht und an den Schultern, und der Mann war in der Dunkelheit verschwunden.

Wir hatten auch Dauergäste. Einer wohnte fast ein ganzes Jahr in der *Casa Buena*. Jeden Morgen fand Lili seltsame weiße Flecken auf dem Teppich in seinem Zimmer, bis sie ihn eines Tages fragte, was das sei. »Eine Hautkrankheit«, erklärte er ihr verlegen. »Aber ich war beim Arzt. Ich schwöre Ihnen, es ist nicht ansteckend. Meine Frau hat mich deshalb rausgeworfen«, sagte er leise und mit Tränen in den Augen. Arbeitslose Wanderarbeiter teilten sich ein Zimmer zu sechst oder zu acht und schliefen auf Decken auf dem Boden. Eine zaundürre, bucklige ältere Frau mietete sich zwei- oder dreimal im Jahr ein. Sie kam immer zu Fuß, ihr langes graues Haar zu unordentlichen, fettigen Zöpfen geflochten. Sie hatte nie Gepäck dabei, nicht einmal eine Handtasche, blieb ein oder zwei Nächte und verschwand wieder. Erst viel später erfuhr Lili, dass diese Menschen in Amerika einen Namen hatten. Obdachlose nannte man sie, und Lili brachte es nie fertig, sie wegzuschicken.

Unsere erste eigene Wohnung in Amerika war ein Reihenhaus in einer Arbeitersiedlung in der Nähe von Terra Linda, eines von vielen bunten Häuschen in einer kurvigen Straße, die alle den gleichen kleinen Vorgarten und einen Kirschbaum hinter dem Haus hatten. Lili war sich eigentlich sicher, dass wir nicht lange bleiben würden; trotzdem packte sie dort ihren besten Teppich aus, einen pistaziengrünen Tabriz, der den einen unserer beiden großen Koffer beansprucht hatte, die wir aus dem Iran mitgebracht hatten, und hängte ihn wie eine Tapisserie an die Wand. Von dem ersten Gewinn aus dem Motel kaufte sie zwei dazu passende Sofas mit grünem Samtbezug, doch abgesehen von dem Teppich und den Sofas blieben die Matratzen in unseren Schlafzimmern lange Zeit die einzigen Einrichtungsgegenstände.

Eigentlich gehörte das Haus Lili und mir, weil mein Vater immer in der Manager Suite im Motel schlief und sich dort auch fast den ganzen Tag aufhielt. Er saß an seinem Schreibtisch hinter dem Plastikfenster, hörte im Radio klassische Musik und verließ das Büro nur, wenn es im Motel etwas zu reparieren gab oder für ein Nickerchen im Hinterzimmer.

Allerdings ging er alle paar Wochen mit mir in die Buchhandlung in der Stadt. Auf dem Weg dorthin verschränkte er die Hände hinter dem Rücken und hielt sein Gesicht in die Sonne. »Ich bezahle nicht mehr, als du tragen kannst«, sagte er immer, ehe wir den Laden betraten. Ich stapelte die Bücher, die ich haben wollte – genug für zwei oder drei Taschen –, klemmte das oberste unters Kinn und zeigte ihm meine Auswahl. »Bist du sicher, dass du die alle tragen kannst?« Natürlich konnte ich das nie, aber er amüsierte sich immer sehr über meine Anstrengungen.

In den ersten Monaten in Amerika gingen meine Mutter und ich überallhin gemeinsam zu Fuß: In die Schule, zum Einkaufen, ins Gemeindebad. Terra Linda war heiß und staubig. Und wir waren die einzigen Fußgänger weit und breit. Ich ging so langsam wie eine Schnecke und machte solches Theater, dass sie irgendwann genug hatte. Wir nahmen einen Bus und fuhren direkt zum DMV, der amerikanischen Straßenverkehrsbehörde.

Als sie ihren Führerschein gemacht hatte, gingen wir noch am gleichen Tag zu einem Autohändler in der Nähe unseres Motels. Lili sah sich jedes Auto sorgfältig an, und ich schlich hinter ihr her. Schließlich entschied sie sich für einen hellgelben Cadillac, ein Cabriolet mit hellbraunen Ledersitzen, viel Chrom und Fenstern, die sich auf Knopfdruck öffneten und schlossen.

»Bist du so weit?«, fragte sie mich, ehe sie aus dem Hof fuhr.

»Ja, fahr los!«, quiekte ich begeistert.

Wir waren kaum einen Kilometer gefahren, als schwarze Rauchwolken aus dem Kühler aufstiegen. Lilis Cadillac stand jeden Monat mindestens eine Woche in der Werkstatt, und dann mussten wir wieder zu Fuß gehen, wir beide ganz allein auf den leeren kalifornischen Gehwegen – meine Mutter in Schlaghosen und mit riesigen Sonnenbrillen aus Schildpatt, ich im gerüschten Sommerkleidchen und mit Mary Janes aus schwarzem Lackleder.

Als Lili die San Francisco Bay entdeckt und zu meinem Vater gesagt hatte, »hier bleiben wir«, konnte sie nicht ahnen, wie viele andere Iraner genau dort bereits ihre Claims abgesteckt hatten, aber in den späten Siebzigern lebten in dieser Gegend schon einige hundert Iraner, von denen viele einige Jahre vor der Revolution angekommen waren und in verschiedenen Ländern über beträchtliche Vermögen verfügten. Manche Familien rühmten sich enger Beziehungen zu Mohammad Reza Pahlavi, dem letzten Schah des Iran, und hatten überall Fotografien von hochdekorierten Vätern, Onkeln oder Großvätern in Uniform an der Wand hängen, auf denen ihnen der König gerade höchstpersönlich Ehrenmedaillen überreichte. Andere führten ihre Abstammung auf die Kadscharen zurück, der früheren und ihrer Meinung nach wahren iranischen Herrscherdynastie. Ihre grünäugigen Frauen galten seit Jahrhunderten als die schönsten unter den Iranerinnen, und man konnte sie sogar im Exil ohne Weiteres erkennen.

Das waren die »guten« iranischen Familien, deren Namen aus der iranischen Elite nicht wegzudenken waren. Sie verstanden sich nicht als Einwanderer, sondern als *émigrés*, also als politische Flüchtlinge, und sie nannten sich auch nicht Iraner, sondern Perser. Die Frauen aus diesen Familien konnte man jeden Tag im exklusiven Kaufhaus Nordstrom sehen, tadellos gekleidet mit Bleistiftröcken und Twinset, Perlenkette und Sonnenbrille von Chanel. Ihre Ehemänner arbeiteten in Amerika oft gar nicht erst, weil man annahm, es gebe dort keine ihrer Abstammung angemessenen Positionen.

Wir gehörten nicht zu dieser Sorte von iranischen Familien, aber mit amerikanischem Geld und etwas Raffinesse sollte es uns bald gelingen, ihnen ähnlich zu werden. Und damit waren wir alles andere als allein. Viele Exiliraner haben sich ihr neues Leben in Amerika damals so vorgestellt.

»Siehst du die *Irooni*?«, flüsterte meine Mutter, wann immer sie ihnen in der Stadt begegnete, und drückte meine Hand fester. »Hast du sie gesehen, die *Irooni*?« Damals genügten schon ein paar zufällig aufgeschnappte Sätze auf Persisch, und Lili bekam fürchterliches Heimweh und sah ihren Landsleuten nach, bis sie außer Sichtweite verschwanden.

Im Frühling, an *SeezDeh Bedar*, dem letzten Neujahrsfeiertag, gelang es ihr endlich, in ihre Kreise aufgenommen zu werden. Die *Tehrooni* pflegten diesen Tag an Flüssen oder Bächen im Norden der Stadt zu verbringen. Fast jede Familie packte Teppiche und Wasserpfeifen und Töpfe mit Reis und Fleischsoße ein, stopfte alles ins Auto und fuhr in einer schier endlosen Karawane in die Berge, wo den ganzen Tag lang an Flussufern gepicknickt, musiziert und getanzt wurde. In der Abenddämmerung knieten sich junge Mädchen ins Gras, verknoteten zwei Halme und wünschten sich für das neue Jahr einen Verehrer. Bevor man sich auf den Rückweg in die Stadt machte, warfen alle ihre *sabseh*, ihr junges Grün, ins Wasser, weil das Glück brachte.

Lili war dieses Jahr spät dran mit ihrem Grünzeug. Die Linsen hatten gerade gekeimt, und es sprossen erst winzige weiße Löckchen, aber sie nicht ins Wasser zu werfen, würde Unglück bringen. In unserer Gegend gab es keinen Fluss, jedenfalls hatten wir noch keinen gesehen, weshalb meine Mutter ein Picknick für uns beide einpackte und mit mir ans Meer fuhr.

Sie entdeckte sie, kaum dass wir aus dem Auto gestiegen waren und zum Strand kamen: Dutzende von runden, grünen Inselchen schaukelten auf den Wellen. Manche waren in einen Strudel geraten oder hatten sich in Seetang verfangen. Lili sah sich aufgeregt um und suchte nach der Erklärung für dieses Wunder, bis sie es im Schatten eines großen Eukalyptusbaums fand. »*Irooni*!«, rief sie begeistert und zerquetschte mir fast die Hand. Mehrere iranische Familien hatten sich dort am Strand versammelt. Großmütter und Tanten schleppten große Töpfe mit Reis und Fleischsoße heran, noch warm vom Ofen; Väter und Großväter und Onkel spielten Backgammon, und die Frauen saßen auf dem Boden, tranken Tee und knackten Sonnenblumenkerne. Sie hatten ihre Seidenteppiche im Gras ausgebreitet, und Lili kam es so vor, als würde ihnen der Strand schon immer gehören.

»*Salaam*!«, rief sie und ging lächelnd auf sie zu.

»*Salaam, salaam*!«, bekam sie zur Antwort.

»Und wann sind Sie gekommen, *khanoom*?«, wurde sie nach den üblichen Begrüßungsfloskeln gefragt, »davor oder danach?«

Das wollte damals jeder Iraner von einem Landsmann wissen, den er in Amerika kennen lernte. Auf diese relativ diskrete Art brachte man in Erfahrung, wer aus den besten Familien im Iran kam. Fast alle Iraner aus den »besten« Familien waren nämlich Monate oder sogar Jahre vor der Revolution ausgewandert. Von den später Gekommenen nahm man an, dass sie das Land aus wirtschaftlicher Not oder wegen Verstößen gegen das Gesetz hatten verlassen müssen. Eigentlich hätte das in Amerika, so weit weg von der Heimat, keine Rolle spielen dürfen, aber dem war nicht so, vor allem weil die Iraner hier in einer Weise zusammengewürfelt wurden, wie es im Iran undenkbar gewesen wäre.

»Davor«, antwortete meine Mutter schnell, »wir sind vor der Revolution gekommen.«

Sie reichten ihr eine frische Tasse Tee und schickten mich

zum Spielen zu ihren Töchtern. »Erzählen Sie uns Ihre Geschichte, *khanoom*«, baten sie.

Sie waren sehr freundlich und großzügig, aber weder zwölftausend Kilometer Entfernung zum Iran noch die Entbehrungen des Exils hätten Lili dazu gebracht, ihnen ihre Geschichte zu erzählen. »*Vah, vah, vah*!«, hätten sie gesagt, »Pfui, eine Geschiedene!« Und wenn ihre Geschichte unter den Frauen kursierte, hätte sie bald nicht einen, sondern drei Ehemänner und nicht ein Kind, sondern zehn Kinder sitzen gelassen. Also hielt Lili den Mund, trank dankbar den Tee, den man ihr anbot, und wurde an dem Tag zum Picknick und später auf ihre Ledersofas und Louis-XIV-Sessel eingeladen. Sie baten sie zum Tee und zu ihren Dinnerpartys, zur No-Rooz-Feier und zu den Hochzeiten ihrer Kinder. Nach und nach beteiligte sie sich an ihren Klatschgeschichten, wurde immer vertrauter mit ihren Eifersüchteleien, Niederlagen und Sehnsüchten und verriet ihnen manchmal sogar ihre eigenen. Einige der Frauen, die sie damals am Strand kennen gelernt hatte, wurden für sie wie Schwestern, aber vom ersten Augenblick an wusste sie, dass sie ihnen nie auch nur ein einziges Wort von ihrer ersten Ehe oder von ihrer Tochter im Iran sagen würde. Dreißig Jahre lang würde sie ihnen kein Wort davon verraten.

Und die Entscheidung, ob und was sie mir anvertrauen wollte, vertagte sie immer wieder.

Es war die neue Sprache, die mich auf Abwege brachte, meine Muttersprache verdrängte und mich in ein Labyrinth von unbekannten, aber wunderbaren Wörtern führte – *whisper, tumble, marshmellow*. Ich formte meinen Mund um jedes einzelne Wort neu und fand so ihren Rhythmus heraus. Ganz allmählich lernte ich die Welt rückwärts zu betrachten und trainierte mein Auge, beim Lesen von links nach rechts zu wandern und nicht andersherum wie im Persischen. Der erste Beweis meiner Schreibkunst, ein Blatt, auf dem die Buchstaben in allen Richtungen durcheinanderpurzelten, landete im Papierkorb. Dann malte ich kräftige Buchstaben auf gepunktete Linien, das war einfacher. Als ich fertig war, hielt ich das Papier in die Höhe und bewunderte mein Kunstwerk.

Meine Mutter war unendlich stolz darauf, wie schnell und mühelos ich Englisch lernte. In der Öffentlichkeit stupste sie mich und flüsterte mir auf Persisch zu: »Zeig ihnen, wie gut dein Englisch ist! So gut beherrschen sie ihre Sprache selbst nicht.« Zu Hause wurde ich allerdings nur getadelt, wenn ich »deren« Sprache sprach und nicht »unsere«. »Rede nicht immer mit deinen fürchterlichen englischen Wörtern auf mich ein!«, schimpfte sie dann.

Schleppte sie mich in den Supermarkt oder ins Lebensmittelgeschäft mit, hörte ich still zu, wie sie auf Amerikanisch radebrechte. Sehr schnell erkannte ich, dass ihr Akzent weder schick noch exotisch war, sondern für die Ohren der Amerikaner hart und hässlich klang. Ein Wort von ihr, und man musterte sie gnadenlos abfällig. »Wie bitte?«, hieß es dann stets, was meine Mutter nicht weiter zu stören schien. Sie bedauerte höchstens die Verkäuferinnen ob ihrer offensichtlichen Dummheit. Mich störte ihr Englisch enorm. Sobald sie zum Sprechen ansetzte, zuckte ich erschrocken zusammen und schlich mich davon. Ich tauchte hinter einem Kleiderständer unter oder verschwand im nächsten Ladengang.

Als ich klein war, schämte ich mich für alles. Nichts an mir war richtig für Amerika, nichts passte. Im Iran hatte man mich als »doppeltes« Kind verhätschelt und verwöhnt, aber hier waren meine »goldenen« Haare und meine »honigfarbenen« Augen einfach nur langweilig braun. Und was noch schlimmer war, in Amerika wirkte meine Mutter fremd und peinlich. Tag für Tag schickte sie mich in Partykleidchen oder zweiteiligen Miniaturkostümen in die Schule. Meine Lunchbox füllte sie mit Gurkenstückchen und geschälten Quitten. Kaum angekommen zog ich meine Jacke aus, krempelte den Rock hoch und warf meine Brotzeit in den Mülleimer, noch ehe die Schule begonnen hatte. Inmitten der vielen blonden Pferdeschwänze auf dem Schulhof fühlte ich mich ängstlich und verdrossen und flüchtete mich in den Pausen und zum Mittagessen in die Bibliothek. Wenn ich schon nicht normal sein konnte (und ich wusste damals bereits, dass das unmöglich war), dann wollte ich wenigstens unsichtbar sein.

Immerhin entwickelte ich einige Talente, weil ich mich so schämte. So wurde zum Beispiel mein Englisch deshalb ausgezeichnet. In der Schule füllte ich fleißig meine Schreibhefte, und alle Lehrer lobten mich, nachmittags saß ich in der Manager Suite im Motel meiner Eltern auf dem Boden und las mich durch Stapel von Büchern, was die Stunden dort wenigstens einigermaßen erträglich machte.

Wenn im Fernsehen die Nachrichten aus dem Iran kamen, lief immer eine Zahl unten über den Bildschirm. Zehn Tage, zweiundvierzig Tage, hundert Tage, und es wurden immer mehr. Inzwischen hatten die *shoolooqi* auch einen richtigen Namen – sie hießen jetzt Islamische Revolution, und die Männer mit den verbundenen Augen nannte man Geiseln.

Meine Eltern schauten damals immer die Nachrichten an, aber für mich begann das Geiseldrama erst richtig mit einem Mädchen namens Ziba.

»Wir haben eine neue Schülerin«, sagte unsere Lehrerin, Miss Stevens, eines Morgens zu uns, und forderte das Mädchen auf, nach vorne zu kommen. Sie zögerte, stand dann aber auf, ging an die Tafel und wandte sich zur Klasse. Ihre dicken Backen waren knallrot, und sie hatte zusammengewachsene schwarze Augenbrauen. »Ziba kommt aus dem I-ran«, erklärte Miss Stevens.

Ich zuckte zusammen, weil sie das Wort Iran wie in den Fernsehnachrichten aussprach.

Einen Augenblick lang waren alle Blicke auf Ziba gerichtet, doch dann kreiste das erste Papierflugzeug über unseren Köpfen. Zu meiner großen Erleichterung schien sich keiner sonderlich für Ziba oder den Iran zu interessieren.

Als ich am nächsten Morgen ins Klassenzimmer kam, hatte Miss Stevens Zibas Tisch direkt neben meinen gestellt. »Sie ist bestimmt sehr froh, wenn sie eine Freundin aus ihrer Heimat hat«, meinte die Lehrerin.

Und Ziba setzte sich neben mich. Sie sah mich an und lächelte, ein hübsches, vertrauensvolles und freundliches Lächeln, das ich aber nicht erwiderte.

Zibas Englisch war grauenhaft. Sie konnte nicht einmal das »th« richtig aussprechen, brachte dauernd die Pronomen durcheinander und schrieb schlechter als ein Kindergartenkind. Als ich gerade zu hoffen begann, dass man sie vielleicht eine oder zwei Klassen zurückversetzen würde, entdeckte Miss Stevens Zibas mathematische Begabung. Genau genommen war sie ein Mathegenie. Wann immer Miss Stevens Ziba eine Rechenaufgabe stellte, stützte Ziba ihr Kinn in die Hände, zirpte »I tink« und nannte die richtige Lösung.

Und dieses piepsige »I tink« wurde irgendwie zu ihrem Markenzeichen. Die Klasse war ganz wild darauf. Dauernd sollte sie es sagen, und Ziba gehorchte immer und lachte mit.

Eines Tages zwangen sie sie aber, es so oft zu wiederholen, bis sie in Tränen ausbrach. »Hey, schaut euch das Brauenmonster an!«, rief einer, »wieso heult sie denn jetzt?«, und die ganze Klasse lachte schallend.

Ein paar Wochen später nannten sie die Kinder nicht mehr Brauenmonster, sondern Wüstennigger, Nazi oder stinkende Moslemschlampe.

Die Nachrichten aus dem Iran hatten unsere Grundschule erreicht, und Ziba und ich quälten uns gemeinsam durch die langen Monate des Geiseldramas. Wir aßen nicht mehr mit den anderen Kindern auf dem Schulhof, sondern allein auf der Bank vor unserem Klassenzimmer. Zibas Mutter gab ihr immer so komische Sachen wie getrocknete Kichererbsen mit in die Schule, was sie aber nicht zu stören schien. Sie baumelte mit den Beinen und lächelte mich an, während ich meine Capri-Sonne mit dem Strohhalm schlürfte und mich fragte, wie lange es wohl noch dauerte, bis Ziba in den Iran zurückgeschickt wurde.

Doch dann gelang es mir noch vor dem Ende des Geiseldramas, Ziba an ein großes amerikanisches Mädchen mit Kraushaaren und einem Kreuz um den Hals loszuwerden, und später freundete sie sich mit zwei iranischen Mädchen aus einer anderen Klasse an, die viel netter waren als ich.

Als Mutti, Elsa und Maria uns besuchen kamen, brachte mir meine Mutter bei, dass Liebenswürdigkeit manchmal von gewissen Illusionen abhängt.

An ihrem ersten Morgen in Amerika wachten Mutti, Elsa und Maria um fünf Uhr auf, zerrten den Küchentisch ins Büro, breiteten eine bestickte Tischdecke darauf aus, die sie uns geschenkt hatten, stellten einen großen Aschenbecher in die Mitte und begannen zu rauchen. Um sieben Uhr dreißig gingen sie zu Fuß zu Safeway an der Hauptstraße und kamen mit mehreren Einkaufstüten, zwei Kisten Bier und einer Flasche Wodka zurück. Um neun Uhr standen sie alle in der gleichen Schürze und mit Zigaretten im Mundwinkel in der Küche und machten sich ans Kochen: Es gab Gulasch, Blumenkohl und Kartoffeln in großen Töpfen, Würstchen und Schweinelende in großen Pfannen. Um halb zehn waren alle Fenster beschlagen, und in der Manager Suite roch es nach Zwiebeln.

Als Lili die Zimmer sauber gemacht hatte, saßen sie im Büro, rauchten und unterhielten sich auf Deutsch; Johann lag mit einer Flasche Bier in der Hand auf dem Sofa, und eine bereits geöffnete weitere Flasche erwartete ihn auf dem Tisch. Die Teller trockneten bereits neben der Spüle, und sie hatten ihr nicht eine einzige Kartoffel übrig gelassen.

Lili biss die Zähne aufeinander, toastete sich eine Scheibe Pita-Brot und aß sie im Stehen über dem Spülbecken.

»Du musst hier ziemlich viel arbeiten«, meinte Mutti am dritten Tag.

Lili fuhr sich mit dem Handrücken über die Stirn und sagte nur: »Ja, Mutti.«

»Für ein Kind ist das nicht besonders gut«, sagte Mutti mit einer ausladenden Geste.

»Nein, Mutti«, seufzte Lili.

Lili holte tief Luft und betete um *sabr*, Langmut, aber er wollte sich nicht einstellen. Am Ende der ersten Woche zog sie Johann ins Hinterzimmer.

»So geht es nicht weiter«, erklärte sie ihm. »Wenn sie bleiben wollen, müssen sie in unser Haus.«

Johann ließ den Kopf hängen und nickte hilflos. »Ich sage es ihnen morgen früh.«

Das war jedoch nicht nötig, denn als Lili die Tür öffnete, fielen die drei in einem Haufen auf den Boden. Sie hatten gelauscht und jedes Wort gehört.

»Hexe!«, schrie Elsa, während sie sich wieder aufrappelte.

Wieder betete Lili um Langmut, und wieder wollte er sich nicht einstellen.

In der zweiten Woche zogen sie in unser Haus und nahmen mich mit. Morgens begleiteten sie mich zur Schule. Sie bohnerten die Böden und füllten die Vorratsschränke mit eingelegten Heringen und Essiggurken. Im Garten pflanzten sie Sonnenblumen und Tomaten. In ihren geblümten Kleidern und Kopftüchern schlurften sie mit Plastiktaschen zum Einkaufen in den Ort und holten mich von der Schule ab. Wenn ich nach Lili fragte, tätschelte mir Mutti den Kopf und holte mir einen Teller mit Linzer Keksen aus der Küche oder eine Handvoll Zitronenbonbons aus ihrer Schürzentasche.

Alle paar Tage nahm mich Mutti auf den Schoß, und alle drei untersuchten ganz genau, ob ich meinem Vater oder ihnen irgendwie ähnlich sah.

»Vielleicht die Nase?«

»Oder ihre Stirn?«

»Es sind die Backen«, meinten sie schließlich und kniffen mich ins Gesicht.

Es dauerte nicht lange, und ich zwickte zurück.

Ich schlich mich an, wenn sie in der Küche arbeiteten oder die Wäsche aufhängten, und kniff sie in den Hintern. Mutti und Maria lachten nur, fuhren mir durchs Haar und zwickten mich vergnügt in die Backen, aber als Elsa eines Tages auf dem Sofa saß und Socken stopfte, wollte sie mir diesen Streich austreiben.

»Komm her«, befahl sie mir und lockte mich mit gekrümmtem Zeigefinger zu sich.

Es tat schrecklich weh, und ich wusste erst gar nicht, was sie getan hatte, bis ich sah, dass ich am Arm blutete. Sie hatte mich mit ihrer Nadel gestochen. Mir wurde schlecht. Als ich Elsa wieder ansah, wedelte sie mit der Nadel und grinste mich an. »Na, hat dir das gefallen?«, fragte sie mich, »das hat dir doch nicht etwa weh getan?«

Danach habe ich sie nie wieder zum Spaß gekniffen, auch Mutti mit ihren Linzer Keksen und Zitronenbonbons nicht. Ich ließ mich aber auch nie wieder von ihnen auf den Schoß nehmen und war froh, als sie wieder abreisten. Trotzdem wollte meine Mutter noch jahrelang, dass ich ihnen Briefe auf Deutsch schrieb und ihnen sagte, wie sehr ich sie liebte und vermisste.

Von unserem neuen Haus auf einem Hügel in Tiburon konnte man San Francisco, Alcatraz und Angel Island sehen. In wenigen Jahren kletterten die Zinsen für das Darlehen, mit dem meine Eltern das Haus gekauft hatten, auf dreißig Prozent, doch zunächst schien es so, als wäre es nicht nur ein Schnäppchen, sondern ein Volltreffer. Meine Mutter und ich bewältigten den Umzug mit ihrem hellgelben Cadillac; Schachteln und Plastiktüten stapelten sich auf den braunen Ledersitzen, und wir waren überglücklich.

Nach und nach richtete meine Mutter jedes Zimmer des Hauses mit Antiquitäten ein. Die Fenster bekamen echte Seidenvorhänge, ich ein weißes Himmelbett und sie ein übergroßes Wasserbett mit einer lila Tagesdecke aus Samt und Bergen von lila Kissen. Und um den Kaminsims im Wohnzimmer und an alle Wände hängte sie Schwarz-Weiß-Fotos, auf denen sie als junge Frau im Iran zu sehen war.

Am meisten bewundert wurde immer das Bild, das sie an ihrem Hochzeitstag neben einem riesigen Strauß weißer Gladiolen zeigt. Mit der einen Hand hält sie die Schleppe ihres Brautkleids, die andere stützt sie lässig in die Taille. Das Kleid sitzt wie angegossen. Auf diesem Bild ist ihr Gesicht von der

Kamera abgewandt, und es sieht so aus, als würde sie einer Schar von Bewunderern zulächeln. Sie ist wunderschön.

In Tiburon erlangte Lili beinahe wieder ihre frühere Schönheit zurück.

Für ihren ersten Elternabend zog sie ihre besten Sachen an: Ein pinkfarbenes Kostüm, eine elfenbeinfarbene Seidenbluse und schwarze Peep Toes. Sie trug rosa Lippenstift auf, steckte ihr Haar zu einem Knoten und tupfte sich Parfum hinter die Ohren und auf die Handgelenke. Dann setzte sie sich einen breitkrempigen schwarzen Hut auf und legte sich eine Perlenkette um den Hals. Eigentlich hätte sie gern Handschuhe angezogen, ließ es wegen der Wärme dann aber doch bleiben.

Die meisten anderen Mütter – die amerikanischen Mütter – kamen in Jeans, Polo-Shirts und Pennyloafers zum Elternabend. Einige trugen allerdings knöchellange, geblümte Kleider, und die besonders Sportlichen zeigten ihre schlanken, sonnengebräunten Schenkel unter kurzen Tennisröckchen. Ihre Männer waren Rechtsanwälte, Ärzte oder Manager. In kaum zehn Jahren sollten all die blonden kalifornischen Moms ihre Reihen für die wenigen chinesisch-amerikanischen, südasiatischen und womöglich gar iranischen Familien öffnen, die hier lebten, und sie plötzlich gemäß der neuen Prämisse von »kultureller Vielfalt« mit offenen Armen empfangen. Doch noch war es nicht so weit. Wir schrieben das Jahr 1981, Ronald Reagan war Präsident, und Einwanderer waren für diese Frauen, wenn sie überhaupt einen Gedanken daran verschwendeten, die braunhäutigen Mexikaner, die sich die Zeit unten in San Rafael mit Nichtstun vertrieben. Iran bedeutete dagegen Gastfreundschaft, die sich in Tiburon für Lili allerdings auf mühsam angedeutetes Lächeln beschränkte. Hier wirkten ihre schönen Kleider absurd, und ihre Scherze wurden nicht verstanden, weshalb sie auch nicht zu den Cocktailpartys, den Segeltörns oder den Ausflügen auf ihre Skihütten oben am Lake Tahoe eingeladen wurde. Lili vergaß jedenfalls nie ihre kaum wahrnehmbaren und doch unmissverständlichen kleinen Grausamkeiten oder ihre in dieser Hinsicht unglaubliche Taktlosigkeit.

Mein Vater hatte die Gewohnheit, manchmal ganz plötzlich seinen Platz hinter dem Plastikfenster im *Casa Buena* zu verlassen und zu verschwinden. Meistens ging er nur für ein paar Stunden zum Italiener um die Ecke. Wenn Lili mit ihrer Putzrunde durch die Zimmer fertig war und erschrocken feststellte, dass die Manager Suite verlassen und die Kasse leer war, stürmte sie zum Italiener, wo Johann, die Taschen voller Geldscheine, an der Bar hing. Anfangs war ihr das so peinlich, dass sie errötend Blick und Stimme senkte, während sie ihn am Arm aus dem Lokal schleppte, doch irgendwann hatte sie ihn so oft zurückholen müssen, dass sie keine Scham mehr empfand.

Manchmal blieb er tage- oder sogar wochenlang weg, und sie konnte ihn nicht einfach wieder ins Motel locken. Einmal war er auf Hawaii, ein andermal ein paar hundert Kilometer die Küste hinauf in Gualala, bis er sein ganzes Geld versoffen hatte und nach Hause musste. Wenn er verschwunden war, packten meine Mutter und ich jedes Mal unsere Kleidung in ein paar Plastiktüten und zogen in die *Casa Buena* um.

»Keine Sorge, wir können bald wieder nach Hause«, beruhigte mich meine Mutter, wobei sie sich zu einem Lächeln zwang, »er macht nur ein bisschen Ferien.«

Im Motel vermischten sich die Essensgerüche vom Italiener nebenan mit dem süßlichen Eukalyptusduft von Lilis

Desinfektionsmittel. Die Manager Suite hatte nur ein Fenster zum Highway, und die Vorhänge waren immer zugezogen, um den Lärm der Autos und Laster auf dem Weg nach San Francisco ein wenig zu dämpfen. Die Duschkabine im Badezimmer war hellrosa gefliest, und über die Jahre hatte ein undichter Wasserhahn hässliche dunkle Streifen im Spülbecken hinterlassen. In der Kochnische gab es jede Menge Kakerlaken, vor denen ich schrecklich Angst hatte, bis ich lernte, dass ich sie verjagen konnte, wenn ich laut gegen die Schranktüren hämmerte, ehe ich mir Kekse oder Cracker herausnahm.

Kurz vor drei Uhr nachmittags hängte Lili das »Komme gleich wieder«-Schild ins Bürofenster, zog sich um und fuhr nach Tiburon. Während meine Mitschüler im Mercedes oder BMW von der Schule abgeholt wurden und die anderen Mädchen zum Fußballtraining oder zu irgendwelchen sonstigen Verabredungen gingen, saß ich im Schneidersitz auf der Bordsteinkante und steckte den Kopf in ein Buch, bis Lili auf den Parkplatz kurvte und laut hupte.

Dann musste ich zu meinen Nachmittagsstunden.

Ich hatte Ballettunterricht, Klavierstunden, Kunstunterricht, Französisch und Persisch. Im Winter Eislaufunterricht, im Sommer Schwimmen. Von Montag bis Freitag hatte ich jeden Tag mindestens eine, manchmal zwei Stunden Unterricht am Nachmittag, am Samstag von acht Uhr bis um zwölf. Ich besuchte eine deutschsprachige Schule, auf der es nur noch zwei andere halbdeutsche Kinder gab – zwei rothaarige Schwestern mit grünen Augen und Sommersprossen, deren Mutter aus Guatemala kam.

»Ich hasse Nachmittagsunterricht«, jammerte ich, aber das kümmerte Lili nicht. Sie hätte auf ihr schönes Haus in den Hügeln von Tiburon verzichten können, auf ihre Teepartys und ihre Dinnerpartys, aber nie im Leben auf meinen Nachmittagsunterricht. »In diesem Land muss man etwas aus sich machen!«, entgegnete sie nur ungehalten und deutete mit einer vagen Geste um sich. »Sonst bist und bleibst du ein Niemand!«

Lili und ich schliefen im Hinterzimmer der Manager Suite in einem Doppelbett mit einer genauso kratzenden Bettdecke wie in den Motelzimmern. »Ich warte, bis du eingeschlafen bist«, flüsterte sie, schlief aber oft vor mir ein, und ich starrte auf die Lichter, die über die Asbestzimmerdecke huschten, lauschte den Geräuschen vom Parkplatz oder betrachtete sie im Schlaf.

Meine Mutter war immer so schrecklich müde. Ich kannte sie nicht anders, trotzdem irritierte es mich und machte mir manchmal Angst.

Als der Cadillac wieder einmal in der Werkstatt war, hängte sie das »Komme gleich wieder«-Schild ins Fenster und bestellte ein Taxi, um mich von der Schule abzuholen. Sie trug ihr Haar meist zu einem lockeren Knoten gebunden, an dem Tag aber war es offen und zerzaust. Sogar von Weitem konnte man sehen, wie erschöpft sie war und wie traurig.

Als wir am Nachmittag in unser Motel zurückkamen, sperrte sich Lili mit mir im Badezimmer ein. Sie setzte sich auf den Boden, lehnte die Stirn ans Waschbecken und schloss die Augen.

Ich schaute durchs Fenster auf die Mülleimer des Italieners.

»Was machen wir hier?«, fragte ich sie.

Eine tiefe Falte zeigte sich zwischen ihren Augen, und ich bekam Angst, sie könnte wegen irgendetwas böse auf mich sein, doch dann verschwand die Falte, und sie lächelte. Beinahe grob zog sie mich an sich und drückte mich an ihre Brust. Als ich sah, dass sie weinte, versuchte ich ihre Tränen mit der Hand wegzuwischen. Da musste sie lachen und weinen zugleich und küsste meine Hände, abwechselnd die eine, dann die andere.

Plötzlich stand sie auf, wusch sich das Gesicht und steckte ihr Haar hoch. »Genug geweint!«, meinte sie nur und öffnete die Tür. Dann schob sie den Zeiger auf das »Komme gleich wieder«-Symbol und hängte das Schild ins Fenster. Hand in Hand gingen wir über den Parkplatz zur Straße. Auf einmal war sie sehr, sehr ruhig. Als wir zu der Pizzeria mit dem dreieckigen Dach am Ende der Straße kamen, kaufte sie mir eine große Pizza und eine extragroße Cola und sah mir lächelnd beim Essen zu.

Am nächsten Morgen ließ mich die Direktorin in ihr Büro kommen.

»Stimmt es, dass dich deine Mutter gestern abgeholt hat?«

»Ja.«

»Mit dem *Taxi*?«

Ich nickte.

Sie zog die Augenbrauen hoch. »Wo wohnt ihr denn?«, wollte sie wissen. Ihre Stimme klang freundlich, und sie sah mich auch freundlich an, aber ich schüttelte nur den Kopf.

»Heißt das, du kannst mir nicht sagen, wo du wohnst?«

Wieder schüttelte ich den Kopf, und heiße Tränen rannen mir über die Wangen, bis sie mich endlich gehen ließ.

Als die schlimmsten *shoolooqi* im Iran vorbei waren, zog Kobra etwas widerwillig den Schleier an, den sie zwanzig Jahre zuvor abgelegt hatte, und dachte sich, Schleier hin, Schleier her – die Eitelkeit der Frauen hatte noch jede Katastrophe überstanden. Also sperrte sie ihren Salon »Lady Diola« wieder auf und machte sich an die Arbeit.

Jeden Freitagmorgen fuhr sie mit dem Taxi in unsere Wohnung in der früheren Avenue Pahlavi (jetzt Straße der Revolution), riss alle Fenster auf, wusch die Bettlaken, staubte die Regale ab, reinigte die weißen Ledersofas mit einer speziellen Creme, goss die Geranien auf dem Balkon, betete, dass wir bald heimkamen und sah sich ein letztes Mal um, ehe sie die Tür abschloss und ging.

Kaum war die Revolution vorbei, nahm Saddam Hussein den Iran mit Raketen, Lenkwaffen und Bomben unter Beschuss. Kobra ging nur noch vollständig bekleidet schlafen, sie ließ sogar die Schuhe an und hatte immer ihren Ausweis in der Manteltasche, damit sie, wenn die Sirenen heulten, sofort aus dem Bett springen und mit den Nachbarn in den Keller laufen konnte, wo sie blieb, bis die Wände nicht mehr bebten und die Lampen wieder aufflackerten.

Alle Grenzen waren geschlossen, und man konnte höchstens noch zu Fuß, auf einem Esel oder in dem Lastwagen irgendwelcher Verbrecher über Wüsteneien und durch enge Schluchten das Land verlassen; trotzdem flohen noch immer Tausende von Iranern oder schafften es wenigstens, ihre Söhne außer Landes zu bringen.

In diesem Krieg kamen siebenhundertfünfzigtausend Menschen zu Tode. Sie starben durch Kugeln, Raketen oder Granaten, durch giftige Gase, die in ihre Lunge drangen und ihre Körper zerstörten, durch Minen, die ihnen das Fleisch von den Knochen fetzten. Kobra hörte von einem Brunnen auf einem Friedhof namens Behesht-e Zahra (Zahras Himmel), irgendwo in der Stadt, dessen Wasser ganz rot war vom Blut der Märtyrer, und es hieß, dass die dort wachsenden Tulpen auch alle rot waren.

Irgendwann begann Kobra unsere Wohnung auszuräumen und die Sachen nach und nach zu verkaufen. Die weißen Ledersofas waren zwar längst aus der Mode, aber es gelang ihr dennoch, sie loszuwerden. Unsere Kleidung, Lilis, Johanns und meine, hängte sie an einer Wäscheleine in ihrem Schlafzimmer auf und verkaufte sie im Laufe der Monate Stück für Stück. So konnten Kobra und ihr »Lady Diola« überleben, und dafür dankte sie Gott, weil Gottes *sabr*, sein Großmut, für Kobra der allergrößte Segen war.

Der Krieg dauerte acht Jahre. Während dieser Zeit berichteten Verwandte und Bekannte zu Hause von unserem Haus mit Blick auf San Francisco, unserem nierenförmigen Pool und den Antiquitäten, mit denen Lili die Zimmer vollgestopft hatte. Wir waren reich. In Amerika war jeder reich. »Bitte schick uns Geld!«, bat Kobra Lili am Telefon. »Schick uns alles, was du kannst!« Und Lili kaufte Kleider, Hosen und Mäntel und stopfte alle Taschen mit Hundert-Dollar-Scheinen voll; sie steckte Toilettenartikel, Schmuck und Medizin in Schuhe und machte zwei große Pakete, eins für Kobra und eins für Sara.

Als die Pakete im Iran eintrafen und Kobra die Schachteln und Umschläge öffnete, war der Inhalt zerstört oder verschwunden. Mit zitternder Stimme berichtete sie Lili von den Verlusten. Von da an schickte Lili Geld oder Pakete nur noch durch Freunde, Bekannte oder Verwandte in den Iran.

»Dem Himmel sei Dank, wenn du uns erhalten bleibst«, sagte Kobra, »aber könntest du das nächste Mal bitte mehr Geld schicken?«

»Ja, natürlich, sicher«, versicherte Lili immer, dabei war für sie während dieser Zeit gar nichts sicher.

Noch schlimmer als der Iran-Irak-Krieg waren für sie aber die nächtlichen Anrufe von Sara. Zu Hause auf dem Land hatte Sara kein Telefon, doch sobald sie nach Teheran kam, rief sie Lili an. Inzwischen hatte sie eine reife, wohlklingende Frauenstimme, doch sie klagte immer wie ein kleines Kind.

»Warum hast du mich im Stich gelassen?«

»Das weißt du doch, wegen der *shoolooqi*«, antwortete Lili, »und jetzt ist Krieg ...«

»Nein, das meine ich nicht, nicht jetzt. Ich meine davor. Als ich klein war, als ich ein Baby war. Warum hast du mich da allein gelassen?«

Beizeiten wollte Lili Sara alles erzählen. Von Kazem, den Schlägen und der Scheidung. Von ihrem Vater, Sohrab, und den schrecklichen Jahren nach seinem Tod. »Ich war ein Niemand, und ich hatte nichts«, erklärte sie Sara. Lili offenbarte ihr mehr als jedem anderen zuvor, mehr als sie sich an Erinnerung zumuten konnte, aber egal welche Geschichte sie auch erzählte, Sara war es nie zufrieden. »Warum hast du mich im Stich gelassen?«, fragte sie wieder und wieder. Und jedes Mal wollte sie wissen: »Wann kommst du zu mir zurück?«

* * *

»Wo kommt ihr her?«, fragten die Gäste der *Casa Buena* Lili, und bei dieser Frage musste sie immer an den mageren iranischen Jungen denken, den sie einmal im Fernsehen gesehen hatte – er lag zusammengekrümmt auf dem Boden, während ein paar Männer auf ihn eintraten. »Aus Deutschland«, antwortete sie deshalb immer in ihrem besten deutschen Akzent, weil überall Gefahr drohte und sie uns so davor bewahren wollte, was ihr aber leider nicht immer gelang.

Eines Tages parkte eine hübsche blonde Frau in einem silbernen BMW vor dem Motel, stakste auf hohen Absätzen ins

Büro und fragte, ob sie ein Zimmer ansehen könne, bevor sie sich einmietete. Lili zuckte mit den Schultern und schob ihr einen Schlüssel hin. Eine halbe Stunde später sah sie die Frau mit frisch gewaschenen Haaren zu ihrem Auto gehen.

»Das Zimmer is nix«, brummte sie, als Lili sie auf dem Parkplatz einholte, verpasste meiner Mutter einen Stoß und nannte sie »verdammte Mexikanerschlampe«.

Dieses Schimpfwort war Lili neu, sie stolperte vor Schreck und fiel hin. Ehe sie wieder auf die Beine kam, stürzte sich die Frau auf sie und kniete sich auf ihre Brust. Lili konnte sich nicht rühren und stellte entsetzt fest, dass ihr Kleid bis zur Taille aufgerissen war. Als Lili sich zu wehren versuchte, bewies die zierliche Frau erstaunliche Kräfte. Sie packte Lilis erhobene Hand und biss ihr ins Handgelenk, dass es blutete, sprang in ihr Auto und brauste davon.

Meine Mutter hatte aber vor allem Angst, dass mir etwas zustoßen könnte. Über der Tür zum Büro hing eine kleine Glocke, die immer läutete, wenn jemand kam, um nach einem Zimmer zu fragen. Dann sollte ich mich nach hinten zurückziehen, damit mich niemand sehen konnte. Jeden Abend sah sie im Fernsehen die Nachrichten an und wusste sehr gut, was kleinen Mädchen in diesem Land alles passieren konnte. »Versteck dich!«, zischte sie mir deshalb auf Persisch zu, wenn die Glocke in der *Casa Buena* läutete.

Mir war selten langweilig, weil ich mir die Zeit mit Lesen oder erfundenen Spielen vertrieb. Als mir aber einmal gar nichts einfallen wollte, spazierte ich ein Weilchen auf dem Parkplatz herum. Ich hatte mich gerade über ein Loch im Asphalt gebückt, um es näher zu untersuchen, als sie mich am Arm packte, mich hochriss und mir eine Ohrfeige verpasste.

»Mach das ja nie wieder!«, fuhr sie mich an. »Du darfst

nicht einfach so allein aus dem Haus. Hast du mich verstanden?«

»Ja, *maman*«, wimmerte ich mit Tränen in den Augen.

»Wenn du das noch mal machst, gehe ich zurück in den Iran«, sagte sie und lockerte ihren Griff. »Dann gehe ich zurück zu meiner guten Tochter.«

Damals erwähnte meine Mutter die gute Tochter sehr oft. Die Tochter, die brav bei ihrer Mutter blieb, die Tochter, die wusste, dass man nicht einfach weglaufen darf. Damals glaubte ich noch, dass es sie gab. Ich glaubte, sie könnte mir meine Mutter wegnehmen. Die gute Tochter jagte mir Angst ein, und genau darauf zählte meine Mutter, damit ich sicher war. Außerdem konnte sie auch auf meine Verschwiegenheit zählen. Morgens vor der Schule schärfte sie mir immer wieder ein, ja keiner Menschenseele zu erzählen, dass mein Vater ein Trinker war, was sie arbeitete oder dass wir manchmal im Motel wohnten. Über solche Sachen redeten nur Amerikaner, und sie hätte schließlich nicht ihre Heimat und ihre gute Tochter verlassen und mich an diesen *kharab shodeh*, diesen hässlichen, kaputten Ort gebracht, damit ich dann ihre Geheimnisse ausplauderte.

Lili hatte noch mehr Geschichten zu erzählen.

Samstag- und Sonntagmorgen drehten Lili und ich unsere Runde durch die *Casa Buena*, und während sie die Betten machte, Aschenbecher ausleerte und Toiletten putzte, hockte ich auf dem Boden und schaute mir Zeichentrickfilme an. Wenn ich ihr nicht allzu sehr auf die Nerven gegangen war, ließ sie mir zur Belohnung ein Bad ein und reihte für mich Granatapfelstücke auf dem Badewannenrand auf.

»Ein Granatapfel ist nicht einfach nur eine Frucht«, erklärte mir meine Mutter. »Unter seiner harten Schale breitet er einen Schleier über seine Kerne, und beim Essen färbt er deine Finger mit seinem köstlichen Saft.«

Ich fand es wunderbar, in der Badewanne zu sitzen, frisch geöffnete Granatäpfel zu essen und Lilis Geschichten zu lauschen. Behutsam arbeitete ich mich von einer Kammer zur nächsten und entfernte die milchige weiße Haut, um an die Kerne zu kommen. Manchmal biss ich einfach hinein wie in einen Apfel, und es schmeckte bitter und süß zugleich. Oder ich pulte die Kerne einzeln mit den Fingern heraus und kaute sie genüsslich.

Lili hockte neben der Badewanne und erzählte mir von einem Land namens Persien, während der Granatapfelsaft von meinen Händen und meinem Kinn tropfte und die Seifenblasen langsam rosa färbte.

»Habe ich dir schon mal von meiner Hochzeit erzählt? Weißt du, dass man mich damals Khanoom Doktor nannte, Frau Doktor?«

»Ja, *maman.*«

»Und habe ich dir auch erzählt, dass ich überhaupt nicht geschminkt war? Kein bisschen. Ein paar Minuten vor der Feier kam meine Tante Zaynab mit schwarzem Kajal angelaufen, und eh ich michs versah, malte sie mir einen Strich über jedes Augenlid.«

Sie tat so, als würde sie sich die Augen schminken.

»Das war mein einziges Make-up!«, sagte sie lachend. »Die Blumen kaufte ich in Teherans bestem Blumengeschäft, Kobra kochte das Festessen, und Zaynab und meine Großmutter Khanoom bereiteten die *sofreh* vor, die Hochzeitsdecke. Mein Cousin Nima, der damals noch ein mageres kleines Kerlchen war, aber trotzdem schon – du glaubst es nicht – mit mir flirtete, spielte die *tar*, und ich tanzte dazu.«

Mit einem Blick vergewisserte sie sich, dass ich ihr auch wirklich zuhörte.

»Alle sagten, ich sei so schön wie eine *aroos farangi*, eine ausländische Braut; was sie aber überhaupt nicht verstehen konnten und bis heute nicht verstanden haben, war, dass ich mir aus Deutschland einen *damad farangi*, einen europäischen Bräutigam mitgebracht hatte.«

An dieser Stelle der Geschichte ließ ich das letzte Stückchen Granatapfelhaut in einen Topf neben der Badewanne fallen. Die roten Kleckse lösten sich im Badewasser auf, und es blieb nicht einmal ein rosa Fleck, der an mein köstliches Mahl erinnert hätte. Mit einem Lächeln beim Gedanken an ihre Hochzeit griff meine Mutter nach dem Stöpsel und ließ das Badewasser ab.

Ich hatte mein Zuhause vergessen, ich hatte den Iran vergessen, aber so wie sich manche Erinnerungen hartnäckig halten, obwohl wir sie gern vergessen würden, gibt es eine Liebe, die auf jedem Boden gedeiht. Als meine Mutter die Granatapfelstückchen auf dem Badewannenrand aufreihte, weckte sie in mir die Lust auf eine überirdische Frucht und die Geschichten und Geheimnisse, die in seinen vielen Kammern verborgen sind, weil sie wusste, dass man zumindest dieses Vergnügen einem im Exil lebenden kleinen Mädchen nicht vorenthalten durfte.

10. Kapitel

Die gute Tochter

»Nun weißt du, dass ich keine Wahl hatte. Ich wollte nicht, dass dir etwas zustößt. Es ging nicht anders.« Dies sind die letzten Worte meiner Mutter auf dem Tonband, und sie klingen irgendwie seltsam, wie eine Frage, nein, ich glaube, wie eine flehentliche Bitte.

Jahrelang gab es für mich zwei Arten von Frauen. Auf der einen Seite die Freundinnen meiner Mutter, Frauen, die den ganzen Tag zu Hause auf die Kinder warteten, die ihnen im Laufe der Zeit nicht mehr auf Persisch antworten wollten. Nachmittags zogen sich diese Frauen hübsch an, behängten sich mit teurem Schmuck, schminkten sich und trafen sich im Wohnzimmer einer Freundin. Stundenlang wurde über anderer Leute Kinder und Ehemänner und Schwiegereltern getratscht, wobei sie stets sorgsam darauf bedacht waren, nicht zu viel von ihren eigenen Schwierigkeiten preiszugeben. Falls eine von ihnen arbeiten ging, redete sie nicht darüber. Stattdessen erzählten sie sich von königlichen Vorfahren und verlorenen Reichtümern, tranken starken türkischen Mokka aus feinen weißen Tassen und lasen sich die Zukunft aus dem Kaffeesatz. Zum Abschied küssten sie sich wie Schwestern, die einander fremd geworden waren.

Die anderen Frauen waren Verwandte, die zu uns zu Besuch kamen und manchmal wochenlang blieben, sodass ich sie viel besser kennen lernte als die Freundinnen meiner Mutter. Sie tauchten auf dem Weg von einem Land oder einem Leben zum nächsten oder von einer Ehe zur nächsten auf. Die Ehemänner mancher dieser Frauen hatten festgestellt, dass die eingeschränkten Lebensumstände und ihr geringes Ansehen in Amerika für sie unerträglich waren. Wenn ihre Männer in den Iran zurückkehrten, um dort mit einer jungen Frau eine neue Familie zu gründen, eröffneten die verlassenen Frauen Schönheitssalons oder betreuten in ihrem Wohnzimmer kleine Kinder. Eine verdiente das Schulgeld für ihren Sohn mit dem Nähen von OP-Bekleidung und gab ihm für die Woche Tupperdosen mit »Kräuter-Fleisch-Soße für meinen Liebling« oder »für den Reispudding könnte ich sterben« mit. Eine andere Frau schrubbte nachts, nachdem sie den ganzen Tag in einem kleinen Lebensmittelgeschäft an der Kasse gearbeitet hatte, stundenlang die Socken ihres Mannes, bis ihre Hände verschrumpelt und die Socken wieder jungfräulich weiß waren.

Und natürlich meine eigene Mutter mit ihren zwei Heimen und ihren zwei Leben und ihrem unbeugsamen Stolz, mit dem sie die Trennung zwischen beiden aufrechterhielt. Die eine Mutter brachte ihre Tage in einem heruntergekommenen Motel am Highway zu, bediente mit einem starken Akzent das Telefon und putzte am Wochenende und an allen anderen Tagen, an denen das Zimmermädchen nicht kam, die Zimmer. Die andere trug eine türkise Bademütze und knallroten Lippenstift, wenn sie im Pool vor unserem Haus in Tiburon schwimmen ging. Sie veranstaltete Dinnerpartys mit fünfzig oder hundert Gästen. Sie eilte durch große Zimmer mit Couchtischen aus Marmor, goldgerahmten Schränken und mehreren Lagen Perserteppichen. Es gab die eine Frau, die mit Lastwagenfahrern über Rechnungen stritt, und die andere, die mit Mandeln gefüllte Datteln auf silbernen Tabletts anrichtete und sie ihren Gästen servierte.

Doch es gab nicht nur zweierlei Frauen, sondern auch ganz verschiedene Mädchen: iranische Töchter und amerikanische Töchter. Die iranischen Töchter waren, wie die gute Tochter aus den Geschichten meiner Mutter, schüchtern, still, höflich und bescheiden. Die meisten Töchter von Lilis Freundinnen waren iranische Töchter. Sie siezten ihre Eltern und älteren Verwandten, sie wussten, wie man Tee serviert, und wenn sie lachten, hielten sie sich die Hand vor ihren hübschen Mund.

Die guten alten Sitten gingen in Amerika schnell verloren, aber gerade durch das zunehmende Fehlen solcher Töchter wurde den Iranern das wahre Drama ihres Exils bewusst.

Als der Iran Mitte der Achtzigerjahre seine Grenzen, wenn auch meist nur kurz und unregelmäßig, öffnete, besuchte uns Kobra zum ersten Mal in Kalifornien. Manchmal kam sie ein halbes, manchmal ein ganzes Jahr, wollte aber nie für immer bleiben. Kobra erschien Amerika sehr klein, viel kleiner als der Iran. Sie sprach kein Englisch, sie hatte keinen Führerschein, und sie kannte keinen, den sie hätte anrufen oder besuchen können. Die meiste Zeit war sie allein in unserem Haus, werkelte und betete, dekorierte den Inhalt ihres Koffers neu und machte es sich in einem Lehnsessel bequem, um in *Zeit der Sehnsucht* die Frisuren der weiblichen Hollywoodstars zu studieren, bis ich nach Hause kam.

Abgesehen vom Fernsehen und ihrem *namaz* war das Kochen ihre einzige Abwechslung. An manchen Samstagen stand sie früh um sechs Uhr auf, band sich ihr Kopftuch um und verschwand in der Küche. Sie weichte die Blätter für ihren ersten Tee in Kardamom und Rosenwasser ein und machte sich daran, den Reis zu waschen und zu wässern und Gemüse und Kräuter zu putzen. Wenn Lili nicht die Nachtschicht in der *Casa Buena* machen musste, half sie Kobra in der Küche, und die beiden kochten den ganzen Tag zusammen. Wenn ich zwischen zwei Zeichentrickfilmen in die Küche kam, um mir ein paar Waffeln aufzutauen, waren alle Herdplatten in Betrieb, weil sie Unmengen von Zwiebeln und Auberginen und Berge von murmelgroßen Fleischbällchen brieten. Bis spät in den Nachmittag scherzten sie und kabbelten sich und machten nur eine kurze Mittagspause mit Fladenbrot, Feta und ein paar Walnüssen, falls die bereits in Salzwasser eingeweicht waren.

An diesem Arbeitsaufwand konnte ich sehr gut erkennen, dass wir abends Gäste haben würden. Selbst zu einer eher bescheidenen Dinnerparty wurden damals dreißig und mehr Leute eingeladen. Die Frauen kleideten sich wie zu einem Staatsempfang, und nur die Männer tranken Alkohol. Es gab immer mindestens drei verschiedene würzige Fleischsoßen, zwei Sorten Reis, Platten mit *tahdig* und knusprigem Reis, gefüllte Weinblätter und Paprikas, gebratene Kartoffeln, selbst gemachten Joghurt und zum Dessert Unmengen Reispudding mit Safran und kunstvoll aufgetürmte frische Datteln. Wenn Lili und Kobra mit dem Kochen fertig waren, blieb ihnen meist kaum noch Zeit, sich umzuziehen und etwas Lippenstift aufzulegen. Trotzdem entschuldigten sie sich stets für die bescheidene Auswahl an Speisen, wenn sie die Gäste ans Büfett geleiteten.

Solche großen Einladungen wurden allerdings immer seltener. Weil Johann oft tage- oder wochenlang verschwunden war, mussten Kobra und Lili an vielen Wochenenden zusammen im Motel arbeiten. Und mir blieb nichts anderes übrig, als mitzukommen. Um mir die Zeit zu vertreiben, machte ich in jedem Zimmer, das geputzt wurde, den Fernseher an.

»Und dafür hast du deine Heimat verlassen!«, schimpfte Kobra und schnalzte ärgerlich mit der Zunge. »Damit du als Zimmermädchen arbeiten musst!«, sagte sie händeringend.

»Mir bleibt nichts anderes übrig.«

»Im Iran hat man dich Khanoom Doktor genannt«, brummte Kobra. »Warum kommst du nicht nach Hause? Warum kommst du nicht zu uns zurück?«

Lili deutete mit dem Kinn in meine Richtung und sagte: »Wie sollte das denn mit ihr gehen?«

Dann sah ich sie erschrocken an und fragte meine Mutter auf Englisch, was sie mit mir vorhabe.

»Da siehst du es, es geht einfach nicht«, seufzte Lili.

Im Sommer schleppten sie Decken auf den Balkon, spannten Moskitonetze auf und schliefen im Freien. Im Sommer war der Nebel immer besonders dicht, aber in den seltenen klaren Nächten deutete Lili auf die Skyline von San Francisco und sagte: »Ist es nicht wunderschön?«

»Ja, schon, aber erinnerst du dich noch daran, wie wir in Teheran auf dem Hausdach geschlafen haben?«

»Natürlich, aber hier ist es auch sehr, sehr schön.«

Widerwillig warf Kobra einen Blick auf die Stadt. »Ja doch, aber wenn ich hierbleiben muss, werde ich krank. Das bringt mich hier noch um«, schwor sie.

Am meisten genoss ich den Klang ihrer Stimmen, den persischen Singsang, ihr ganzes Gekabbel und Getuschel, wenn wir mit dem Auto unterwegs waren. Einmal im Jahr machte sich Lili auf den Weg, um die Verwandten zu besuchen, Cousins und Cousinen ersten, zweiten und dritten

Grades, die überall in Kalifornien verteilt lebten. Sie packte den Buick voll, weil der Cadillac für so lange Reisen viel zu unzuverlässig war, und dann fuhren wir drei los Richtung Los Angeles.

Meine Mutter und meine Großmutter liebten es, so zu reisen. Aus dem Kassettenrekorder dröhnte iranische Popmusik, und die beiden schwatzten und kabbelten sich durch Berge von Sonnenblumenkernen und Pistazien. Wenn ich vom Rücksitz »Mir ist langweilig!« brüllte, reichte mir meine Mutter eine Handvoll Pistazien oder ein Stück *lavashak*, eine iranische Süßigkeit aus Obst, nach hinten und riet mir, mir Amerika anzuschauen, anstatt zu nörgeln. Ich schmollte ein Weilchen, bis ich mich wieder in ein Buch vertiefte, ohne mir damals über den Einfluss ihrer Sprache und ihrer Heimat auf mich und meine Sprache und das einzige Land, das mir Heimat war, bewusst zu sein.

Im Salamandersommer zogen Kobra und ich in das Haus in Tiburon, Lili blieb allein in der *Casa Buena*. Bis dahin waren Lili und ich wochenlang nur kurz nach Hause gekommen, um ein paar Kleider und die ungeöffnete Post zu holen. Wenn aber Kobra aus dem Iran bei uns zu Besuch war, gehörte das Haus ihr und mir und Johann.

Als wir nach Tiburon zurückkehrten, ließ ich meine Großmutter in der Küche allein und ging in den Garten. Das Gras war vertrocknet und hart wie Stroh und stach mich in die Füße. Ich zog meine Sandalen aus, setzte mich an den Rand des Swimmingpools und schaute ins Wasser.

Weil sich auf dem Boden ein dicker, brauner Teppich aus Laub gebildet hatte, dauerte es eine Weile, bis ich sie entdeckte. Dutzende schwarzer, geschmeidiger Salamander mit langen, dünnen Schwänzen hatten sich in unserem Swimmingpool versammelt. Sie schlängelten und hüpften und wanden sich; manche sahen aus wie tot.

Die Salamander lehrten mich das Wesen von Zeit und Illusion, weil mir mit einem Mal klar wurde, dass wir sehr, sehr lange weg gewesen sein mussten. Doch ich war die Tochter meiner Mutter und lief nicht davon. Ich war elf Jahre alt, kannte aber bereits Scham und Heimlichtuerei, Stolz und Einfallsreichtum. Lange stand ich am Pool, starrte in das brackige Wasser und beobachtete die Salamander. Dann suchte ich die lange Stange mit dem Netz, das dazu da war, Laub aus dem Wasser zu fischen, fing einen Salamander nach dem anderen und schleuderte sie aufs Nachbargrundstück.

Seit wir den Iran verlassen hatten, hatte ich nicht so lange mit meinem Vater unter einem Dach gewohnt, aber ich sah ihn auch jetzt fast nie. Er hielt sich ständig in seinem Büro hinter verschlossener Tür auf. »Dein Vater arbeitet«, sagte meine Großmutter, wenn ich nach ihm fragte. »Wir dürfen ihn nicht stören, *madar-joon*.«

Wenn sie in der Küche hantierte oder in ihrem Schlafzimmer betete, ging ich manchmal runter und schlich mich zu seiner Tür. Immer lief im Radio klassische Musik, aber ich konnte trotzdem hören, dass er ein Glas auf den Tisch stellte oder mit Papier raschelte, und manchmal telefonierte er in einer Sprache, die ich nicht kannte und erst recht nicht verstand.

In diesem Sommer brachte ihn die Polizei zweimal nach Hause. Beim ersten Mal war er nachts betrunken über die Hauptdurchgangsstraße, einen zweispurigen Highway ohne Bankette, getorkelt. Ein Auto konnte ihm nur noch ausweichen, indem es in die Mittelplanke schleuderte. Wenig später griff ihn ein Polizist auf, steckte ihn in seinen Wagen und brachte ihn zu uns nach Hause.

»Danke schön!«, sagte Kobra mit bebender Stimme. In ihrem gebrochenen Deutsch und mit ein paar Brocken Englisch wollte sie den Beamten zu einer Tasse Tee einladen, aber er lehnte dankend ab.

Eines Tages kam mein Vater dann in unsere Sackgasse gestolpert, breitete die Arme aus und begann sich wie ein Derwisch im Kreis zu drehen. Nach und nach erschienen die Nachbarn am Fenster und sahen ihm entgeistert zu. Er kreischte und schrie abwechselnd auf Deutsch und auf Persisch und wirbelte von einem Ende der Straße bis zum anderen, ehe seine Beine nachgaben und er mit dem Gesicht auf dem Asphalt landete.

Als ihn diesmal ein Polizist aufsammelte, war sein Gesicht blutüberströmt, und er weinte.

»Darf man in diesem Land nicht mal weinen?«

»Sir«, sagte der Polizist und führte ihn ab, »zu Hause können Sie weinen, so viel Sie wollen. Aber in unserem Land wird nicht auf der Straße herumgeschrien!«

Kobra hat ihn schließlich gerettet.

Als ich in der Schule war, erschienen eines Tages zwei große, kräftige junge Männer bei uns. Es war schon fast Mittag, aber Johann schlief noch wie ein Toter, angezogen und mit einer fürchterlichen Fahne, in seinem Arbeitszimmer.

Kobra murmelte hastig ein Gebet und kniete sich neben sein Bett.

»Mein lieber, lieber Sohn«, gurrte sie. »Du bist ein guter Mensch, Herr Ingenieur.«

Er knurrte nur.

»Ich weiß, dass du deine Familie liebst«, fuhr sie fort. »Und du liebst deine Tochter.«

Mühsam öffnete er ein Auge.

»Tu es für mich, Herr Ingenieur«, flehte ihn Kobra an.

Aber er knurrte nur wieder, drehte sich um und zog sich die Bettdecke über den Kopf.

Kobra saß beinahe eine Stunde an seinem Bett, strich ihm über die Stirn, bettelte und redete auf ihn ein, bis er schließlich mit den Männern mitging.

Er kam nicht in ein Krankenhaus oder eine Klinik, sondern in ein Rehabilitationszentrum. Eine seltsame Bezeichnung, wie Lili fand, als sie zum ersten Mal davon hörte, aber irgendwie klang es hoffnungsvoll nach einer Rückkehr, einem Neuanfang.

Die nächsten acht Wochen verbrachte er in einem Zimmer mit einem Bett, einem Plastikstuhl und einem Fenster mit Blick auf ein Wäldchen. Eine Woche lang zitterte Johann und schwitzte und schrie, in der Woche darauf untersuchten ihn verschiedene Ärzte, nahmen ihm Blut ab, studierten seine Röntgenbilder und zeigten ihm den Tod. Seine Lunge war schwarz vom Teer und seine Arterien verkalkt. »Wenn Sie nicht aufhören zu trinken und zu rauchen, sind Sie bald tot«, erklärten ihm die Ärzte, und obwohl ihm Lili seit mehr als zwanzig Jahren dasselbe gesagt hatte, hatte er wohl erst den Beweis gebraucht.

Für Lili brachte Johanns Klinikaufenthalt eine weitere Erleichterung mit sich. Sie besuchte ihn einmal in der Woche, und danach traf sie sich mit den anderen Angehörigen. Die Frauen saßen im Kreis und erzählten sich ihre Geschichten. Und sie weinten ungeniert und ohne sich dafür zu entschuldigen. Lili hatte nie zuvor erlebt, dass jemand offen über solche Probleme sprach, und als auch sie weinend ihre Geschichte erzählte, staunte sie über die aufrichtige Anteilnahme, die manchmal eben nur unter Fremden möglich ist.

Als Johann nach zwei Monaten entlassen wurde, hatte er zehn Kilo zugenommen, seine Haare waren ergraut, aber er war von seiner Sucht geheilt. Er hat nie wieder getrunken. Lili war es zur gleichen Zeit mit Müh und Not gelungen, den Konkurs abzuwenden. Sie konnte die *Casa Buena* verkaufen, verlor aber das Haus auf den Hügeln von Tiburon. Wir besaßen jetzt viel weniger, als wir nach Amerika mitgebracht hatten, und es war aussichtslos, in den Iran zurückkehren zu wollen. Doch als Johann aus dem Krankenhaus in unsere neue Zweizimmerwohnung am Stadtrand kam, sah Lili in ihm nach wie vor ihren schüchternen Verehrer mit seinen schönen blauen Augen. Für mich war er der liebenswürdige, stille Büchernarr, mein Vater, der genauso einsam war wie ich.

Jedes Mal wenn Kobra uns in Amerika besuchte, kam sie mit einem ramponierten alten Lederkoffer, der nach Mottenkugeln und irgendetwas roch, was ich nicht definieren konnte, das mich aber an die Nachmittage bei ihr im »Lady Diola« erinnerte. Sobald sie bei uns war, packte sie einen Pulli, zwei oder drei ordentliche Hauskleider und ein Paar Gummischlappen aus. Ihre bessere Garderobe – die Seidenblusen und die nachgemachten Chanel-Kostüme – trug sie nur, wenn meine Eltern abends Gäste empfingen; die meiste Zeit blieben die Sachen im Koffer.

Während sie bei uns zu Besuch war, füllte sich Kobras Koffer nach und nach mit Gürteln, paillettenbesetzten Abendkleidern und Mänteln mit falschen Pelzkrägen und enormen Vorräten an Zahnpasta, Rasierern, Spülmittel, Shampoo und so vielen Make-up-Pröbchen aus der Drogerie, wie sie aus dem Schrank im Badezimmer meiner Mutter fischen konnte. Bei Kobras Abreise in den Iran war ihr Koffer dermaßen vollgestopft, dass er sich nicht ohne Weiteres schließen ließ. Oft verbrachten Lili und sie ihren Abreisetag damit, abwechselnd auf dem Koffer zu sitzen. Das Kofferritual dauerte manchmal Stunden und wurde regelmäßig zum Schauplatz ihrer Streitereien – warum Kobra unbedingt wieder in den Iran zurück wollte, und vieles andere, was ich nicht verstand.

»Wieso musst du das ganze Zeug mitschleppen?«, beschwerte sich meine Mutter, während sie auf dem Koffer saß und vergeblich versuchte, ihn zu schließen. »Ich verstehe dich wirklich nicht! Was hält dich denn dort noch?«

»Du hast doch keine Ahnung!«, schnappte Kobra zurück.

»Und was wird aus dir, wenn du alt bist? Was willst du dann machen?«

Kobra stand auf und stemmte die Hände in die Hüften. »Was ich dann machen will, fragst du? Das kann ich dir sagen: Auch nichts anderes, als ich während der *shoolooqi* gemacht habe. Und im Krieg.«

So ging das die ganze Fahrt zum Flughafen weiter. Sie zankten sich ohne Ende, und es war auch schon vorgekommen, dass sie schworen, sich nicht einmal voneinander zu verabschieden.

Beim Einchecken hatte Kobra eine eigene Technik entwickelt, um nicht die Gebühren für Übergewicht zahlen zu müssen. Saß ein Mann am Schalter, klimperte sie mit den Wimpern und lächelte wie ein Schulmädchen. Hatte sie eine Frau vor sich, tat sie so, als wäre sie schwer behindert. Beide Methoden waren sehr erfolgreich, weshalb sie so gut wie nie für ihren viel zu schweren Koffer hatte zahlen müssen.

Doch als sie einmal nach einem besonders hitzigen Kofferritual ihr Gepäck selbst auf die Waage wuchtete und den jungen Beamten hoffnungsvoll anlächelte, begegnete sie nur einem strengen Blick.

»Sie haben fast vierzehn Kilo Übergepäck«, bemerkte er mit gerunzelter Stirn.

»Was sagt er?«, fragte mich Kobra.

»Er sagt, dass dein Koffer zu schwer ist«, übersetzte ich. Sogar mir war klar, dass sie diesmal mit ihrer Strategie keinen Erfolg haben würde.

»Ich bezahle das jedenfalls nicht«, meinte Lili. »Ich habe das Theater mit dem Koffer und dem ganzen Mist, den du da immer rumschleppst, gründlich satt.«

Kobra kramte in ihrer großen Handtasche und holte zwei neue Hundert-Dollar-Scheine hervor. Mit dem Geld hätte sie im Iran Lebensmittel für ein halbes Jahr kaufen können, und der Inhalt des Koffers war ohnehin mehr oder weniger wertlos. Aber sie schob die Banknoten über den Schalter, ohne mit der Wimper zu zucken.

»Bitte nimm mich mit!«, habe ich sie einmal angefleht, als sie gerade durch das Gate verschwinden wollte. Nach Monaten mit ihrem köstlichen Essen und ihren schönen Geschichten konnte ich mich nur schwer von ihr trennen. Ich hängte mich an ihren Rock und schlug ihr vor, sie könnte mich doch in ihrem Koffer mitnehmen – keiner würde es merken.

Daraus machten wir mit der Zeit einen Scherz. »Ich würde dich ja in den Koffer stecken, aber du bist viel zu groß geworden!«, sagte sie und zwickte mich zärtlich. »Jetzt hast du mich endlich überredet, und jetzt passt du nicht mehr hinein!«

Im Jahr darauf erfuhren wir von einem Iraner, der genau das getan hatte, um seine Verlobte nach Amerika zu schmuggeln. Er hatte sogar vorsichtshalber kleine Löcher in den Koffer gebohrt, aber als er ihn in Amerika öffnete, war seine Verlobte tot.

Danach machten wir unseren Standardwitz nicht mehr,

bei diesem Abschied war uns jedoch ohnehin nicht nach scherzen zumute. Kobra küsste mich auf beide Wangen, flüsterte mir ein Gebet ins Ohr und verließ Amerika zum letzten Mal.

Bei allen Einladungen, die meine Eltern für ihre iranischen Freunde gaben, gingen Männer und Frauen unweigerlich getrennter Wege, sobald sie aus ihren Autos ausgestiegen waren und unser Haus betreten hatten. Als Mädchen war mein Platz immer bei den Frauen, wo ich höflich schwieg, während sie stundenlang bitteren schwarzen Tee tranken und plauderten. Je älter ich wurde, desto lieber wäre ich bei meinem Vater und den anderen Männern gewesen und hätte ihren ernsten Gesprächen über Geschichte, Politik oder die mystische persische Dichtung zugehört. Doch damals und in unseren Kreisen überschritten nur sehr, sehr wenige Frauen diese magische Grenze, und es war undenkbar, dass ich junges Mädchen mir einen Stuhl nehmen und mich zu den erwachsenen Männern setzen könnte. So etwas gehörte sich einfach nicht.

Und es gab so vieles, was sich damals nicht gehörte. Vor allem Shorts und Miniröcke, gezupfte Augenbrauen und roter Lippenstift. Bei Freundinnen übernachten, Tanzabende in der Schule, Partys und alle anderen Veranstaltungen, bei denen meine Mutter nicht als Anstandsdame mitgehen konnte, kamen natürlich auch nicht in Frage.

Wie alle Teenager jammerte ich: »Bitte, Mo-o-om!«, fügte aber noch hinzu: »Wir sind hier doch nicht im Iran!« Dieses Argument überzeugte Lili aber nicht im Geringsten; genauso wenig wie die Tatsache, dass wir nie wieder in den Iran zurückgehen würden. Ausdrücke wie »boyfriend« oder »dating« galten bei uns als obszön. Das waren amerikanische Begriffe und amerikanische Vorstellungen und nicht für mich gedacht, wie mir meine Mutter nachdrücklich zu verstehen gab.

Als ich dreizehn wurde, sagte sie mir, dass ein Mädchen, wenn es sich einem Mann »hingibt« – das war noch die deutlichste persische Formulierung für Geschlechtsverkehr –, sich selbst schwer beschädigte. Und diese Beschädigung wäre außerdem sofort und für jeden sichtbar. Nach dem Verkehr änderten sich der Gang des Mädchens, ihre Stimme, ihr Lächeln. Und mit diesem »Hingeben« vor der Ehe setzte ein Mädchen alles aufs Spiel. »Sie benutzen dich nur, und dann …« Ihre Stimme erstarb vielsagend. »Dann werfen sie dich in die Ecke wie ein schmutziges Taschentuch.« Manchmal gebrauchte sie auch eine andere, iranische Metapher – wie einen alten, ausgetretenen Teppich. »Genau so«, demonstrierte sie mir, indem sie mit den Füßen aufstampfte, um sich sofort zu bücken und den Seidenteppich wieder glattzustreichen. »Hinterher bist du ihnen nicht mehr wert als ein zerschlissener Teppich!«

Ich wusste, dass die Töchter der iranischen Freundinnen meiner Mutter mit den gleichen Ermahnungen und Verboten aufwuchsen wie ich, aber ich hätte nie mit ihnen darüber gesprochen. An den großen öffentlichen Schulen bildeten die iranischen Mädchen Cliquen, aber auf meiner kleinen Privatschule gab es außer mir nur noch drei andere iranische Mädchen, mit denen ich nicht viel zu tun hatte, außer dass wir alle vier sehr bemüht waren, möglichst wenig Aufmerksamkeit auf den iranischen Teil unseres Lebens zu lenken. Wir gaben uns die allergrößte Mühe, als Amerikanerinnen durchzugehen. Zumindest ich tat das.

Früher hatte ich die Gurkenwürfel und Quittenscheiben vor der Schule in den Abfall geworfen. Auf der Highschool verschwand ich vor dem Unterricht auf der Toilette, tauschte meine Jeans gegen einen Minirock und benutzte Lidschatten, Mascara und Lippenstift. Das reichte aber längst nicht, um als Amerikanerin durchzugehen, weshalb ich alle Verbote meiner Mutter verächtlich abtat. Weil ich mich aber nun einmal nicht mit gleichaltrigen Jungen abgeben durfte und keine Zeit für Schulpartys hatte, widmete ich mein Leben anspruchsvolleren, intellektuellen Zielen, und zwar vor allem, indem ich Unmengen Bücher verschlang. Mit sechzehn las ich alle Tagebücher von Anaïs Nin, einen Band nach dem anderen, gierig, hastig, atemlos. Ich begann selbst Tagebuch zu schreiben. Und ich trug nur noch schwarz.

»Was soll das alles?«, fragte meine Mutter händeringend. »Für wen hältst du dich eigentlich? Für Simone de Beauvoir? Könntest du bitte aufhören, diesen Mist zu lesen und deine Zeit mit richtiger Literatur verbringen? Mit Shakespeare zum Beispiel oder Dickens …«

Entweder verdrehte ich die Augen, oder ich tat so, als hätte ich nicht gehört.

Mein Vater mischte sich äußerst selten in solche Auseinandersetzungen ein. »Lass sie doch«, wandte er höchstens ein, »ist doch alles vollkommen harmlos.«

»Ja, vielleicht ist es jetzt noch harmlos«, brüllte Lili, »aber ich frage dich, wo das enden soll?«

Richtigen Ärger gab es dann in meiner Abschlussklasse auf der Highschool. »Mach etwas aus dir!«, hatte meine Mutter mir eingeimpft, wenn sie mich von einem Nachmittagsunterricht zum nächsten schleppte, aber was genau das sein sollte und wie ich es dazu bringen sollte, wurde immer unklarer, je näher mein Schulabschluss rückte. In Amerika zogen iranische Mädchen nicht von zu Hause aus, um aufs College oder an eine Universität zu gehen, mit einer Ausnahme: Medizin durften sie studieren. Sie blieben bei ihren Eltern, bis sie heirateten. Einige kluge und ehrgeizige iranische Töchter gingen auf eine Kunstakademie an ihrem Heimatort oder die nächste öffentliche Universität; manche besuchten das Community College, wieder andere gingen überhaupt nicht mehr zur Schule. Und iranische Mädchen, die aus irgendwelchen anderen Gründen von zu Hause weggingen, wurden gleichgesetzt mit Angehörigen eines gewissen Berufsstands, dessen Namen man überhaupt nicht aussprechen konnte, ohne sich zu Tode zu schämen.

Zehn Jahre später sollte dieses strenge Regiment Schnee von gestern sein, doch während meine Mitschülerinnen irgendwo aufs College gingen oder sich bei Universitäten im In- und Ausland bewarben, saß ich in einem Café in Mill Valley (was eigentlich strengstens verboten war, weil es dort noch Hippies gab, wie mich Lili warnte), las Kierkegaard und schrieb mit einem Füllhalter in mein Tagebuch. Wenn ich aufs College gehen wollte, musste ich zu Hause wohnen bleiben, oder ich durfte überhaupt nicht aufs College. Da war jeder Protest zwecklos. Ich verzehrte mich in meinem Tagebuch, bis mir endlich mitgeteilt wurde, dass ich einen Studienplatz an der UCLA (University of California) bekommen hatte. In kürzester Zeit packte meine Mutter unser gesamtes Hab und Gut zusammen, und wir machten uns alle auf den Weg nach Los Angeles, damit ich mein Studium beginnen konnte.

Teherangeles.

Nach der Revolution von 1979 war etwa eine Dreiviertel Million iranischer Immigranten in Südkalifornien gelandet. Von den Mietwohnungen in Santa Monica über die Eigentumswohnungen in den Hochhäusern am Wilshire Boulevard bis hin zu den bewachten Villen in Beverly Hills – überall lebten Iraner, und man konnte dort keine drei Schritte gehen, ohne einem von ihnen zu begegnen oder ein paar persische Worte aufzuschnappen. Den ganzen Westwood Boulevard entlang reihten sich iranische Lebensmittelgeschäfte, Buchhandlungen und Möbelläden, und alle Ladenschilder waren mit schwungvollen persischen Schriftzeichen bemalt. Selbst die Luft in Los Angeles roch genauso wie die in Teheran, wie meine Mutter begeistert feststellte.

Bei Sonnenuntergang musste ich zu Hause sein. Ich durfte mich nicht verabreden. Trotzdem war ich wild entschlossen, mich den Fängen von Teherangeles zu entziehen. An der UCLA gab es Hunderte von iranischen Studenten, von denen fast alle am südlichen Ende des Campus anzutreffen waren, wo sie organische Chemie büffelten oder sich auf die Aufnahmeprüfung für die medizinische Fakultät vorbereiteten. Ich huschte an den zukünftigen Podologen, Chirurgen und Kieferorthopäden vorbei und steuerte den Nordcampus an, den künstlerischen Teil der Anlage mit »romanischer« Architektur und Parklandschaft. Und vor diesem malerischen Hintergrund gab ich dann auch kühn die Wahl meines Hauptfachs bekannt: Englisch. Zum Glück akzeptierte Lili meine Entscheidung, wobei sie sich ausnahmsweise nachsichtiger zeigte als die meisten iranischen Eltern ihrer Generation. Für meine Mutter war das Literaturstudium statthaft, solange ich versprach, es nach dem Vordiplom für eine juristische Karriere aufzugeben.

Es folgte die Phase, während der ich keinen Schritt ohne meine *Norton Anthology* machte. Auf dem Platz in der Mitte der ersten Reihe in der Rolfe Hall I. kritzelte ich mich bei den Vorlesungen über die Dichter Shelley, Keats und Byron in Ekstase, und es dauerte nicht lange, bis jede der dreitausend hauchdünnen Seiten meines *Norton* mit handschriftlichen Notizen versehen war. Nachts lag ich im Haus meiner Eltern auf demselben Polsterbett, in dem ich schlief, seit ich zwölf war, und schrieb meine existenziellen Qualen in die schönen französischen Aufsatzhefte, die ich mir in einer Bahnhofsbuchhandlung in Santa Monica kaufte.

Dank meiner Leidenschaft für englische Literatur und meines stark eingeschränkten Soziallebens gelang es mir, den Collegeabschluss nach nur etwas mehr als zwei Jahren zu machen, aber irgendwie war ich zwischen all den Romantikern und meinen gestelzten Tagebucheinträgen in der Nachrichtenredaktion des College gelandet, und so kam es, dass ich mit meinem frisch geprägten und laminierten Presseausweis um den Hals auf der Jagd nach einer Story dem von mir in journalistischer, intellektueller und jeder anderen Hinsicht am allerwenigsten angestrebten Objekt der Begierde über den Weg lief: einem iranischen Arzt.

Gute iranische Töchter wurden in Amerika Ärztinnen, wer nur hübsch war, heiratete einen Arzt, am besten war, man machte beides. Ich war in Mathe und Naturwissenschaften ein hoffnungsloser Fall, weshalb ich es niemals zu dem angesehenen Status einer amerikanisch-iranischen Ärztin bringen würde. Aber die Karriere als Arztgattin hatte man lange Zeit für mich vorgesehen.

Dabei wollte ich auf keinen Fall einen iranischen Arzt heiraten. Längst hatte ich beschlossen, dass ich, wenn überhaupt, einen Künstler heiraten wollte – einen Bildhauer vielleicht oder einen Dichter. Immerhin kannte sich besagter Doktor bestens in moderner Kunst aus. Er hatte in Frankreich gelebt. Er trug eine Hornbrille mit runden Gläsern, und sein Lächeln war leicht schief. Schon beim ersten Latte Macchiato, zu dem er mich in Westwood Village einlud, hatte ich mich bis über beide Ohren in ihn verliebt.

Amin war einunddreißig, und was noch schlimmer war, bereits geschieden. In der kleinen Welt der iranischen Amerikaner gab es viele Kinderfreundschaften. Er und seine Frau waren Anfang zwanzig, als sie heirateten, und ließen sich bald wieder scheiden. Verehrer mit Exfrauen waren aber bei uns nicht erwünscht, weil sich Iraner nicht scheiden ließen, jedenfalls nicht soweit ich wusste.

»Er ist geschieden!«, kreischte Lili und griff sich ans Herz. »Du glaubst doch nicht etwa allen Ernstes, dass ich dir den Umgang mit einem geschiedenen Mann erlaube?«

»Aber Mama, wir sind doch hier nicht im Iran …«, jammerte ich.

»Was weißt *du* schon über den Iran?«

Wochenlang schien die Lage aussichtslos. Doch ich klagte hartnäckig und leidenschaftlich über mein unglückliches Dasein. Man beratschlagte sich, und schließlich waren zwei Faktoren dafür ausschlaggebend, dass meine Mutter ihre Ablehnung aufgab: Erstens war Amin Arzt, und zweitens konnte man ihn als meinen Verlobten oder *khastegari* vorstellen.

Eine der vielen Regeln, die meine Eltern für meine Verlobungszeit aufstellten, lautete, dass mich Amin nur einmal in der Woche ausführen durfte. Samstagabend erschien er bei uns – anders als sonst – in Anzug und Krawatte und legte ein tadelloses Benehmen an den Tag, bis er mit mir ins Auto stieg und mich verschwörerisch anlächelte.

An unserem ersten Abend führte er mich in ein französisches Bistro in West Los Angeles aus. Zu den tanzenden

Schatten von Kerzen auf dem weißen Zeltdach bestellte er Schokoladensoufflé. Sein Französisch war so hervorragend, dass ich mich fortan schrecklich für meine Highschool-Kenntnisse in dieser Sprache schämte. In der Woche darauf nahm er mich in eine hochherrschaftliche Villa in Bel Air mit, wohin ihn ein jüngerer saudi-arabischer Prinz zur Feier seines Geburtstags eingeladen hatte. »Ein Patient von mir«, erklärte mir Amin cool, während ich vor Ehrfurcht erstarrte. In der Hollywood Bowl versuchte ich einen ganzen Juniabend verzweifelt, mich von der Erhabenheit einer nicht enden wollenden deutschen Oper durchdringen zu lassen. Außerdem gab es noch eine Reihe von Cocktailpartys und Einladungen zum Abendessen mit seinen Medizinerkollegen und ihren unglaublich eleganten Ehefrauen. »Was halten Sie von García Márquez?«, fragte mich eine unvorstellbar große und dünne Blonde bei einem dieser Anlässe, und ich, die neunzehnjährige Literaturkritikerin, lieferte ihr eine überzeugende Einschätzung seines Œuvres, obwohl ich nicht einen seiner Romane gelesen hatte.

Bei seinen sommerlichen Aufenthalten in Frankreich hatte mein Verehrer seine Idealvorstellung von weiblicher Schönheit entwickelt. Er liebte schwarz umrandete Augen, hellrosa Lippenstift, Röcke und Schuhe mit hohen Absätzen. Also zog ich meine Augenlider mit Kajal nach, bemalte meine Lippen rosa und ergänzte meine schwarze Garderobe um Pencil-Skirts und Pumps. Eines Tages ging er mit mir in eine Westside Boutique und kaufte mir meine erste richtig teure Handtasche, ein kleines kastenförmiges Modell mit einem Henkel und einer winzigen goldenen Schließe. »Soigné«, sagte er, als er prüfte, ob sie mir stand – was ich damals als »perfekt« missverstand.

»Ich muss jetzt los«, erklärte ich irgendwann spät nachts und befreite mich aus seiner Umarmung.

Er verstand mich immer und drängte mich nicht zu bleiben. »Weißt du denn auch, wohin du gehst, mein kleines Mädchen?«, scherzte er dann, nahm mein Gesicht in seine Hände und küsste mich ein letztes Mal, ehe er mich gehen ließ.

Wenn ich nach Mitternacht nach Hause kam, erwartete meine Mutter mich immer im Wohnzimmer und öffnete mir mit einem prüfenden Blick.

»Verstehst du denn nicht, dass er dich nie heiraten wird, wenn du dich so an ihn verschenkst?«

»Ich will doch gar nicht heiraten!«

»Dann darf er überhaupt nicht mit dir ausgehen!«

»Aber Mama, wir sind doch hier nicht im Iran!«

»Was redest du da?«, wies sie mich streng zurecht. »Du hast gar keine Ahnung vom Iran.«

Hochrot vor Scham starrte ich stumm auf den Boden und wünschte mich verzweifelt auf mein Zimmer.

Amin habe ich niemals von diesen nächtlichen Auseinandersetzungen erzählt, und sollte er sich je gefragt haben, was sich wohl abspielte, wenn er mich in meinem Elternhaus ablieferte, er wollte es jedenfalls nie von mir wissen. Und wenn er am nächsten Tag mit seinen Eltern bei uns vor der Tür stand, bat meine Mutter – nun wieder ruhig und freundlich – sie alle ins Wohnzimmer, und ich musste ihnen Tee in winzigen Gläsern mit goldenem Rand servieren.

Das war die Stunde der Jungfrau, und auch wenn eigentlich niemand der Anwesenden mich dafür geeignet hielt, musste ich die Rolle doch spielen. Für diese Besuche kleidete und schminkte ich mich sehr dezent und verschränkte die Füße, wenn ich saß. Amin und ich saßen bei mir zu Hause nie nebeneinander, und wir achteten beide darauf, uns nicht zu lange anzuschauen. Hinterher schüttelten wir uns vor Lachen, machten uns über das lächerliche Getue unserer Eltern lustig und beglückwünschten uns zu der gelungenen Darbietung.

»Ich möchte, dass du gehst«, sagte meine Mutter schließlich eines Nachts zu mir.

Es war zwei Uhr morgens, und ich hatte gerade leise die Haustür von innen geschlossen. Sie erwartete mich im Morgenmantel, barfuß und mit verschränkten Armen. Mein Blick fiel auf den Koffer, den sie neben die Tür gestellt hatte. Verwirrt sah ich sie an.

»Du bist nicht meine Tochter«, sagte sie sonderbar ruhig. »Du bist nicht meine Tochter, und ich möchte, dass du jetzt gehst.«

Sie musterte mich in der Dunkelheit – meine Haare waren zerzaust, meine Lippen aufgesprungen, der Rock zerknittert – und begann sich die Haare zu raufen und sich gegen die Brust zu schlagen, was mich mehr als alles andere ängstigte.

»Seht nur, was meine Tochter in diesem *kharab shodeh*, diesem verdammten Amerika aus sich gemacht hat!«, jammerte sie laut und rang die Hände. »Meine Heimat und alle meine Lieben habe ich verlassen … für diese Tochter!«

Ich wagte nicht, ihr in die Augen zu sehen. Ich weinte nicht und schwieg lieber, aber als sie irgendwann mit ihrem Geschrei und Gejammer aufgehört hatte und schlafen gegangen war und es wieder ruhig wurde im Haus, hockte ich auf dem Kelim in meinem Schlafzimmer, fuhr mit den Fingern das Muster nach und dachte darüber nach, warum meine Mutter mir den Koffer neben die Tür gestellt hatte.

Sie wollte nicht, dass ich gehe – das war für uns beide noch immer unvorstellbar. Ich sollte nur klüger sein und mich nicht so leichtfertig verschenken, mich nicht hingeben wie die amerikanischen Mädchen.

Dennoch ging mir die Geschichte mit dem Koffer nicht aus dem Kopf. Ohne Greencard konnte ich meinen Lebensunterhalt nicht selbst finanzieren, und mein Studentenvisum reichte zumindest bis zum Diplom, aber alle Schulen, an denen ich mich beworben hatte, waren weit weg.

Weißt du denn auch, wohin du gehst, mein kleines Mädchen?

Ich lachte immer vergnügt, wenn mir Amin zum Spaß diese Frage stellte, lachte, als wüsste ich die Antwort und hätte sie stets gewusst. Dabei kannte ich die Antwort nicht und wusste nicht wohin.

Jeden Tag ließ ich Hörsäle und Seminarräume schnellstmöglich hinter mir und fuhr zu Amins Studio am Strand, setzte mich im Schneidersitz mit meinen Büchern auf seinen Futon und wartete, bis das Essen fertig war. Amin war ein wunderbarer Koch.

Im zweiten Jahr unserer »Verlobung« war ich auch beim zweiten Band der *Norton Anthology*. Ich tauschte Shelley, Keats und Byron gegen Woolf, Plath und Rich und unternahm erste Ausflüge in die Literatur der französischen Feministinnen. Während Amin in der Küche stand und Bouillabaisse oder etwas dergleichen kochte, diskutierten wir endlos über Feminismus, oder vielmehr kochte er für uns, während ich mich in feministischer Argumentation übte.

»Die Ehe ist nur ein Werkzeug des Patriarchats«, erklärte ich ihm eines Tages angriffslustig.

Amin rührte die Bouillabaisse zustimmend um.

»Sie ist ungerecht und unnatürlich!«, tönte ich vom Futon.

»Du magst ja recht haben, aber was sollen wir damit anfangen?«

Ich hatte keine Ahnung, aber aus dieser Diskussion entstand eine Art Spiel.

»Solltest du mich fragen, ob ich dich heiraten will …«, begann ich zum Beispiel.

»Was dann?«, fragte er mit hochgezogenen Brauen.

»Ich würde nie, nie, nie ja sagen!«

»Das weiß ich. Deshalb würde ich dich auch nie, nie, nie fragen.«

Dieses Spiel haben wir ziemlich oft gespielt. Jedenfalls so lange, bis er spürte, dass ich doch die Hoffnung hatte, unsere Beziehung würde in einer Ehe enden.

Daraufhin begann er zu reisen. Er meldete sich für einen Tag ab und blieb dann wochenlang weg. Verlobter oder nicht, ich durfte nur einen Abend in der Woche mit ihm ausgehen, und mit ihm zu verreisen, kam natürlich überhaupt nicht in Frage. Das hakte ich unter »veraltete iranische Verbote meiner Mutter« und »allgemeine Ungerechtigkeit des Patriarchats« ab, und bewunderte insgeheim die beiläufige Art, mit der sich Amin auf den Weg nach Berlin, Hongkong oder Buenos Aires machte. Ich beneidete ihn um seine finanzielle Unabhängigkeit und sein Selbstbewusstsein, mit dem er solche Entscheidungen traf. Und ich maß bereits nicht mehr nur die Entfernung zwischen ihm und mir, sondern auch zwischen mir und meinen Idealen.

Als ich mein Diplom gemacht hatte, fuhr ich an einem sehr heißen Sommertag allein zurück nach San Francisco, und kaum hatte ich das San Fernando Valley hinter mir gelassen, fiel meine Klimaanlage aus, und ich weinte hemmungslos.

Amin hatte mir wirklich keinen Heiratsantrag gemacht.

Im Herbst sollte ich mein Jurastudium aufnehmen. Dabei hatte ich mir – auch wenn ich es nie ausgesprochen hatte – gewünscht, in Los Angeles zu bleiben und erwählt, geheiratet zu werden. Doch nun blieb mir nichts anderes übrig als zu gehen.

An jenem Tag fuhr ich die ganze Strecke mit offenen Fenstern und weinte. Erst sehr viel später und sehr langsam und unbeholfen näherte ich mich mit Preisen, Stipendien und der ganzen unbequemen Kraft der Sprache, die ich mir in Amerika zu eigen gemacht hatte, dem Abstand, der sich mir entzog.

Jahre später trafen wir uns einmal zum Abendessen. Amin war in Los Angeles geblieben, wohnte noch immer in seinem kleinen Studio am Strand und hatte nicht wieder geheiratet. Ich war inzwischen viel herumgekommen. Ich hatte meinen Abschluss in Jura gemacht und den Beruf kurz praktiziert, ehe ich beschloss, mein Literaturstudium fortzusetzen. Ich bekam ein Forschungsstipendium für Englisch in Princeton, außerdem ein kleines Stipendium zum Leben und hatte eine sehr kleine, hässliche eigene Wohnung. Wenn ich mich nicht zwischen den Regalen der Firestone Library verkroch, nahm ich den Vorortszug nach Manhattan und streifte stundenlang durch die Stadt. Ich habe mich damals oft verlaufen und war darüber eigentlich fast immer sehr glücklich.

Der Abend mit Amin war sehr schön, wir alberten wie in guten alten Zeiten. Am Schluss redeten wir über unsere »Verlobungszeit« in Los Angeles, und mit dem ganzen Weltschmerz meiner fünfundzwanzig Jahre blickte ich mit Bedauern zurück auf das neunzehnjährige Mädchen, das ich damals gewesen war.

»Ich war noch *so* jung!«, stöhnte ich.

»Ja, das stimmt«, meinte er mit einem spöttischen Lächeln.

Ich senkte den Blick und sagte: »Weißt du, was ich zu gern wissen würde?«

»Was möchtest du wissen?«

»Warum du mich nicht gefragt hast, ob ich dich heiraten will?«

»Du hättest doch nur nein gesagt, oder hast du das vergessen?«

»Ja, schon, aber wolltest du mich eigentlich fragen?«

»Wolltest du eigentlich ja sagen?«

Ein Dutzend neckische, verschmitzte Antworten kam mir in den Sinn, aber unerklärlicherweise sagte ich ihm einfach die Wahrheit. »Ja. Ich hätte ja gesagt.«

Das war eine ehrliche, aber verspätete Erklärung, die über eine andere Wahrheit hinwegtäuschte. Ich hatte keine ordentliche iranische Hochzeit gefeiert, und das hatte alles andere – das Literaturstudium, meine Arbeit, Liebschaften, meine tagelangen Touren durch New York – erst möglich gemacht. Ich war nicht die gute Tochter meiner Mutter, und ich war überhaupt keine gute iranische Tochter. Immer wieder wusste über einen längeren Zeitraum kein Mensch und erst recht nicht meine Mutter Lili, wo ich war. Meine Eltern besuchte ich, wie alle meine amerikanischen Kommilitoninnen, wenn überhaupt nur in den Ferien.

Und diese Distanz war beabsichtigt und härter erkämpft, als ich es damals irgendeinem Menschen gestanden hätte. Obwohl ich problemlos als Amerikanerin durchging, hatte ich doch meine Scham, meine Schuld und meine Angst nicht verlernt. Wenn mich meine Mutter anrief, stritten wir uns unweigerlich. »Warum kommst du uns nicht öfter besuchen?«, wollte sie immer wieder vorwurfsvoll wissen. Was ich in: »Wann kommst du endlich heim und heiratest?« übersetzte. Ich rief sie nur selten an, selbst wenn ich Sehnsucht nach ihr hatte und gern nach Hause gekommen wäre – wenn auch nur eine Zeit lang.

Eines Tages aber rief sie mich an und sagte mir, dass mein Vater im Krankenhaus sei. »Komm nach Hause«, bat sie mich mit erstickter Stimme. »Bitte komm sofort!«

Eine Woche lang sperrte ich mich in meiner Wohnung in Princeton ein, lag auf dem Bett, starrte in den undurchdringlichen Wald von New Jersey und lauschte den Geschichten meiner Mutter. Ich hörte, wie sie von Kobra und Sohrab, von ihrer Großmutter Khanoom und von ihrer Tante Zaynab, von Kazem und von Sara erzählte. Ich hörte ihr so aufmerksam zu, wie ich es selten getan hatte, trotzdem konnte ich ihre Erzählungen nicht mit den Geschichten und Menschen in Einklang bringen, die ich kannte.

Als meine Mutter mir dann aber von Sara und den Jahren in der *Casa Buena* zu erzählen begann, verwoben sich unsere Erinnerungen plötzlich, und ich konnte meine Perspektive mit ihrer vergleichen. Sara. Sara war das Mädchen, das manchmal in Großmutters Frisiersalon mit mir gespielt hatte und das meine Großmutter eines Tages mit lautem Gekreische und Geschrei aus dem »Lady Diola« verjagt hatte. Sara war die Tochter, die meine Mutter verloren hatte, und zwar nicht nur einmal, sondern mehrmals, bis sie endlich zu einer Geschichte wurde, die sie mir erzählen konnte, ihrer seltsamen, amerikanischen Tochter in einer seltsamen, kaputten Welt.

Ich schwänzte die Vorlesungen und spielte die Tonbänder ein zweites und dann ein drittes Mal ab. Ihre schwache, traurige Stimme, die ich erst kaum erkannt hatte, wurde mir immer vertrauter, bis sie mir schließlich vertrauter war als ihre wahre und sogar meine eigene Stimme. Nach und nach begriff ich, dass meine Mutter mich als Kind und als junge Frau wegen dieser Tochter so inbrünstig beschützt hatte, der Tochter, die sie im Iran zurückgelassen und in Amerika nie vergessen hatte. Wegen ihrer guten Tochter.

Aber da war auch noch so vieles, was ich nicht verstand. Einmal rief ich meine Mutter an, weil ich ihr Fragen zu Sara stellen wollte – was es für ein Gefühl gewesen war, sie im Iran zurückzulassen, ob sie in den letzten Jahren miteinander gesprochen hatten, ob sie Sara wiedersehen wollte? Aber seit sie die Wahrheit ausgesprochen hatte, begegneten wir einander irgendwie scheu, und wenn wir später telefonierten, war es, als hätte sie bereits alle Worte verbraucht und könnte mir nichts mehr sagen.

Ich drängte sie nicht. Ich spürte eine neue, ungewohnte Zärtlichkeit für sie. Dadurch wurde ich freundlicher zu ihr, wenn auch nicht immer freundlich genug, jedenfalls so sehr, dass ich mir dachte, ich müsste mir den Rest der Geschichte eben ohne sie zusammenreimen.

Als Erstes beschloss ich meine Großmutter in Teheran anzurufen. »Du solltest in den Iran kommen«, sagte Kobra, als ich fertig war. Meine Großmutter war damals zu alt, um uns noch einmal in Amerika zu besuchen. Es war über zehn Jahre her, dass ich sie das letzte Mal gesehen hatte, und nach dieser langen Zeit konnte ich nicht unterscheiden, ob ihre Stimme alt oder traurig klang. »Komm her«, bat sie mich und erzählte, dass Sara einen Sohn und zwei Töchter hatte. Ihr Mann wäre sehr liebenswürdig, und Sara sei glücklich. »Du musst doch mal deine Heimat kennen lernen, *madarjoon*. Und deine Familie.«

Ich wusste nicht, was ich antworten sollte. Eine Schwester zu haben erschien mir noch immer unglaublich. Wenn ich

Sara in Teheran zufällig auf der Straße begegnen würde, wäre sie für mich nur eine unter vielen fremden Frauen. Wie würden wir nach dieser langen Zeit miteinander umgehen? Was würde sie von mir halten, wenn wir uns jetzt begegneten? Diese Gedanken überwältigten mich, und ich schob sie von mir. Nicht viel weniger beunruhigend fand ich die Bemerkung meiner Großmutter, der Iran wäre schließlich meine Heimat, in die ich immer zurückkehren könnte. In all den Jahren in Amerika hatte ich nie ernsthaft überlegt, dorthin zurückzukehren, wo ich geboren war. »Da gibt es nicht mehr viel zu sehen«, meinte meine Mutter meist, wenn ich sie als Kind danach fragte, und ich hatte ihr das immer geglaubt.

Jahrelang war der Iran für mich ein Ort in Kalifornien gewesen, den Frauen mit ihren Geschichten erfunden hatten. Dachte ich an die Anfänge unserer Familie in Amerika, erinnerte ich mich vor allem daran, wie traurig diese Frauen gewesen waren. Sie schienen durchdrungen von einer Traurigkeit, die sie an ihre Töchter weiterreichten, wenn die in diesem Land ihr eigenes Leben in die Hand nahmen. Das war meine Vorstellung vom Iran, und zu diesem Land wollte ich nicht gehören.

Doch auch wenn ich diesen Iran aus meinen Gedanken verbannte, war da immer noch dieses andere Land, weit weg wie die verschleierten, empörten Gestalten in unserem amerikanischen Fernsehen und nah wie die Stimme meiner Mutter oder meiner Großmutter, wenn sie mich spät nachts weckte.

Während des achtjährigen Iran-Irak-Kriegs waren Telefonate nach Teheran beinahe unmöglich. Nacht für Nacht blieben Lili und Kobra bis weit nach Mitternacht auf und wählten immer wieder endlose Nummern, und kamen sie schließlich doch einmal durch, schrien sie immer in den

Hörer – als könnte man ihre Stimme sonst nicht über die weite Entfernung hören.

Oft wachte ich von den Geräuschen auf, tappte schlaftrunken ins Wohnzimmer und setzte mich auf Kobras Schoß. Sie schrie in den Hörer, und manchmal schnappte ihre Stimme über. Ich wusste nicht, was am anderen Ende der Leitung war, aber schon damals konnte ich den stillen Kummer meiner Großmutter spüren. Nach solch einem Anruf starrte sie am nächsten Morgen mit leerem Blick auf die Teetasse in ihren Händen. Oder sie stand in der Küche und hackte Kräuter, blickte aus dem Fenster und sah einen Ort, den ich nicht sehen konnte.

Am Schluss kehrte meine Großmutter Kobra doch lieber in den Iran zurück, anstatt in Amerika zu bleiben und ins Leere zu starren. Meine Mutter Lili war da ganz anders, ihr Blick schweifte nie in die Ferne. Als ihre Freunde Anfang der Neunzigerjahre Reisen in den Iran unternahmen, kehrten sie beflügelt zurück und waren begierig, ihr zu berichten, was sie dort erlebt hatten. Aber davon ließ sich meine Mutter nicht tangieren. Sie wollte einfach nicht sehen, was sie zurückgelassen hatte.

Als ich nun aber die Bänder gehört hatte, kehrten Erinnerungen an meine Mutter zurück, die ich längst vergessen hatte. Ich dachte an die vielen stillen Nächte in unserem Haus, in denen ich mich nach unten geschlichen hatte. Unter ihrer Schlafzimmertür war ein schmaler Lichtstreifen zu sehen, und hinter der Tür hörte ich sie schluchzen. Die ganze Zeit hatte sie um ihre Tochter geweint, ihre gute Tochter, und ich hatte nichts geahnt.

Im Sommer nachdem sie mir die Tonbänder geschickt hatte, zeigte mir meine Mutter ihre Schätze.

Zuerst holte sie den *sheleeteh* hervor, den aprikosenfarbenen Volantrock, den ihre Großmutter getragen hatte, als sie zu Beginn des vorigen Jahrhunderts ihr Dorf verließ und sich auf den Weg nach Teheran machte. Ich legte ihn auf meinen Schoß und strich ihn glatt. Der Saum war ausgefranst, der Knopf fehlte, und die Baumwolle war an manchen Stellen fast durchsichtig.

Einige Monate später gab mir meine Mutter die alte chinesische Schale, die ihr Vater ihr mit Honigmelonen und Mandarinen gefüllt geschenkt hatte, als sie Kazem heiratete. Das war mehr als vierzig Jahre her, aber die Schale war bis auf einen kleinen Sprung immer noch wunderschön.

Sie brachte mir ein Tagebuch mit Stoffeinband. Als sie den Deckel hob, kamen gerissene Falze, vergilbte Seiten, Gedichte in roter und Einträge in schwarzer Schrift zutage.

Sie zeigte mir einen türkisgoldenen Füllfederhalter, ein Geschenk von dem jungen Mann, der ihr einmal vor langer Zeit schöne Briefe geschrieben, sich den Schädel wie Yul Brynner kahl geschoren hatte und keine sechshundert Kilometer von uns entfernt begraben lag.

Dann kamen die Fotos.

Sie breitete sie fächerförmig auf dem Tisch aus und zeigte mir eins nach dem anderen. Das erste war eine Schwarz-Weiß-Fotografie von einem Mädchen mit Pagenkopf, das im Schatten auf einem Hausdach stand. Zu ihren Füßen lag ein in Decken gewickeltes Baby in einer *nanoo*, einer einfachen Wiege. Ich sah mir das Mädchen genau an. Sie war noch so jung, vielleicht vierzehn Jahre alt, und doch wusste sie schon alles, was sie einmal wissen musste – wie man einen Schrei verschluckt, ehe er die Kehle verlässt.

Auf dem nächsten Schwarz-Weiß-Bild war eine junge Frau zu sehen. Sie hatte einen Pony und langes, glattes Haar. Sie lächelte nicht. Meine Mutter sagte nichts, aber ich wusste, es war Sara.

Wären meine Mutter und ich im Iran geblieben, hätten sich unsere Leben vermutlich irgendwie verwoben, da war ich mir ganz sicher, aber als wir nach Amerika gingen, wurde Sara die gute Tochter und ich das amerikanische Mädchen, und jetzt fragte ich mich, ob ich sie trotz dieser Kluft zwischen uns je richtig kennen lernen würde.

»Hier ist das nächste«, unterbrach Lili meine Gedanken.

Die Fotos, die sie mir zum Schluss zeigte, waren neueren Datums: professionelle Hochglanzaufnahmen von einem Brautpaar, ein junger Mann mit schwarzem T-Shirt und Pilotenbrille an einem Strand, ein Mädchen auf einer belebten Straße. »Das ist Saras Sohn«, sagte Lili lächelnd, als sie mir das Bild von dem jungen Mann reichte. »Und das hier ihre jüngste Tochter«, als sie auf ein Mädchen mit lustigen Grübchen und schwarzen Ringellocken deutete, die unter ihrem grünen Kopftuch hervorlugten. »Sie finden, sie sieht mir sehr ähnlich. Ich glaube, da ist etwas dran …« Vorsichtig nahm sie die Fotografie in die Hand und berührte mit den Fingerspitzen das Gesicht des Mädchens. »Sie rief mich letztes Jahr an und bat mich um die Erlaubnis zu heiraten, stell dir vor.«

»Und was hast du gesagt?«

»Ich habe ihr viel Glück gewünscht«, sagte Lili leise. »Was hätte ich auch sonst tun sollen?«

Sie betrachtete die Bilder noch eine Weile, ehe sie sie hastig wegräumte und mit den Schultern zuckte, als wolle sie sagen: »Genug damit, genug mit der Vergangenheit.«

Ich sagte nichts mehr, aber die Bilder von Sara und ihren Kindern hatten mich aufgewühlt. Bis eben noch hatte ich mir eingebildet, Sara gehöre zur Erinnerung meiner Mutter und ganz und gar nicht zu mir, so wie ich auch glaubte, ich hätte nichts mit dem Iran zu tun. Und jetzt stellte ich mir plötzlich vor, ich würde allein und verschleiert durch Teherans Straßen laufen, um Sara und ihre Familie ausfindig zu machen. Irgendwie würden wir zusammenkommen. Irgendwie würden wir uns trotz allem kennen lernen.

Doch ich kehrte nie in den Iran zurück. Ich machte mich nie auf die Suche nach Sara. Dafür wäre ich viel zu sehr mit meinem Studium und später mit meiner Arbeit beschäftigt, redete ich mir ein. Ich nahm mir die Reise vor, sobald die Spannungen zwischen Amerika und dem Iran sich gelegt haben würden. Und ich hatte wirklich Angst. Außerdem hatte Sara schon immer von mir gewusst, aber nie versucht, mit mir Kontakt aufzunehmen. Wenn ich jetzt versucht hätte, sie zu finden, würde ich mich nur in das Leben drängen, das sie sich aufgebaut hatte. Wie konnte ich so kindisch sein und glauben, ich würde mich nach all der Zeit bei ihr im Iran zu Hause fühlen? Trotzdem wollte ich die Möglichkeit nicht ganz ausschließen, eines Tages in den Iran zu reisen und sie zu treffen. Nächstes Jahr fahre ich ganz bestimmt hin, versprach ich mir.

Lili erzählte mir später einmal, dass sie sich dreißig Jahre lang täglich dasselbe Versprechen gegeben hätte, während die Kluft zwischen Amerika und dem Iran immer tiefer wurde. Selbst als sie schon längst nicht mehr daran glaubte, versprach sie sich doch weiter, eines Tages nach Hause zurückzukehren. Dies Versprechen, die gelegentlichen, angespannten nächtlichen Telefonate mit Sara und eine Handvoll Bilder ihrer Enkel, die Lili nie gesehen hatte, wurden schließlich ihr Iran.

In Wahrheit lag es daran, dass meine Mutter nicht glaubte, man könnte Vergangenes wiedergutmachen, egal wie viel Zeit verstrichen war. Jahrelang wollte sie nur vergessen und in Amerika ein neues Leben beginnen, und ich stellte fest, dass wir uns nicht nur in dieser Hinsicht sehr ähnlich waren.

Trotzdem konnte ich nicht recht begreifen, warum sie sich entschlossen hatte, mir die Tonbänder zu schicken. In Amerika wusste niemand von ihrer ersten Ehe oder ihrer Tochter im Iran. Nicht einmal ihre besten Freunde. Vielleicht war ihr die Last des Geheimnisses im Laufe der Zeit zu schwer geworden, überlegte ich, und sie hatte sich von ihr befreien wollen, indem sie es mir erzählte. Vielleicht war es aber auch ein Versuch, mich zurückzugewinnen. Immerhin waren von unserer Familie in Amerika nach dem Tod meines Vaters nur noch wir beide übrig, und wir hatten uns sehr auseinandergelebt.

Die Wahrheit kam erst einige Jahre später zutage, als ich endlich die Geschichten meiner Mutter zu verstehen begann, indem ich sie mit meinen eigenen Worten neu erzählte. Ich erfuhr, dass sie mir schon seit jeher von ihrem Leben und dem von Kobra und Sara hatte erzählen wollen, dass sie aber abgewartet hatte, bis ich ihrer Meinung nach reif dafür war. So ist das nun mal mit manchen Geschichten, erklärte mir Lili. Sie warten auf einen Menschen, der sie hören kann, ehe sie sich erzählen lassen.

»Möchtest du Tee?«, fragte mich meine Mutter, als sie die Fotos von Sara und ihren Kindern wieder in das Album schob.

»Gern.«

Als sie aus dem Zimmer gegangen war, sah ich mich um. Unser altes Wohnzimmerbuffet mit der Marmorplatte diente jetzt behelfsmäßig als Schreibtisch, auf dem sich Rechnungen stapelten. Weil sie keine richtige Küche mehr hatte, verbrannte sie ihre Wilde Raute auf einer Warmhalteplatte. Erst jetzt fiel mir auf, dass sie ihre ganzen kostbaren persischen

Seidenteppiche in bis zu vier Schichten übereinandergelegt hatte. Wahrscheinlich musste sie sie ohnehin bald verkaufen. Als sie dann aber mit dem Tee kam, duftete das ganze Zimmer danach, und ich wusste sofort, dass die Teeblätter auf herkömmliche Art, wie man es im Iran eben macht, in Rosenessenz mit Kardamomkapseln gezogen hatten, und dass meine Mutter sich nie im Leben von ihrem schönen Messingsamowar trennen würde, auch wenn sie sonst alles hergeben müsste.

Meine Freude über die vertrauten Handgriffe und die aufrichtige, wenn auch noch vorsichtige neue Vertrautheit zwischen uns beiden überraschte und besänftigte mich in jenem Sommer. Ich fühlte mich in ihrer kleinen, vollgestopften provisorischen Wohnung sicher. Sicherer als viele Jahre zuvor und zum ersten Mal wieder froh darüber, nach Hause gekommen zu sein.

»Danke, *maman-joon*«, sagte ich und nahm mir eine Tasse vom Tablett.

Sie lächelte mich zärtlich an. »Bitte, *dokhtaram*, meine liebe Tochter.«

Ich schob mir einen Zuckerwürfel in die Backe, nahm die Tasse in beide Hände und nippte an dem Tee. Und als ich dabei aus dem Fenster sah, entdeckte ich erst die Blumen. An der ganzen Gartenmauer entlang hatte sie Kletterpflanzen nur für sich gepflanzt. Prachtwinden und Geißblatt, Kapuzinerkresse und Jasmin. Mit Töpfen hatte sie sich gar nicht erst aufgehalten. Nein, da hatte meine Mutter Lili immer noch genug Selbstvertrauen. Die Töpfe würden sowieso schnell zu klein sein, da war sie sich ganz sicher, weshalb sie die Samen einfach direkt in die Erde gesteckt hatte, vom einen Ende des Gartens bis zum anderen. Und sie hatte recht behalten. Alle hatten gut gewurzelt. Es war noch gar nicht Sommer, aber die Sonne hatte bereits unzählige Blüten aus den Kletterpflanzen gelockt, die in ihrer ganzen Schönheit über die Gartenmauer wucherten.

Sehr lange nachdem sie einsehen mussten, dass Lili und ich nie wieder in den Iran zurückkommen würden, fanden Sara und Kobra schließlich doch noch zueinander.

Einmal im Jahr, zum iranischen *No Rooz*, kam Sara mit ihrem Mann und den drei Kindern nach Teheran. Dann platzte Kobras kleine Wohnung beinahe aus allen Nähten, und die Kinder veranstalteten solchen fröhlichen Lärm, dass für das frühere Gekabbel der beiden Frauen kaum Platz blieb. Bevor sie kamen, besorgte Kobra in der Nachbarschaft die Lieblingssüßigkeiten der Kinder, mittags ließ sie zwei riesengroße Pizzen kommen, und abends aßen sie alle zusammen Kabob und tranken dazu *dooq*, das sprudelnde Getränk, das Kobra selbst aus Joghurt machte und mit frischer Minze garnierte. Ehe sich der Besuch verabschiedete, ging Kobra an ihren Schrank, in dem sie die Koffer aufbewahrte, die ihr Lili aus Amerika schickte, und suchte Kleider und Spielsachen für Saras Kinder aus.

Als die Nachbarn Kobra mehrere Tage lang nicht gesehen hatten, riefen sie Sara an, und Sara kam, um nach ihr zu sehen. Kobra hatte einen Schlaganfall gehabt, und ihre Beine waren gelähmt. Sie hatte zwei Tage hilflos auf dem Boden in der Küche gelegen und brachte, als Sara sie fand, kaum ein Wort heraus, weil sie vollkommen ausgetrocknet war.

Als Kobra eine Woche später aus dem Krankenhaus entlassen wurde, war es wieder Sara, die nach ihr sah, und sie nahm Kobra mit zu sich aufs Land. Jeden Morgen brachte Saras Sohn Kobra eine Schüssel mit *samanoo*, der mühselig hergestellten dicken Weizenkeimpaste, eine heiß ersehnte

Köstlichkeit, die zu jedem Frühling im Iran gehört. Kobra aß Schüssel um Schüssel *samanoo*, sie verschlang es mit einem Hunger, als wollte sie die ganze Kraft der Erde aufnehmen.

So gestärkt begann sie zu erzählen. Sie redete über ihre Kindheit, über Sohrab und ihre Hochzeit. Sie erzählte von Lili, Sara und auch von mir, aber am meisten erzählte sie von ihrer Mutter Pargol. Pargol war damals schon mindestens dreißig Jahre lang tot, aber als sich Kobra daran erinnerte, wie sie ihre letzten Jahre in einer erfundenen Sprache vor sich hin gebrabbelt hatte, barg sie ihr Gesicht in den Händen und weinte wie ein kleines Kind.

»Selbst wenn ich meine Lebensgeschichte aufschreiben wollte, es wäre unmöglich«, sagte Kobra am Tag vor ihrem Tod zu ihren Enkeln. »Auf der ganzen Welt gibt es nicht genug Papier, um sie aufzuschreiben.«

Wie alle schlechten Nachrichten aus dem Iran bekam Lili den Anruf mitten in der Nacht.

»Kobra ist in meinen Kleidern gestorben«, berichtete ihr Sara. »Wir haben für dich ihr Grab mit Rosenessenz besprengt, *maman-joon*.«

Im Iran glaubt man, dass die Toten schnell begraben werden müssen, weil ihre Seelen sonst ruhelos zwischen Himmel und Erde herumwandern. Aber eine schnelle Beerdigung ist auch eine Gnade, weil sie die Grenze zwischen Lebenden und Toten, zwischen Erinnern und Vergessen markiert. »Die Erde schenkt einem Vergesslichkeit«, sagen die Iraner und nehmen etwas Erde vom Grab eines Lieben und berühren sie, um ihren Kummer zu lindern.

Für Lili, die weder ihren Vater noch ihren Mann und nun auch nicht ihre Mutter hatte beerdigen dürfen, bedeutete Kobras Tod nur einen weiteren Beweis dafür, wie Abstand Liebe und Leid verändert. Als Kobra starb, wurde Lili unerbittlich von der Trauer heimgesucht. Aber Sara hatte ihre Großmutter Kobra liebe- und hingebungsvoll für Lili begraben, und so fand sie schließlich ihren Frieden.

Ist der Abstand zu groß und gibt es zu viele Abschiede, gibt es auch keine Wiederkehr, oder zumindest keine, an die wir fest glauben können. Doch jede Liebe geht in einer neuen auf, wächst unerkannt und dauert fort.

Danksagung

Viele Freunde, Verwandte und Kollegen haben mich tatkräftig bei der Entstehung dieses Buches unterstützt und mich immer wieder angespornt.

Linda Watanabe McFerrin gilt mein erster Dank, weil sie mich ermutigt hat, überhaupt mit dem Buch anzufangen. Die Book Passage in Corte Madera hat mich nicht nur mit Linda bekannt gemacht, sondern bot mir auch eine wunderbare Gemeinschaft zum Lesen, zum Lernen und zum Schreiben – ohne sie wäre *Aus Liebe zu ihr* wohl kaum entstanden.

Kelly Sonnack begeisterte sich von Anfang an für die Idee, die Memoiren meiner Mutter zu schreiben, und blieb auch dabei. Außerdem möchte ich David Groff für seine kluge Beratung danken. Sandy Dijkstra und das ganze Dijkstra-Team – Elise Capron, Andrea Cavallero, Natalie Fischer, Elisabeth James und Taylor Martindale – waren mir zu jeder Zeit eine enorme Hilfe.

Für ihre außergewöhnliche Geduld und ihre kluge Kritik danke ich meiner Lektorin Carin Karmatz Rudy. Dank auch an meinen Verlag, Grand Central, und an Amanda Englander, die mir bei der Entstehung dieses Buches sehr geholfen haben. Sehr glücklich war ich auch mit dem Lektorat bei Random House UK, Vanessa Neuling und Drummond Moir, die einen Entwurf nach dem anderen gelesen haben.

Bedanken möchte ich mich außerdem bei den großartigen Organisationen, die mein Buch unterstützt haben: dem Marin Arts Council, der San Francisco Foundation, Intersection for the Arts, der A Room of One's Own Foundation, der Community of Writers in Squaw Valley, der Norman Mailer Writers Colony, dem Steinbeck Fellowship Program und dem Martha Heasley Cox Center. Neben der finanziellen Unterstützung für mein Projekt brachten sie mich auch mit vielen Mentoren und Schriftstellerkollegen zusammen, die ich hier erwähnt habe.

Unendlich dankbar bin ich meiner Freundin Rebecca Foust, die mir den Glauben an das Schicksal bewahrt. Sie und meine Freundinnen Shahdeh Shooshdary, Amy Motlagh, Sue-Ellen Speight, Mahta Jahanshahi, Mary Ostby und Eileen Kane waren meine ersten freundlichen Leserinnen. Jahanshah Javid von iranian.com ermöglichte mir meinen ersten Auftritt als Schriftstellerin. Persis Karim und die anderen Mitglieder der Association of Iranian Writers inspirierten mich immer wieder mit ihrer Freundschaft.

Ganz besonders dankbar bin ich meinem Sohn Kiyan Darznik-Banaee. Sein unvergleichlicher Witz macht mich jeden Tag glücklich und froh.

Zum Schluss möchte ich mich aufs Herzlichste bei meiner Mutter für die aufrichtige, kluge und großherzige Art bedanken, mit der sie ihre Geschichte mit mir geteilt hat.